隐岑游记

陈巨锁 著

卷二

山西出版传媒集团

三晋出版社

图书在版编目（CIP）数据

隐堂游记. 卷二／陈巨锁著. —太原：三晋出版社，
2015.1

ISBN 978-7-5457-1108-0

Ⅰ.①隐… Ⅱ.①陈… Ⅲ.①游记—作品集—中国—
当代 Ⅳ.①I267.4

中国版本图书馆CIP数据核字（2015）第 015091号

隐堂游记 （卷二）

著　　者：	陈巨锁
责任编辑：	李秋芳
责任印制：	李佳音

出　版　者：山西出版传媒集团·三晋出版社（原山西古籍出版社）

地　　　址：太原市建设南路21号

邮　　　编：030012

电　　　话：0351-4922268（发行中心）

　　　　　　0351-4956036（综合办）

　　　　　　0351-4922203（印制部）

E-mail：sj@sxpmg.com

网　　　址：http://www.sjcbs.cn

经　销　者：新华书店

承　印　者：山西臣功印刷包装有限公司

开　　　本：787mm×1092mm　　1/16

印　　　张：27

字　　　数：260 千字

印　　　数：1-1000册

版　　　次：2015年4月 第1版

印　　　次：2015年4月 第1次印刷

书　　　号：ISBN 978-7-5457-1108-0

定　　　价：45.00元

目　录

丝路行记

一九八八年十月间，甘肃省西峰市举办"古象杯"全国书法大赛，我应邀为评委，遂有陇东之行。

敦煌，有闻名世界的艺术宝库莫高窟，早在我初中读书时，看到了画家潘絜兹先生所创作的《石窟艺术的创造者》，便心向往之。"文革"初，于破"四旧"的书堆中，拣出了一本《敦煌变文集》，翻读后，竟对变文、讲经文、缘起佛教故事等俗文学产生了浓厚的兴趣，遂起机缘，决心寻求机会，到敦煌去看看。所以，在西峰书法大赛评选揭晓后，我便径直到河西走廊西端的重镇古沙州，拜访了朝夕向往的莫高窟。而后返经嘉峪关、酒泉、张掖，过祁连雪山，到西宁，访塔尔寺。再经兰州、呼和浩特而归晋。前后历时二十天，在匆匆行脚中，日有所记，虽多简略粗陋，却也是我在丝绸之路上的雪泥鸿爪。

十月十八日

上午八点离忻州，十点抵太原，直至书协山西分会，协会为每位理事配备了《诸子集成》《通鉴纪事本末》《中国古文字学通论》，发我的三部书遂让李建平同志捎回忻州。

中午，在省书协秘书长王治国同志家就餐。下午，经由治国同志联系，购得卧铺票。下午两点十分乘由北京经太原到成都方向的火车赴西北。

十月十九日

凌晨四点半，火车抵达西安。下车后，间有小雨，街道上灯光映照，行客匆匆，小吃叫卖声，旅社留客声和火车汽笛声，使古都西安嘈杂烦乱，由于在我眼镜片上也挂满了细雨，眼前扑朔迷离，正幻梦中景色也。

出车站，街上湿漉漉的，通过几次询问，终于找到了西安长途汽车站，购得往西峰市的车票。随后就早餐于车站食堂。由于时间紧张，就不能再仔细品尝羊肉泡馍的风味了。以前曾两到西安，访碑林，游雁塔，过临潼，洗华清，卧病在骊山脚下，访画家于防震棚中，往事如昨，尽现脑海。

时到七点，天已大亮，便上汽车往西峰而去。车出西安，在咸阳古道上奔驰，车窗外细雨朦胧，田畴间水汽蒸腾，远山一抹，林带隐现，将浓忽淡，似有若无，俨然是李白"平林漠漠烟如织"的词境了。车过礼泉，路旁出现了一大堆一大堆的柿子，在白雾中那橘红色恰似燃烧的火焰，格外耀眼。车推的，袋装的，人来人往，热闹非凡。

经道乾县，首先想到的自然是唐代那些天子贵胄们，因为他们的陵寝就在这里。乾县正是因为李治与武则天的一座合葬墓——乾陵而得名的。六十年代发掘的永泰公主墓，其精湛的壁画和瑰丽的唐三彩陶俑，也曾轰动一时。行进中，路左忽然出现了一座高丘，那正是章怀太子墓。这位曾经注释过《后汉书》，又被立为太子的李贤，没料到因阻挡了母后登基的愿望，旋被废为庶人，放逐巴州，三十一岁便自杀身亡，死后的陵寝却如此宏伟，细想来，沧海桑田，世间又何止一个章怀太子呢。

由关中平原，转入黄土高原，渐又进入高山大岭之间，汽车转折盘旋，缓缓行去，时入白云深处，时在峻岭之上。黄叶飘零，秋雨萧瑟，经永寿，过彬县，前面不远处呈现出一座仙山楼阁，它便是陕西省最大的石窟寺——彬县大佛寺。据说寺内有北朝及盛唐时的雕塑像及唐宋人的题记石刻，奈何只能在车中一顾，瞬间，古寺便抛到了身后，竟成空中楼阁，幻显而复失了。

中午，停车长武，以便就餐。然而一路颠簸，饱受劳顿之苦，什么也吃不下，买了几个熟鸡蛋，勉强下咽，便回车上，闭目养神。

车又起行，入甘肃宁县境，雨方停歇。下午五点许抵达西峰市，下榻庆阳地区招待所，时有西峰市文化局局长薛超、副局长杨才全等同志接待。先我而到者，有甘肃何裕（聚川）、青海李海观、新疆申西岚、宁夏胡介文诸先生。后我而来者有宁夏柴建方君。

晚，市文化局设宴，为大家接风洗尘。餐后，稍作休息，便研究了有关书法大赛的时间安排和评比事宜。

十月二十日

上午休息。早饭后，我漫步到新华书店，书店尚未开门，在街头徜徉半小时，然后再到书店，购得叶圣陶先生所著《我与四川》和郑理、周佳合作的《李苦禅传》二册，返回招待所，置诸案头，随时翻阅。下午，"古象杯"全国书法大赛组委会介绍征稿情况，评委们讨论评审办法。

十月二十一日

从全国五千七百多件来稿中，经当地书家初选，选出六百件佳作，然后分真、行、草、篆、隶、篆刻等门类，进行复评。

下午五点，西峰市市委书记、市长等领导同志来看望评委，然后共进晚餐。晚上，召开了简短的座谈会，书家们多不善辞令，主人们则是一通欢迎和感谢的套话。

十月二十二日

上午，文化局的同志们已将复评后的作品，全部悬挂礼堂，评委们以无记名的投票方式评出一等奖十件，二等奖二十件，三等奖三十件，优秀奖若干件，又对这些作品进行总审复议，最后核准获奖名次。

下午，发布评选结果，庆阳地委、行署等领导同志到会祝贺。会后举行了笔会，当地群众颇好书法，围观者云集一堂，委实难以应酬。

十月二十三日

整日作应酬书件，为书法大赛题词"古象忽呈新象，西峰又攀高峰"，为博物馆题"古象雄风"，其余多是古人诗词章句了。

中午，原地委书记李生洲同志来访。老李在一年前曾致函于我索书，我到庆阳，特来致谢。他说西峰原是一个小镇，现为庆阳地区行署所在地，当年为陕甘宁边区的一部分。这里民风古朴，近年来群众性的书法活动颇为热闹，因此地曾出土黄河古象，原物已调拨北京自然博物馆陈列，为科技文化界所瞩目，便以"古象杯"为题，搞了这次全国性书法大赛，想借此推动庆阳地区书法事业的发展。

晚餐，在一家有地方风味的小餐馆进行，主食为当地名食"哨子面"。饭虽简单，做工却很精致，也颇可口，正是物美价廉者也。饭后，浏览街头小吃，在油灯、电石灯、炉灶火舌的光亮中，小摊林立，人影晃动，面食、油食、饼类，样式繁多，五花八门，叫卖声，吆三喝四，煞是热闹，正儿时所见庙会中景致。随后步入剧场，观西安等地名角到西峰演出的折子戏、清唱，多为秦腔和郿鄠调，高亢激越，粗犷雄强，当入"西北风"范畴。

十月二十四日

上午在旅社读书。

下午参观北石窟寺。大家在市文化局领导的陪同下，乘车出西峰，西南向而行。车在黄土高原上奔驰，深沟大壑，纵横无际，仰观碧空千里，白云闲渡；俯察黄花点缀，落叶缤纷。虽值深秋，喜经夜雨，空气分外清新澄洁，游人自然心旷神怡。

车行五十里，遂由原上驶入坡谷，到寺沟，在蒲河、茹河交汇处的东岸上，龛窟罗列若蜂窝状，便是北石窟寺。主人延请大家至接待室，吃茶小憩，并介绍了这石窟寺地处丝路北道，在北魏永平二年由泾川刺史奚康生开始建造，后经西魏、北周、隋、唐各代均有开凿，现存窟龛近三百个，造像两千余尊。

大家迫不及待地穿一道南向小门，开始了石窟寺的巡礼。窟龛开凿在黄砂岩的岩面上，分上中下三层，其中最大的当是第一百六十五窟了，为此寺主窟，正为永平二年遗构，内有七世佛，身躯硕大，造型敦厚；而窟中的浮雕伎乐人，则更是形态感人，神采毕现，观其演奏，耳际犹有仙乐缭绕，可谓声情并茂（地声也是声）。那第二百四十四龛的西魏供养人浮雕，也极简洁明快，人物潇洒而不失高古格调，若顾虎头《女史箴图》卷。至于那些唐窟的造像，更是精彩绝伦，令人倾倒。其中一窟，似乎住过人，或是遇雨避寒者，或是放牧烧食者，曾在这里架起火堆，烟熏火燎，使一铺石雕被熏得如墨玉一般，然风韵犹在，别有一番情致。

与北石窟相应的姐妹窟——泾川南石窟，据说距此九十里，同为北魏所开，规模略小，因时间关系，也只好割爱了。至于离这里也不算远的"凿仙窟以居禅"的宁夏固原县须弥山石窟，那更是无缘问津。

临别北石窟寺，应邀留题"魏唐精英"四字。

十月二十五日

上午，柴建方、胡介文二位车送银川，申西岚君往西安而南下安徽老家。我在旅舍读书。

下午三点半离客寓，与何裕、李海观二先生将飞往兰州。杨才全等同志送我们到机场，飞机晚点，五点半方到西峰，然后加油，六点起飞。在飞机上，俯瞰陇东高原，沟壑交错，横无际涯，忽大山起伏，曰六盘山是也。据说，远在成吉思汗率军进攻西夏时，曾避暑兹山，元代安西王还在山上建过"清暑楼"，历史的陈迹也许不复存在了。至于那"六盘山上高峰，红旗漫卷西风"的雄词壮句，二十世纪八十年代的青年人，所知者也恐怕寥寥无几。只是那大自然的神奇景观，千古不变，令我心驰神往。

时值六点半，忽生浮云，飘忽不定，未几，白云铺海，成兜罗绵世界。飞机行云海之上，云如棉絮铺地，纹丝不动，远眺，直达天边，茫茫无际。时近薄暮，西天熔金，夕照大放光明，真神仙境界。云薄处，方可透过云层，下视山峦群峰，林莽丛树，若海底世界，荇菜浮游，海藻聚散。云断处，山谷湖泊，深沉之极，时有朵云行过，若飞帆白鸥。行机一刻，过完云海，日沉西山，下界混沌，由苍茫而昏黑，万物皆不复现。

晚七点许，飞抵兰州机场，正有七点半飞往乌鲁木齐班机，遂购得到敦煌机票。与何裕、李海观先生匆匆握别，他们回兰州市区，我则待机起飞。

谁料，飞机发生故障，小黑板上不时写出通知旅客推迟飞机起飞时间的告示。到九点，方得检票登机，哪知飞机在跑道上兜了几个圈，又停下来。好在十点，总算起飞。夜中飞行，不少旅客已是两眼蒙眬，昏昏欲睡。历一小时四十分，行程一千一百公里，到达敦煌机场。万没料到，在此下机者，仅我一人，时值午夜，又无入市区之车辆，只身到戈壁滩上，心情不独孤寂，真有点不安了。

在候机室，忽闻乡音，喜出望外，上前询问，正是同乡故旧之子，他为本次飞行机组人员，将很快起飞，往乌鲁木齐飞去，经他介绍，认识了该机场政委，是代县阳明堡马站人氏。在政委的热情帮助下，为我打电话在敦煌市联系了宾馆，并派车送我进城，下榻飞天宾馆一〇六号。至此，心绪方为安定，遂洗澡上床，便酣然入梦了。

十月二十六日

上午，出宾馆，徒步过市场，由南而北，至市政府门前而东去，不远，就到敦煌博物馆。

馆为新建，颇具风采。于此巧遇故交荣恩奇同志，我们是一九七三年同在广州秋交会筹备期间相识的，时隔十五年，虽音问久疏，但一见如故，甚是高兴，谁道"西出阳关无故人"（阳关距此七十公里，尚在西南）。老荣现为博物馆馆长，在他陪同下，参观了馆藏文物，其中简牍、经书尤为引人注目，使我驻足良久。老荣还约我到阳关、玉门关走走，然时间有限，就不能到那些"古董滩"上寻觅历史的遗迹了。

出博物馆又逛了几处书画店，购得《敦煌遗书书法集》等书册，返回旅寓。

中餐后，随即租一辆自行车，出南门只十里，就到鸣沙山外，然后骑骆驼游览了鸣沙山和月牙泉。平生第一次骑骆驼，我在驼背上晃荡，拉驼人牵着绳索在沙碛中迈着艰难的大步，驼铃在沙谷中回响，多少有点苍凉和凄楚。鸣沙山逶迤起伏，高处整齐得如刀切割，平处则呈现出水波纹或大网眼，这大概是风的威力吧。单调的沙漠，在阳光下，反射出刺目的光芒，难怪拉驼人戴着一副黑眼镜，天湛蓝得出奇，时有白云飞过，沙碛中留下了一缕长影。

月牙泉，形似一弯新月，清澈明净，无些许纤尘，岸边几丛芦苇，在轻风中摇曳着，芦花飘白，片叶翻金，一只野鸭，漫无目的地游来荡去。湖边无游人，我绕湖一周，泉水中映出倒影，沙道上留下脚印，"人去楼空"，影子消失了，脚印也为轻风拂去。这大漠，太沉寂了。水中投下几粒石子，湖面溅起了无数浪花。我来了，鸣沙山全然不觉；我去了，月牙泉复归平静。

乘兴而来，兴尽而归，返回城区，出西门，过党河，登上了沙州故城遗址的城墩，垒高风急，耳际呜呜然，若张义潮率众收复沙州，"展旗帜，动鸣鼍，纵八阵，骋英雄"。放目四顾，平畴绿树，不禁想起了无名氏咏《敦煌》四句："万顷平田四畔沙，汉朝城垒属蕃家。歌谣再复归唐国，道舞春风杨柳花。"

由故城遗址南去不远，有白马塔者，巍然千年，传说为鸠摩罗什传教东土，驮经白马，于此涅槃，遂瘗马建塔，以为纪念。我于塔下徘徊观瞻，还请一位村姑帮助，按动相机快门，留下一张纪念照。

返回宾馆，时近六点，为妻发一信，以告行踪。晚饭后，颇觉疲累，没读了几行书，就睡去了。

十月二十七日

上午八点乘公共汽车往游莫高窟。出敦煌东门，方行二三里，汽车抛锚，适有出租车驰过，遂转乘小车而去。转九十度弯道，三危山迎面扑来，主峰巍屹，群山拥立，无丛草，也无杂树，赤裸裸横绝戈壁之上。

蓦地，大漠崖谷间，楼阁化现，栈道穿云，白杨夹道的阡陌中，一座彩绘堂皇的木牌坊当道而立，"莫高窟"三个鎏金大字破目而来，为郭沫若氏手笔。身临多年向往的胜境，心怦怦然，终于来到了敦煌！到入口处，尚无一人先我而到，管理人员让就地等候，待集中一个小集体再领着参观。我迫不及待，拿出名片，说明来意，热情的主人随即安排丁小姐破例为我一人导游，我那感激之情当然是不言而喻了。

在我的建议下，丁小姐领我首先造访了大名鼎鼎的"藏经洞"，在莫高窟统一编号上，它是第十七窟，与十六窟毗连，是晚唐时期高僧洪辩的影窟，也是存放其塑像的方丈小室。于一九〇〇年六月二十五日为道士王圆箓在清理十六窟甬道时所发现，大约五万件的珍贵写本、文物从这里流出，近九十年的时间，在世界上掀起了敦煌热，形成了以敦煌艺术、文献、史迹等为研究对象的敦煌学。

丁小姐领着我在南北一千六百多米长的石窟中巡礼，在北凉、北魏、西魏、北周、隋、唐、五代、宋、西夏、元等朝代有代表性的石窟中观摩，她细心地用手电照着佛窟的各部位，讲解着建筑、壁画、塑像；讲解斯坦因、伯希和盗运文物典籍的勾当；讲解当代敦煌学的研究成果；讲解张大千、常书鸿……

我为那精湛的雕塑、瑰丽的壁画而陶醉出神，为那迷离扑朔的佛教故事而激动赞叹。北魏的朴拙，西魏的清奇，盛唐的金碧灿烂、雄宏博大，中原文化、西域艺术，在这里结合得真是天衣无缝，水乳交融。

那第三百三十五窟中的初唐壁画是《维摩诘经变》中的《问疾品》，结构宏伟，须眉生动。画面上的维摩诘，凭几探身，激烈陈词；文殊菩萨沉静自若，将一个偌大辩论场面，表现得热烈而入微。而晚唐壁画《报息经变》中的《恶友品》，将"树下弹筝"细节，刻画得精致细腻，善友弹筝，公主倾听，神态毕现，呼之欲出。那举臂提脚反弹琵琶的舞伎，踏着乐曲的旋律，翩翩起舞，跌宕生姿。那扭躯回首，扬手散花的飞天，体态轻盈，飘然凌空。面对这些飞天舞伎，竟觉满壁风动，天衣生香。

第四百二十九窟的《狩猎图》又将我带入动物世界，那白熊、灰狼、野猪、猴子、双马，描绘得各尽其态，那狩猎者，追牛、射虎、猎羊，一时间，惊险万状，紧张激烈。而《九色鹿本生》故事，却以横卷的形式，娓娓道来，给人以启迪和教育。至于萨埵那太子舍身饲虎的悲壮场面、尸毗王割肉贸鸽的动人故事，都给我留下了深刻的印象。

对千佛洞壁画，使我伫立甚久的还有第六十一窟。走进洞窟，丁小姐指着那高四点六米、长十三米的巨制说："五台山来的客人，对《五台山全图》定是了如指掌，想必用不着我再费口舌了。"我面对这世界上最古最大的立体地图，那从南起太原，东至正定，方圆五百里以内的山川形胜，城垣桥梁，皆历历在目。想当年梁思成先生等正是因为看了这壁画，随起机缘，然后到五台山"按图索骥"，竟然发现了唐建瑰宝佛光寺。

莫高窟的雕塑，或质朴无华，或秀骨清像，或高华丰腴，可谓各臻其妙。最高大者当是九十六窟的弥勒像，而那第三百二十八窟的初唐彩塑，更见风采，在庄严肃穆的佛国世界，主佛冷峻，迦叶沉静，阿难矜持；那神情专注、体态丰满的女菩萨，嘴上却留着蝌蚪形的绿胡须，酷似山西广胜寺毗卢殿的十二圆觉；而半跪覆盆莲瓣座上的供养人，其造型又与佛光寺所塑相仿佛。

该记的太多了，在我走出洞窟时，行囊中增加了厚厚的一堆资料，又买了几本书——《敦煌学论集》、《敦煌译丛》、《敦煌文学作品选》等什么的，也算不虚此行。

在夕照中，三危山金光耀目，该是化现千佛的时刻了。我没佛缘，无从领略那胜景，却使我想起了第一个到这里开凿石窟的和尚——乐尊，这已是一千六百多年前的往事了。

我漫步在杰阁凌空的九层楼上，流连于涓涓而去的大泉河畔，三危山麓的沙漠中曾留下我长长的脚印，烽燧上、墓塔旁，我与新结识的澳大利亚朋友留下了永恒的纪念照。招待所就午餐时，与一位美国学者的交谈，使我对祖国文化，对莫高窟更加热爱，也因此而产生一种自豪感。祖国的文化遗产不正是一座高大的莫高窟吗？她取之不尽，用之不竭。

十月二十八日

上午八点半离敦煌飞天宾馆，九点乘汽车望嘉峪关而来。一路沙漠，少见人烟，时有烽火台点缀其间，若那烽烟高起，便是一幅《大漠孤烟直》的图画了。这只是脑海中出现的短暂的形象。眼前唯一的便是通向远方的单调的油路和列在路边的了无变化的一排电线杆。走百余里中，或可见三五土屋，其名曰某某井，亦极破败荒凉，间或遇上几只骆驼和羊群，天地间才似乎有了点生机，才为坐在车中的我提了提精神。车过安西县，稍事休息，有旅客前去用饭，我到街头聊作观光。这安西便是古之瓜州，盛产瓜类，然而时已入冬，那甜瓜、白兰瓜自然是杳无踪影，有的则是久负盛名的安西风，"风威卷地野尘黄"倒是绝妙的写照。

车行七小时，行程三百八十多公里，于下午四时许，方抵嘉峪关。这是一新建城市，颇具规模，行人不多，然市容净洁，店铺栉比，且有几处高楼大厦矗立于蓝天黄沙之中，料这西陲重镇，随着丝路旅游事业的发展，必将兴旺发达。

下榻嘉峪关宾馆三一三号房间，洗漱毕，漫步街头，遂进小吃，以为晚餐。过书店，购得《钱君匋篆刻选》与日人中田勇次郎所著《中国书法理论史》各一册，以备展玩。

十月二十九日

上午八点，搭汽车行十五华里，抵嘉峪关城，由东门入，观文昌阁、观乐台、关帝庙，进朝宗门，为一瓮城，再入光华门，再左折登城墙，上至光华楼，颇高大，再转城墙一周，于柔远楼远眺。祁连南峙，白雪玉成，陇云高压，秦树低迷；紫塞东去，缭垣逶迤；瀚海西来，苍茫无际。时值九时，北风卷地，颇感寒冷，遂下柔远楼。复出东门，绕城外而行。

由北至西。于关城正门外，得观"天下第一雄关"碑，字颇
遒劲苍古，亦西北风味。碑侧地上有一骷髅，颇完整，我审
视再三，不知时历若干春秋，一时间，"阻风蔽日天无色，
战骨埋沙夜有磷"的诗句涌上心头。

正门外东侧有工棚数间，工人五六位，正吃早饭。我上
前打招呼，他们甚热情。经询问，得悉正门城楼是新建，旧
楼毁于一九二八年战乱中。去年六月一日开工，今年七月一
日完成，历一年零一月，花费五十多万元。亦政通人和，百
废俱兴之举也。

别工人，复前行，过长城小豁口，到东闸门，适有车入
城，遂返客寓休息，时正十一点。

午餐后，整理行囊，于十二点半离宾馆，搭车行四十里，
至酒泉，方下车，遇一解放军小战士，叫李发安，四川宜宾
人，甚是热情，见我所提之物甚多，帮我送至招待所。我是
感激不尽，便拉他到饭馆吃饭，他脱手而去。这酒泉当是河
西四郡的肃州了，当以"葡萄美酒夜光杯"最为称誉，我于
饭馆独酌数杯，忽发雅兴，遂成二句："幸得夜光杯在手，
时安整日醉葡萄。"

在酒泉，拟留一日，时间颇为紧张。午餐后，先于十字街
头鼓楼下巡礼，一座三层木构楼阁，高踞砖台之上，楼下四门
楣上各有一题刻，为"南望祁连"、"北通沙漠"、"东迎华
岳"、"西达伊吾"，如实道来，亦见西北人士之质朴。

城东关有一名胜，那就是遐迩闻名的"酒泉"了。现辟
为公园，颇空阔清幽，杨柳扶疏中，湖心亭飞角翼然，太湖

石叠砌有致。那"酒泉"以汉白玉琢栏，其泉方广，水深而明澈见底，中植一雕纹华柱，游人尽以硬币掷入，落于石柱顶端者，即示吉利。入乡随俗，我亦投数枚，一枚正中其上，怡然而去。泉旁竖石碑一通，上镌"西汉酒泉胜迹"六字，提示此处正是传说中西汉名将霍去病以汉武帝赐酒倾倒泉中，与部下士卒同饮的所在了。

出"酒泉公园"，路经博物馆，陈列室近时关闭，未能一睹。时已薄暮，华灯初上，夕照中，南望祁连雪色，更见明洁透亮。步入"祁连餐厅"，半斤水饺下肚，便回招待所阅读那巴金先生的《雪泥集》。

十月三十日

上午八点半离酒泉，乘汽车东去，沿路有树、小草，比西来时平添生意，一路又有祁连山相伴，初日朗照，更见秀色。

行车四小时，于十二点半，抵张掖东门，徒步入城，至鼓楼南，宿甘州宾馆三〇一号。

下午至南街，有"山西会馆"者，现被市文化馆占用，有山门、戏楼、钟鼓楼、牌坊、大殿等，且有碑刻十数通，多为清嘉庆中所立。此会馆为市文物保护单位，一个来自山西的游子，邂逅"山西会馆"，自是喜出望外，分外亲切。

离"山西会馆"不远，有大佛寺，主殿气派，十分宏大，面宽九间，内塑一卧佛，身长三十三米，为国内卧佛之第一。

马可·波罗游甘州，曾有记载。在藏经殿有河西走廊第六届美术、书法、摄影展，略作浏览，最后看了文物陈列，便结束了对大佛寺的礼拜。

张掖有"万寿寺"，寺中有古塔一座，也颇玲珑可观。然塔在张掖中学校内，塔周有围墙，塔门上锁，不得登览，遂返客舍。同室住甘肃省委组织部一同志，谈农村经济问题，甚有见地，为之首肯。

十月三十一日

在敦煌时，曾购得一册名为《丝路行》的杂志，内有由张掖到西宁的一条公路线，古之丝路南线也，遂决定由此取道去西宁。主意一定，日前便到车站购票，票已售完，只好购得十一月一日票。遂在甘州滞留一日。是日，天甚冷，上午蜷伏于被子中读敦煌变文。午后，天稍转暖，再过书店，不慎，将脚扭伤，拐着行走，颇痛苦。明日早车，为免耽误，便移宿西关车站附近的"群众旅社"，店甚小，且简陋，聊可栖身。晚餐勉进炒面一盘，余则枕被读《艺林剪影》十数篇，文中多介绍书画前辈，有仰慕者，也有相识者。读之如高朋满座，良友晤对，自无寂寞也。

十一月一日

早餐毕，七点半离张掖，时细雨纷纷，不久，则小雨转为雪花，车到民乐县，已是漫地皆白，冰雪覆盖了。于车站购热鸡蛋数个，亦雪中送炭，疗我寒冷。

一路平坦，道路四旁平地耶？沙漠耶？缘大雪严覆，自难辨认。约十一时许，车抵祁连山谷口，这便是扼甘肃张掖到青海西宁的要塞"扁都口"。提到扁都口，有人说这就是隋大业五年炀帝西巡东还时所经过的大斗拔谷。

早年读《通鉴纪事本末·炀帝亡隋》篇曾记："车驾东还，行经大斗拔谷，山路隘险，鱼贯而出，风雪晦冥，文武饥馁沾湿，夜久不逮前营，士卒冻死者大半，马驴什八九，后宫妃、主或狼狈相失，与军士杂宿山间。"今我行其地，又值寒冬，风雪相加，心自悬浮。车行高山峡谷，道路尽为雪掩，行驶虽缓，其滑不减。历时许，方达岭头，四望全是雪山，茫茫大荒，尽作银界。时有一藏民，策马而过，剽悍矫健，真画图中人物。又见八九牦牛缀入山坡雪海，黑白强烈，实为版画家之佳构也。其地标为"俄博"。从岭头而下，是一草甸，秋高草黄，幸免雪盖，周有栅栏或围墙，其大不能尽收眼底。牛羊游食其间，一牧羊女，衣朱红色，煞是醒目，又一"高原放牧图"跃然眼前。下午一时半，汽车抛锚，检修一小时，方得驶动，沿大通河而下，于河中淘金者，上下皆是，似乎要将这河床翻一个个儿。风餐露宿，想其收获必多，否则不会在此甘受其苦。到"青石咀"地方，已是下午四时，司机说，距西宁甚远，就不能在此处打尖吃饭了。

离河谷，车转入山坡，左旋右转，步步升高，仰望山峰，直插云端，峰头黑云幻化，真《西游记》中妖怪出没之地。

我与司机同排相坐，他说，行车将要通过那峰头，我则不寒而栗。道路盘旋，风吹积雪，唿哨而过，天地昏黑。向岭上望去，车拥高处，蜗行龟走，其进惟艰。至一百零七公里刻石处，其地甚陡，且车轮打滑，难以行进，旅客不得不走下车来，齐声吆喝，推车而过。同行者多青年藏民，性少言语，体多悍壮，推车时，更见其气力，如我之身单力薄者，则是绝无仅有。车行一百零九公里处，为顶峰，时值下午六时，天已转黑，山路既滑，又多拐折，路外又是深沟大壑，稍有疏忽，其结果自不敢想象。在恶心、头痛中忍耐过四小时，于晚十时方到西宁，就近投宿汽车站旅社，住五〇一房间，放下行囊，稍作洗漱，也不思饮食，吃感冒清二粒，便上床歇着，此行也，苦耶？乐耶？

十一月二日

河湟首邑西宁，在西北边陲自然是一个大都会。它的历史虽久远，然而作为省会，它却是年轻的。民国十八年，青海建省，才有了这块省府驻地。其地处高原，海拔两千两百七十米，气候自然寒冷，与其说西宁是凉城，不如说西宁是冷城，"关陇风回首，河湟雪洒旗"。早餐就食街头，虽炉灶冒烟，而饼面皆凉，要不是昨日没有进食，今晨也会是难以下咽的。

由西门站，乘旅游车出南川，行二十多公里抵湟中县鲁沙尔镇，再步行数里，便到了黄教圣城塔尔寺。道路两旁，商店林立，大多售法器供物，珠光宝气，琳琅满目。

塔尔寺，坐落莲花山坳，其中最为引人注目的则是那金碧辉煌的大金瓦寺了。这是一座汉式传统结构的建筑，又参以藏式佛教建筑的装饰艺术，在三层歇山顶大殿上，覆盖以鎏金大瓦，并于屋脊和四角饰以宝塔、火焰珠、龙头套兽的铃铎，一派富丽堂皇的气度。大殿四周的地面上铺砌着坚石和硬木，天长日久，跪拜的喇嘛和藏民们竟将这些木石用膝盖和手掌磨出了深深的槽。我徜徉于殿前，观看那些跪拜人群，其专一和虔诚的态度实在无以复加，一种庄严肃穆的气氛弥漫寺院。该殿是为纪念黄教始祖宗喀巴而兴建的。明初，宗喀巴首创格鲁派，影响之大，僧徒之众，当时在喇嘛教中自是首屈一指。在他于西藏甘丹寺圆寂后，便在他的故乡建了一座塔殿，现在这个大金瓦寺，便是在那塔殿的基础上于康熙五十年扩建的。

距大金瓦寺不远，有小金瓦寺，其规模不算大，但小巧别致。进入寺院，喇嘛们列坐殿堂门前两侧，面对来人，吹号诵经，号长丈余，其声单一洪亮，"呜——"地长鸣着，给人以苍凉之感。两廊房，内绘壁画，颇粗犷，是藏式佛教壁画中的精品。廊房的楼上陈列着岩羊哈熊等高原异兽，这是他处寺院从未见过的。该寺后面的广场上，有白色如意宝塔八座，一字儿排列，若尼泊尔风格，情调不凡，游人多于此摄影留念。

与大金瓦寺风格迥然不同的是规模更为宏大的藏式平顶建筑大经堂，占地近两千平方米，可同时容纳千余喇嘛在此进行佛事活动。殿堂深广，光线幽暗，一百六十八根大木柱耸立经堂，木柱上方饰以雕刻，下方皆以龙凤彩云藏毡包裹，屋顶高悬幡帏、彩带，四壁环列大型堆绣佛像，地上满布精美小块地毯，数十盏酥油灯闪烁着，烟雾缭绕，让充满毡腥味的经堂内呈现出无限的神秘。僧人在晃动，信徒在跪拜，如我辈之游人，自是屏气观看，而不敢大声说话，生怕惊动神灵或破坏这种严肃的氛围。

也颇幸运，是日正是农历九月二十三，一年四次的跳神活动让我遇上了。九间殿前的大院内，云集着汉、藏、蒙、土等各族群众和僧侣以及远道而来的欧美外宾，在芒罗、长号和圆鼓的撞击声中，身着长袍、头带假面具的舞蹈者双双出场，或金刚力士，或牛头马面，或碧眼黄发，或骷髅鬼脸，不一而足，踢腿转身，仰观俯察，顾盼多姿，在缓慢的节奏中，变换着花步。那分列在屋檐下两侧的伴奏者，头着橘黄高帽，身着紫红僧衣，在寒风中偏袒一肩，体肉外露，神情专注，专事吹奏。内中一二青年小僧，左顾右盼，其情狡狯，此乃逃禅者也。

酥油花，雅称油塑，是塔尔寺的一绝，几年来已在电视中多次拜观，今得亲睹，顿开眼界。偌大的殿堂内，陈列着形似影壁的几铺人物故事、佛教神话，诸如《文成公主进藏》、《西游记》、《木兰从军》等等。山川建筑，井然有序；花木蔬果，点缀其间；人物须眉毕现，楚楚动人，色泽鲜活。其制作之精巧，信手拈来，皆成妙谛。

在塔尔寺又浏览了讲经院、文物院、大厨房等数处圣迹，于下午一时返回西宁。

自宋元以来，信仰伊斯兰教的客商工匠等从西亚和中亚远来中国，西宁东关的清真大寺便在明初应运而生。该寺在明太祖"敕赐"落成后，便成了西宁回民进行宗教活动和穆斯林群众举行婚丧嫁娶仪式的场所。我访清真大寺，时近傍晚，独步入牌坊，走一段甬道，是一道大门，列九级石阶之上，设拱门五道，一大四小，门楼两翼各建三层宣礼塔一座，颇壮美。入拱门，面前为一广场式的大庭院，空寂无一人，清静之极。院的尽头，便是大寺的主体建筑礼拜堂，它已有近百年的历史，中国式殿堂，饰以阿拉伯和古波斯的图案，融会贯通，别具面目，殿堂之大，可同时供三千人礼拜。殿门紧闭，我从窗孔中向内探视，由于空寂，更觉其阔大。我去过的清真寺不多，如此之规模的，还是平生第一次所见。

默默地走出大寺，街头行人已是甚少了，西宁是如此的宁谧、静穆，生活在这里的人，该会高寿的。

十一月三日

西宁仅一日，看了两个风格截然不同的寺院，便登上了归程。早七点二十分上火车，方上车，就有一人将他的上衣挂在已有衣服的衣帽钩上，然后似乎将手伸入他自己的衣兜，却将别人衣兜中的钱物掏去。掏完此处，再掏彼处，如是者数次。这事发生在西宁车站开车前几分钟的车厢内，在场发现的人恐也不少，只是歹徒身佩藏刀，我自软弱，见义勇为者也不曾出现。鸣呼，宁静西宁也不安宁。

车行四小时十六分，经二百余公里，于中午十二点半抵兰州车站，下榻兰州饭店东楼四二五号。

下午访肖弟先生于甘肃省文联，晤谈半小时。

曾读叶圣陶先生游雁滩公园散文，记忆颇深，因住地距公园不远，便漫步其内。沧海桑田，先生笔下的景象已多物变，自觉无甚兴味，遂回客寓。

十一月四日

上午游五泉山，此地多古木，有柳、榆、椿、柏，五泉者仅见其二，曰"掬月泉"、"惠泉"，亦徒存空名而已，实无泉也。山之最上处为"三教洞"，颇卑小，有"千佛殿"，尚宏大，然正在修缮中，不得参谒。有"金刚殿"在山脚，为省文物保护单位，内有丈六金身铜塑接引佛，铸造精美，在西北文物中亦属罕见。于文昌宫观看了甘肃省画廊陈列之书画，甘肃书画家的风貌于此可见一斑。

下午游白塔公园，山巅白塔凌空，山脚黄河东去，公园山径曲折，殿宇罗布，朱楼丹阁，相映成趣，漫步其间，悠然怡然。小坐山亭，南眺五泉山，逆光中颇有层次，下瞰大河，铁桥飞架，气势顿生。南北两山夹峙中，兰州一城，高楼林立，烟绕云飞，街头巷尾，车水马龙，繁华景象尽现眼底，诚甘肃之首府，丝路之门户也。

十一月五日

上午九点半离兰州，搭车东去呼市。一节卧铺车厢，寥寥数人，因人少，很快就相识了，有西北民族学院教授；有包头某厂家经理，是彝族青年；又有两位呼市推销员，方由伊犁归来，其中一人祖籍是原平，为我同乡，甚是热情，时时关照；还有一位山西文水籍女士，在兰州工作，去包头探亲。同车厢各位，谈锋甚健，也颇投机，山南海北，天上地下，古今中外，无不在谈笑之中，一车的寒气便荡然无存。只是说到，此段道上颇不安全，小偷出没，流氓猖獗，又系慢车，走十数分，便停车一次，时入深夜，深恐歹人窜入车厢，需分外留心行囊，故一宿未能高枕无忧。

十一月六日

早晨，在朦胧中外望，车入内蒙古竟多时，四野平旷无垠，正河套地区也。到五原车站，葵花籽堆积如山，想在夏日，黄花遍地，灼灼照人，当另一番景色了。下午二时许，抵包头，在站台小作观光。至此，车转由西向东，在平原上奔驰而去，只阴山一线，横卧其北，南则土默川平原，古之敕勒川者。"天似穹庐，笼盖四野"的《敕勒歌》竟脱口而出。

下午六时半抵呼和浩特，完成三十三个小时、一千一百一十四公里的旅途生活，到民族旅社落脚，然后饱餐几张颇有风味的呼市饼，便回寓卧读有关蒙古的史料。

十一月七日

呼和浩特，蒙语也，即青城之义。有新旧城之分，旧城为归化，新城为绥远，今新旧城早连成一体。六十年代，在"四清运动"中，我结识了刘贯一同志，曾拜读他的诗作《高阳台·凭吊昭君墓》："碑老多残，坟高易冷，阳春空照芳尘。忆昔汉蒙事来，佳话未息风云。丰州久挂凄凉月，王嫱千载怨黄昏……"对"青冢"便心向往之。今到古丰州，自然首先是寻访那昭君墓地了。

由旅社至南茶坊，再乘市郊车南行十八里，便见一土丘，拔地而起，高约三十米，那便是青冢了。环视园中，有董必武诗碑，有"昭君出塞"的雕像，苍松翠柏中，风姿绰约。有文物陈列室和休息室，瓦舍森然。我循磴道，沿土丘而上，直达丘顶小亭，于此伫立良久，北望黑河如带，南眺平川苍野，忆昔明驼千里，喜今蒙汉情殷。耶律楚材之名句"玉骨已消青冢底，香魂犹绕黑河滨"，顿浮脑际。

得见青冢芳颜，心愿似乎了却，便循原路回到南茶房，改乘六路汽车到小什字，观礼那大召和席力图召。

大召，始建于明万历年间，与归化建城同时开工，是呼市最早的召庙了。寺内现供奉的银制释迦牟尼像，还是四百年前的遗物，弥足珍贵。在钟磬声中，有三五参拜者，烧香叩头，与西宁塔尔寺香火之旺相比，是不可同日而语了，至于清静修行，倒是好地方。

席力图召在旧城石头巷，寺不大，俗称小召，也颇僻静，然它却是达赖三世圆寂后，在蒙找到的转世人呼比勒罕，即后来的达赖四世云丹嘉错学习过的地方。云丹嘉错年幼时，随席力图召首座希体图葛布鸿学蒙、汉、藏文并黄教经典。随着达赖四世的成长，这召庙自然也享誉漠南。

在席力图召巡礼，寺中那通在康熙三十三年大喇嘛率众平定准格尔部勾结沙俄东侵的记功碑，引我再三诵读，这应是小召的一段光辉历史了。院内还有一座汉白玉砌成的覆钵式白塔，其设计也见匠心，精工修美，在这华美的黄教寺中，却显出冰清玉洁，有几分羽化登仙之感。

出小召，又漫步于小召下院五塔寺。这里寺院早已不复存在，只一座精巧秀美的金刚宝座舍利塔，亭亭而立，游人于此徘徊驻足，无不为那挺拔的倩姿和意匠的经营而啧啧赞叹。一部《金刚经》用蒙、藏、梵三种文字镌刻于宝座，一千多龛鎏金佛像罗列四围。那莲瓣须弥座上的五塔，一高四低，饰以图案，刻工细密，变化无穷，摩挲再三，不忍离去。可喜塔北那铺影壁，则更教人宝爱，一幅天文图跃然眼前，只是那天文学名称都以蒙文标写，我不懂蒙文，面对此图真是如读天书，两眼茫然，不知所云。据说这是国内发现的唯一以少数民族文字标写的天文图，其珍贵不言而喻。

在呼市，用半天的时间，匆匆对几处胜迹进行寻访，中午一点方返回客寓。

下午四点半，乘火车返晋，晚七点经道卓资山。这里素

1988 年 10 月 27 日于敦煌莫高窟

以熏鸡著称，堪与德州扒鸡、道口烧鸡相媲美，遂购二只，以为品尝。九点多过集宁，午夜到大同，车入山西，便醺然入睡。

十一月八日

早八点返回忻州，此行历时二十二日，经道陕西、甘肃、青海、内蒙古四省区，领略其风土人情，饱游其名胜古迹，经历长途的劳顿，带回一身的困倦，余则便是以上这些拉杂的文字了。

西出阳关

几年前行脚敦煌，却未能出访阳关，总感到对历史的胜迹欠了一笔账。今有机缘再来沙州，自当还清债务，以了西出阳关之宿愿。在敦煌市文化局长的陪同下，我们一行数人乘面包车出西城，过党河，故城遗址雄峙，白马塔高耸，这些地方曾留下我几年前骑单车驻足的脚印，今又来，有如老友相见，道一声"别来无恙"！

汽车在沙漠中行驶，眼前无际，一色苍凉，无水无树，间或有一两丛骆驼草，低矮而蜷曲，点缀在沙碛中，还有高高矮矮、大大小小的土堆子，据说是汉唐的遗冢，千年落寞在西去的古道旁。有幸遇到了一列驼队，为单调的大漠带来了生气，那雄浑而又清脆的驼铃，划破了长天的枯燥和沉寂，坐在车中昏昏欲睡的朋友们才启动着疲乏的眼皮向车窗外探视。车在沙漠中跑过了七十公里的路程，我们终于来到了阳关脚下。

破目而来的是古烽燧台，它雄奇而苍老，犹如一艘巨舰，在蓝天白云的映衬下，运行在历史的长河中。面对这"平沙迷旧路，智井引前程"的情景，我竟有点神驰遐迩了。眼前顿时幻化出狼烟四起的古昔，勤王出征的将士，在羌鼓胡笛中飞马尘沙；西天取经的圣僧，在烈日黄沙中唇焦口燥；东来献贡的碧眼儿明驼威仪……这烽燧台目睹了千年的变化，寿昌城变成了"古董滩"。

"古董滩"引来了无数的探宝者，中国的，外国的，正当的，掠夺的，近百年来，这里似乎没有清静过。同行者，也想小试运气，不辞辛苦，躬身寻觅，意想得到一件箭头、铜钱、石刀、棋子什么的，然而这里已是箆子梳过无数回了，你想得到"古董"，谈何容易。

"古董滩"巡礼毕，便到距此一公里的渥洼池。早年读刘彻的《天马歌》，对这"得天马之所"的渥洼池，便心向往之。传说："南阳新野有暴利长，当武帝时遭刑，屯田敦煌界。人数于此水旁见群野马中有奇异者，与凡马异，来饮此水旁。利长先为土人持勒靽于水旁，后马玩习久之，代土人持勒靽收得其马，献之，欲神异此马，云从水中出。"（李斐注《汉书·武帝纪》）

在沙漠中，蓦地拥出一片绿洲，沙柳、白杨、槐榆之中，屋舍栉比，街头羊牛往来，小四轮拖拉机不时冒着青烟，驰入田垅。这里是敦煌市的南湖乡，村外有黄水坝，坝内便是渥洼池。走上大坝，放眼望去，天池一泓，方圆约里许，深浅不测，池水清澈。蓝天白云，若出其里，岸边浅渚，水草丰茂，时有十数人正收网售鱼。鱼大者数斤，红鳞闪烁，泼刺有声。大漠天池中，有此巨鳞佳物，自足令人咋舌赞叹。此行所憾者，就是未能睹龙媒神骏，只能高吟那汉武帝的《天马歌》了，"太一贡兮天马下，沾赤汗兮沫流赭。骋容与兮跬万里，今安匹兮龙为友"。

于渥洼池玩赏有顷，并以饮料罐汲得池水数升，返回敦煌，遂成小记。同行者有北京王景芬、张虎、白煦、刘恒，辽宁聂成文，郑州李刚田，南昌张鑫诸先生。

1991 年 8 月与书法家在敦煌　沙山
左起：白煦、张鑫、王景芬、聂成文、张虎、陈巨锁、李刚田、刘恒

游南郭寺记

尝读老杜《秦州杂诗二十首》，知有南郭寺之名胜，心甚向往。抵天水市第二日，即驱车往访之。

由市区南行，过耤水河大桥，穿街过市二三里，至慧音山之麓，沿坡脚公路旋转而上，未几，抵半山停车场，遂下车拾阶而上，已见寺门矣，"南郭寺"三字，豁然寓目，乃赵朴老之墨迹。门前有二唐槐，分别左右，直插云天，仰之弥高，其粗三人或可合抱，巍巍然正古寺之护法神，人称"将军树"。

山寺坐南面北，倚山面市。入山门，但见庭院净洁，古木掩映，有卫矛、龙爪槐，皆数百年老物，或清奇秀发，或盘曲劲健，绕树作面面观，得见其种种姿态。在古木中，尤为引人注目者为老柏一株，树分二歧，南北斜伸，横逸于半壁庭院，分歧柏洞之中，又生出一株新槐来，虽云新，其干亦有合抱之粗。古柏下，砌长方形花墙以护树，南北立二碑，分别为清初之《建南山寺二配殿卧石纪事碑》与民初之《新修天水南郭寺古柏围墙记》，原碑立古柏下，今竟成老树之支柱了。导游言，据专家测定，此柏当有 2300～2500 年的树龄，该是杜诗中"古树空庭得"的古木吧。

我立于柏阴之中，但闻柏叶瑟瑟，如诉如泣："安史之乱后，关辅大饥，杜甫弃官而去，挈妇及子，西度陇坂，于肃宗乾元二年夏秋之交，来到秦州，登临南山，抚摸老身，有悲生事，临风吟哦。"今古柏尚存，而杜老已逝千二百年，真是俯仰之间，已成千载。

在山寺，寻"危石"、"卧钟"皆未能得，遂至东禅林院，谒杜公祠。据说，秦州东柯谷旧有杜工部草堂，同治年间，毁于兵火，遂将南郭寺东禅院改为杜公祠。祠殿颇卑小，所塑杜甫像，亦未能传诗人神采。所可慰者，在东院复建有杜诗碑廊，甚堂皇壮观。清初诗人宋琬，在秦州做官时，集二王法书，选刻杜甫在秦州吟咏六十余首，为"二妙轩"。三百年风雨，诗碑尽毁，数年前，天水市政府投资60万元，依"二妙轩"诗碑旧拓本上石，成今日所见之杜诗碑廊。我于廊前诵读良久，喟杜诗之苍凉，叹王书之精妙。此首推宋琬捐俸刻碑之功德，再谢天水当今政要之决策，使诗、书"二妙"传于千秋，又岂止开发旅游资源哉！诚如霍松林教授所言："诗以地名，地以诗显，天水物质文明与精神文明之建设，必将以诗圣碑林之建立为契机，突飞猛进，日新月异，拓乐土于西州，耀明珠子丝路也。"

于东院，寻得"北流泉"。此水系陇上名泉，旱盈潦缩，亦名湫池，俗称"八卦井"，今建亭于上，供游人茗饮。我小憩其间，其时也，新草分绿，杂花初放，清芬馥郁，蜂蝶争逐。值此良辰美景，心生恬淡，悠然怡然，郁结在胸中那杜诗凄清苍凉的境界为之荡然而释。

小坐有顷，应南郭寺工作人员之邀，入西禅院办公室，见早有纸笔铺陈，命书留念，盛情难却，遂献拙字，谨录杜诗《南郭寺》云：

山头南郭寺，水号北流泉。

老树空庭得，清渠一邑传。

秋花危石底，晚景卧钟边。

俯仰悲身世，溪风为飒然。

书毕，将离寺，在山门外，北望天水市区，南北两山夹峙，耤水清流潆洄，高楼错落迭起，市井行人如织，一派繁荣景象，煞是陇上明珠。而那杜甫笔下的古秦州，除"山头"之"老树"外，皆已尘封于历史的档案之中了。

三上华山

在中学时，读了一篇黄苗子先生题为《华山谈险》的游记，便开始与华山结了缘，竟引我以后三次登上了华山，也足见那文字的魅力。

第一次的成行是在 1965 年的秋天。那时，我在芮城的永乐宫参加迁建后新宫壁画的修复工作。趁国庆节休假的空闲。我偕著名画家潘絜兹先生以及我的同学王朝瑞、张玉安、孟宪治一行五人结伴出游。十月一日的凌晨，永乐宫迁建委员会的大卡车送我们到永济的风陵渡。其时，由晋入陕的铁路桥尚未修复，须在码头等船，趁待渡的时间，大家坐岸边作写生画。满眼的黄河激浪，滔滔汩汩，一泻千里，真有点"黄河万里触山动，盘涡毂转秦地雷"的气象呢！对岸是潼关的城堞，雄踞要塞，烟树苍茫，行人如蚁；远远那僧帽状的峰峦便是华山的"天外三峰"——朝阳、落雁和莲华峰。面对如此壮丽景观，我忽然想起了谭嗣同的《潼关》诗："终古高云簇此城，秋风吹散马蹄声。河流大野犹嫌束，山入潼关不解平。"心情为之澎湃，遂展四尺对开横幅，放笔挥毫，风声水声，声震山河，雄关急浪，尽入绢素。

待渡两小时，仅十余人下船落座，遂起锚。是日也，风大浪急，12个舟人在船沿上施桨弄篙，大声呼号，奋力拼搏，不足2里的河面，因逆风行舟，竟挣扎了一个多小时。我们坐在木船中，面面相觑，惊恐万状。所幸未葬鱼腹，安全抵达彼岸。谢过舟人，登上关城，串街而过，城下唯卖酱菜者引人注目，竹编小篓，方广四五寸，篓口以梅红纸扎封，系以绳索，以便提携，遂购一二小篓，以备途中佐餐耳。

是处为潼关旧关，由此乘汽车，前行十数里，方抵新潼关。新关较旧关自然繁华许多，商店鳞次，行人熙攘，大家在街头聊作浏览，似无物可购，便入茶馆泡着，以待西去火车。

于下午6点许，方等得一列慢车（快车在华山站不停），匆匆而上，未等坐稳，车过孟塬，即抵华山站，又匆匆而下车，已是黄昏时分，就近寻一小客栈，丛树中，瓦屋数间，倒也清静典雅。晚饭后，大家坐在小油灯下，说《聊斋》故事，室内昏昏，人影散乱，夜风入隙，窗纸瑟瑟，仙女耶？鬼狐耶？

翌日天明，用过早餐，大家便向华山而来。先入谷口玉泉院巡礼，在苍松翠柏间，掩映着陈希夷偌大的祠堂。深宅大院，回廊曲槛，唯清泉淙淙，绿苔迷离，只一道人短袍束冠，手执竹笆，清理着庭院中的落叶。我们这些过早的来客，惊扰了枝头的宿鸟，引颈长鸣，扑然飞去。那道人应大家的请求，开了几处殿堂，殿内光线暗淡，似乎无一可观，唯一幅徐悲鸿的骏马图悬于壁间，至于真伪，我们却没有作仔细考察。

出玉泉院，径入华山峪，在峰峦峡谷间，乱石横陈，涧水鸣泻，大家择道而行，腾挪跳跃，若松鼠，似狸猫。甫入"五里关"，已是满头大汗，气喘吁吁，大家坐下来休息、照相。朝瑞也许饿了，便开始大嚼烧饼。又五里，至莎罗坪，绿树如洗，轻烟似纱，烟树间，石室几孔，道人出入，煮粥供客，我们每人一碗，坐在室外石凳上就着潼关酱菜，那滋味可香甜呢！过十八盘，至毛女洞，听"玉姜逃秦"的故事，颇为那饥餐松籽，渴饮山泉，天长日久，体生绿毛的宫女而感伤。离毛女洞，路渐转高，行进间，一对青年男女迎面而来，那女子体态丰盈，玉面饱满，活脱脱张萱《捣练图》中主妇。待他们过去，不知谁脱口而说：唐代仕女！大家皆有同感，不禁回头再看，那女子也正好回过头来，也许是她听到了我们议论，或引以为自豪，便莞尔一笑。路遇佳丽，评论良久，说笑间，已经穿过"云门"，来到了青柯坪。

青柯坪，地处莲花峰脚，仰而望之，奇峰壁立，高可千丈，黑魆魆，似乎要从上面压下来。坪上有西道院，东道院，通仙观等建筑。已近中午时分，道士们忙碌着为游客炒菜煮饭，端水倒茶。我坐在西道院的石磴上，欣赏那浮苍点黛的青柯树，品读那纹理如画的荷叶皴，青山绿树，红叶白云，或为张大千浓彩重抹的写意，或为贺天健三矾九染的工笔。一幅幅青绿山水，金碧辉耀，光彩照人，面对胜景，我忘却疲劳，竟染翰理纸，画将起来，要不是有人喊我吃饭，我不会从写生中转过神来。

午饭后，便开始探险搜奇，过"回心石"，横下一条心来，毅然步入千尺幢，这是登山唯一通道。仰天一线，下临无地，天开石罅，斜卧半空，中凿石磴，宽不容脚，崖壁间置铁索，锈迹斑斓，正李东阳所云："天门重重隔烟雾，铁索悬崖引长路"也。人行其中，手攀铁索，脚踩石磴，前人之脚，在后人头上，后人之头，在前人脚下。我沿磴道而上，屏息静气，目不敢回视，话不敢高声，战战兢兢，唯脚下之索索与心中咚咚相呼应。好容易走完那近三百级的"太华咽喉"，钻出天井，方舒了一口气。不想一险方脱，一险又至，眼前便是百尺峡。但见双壁夹峙，一石中立，四无依傍，状如鱼脊，骑脊而过，敛神一志，岂敢笑谈游视，深恐心悸手松，坠落无际。偶仰头而视，正一石压顶飞来，名曰"惊心石"，亦令我双腿酸软，瘫然而坐，待缓过神来，再慢慢前行。

过百尺峡，地稍平缓，忽然山雨袭来，我们紧跑几步，躲进"二仙洞"避雨，洞不大，五人择石而坐，"二仙洞"顿时变成了"七仙洞"。从洞口雨中望西峰，忽浓忽淡，时隐时现，衬以水帘洞飞瀑，集仙观苍松屋脊，俨然一幅仙山琼阁图。我匆匆以淡墨勾勒一幅雨中山水，烟云幻化，扑朔迷离，意外偶得，天所助也。

雨停，复前行，远望群仙观，飞甍凌空，彩虹朗照，奇石挂岩上，宝树灵芝，二道长对坐谈玄，又是一幅精彩的宋人小品。过群仙观，又一险当道而立，曰"老君犁沟"，陡壁上几痕坎凹，所谓老君犁迹也。前经千尺、百尺之险，此犁沟也相仿佛，心情平实多了，脚踩石窝，手扪铁索，似不费多少力气，历尽险阻，复得平地。又升一二石坊，便是海拔1500米的云台峰。时已薄暮，我们下榻翠云宫中，稍事茶点，便坐宫门前石阶上，看岩下云起云落，听松涛如琴如瑟，惟那苍龙岭在夕照中，千仞一脊，直插天际，明日将由此而上"天外三峰"。"能上去吗?"我忽生废然而返的念头。

夜色逼人，群峰浑然一体，山风吹过，体生寒意，游客散尽，惟一老道士，面目清癯，银须飘洒，立一盈丈平台上，跃然起舞，剑影飞动，割云切玉，霍霍有声。我庆幸在这西岳峰头领略到那仙风道骨的风姿。

夜深了，隔壁游山的少男少女们仍嬉戏不已。一位道士发话道："先生们、女士们，早点休息吧，明日还有漫长的路程呢!"又说："明日登山，要格外小心，难于行走的地方，千万不可冒险。昨日南峰长空栈道，摔下一位游客，已粉身碎骨，葬身崖谷了，要引以为戒呢!"听到这则不幸的消息，我不禁"魂悚悚其惊斯，心惢惢而发悸"。竟在入睡后，噩梦袭来，惊叫而觉。

十月三日，晨起，朝晖已照仙掌峰，渐而下移，至苍龙岭、五云峰、铁牛台，一片灿烂。峰脚，白云涌起，填壑漫谷，丛林浓郁，藤萝滴露，兼有霜叶飞丹，杂然缀壁，真山耶? 图画耶? 令我逸兴湍飞，舞之蹈之。

身入画图中，赏心悦目的自然景观将那华山的"险"冲淡了，过擦耳崖，穿金天洞，又逢绝路，只见天梯垂空，心复悬起，舍此道便不能登峰造极。再咬咬牙，缘索而升，其状若猿猱，若壁虎，只是我们笨拙了许多，比不得那些生灵的轻巧。爬尽"天梯",经"日月崖",过"三元洞",御道尽头,便是那惊心动魄的苍龙岭。

自岭脚,仰而望之,一岭垂天,两侧架空,岩表青黑,状如龙脊,虽石阶分明,阑干整齐,并铁链护之,然置身其间,亦腿颤手抖,心含口中,遇陡峭处,须尽力攀缘,遇逼仄处,皆匍匐而爬行。至岭端,已是冷汗淋漓,面目苍白,难怪当年韩退之先生于此投书痛哭。想那千余年前的唐代,华山之险,更非今日之所见,一介书生,能登上太华极顶,实在令人佩服。我没有赵文备的胆量,自不会在此讥讽那韩夫子的怯弱;也没有李柏的潇洒,故不曾在岭上长啸。

苍龙岭过后,不远就是金锁关。入关,经"无上洞",即到箫史弄玉吹箫引凤的中峰,难怪这里又名玉女峰。岭头有引凤亭,翼然古松之下,松涛习习,似箫声清韵,想见那弄玉乘彩凤而游太空的情影。忽小雨飘过,雨丝落在我写生之画面,墨线渗化,顿生烟云,一幅《烟雨落雁峰》的写生,出自预想的笔墨效果之外,幻化出特殊的情趣来。

中峰午餐后,登东峰,峰如一巨石,略无缝隙,远望之,墨线如金刚杵,直拖而下,乃天雨水流冲刷所成之沟痕。东峰即朝阳峰,一名仙掌峰,其峰向阳处,指痕宛然,传为"巨灵迹",正李白"翠崖丹谷高掌开"之谓也。由东峰经"鹞子翻身"可抵"下棋亭",宪治同学拟一试身手,让素为和悦的潘絜兹先生严肃制止了。我这位同窗还多少有点不高兴,但又无可奈何,只怏怏然跟着大家走。

下东峰,上南峰——落雁峰,过南天门,至"升表台",

大家将宣纸撕碎，扔岩下，那纸片，随着气流的上冲，升将起来，散作天花，煞是好看。此时不是雁过时候，否则会有群鸿衔表的景致呢。

南峰是华山的最高峰，海拔 2200 米，最高处有"仰天池"，池不大，却可"沐浴日月"，我坐其侧，"洗手摩天"，远眺关中盆地，黄河一线，得太白先生"西岳峥嵘何壮哉，黄河如丝天际来"的感觉。南天门外，有长空栈道，便是十月一日游人失足遇难处，因其险甚，是日，无一问津者。有顷，阴云四合，山雨欲来，我们匆匆下南峰，沿马鞍形小道至西峰。方入翠灵宫，大雨瓢泼，檐溜如注，大家休息客社中，听风声雨声松涛声，颇得"铁马冰河入梦来"的诗境。

四日放晴，在西峰看状如荷叶覆盖的巨石，听《劈山救母》的故事，画苍松杂树，吟"莲花云台"。待尽兴，每人就地选材，拾一木杖，挂杖下山，得得有声，又值细雨朦胧，流泉飞瀑，随处皆是，真是"山中一夜雨，树梢百重泉"。走出华山峪，人人皆成了铁拐李，趔趄着赶上了火车，返回永乐宫，倒有点"跛鳖千里"意思呢。

第二次上华山是在 1976 年 11 月间，其时"文革"结束不久，我同另外三位美术工作者赴西安出公差，路经华山脚下。他们都未曾登临过，很希望我给他们做向导，以求山水之乐。禁锢十年的思想解脱了，潜伏在心底画山水的欲望复又萌生，便欣欣然冒着严寒二登华山。

黄河风陵渡的铁路大桥早已开通，我们由太原坐火车往西安而来，因为是直快车，在华山站不停驶，大家只好在前一站的孟塬下车，时近黎明五点。走近一家灯火尚亮的小餐馆，炉灶已经封火了，堂倌们坐着打盹，真有点灰锅冷灶的感觉。时值隆冬，又是拂晓时分，那睡眼惺忪的堂倌见这伙饥寒交迫的来客，先给每人端上一碗开水，让大家压压寒。随后，每人要一碗羊肉泡馍，并希望多放辣椒油。炉灶捅开了，蓝炭火冉冉闪烁，锅也开了，热气蒸腾，香气扑鼻，没用多久，大碗滚烫的泡馍端了上来，又辣又烫，大家连吃带喝吸溜着，霎时间，每个人吃喝得满头大汗，身上顿觉暖和了，这羊肉泡馍真是驱寒的灵物呢！唯单先生吃得不开心，他说他想喝汤，结果那汤都让"馍喝掉了"。原来这泡馍，首先需自己将馍掰成细碎小块，放在碗里，然后浇上羊肉汤，而老单同志将一个馍只掰成了四瓣，那浇上的羊汤，片刻间，就让馍吸收的一无所有，他干瞪眼，逗得大家哄然大笑。

吃完泡馍，天已麻麻亮，我们从孟塬沿着火车道向前行进，大约走了二十里的路程，便到华山峪口。寒冬十月，除我们这些痴人，哪会有游山者。身为向导，我自走在头里，距初游华山，已经过了十一个年头，尽管人事多变，然而那山河却是依旧的。只是因季节的不同，眼下山寒树瘦，水落石出，岩下那枯黄的衰草在寒风中战栗着。路依然是那条路，但华山峪给人的印象是荒寒的苍凉的。本想到娑罗坪后，再吃一碗热腾腾的小米粥，然而来到其地，房屋荡然无存，连树木也被伐光了，只见瓦砾满地，树桩零乱，一派残败的景象，这自然是"文革"的成果了，我不禁怅然长叹。

到毛女洞，幸见一道长，非独清癯，颇嫌枯瘦了，惟两只眼珠时或转动一次，才显出一星活气来。他为我们送上开水，问了一些山外的情况，便又木然地回到那四壁通风的石室中去枯坐。待要离开毛女洞，我的大衣的衣襟竟将那开水碗带落地下，砰然而碎。在我们家乡的乡俗中，认为出门打碗是很不吉利的征兆，我虽不迷信，然而这一着，也给我带来些许的不快，惟至青柯坪，也失去了往日的繁华，不独游人没有了，连道士也没有了。东道院的通仙观只剩下残垣断壁，唯西道院还保留着两间房子，门上却挂了锁，好在我们临行前在太原预备了干粮和凉开水，否则在此还得挨饿呢！

前面便是险路，过千尺幢、百尺峡，我除要求大家格外的小心谨慎，自己则抱着"敛神一志"、"脚踏实地"的要诀，一步一步地攀登上山，走累了，停下来喘喘气，歇好了，再慢慢地爬。因为心情的不佳，赏山的情致全无了，似乎华山也失去了往昔的风采。待到群仙观，才发现画家亚明先生早年所画的一幅《华山图》，是从这个角度写生的，画面下端近边的地方是一列屋脊，而那西峰峭壁，横空而下，塞满了其它部位，磅礴之气，跃然眼前。

过群仙观，攀老君犁沟，因山头早有积雪，晴天溶化，早晚冻结，以致整个石磴上都结了冰，脚无着处，只好手攀铁索，脚寻石窝边缘无冰处，历尽险绝，艰难而上。来到北峰云台，那昔日的留宿处也是一片瓦砾，本拟在此过夜，室宇不存，何以栖身，看看天色不早，只能匆匆赶路，擦耳崖、上天梯的"险"被征服后，大家小坐"日月崖"下的天然岩洞中，喝几口凉白开，吃几口冷馍，养养神，便往那苍龙岭下奔去，只盼着尽快到玉女峰求一顿热餐，求一榻清梦，苍龙岭的险绝也有些淡化了。大家不言语，各自走自己的路，也许心里都捏着一把汗，然舍此路而别无生计，便只能破釜沉舟，背水一战了。登得岭头，我连说话的力气也没有，连那韩愈投书的胜迹也不曾为他们指点，

当然他们也没有听故事的兴致了。

也真晦气，来到金锁关前，大雪封山，莫说上东峰、南峰，就是这近在咫尺的玉女峰也不得登临，雪埋石径，深不知几许，万一掉进雪窝或摔落悬崖，岂有生还的可能。投宿中峰的打算也只能取消。那唯一的去处只有翠灵宫，因为那里有华山气象工作站，终年有工作人员守候着。我们只好从金锁关前右折镇岳宫，其时，已是夜色迷茫，路径模糊，大家摸索着山间仄道，缓缓而行，过废宫，天全黑下来，脚下的道路实在难辨了，同行的一位女同志叫苦不迭，说："真想大哭一场。"大家只好坐下来，不知过了多久，眼睛竟适应了周围的环境，是山中积雪的微光呢，还是那升高的淡淡月色，将那曲折的山路映照得有点清晰了，大家再鼓气前行，在深夜寒风中登上了莲花峰。

翠灵宫在月光下，琼楼玉宇，轮廓分明，正袁江之《秋台露月图》。自然景观的魅力很快让长途行旅的困顿驱散了，也没有了"僧敲月下门"的文雅，竟然使劲地扣打着翠灵宫的门环。当气象站的工作人员听到急迫的扣门声，才紧裹着大衣给我们开了门，引进了一间冰冷的客房，很客气地说：

"对不起，这个季节，没想到山上来游人，客房里也没有火，将就着休息吧！"说着，又送来一暖瓶开水。我们在半夜搅了人家的清梦，自是十分抱歉。也许是太疲倦了，不吃不喝，和衣而卧，只盼做一个美好的黄粱梦。

自然是因饥饿和严寒的侵袭，第二天大家早早就醒来，吃点开水泡馍，走出门来，看看那挂在通道上的温度计，指标是零下 27 度。停立莲花峰头，只见那玉女峰，白雪覆盖，青松映衬，祠殿的高薨，在晨光中飞丹点翠，煞是醒目。我为这景色所陶醉，积习难除，又开始铺纸理笔，岂知水在砚台中，研磨数圈，便生冰渣，很快更冻结了；笔在纸上，未钩几道，便成了坚硬的"毛椎"，我只能用嘴呵着砚池，呵着毛颖，惜墨如金地作着画，这画自然得笔墨简淡的效果，特别是那水墨在纸上经皴擦，便是一层薄冰，二次覆盖，墨与色均不再会敷着了，只留下一层层的水渍，看起来倒天然别致，难怪此次下华山后，曾携画到西安美术学院请教罗铭教授，他对我那几幅"呵"出来的拙作，审视再三颇感兴趣，还垂询了取得那特殊效果的缘由。

诸位同道，登山宿愿已偿，干粮也将用尽，便循原路下山。至北峰，不知从何处转来一位老道士，售黄精和华山参，又是老单同志，他不问价钱，便将那人参折为两段，以视参之干湿，殊不知这人参从来是卖整株的，若分成碎段，便无人再要。自作自受，他只好将断参买下，好在那道士不曾敲竹杠，也算他大幸了。从此老单上华山"吃泡馍"和"折人参"的故事，便广为流传。

是日为小阳春天气，天朗气清，边走边画，到青柯坪的时候，又值傍晚，西道院房门启锁了，室内住两位采药人，终年悬绳深谷大壑，系生命于崖壁，偷偷地从事着那名为"资本主义尾巴"的副业。人生不易，于此可见一斑。我们向采药人请求，希望能在此留居一宿，他们答应了，为我们烧了一盘热炕，熬了一锅稀粥，虽烟熏火燎，却没有再受冻饿，此行中也算舒服的一夜。二日天明，每人留一元钱，给采药人，他们执意不肯，说不值那么多，收五角也就有余了。那年月，山里人的淳朴和厚道，今天的青年人恐难想见的。

走出华山峪，腿拐了是小事，更麻烦的是我病了，是重感冒，也许是因为在零下27度"呵冻"的作了几幅画，伤了元气，只得卧病临潼，高烧不退，床头呻吟，令大家不得安宁，几经打针吃药，又洗了几次华清池，方得转轻，才到西安去。此行也，是寻乐呢还是寻苦？我以为苦是苦了，但乐也在其中呢。

是我欠了华山的债，还是华山与我结缘太深的缘故，到后来，我竟然第三次攀登了太华。说真的，华山太美了。华山待画家不薄，它为画家们提供了无穷的粉本。明初王履《华山图册》便是极好的注释，即当代，张大千、贺天健、傅抱石、石鲁和何海霞诸前辈笔下的华山图，无不令人神驰意往，我虽不才，也无时不跃跃欲试，"待细把江山图画"。

1981年4月，山西省美术工作会议在晋城召开，会后，我和画家王暗晓、祝焘、亢佐田、王如何、贾好礼结伴出游，取道郑州，而登封，游嵩山，而洛阳，访龙门，入关中，而上华山。

记得车到华山站的时候，也是下午四五点的光景，遂投宿十二洞旅社，乃陈抟隐居之地。其地修竹婆娑，曲径幽深，屋宇依岩而建，清泉架竹而流，山气氤氲，鸟雀鸣和。想当年那希夷先生高卧其中，仰观岳色，俯听泉音，悠然自得，岂高官厚禄可牢笼的。

晚饭后，踏着月色，漫步玉泉院中，与苏东坡所记承天寺夜游景色，毫无二致，正"庭下如积水空明，水中藻荇交横，盖竹柏影也。"徜徉良久，便听蕉叶滴露，身感微凉，遂归十二洞而就寝。

次日晨起，精减行李，寄存旅社，轻装上阵，衣袂飘举，乘晨风入华山峪。时值仲春，山花野卉，杂然缀于岩崖，春水流泉，泠然鸣于石涧，更逢华山庙会，游人如织，摩肩接踵，少了那往昔的清静和幽邃，多了些空谷传声的欢笑。人行华山道上，路径似乎缩短了，奇险也没有先前那么令人慑服，只觉路径的逼仄，游人密集，免不了磕磕碰碰，打个对面，笑一笑，道一声"对不起"，便擦肩而过，时世在变，人的心境也在变，此行，我是颇感愉悦的。诸同道边访胜，边作画，中午时分，便到达了中峰，因为上山的人多，我们一到中峰，便订好了床位，一行六人，包一间房，吃一顿午餐，略事休整，各自外出，争分夺秒地收集着画稿。在中峰，我寻往昔登临时的踪迹鸿爪，皆不复见，便坐下来作画，得墨笔写生稿四件，东峰如铁铸，南峰似石雕，丑石如虎踞，奇松似龙吟，一一勾勒，收入箧笥。

入夜，天风莽荡，山林呼啸，门窗吱呀，令游人不得安宁。下午尚是风和日丽，落照亦复五彩缤纷，没想到夜来却又风雷大作，真是天变一时呢。夜半，复有人上山，因旅社爆满，叩门声，呼叫声，久久不息，无奈，工作人员只好打开玉女祠大殿，让这些不速之客席地而坐，一个个凡夫俗子，竟与那玉女天仙同殿而居了。

第三日，早餐后，下中峰，经迎阳洞，上南峰，过南天门，至升表台，风更猛烈，人不能立。但见"全真岩"下，浓云卷起，骤升骤降，须臾之间，变化万状，于此不得久留，急奔西峰而来。西峰石叶楼台，乔松老桧，皆埋浓雾之中，一片混沌世界，游人在此境界中，无神人天眼，惟恐失足落下峭壁悬崖，只好坐翠灵宫门外石阶上以待云开雾敛，奈何天不怜我，久待无望，便悻悻下西峰，至镇岳宫就午餐。其地正大兴土木，复建宫观，木匠、石匠、泥水匠，各操其业，叮咚起伏，山谷传响，眼见那镇岳宫，行将复其旧制，令我喜上心头。

往昔赏画，曾见赵之谦、吴昌硕所作荷花上多题韩愈名句："太华峰头玉井莲，花开十丈藕如船。"今临其地，玉井遍觅不得，惟有二十八宿潭罗列其间。询之老道士，言此处正是"玉井"之所在，迹虽不存，名不可没，此处将来拟立韩愈咏莲诗碑呢，我颔首称好。石潭各具其形，水清而外溢，自岩上松桧间沟渠下注，琮琮然，得似金玉管弦清音。畅想荷叶田田，白莲盛开，与道长宴坐其下，谈玄说道，明月当空，清风徐来，那又是何等风韵呢。

于此赏玩有顷，尚不见西峰浓雾收敛迹象，诸同道无缘一睹西峰真面目，也便作罢，遂循旧道而返。至苍龙岭头，话题又转韩愈先生，便在先生投书处合影留念。下望岭上行人，一如袁中郎游华山时所见之情状："攀者如猱，侧者如蟹，伏者如蛇，折者如鹞。"生动逼真，非状物传神之大手笔，难言其妙。待我等下岭，其状自然也复可笑，岭头游人或也作如是观。

至云台峰，仰望"天外三峰"，尚在云障雾笼之中，时隐时现，忽淡忽浓，缥缥缈缈，直入天庭。试想，两小时前，我们尚在烟云天际，手触天门，耳听天语，现已伫立云台，虽俯视青柯坪，仍在下界，然再过两小时，便入红尘。

返回十二洞，狗吠鸡鸣，俗语喧阗，炊饼黄粱，叫卖不绝，又一境界矣。天地无垠，人生一芥，皆须臾过客，去留升迁，又何足道哉。

游沙湖

　　久闻沙湖盛名，至银川第二日，便驱车探访。出银川，经贺兰县之四十里店，平罗县之姚伏镇，而后抵沙湖旅游区。时正上午 10 点，遂购票入园，复登船游览。泛扁舟之一叶，游水天之空阔，微风起处，湖水尽呈罗纹鱼眼之状；清歌低回，游人如入方壶胜瀛之域。未几，船入芦荡水镜。时维五月，塞上天凉，新芦芽二三尺许，丛簇拔翠，昂首比肩，偶有黑鹳独立，野鸭游弋，白鸟立苇地之上，游鱼戏碧波之中，所见犹昔时李苦禅笔下之精品。

　　沙湖广可 20 余平方公里，茫茫荡荡，气象万千。船转水曲，深入苇丛，忽地惊起沙禽水鸟，拍翅而过，正李清照"争渡，争渡，惊起一滩鸥鹭"之境界。小舟至空旷处，揽碧流之激滟，仰云天之空濛。是时也，心水澄澈，人天合一，妙处难与君说。

　　游湖有顷，日高兴阑，泊舟柳荫，遂登南岸。蓦见沙山横起，驼铃清越，循声望去，骆驼十数只，游客一线儿，行进沙碛间。逆光下，驼影清晰，亦画上景致，诗中意境。我沿慢坡上山，足踏细沙中，一步一窝，虽感松软而颇觉吃力。至岭脊，不禁额头沁汗，气息不舒。在岭头，游人丛聚，或身埋沙中，享受这时尚的热沙浴；或于陡坡处，滑沙而下，瑟瑟有声。我坐一侧，作壁上观。远处，黄沙起伏，若无涯际。沙碛中，有茅亭点缀，似破伞，荒落之甚；又鸵鸟几只，漫步其间，不时引颈而叫，其声凄清。沙湖秀润，是一种阴柔美；而沙山苍凉，是一种阳刚美。二者聚一景区，天设地造，相得益彰。

我似乎有点疲倦了，独自坐在沙丘上闭目养神。偶一睁眼，面前有几只小昆虫，若天牛大小，却叫不上名来。它们在沙坡上疾走，身后留下一条曲线的印迹，细碎而精美，若民族服装上的花边儿，这是昆虫们创造的一幅图画，却也是天然的杰作。我将一只小昆虫小心翼翼地放在掌心，仔细观察，黑亮的身体，光滑而坚实的躯壳，生动而有力的脚肢，俨然齐白石先生画中的工笔草虫。小昆虫在我掌中局促不安地转动着，我小心地将它放回到沙碛中，它又匆匆寻得同伴们，继续在细沙中纺织它们的图画，这是何等可爱的精灵呢。

时值中午，有点燥热，遂离沙丘，沿沙坡无人处，缓步而下，身后留下我的一行脚窝，却没有昆虫们编织得精美。至渡口，乘快艇，返回北岸，径出园门，在临湖的一家饭店坐下，就着沙湖的咸鸭蛋，喝一小杯宁夏特酿枸杞红，吃一碗地方风味的臊子面，便租车一辆，告别沙湖，往贺兰山寻觅那奇特的岩画去。

2002 年 6 月 1 日

西安四日记

(2008 年 12 月 1 日—12 月 4 日)

陕西省举办"隆重纪念改革开放三十周年名人名家书画邀请展",送上拙书一件。日前接西安来电,邀请参加大展颁奖晚会和开幕式,遂成此行,借以见见老朋友。忻州潘新华、黄建龙、王海增、蔡建斌、焦如意、殷未林诸同道愿同往,此行当不寂寞。

十二月一日

上午 8 点,建龙驾车,接新华、海增、建斌与我到太原武宿机场(如意、未林日前已到太原,拟乘火车入秦),小坐候机楼中叙话,海增说笑话二三小段,无不使人捧腹大笑。上午 10 点 50 分登机起飞,行一小时,抵西安咸阳机场。待乘机场汽车入城至鼓楼,已是下午 1 点许,就近于"回坊"之"马二饺子面食馆"就午餐。其地甚迫窄,然生意倒是兴隆,沿街皆回民餐馆,虽已过午,尚见宾客满座,吆喝声声。

餐毕,到文艺北路"唐人大酒店"书画大展接待处报到。见其地条件差甚,且所到书家多年轻人,也未曾看到认识的朋友,遂与新华等入住东大街之"瑞晶商务酒店",五个人分占三个标间，我独居一室，房间颇宽绰、明洁而安静。只是午休未能入睡，遂起身步入隔壁之新华书店，浏览一小时，捡《陕西之旅》一册购归，以作卧游。

晚在住地就餐，出房间，仅十数步，便进餐厅，点菜四种，色泽鲜美，口味清爽。我品尝本地特色"酸汤面"一碗，面尚精道，唯汤酸甚，正其特色者也。

晚7点半，焦如意、殷未林到，已入住另家旅馆，遂一同乘车到陕西省戏曲研究院剧场，参加书画颁奖晚会。剧场外，灯光辉煌，彩旗飘荡，军乐声起，好不热闹。

颁奖仪式简短，晚会开始，是研究院小梅花秦腔团演出的新版《杨门女将》。剧团阵容整齐，演出颇具气势，且富新意，利用声、光、电等现代手段，烘托人物，渲染气氛。其演员皆十几岁到二十几岁的青年，而做派、唱腔皆有动人处，真是难能可贵，后来者居上。唯剧本偶有拖沓之感，尚需精炼。待戏散，已是晚上11点余，而西安街头，仍是热闹如昼。

十二月二日

上午9点半，往西安美术博物馆参加名人名家书画邀请展开幕式。观众云集，盛况空前，其人数之多为我参加书画展开幕式所仅见。待省、市领导致词、剪彩完毕，观众涌入上下四层楼的展厅内，真有点水泄不通的感觉，拥拥挤挤，艰于行走，至于仔细赏读作品，那只是一句空话了。不过洋

2008 年 12 月 2 日西安碑林

洋八百余件展品中，名人作品（领导者）或算不少，而名家作品却是寥寥，至于精品则是难得看到。遂匆匆挤出展厅，偕诸同行，往西安碑林而来。

碑林地处南城墙内侧书院门东端的三学街文庙内，为我国最大的室内碑石博物馆。收藏汉至清代碑志 2300 余通，仅《开成石经》，就有 114 石，两面刻字，石石相连，排列成一堵堵墙壁，煞是壮观，故有"石质书库"之雅称。碑林始建于宋哲宗元祐五年，尔后历代收集和补刻大量碑石，遂成今日之规模。徜徉于碑室之中，摩挲刻石，品读碑文，无不为这些古代的书法艺术珍品而出神和赞叹。唯有诵读那些曾经临习过的碑版和名帖，似乎如对老友，分外亲切。只是室内阴冷，站立碑石之间，面对黝黑而静谧的文字，多少感到有点寂寞和苍凉，便加快了脚步，匆匆而过。步入石刻艺术馆，那东汉的石兽，唐代的蹲狮和犀牛，体态硕大，气势恢弘，又令我为之振奋。那举世闻名的唐太宗的坐骑"昭陵六骏"（四件为原物，二件为复制品），亦令我驻足不前。那些魏唐佛教造像，无不吸引我一一观摩品味，魏之清秀，唐之丰满，皆极美轮美奂，耐人赏读。于碑林，为旧地重游，件件刻石，似不陌生，而重一观览，又获教益，古之文物，可谓博大精深，取之不尽，用之无竭。

石刻艺术馆外，竖立着一排排雕刻古朴、造型精美的"拴马桩"，这是我以前不曾看到的实物。每件"拴马桩"，当系着一串串有趣的故事。我抚摸着这些饱经沧桑又别具情趣的石雕，冰凉的石质和滑稽的人物与坐骑以及生动多样的石狮子，又是那么的和谐和可爱，并生发出几许温情来，我为这些民间艺术品的高超技艺而倾倒。

看看时间，已经是中午了。出文庙，徒步回住地"瑞晶商务酒店"，仅数百米路程。

中午，有到西安闯荡八年的定襄人氏崔文川乡友，到酒店来探望我们，相见甚欢，遂共进午餐。席间酒后，闲聊西安书家、画家、作家之故事，信马由缰，颇富趣闻。

下午3点半，崔文川邀我等到西双门他所经营的"燕露春"茶社品茗，茶室仅一间，集郭沫若字颜其额，四壁陈列古玩图书，茶桌一张，圈椅数把，待落座，小姑娘为我们泡"雀舌"一壶，色清而味淡，品数杯，香留舌本，谢别茶师，文川再陪我们游小雁塔。

　　小雁塔在城南荐福寺内。由北门入寺院，逆向而行。时值下午五点，寺院内，除我等一行外，了无游人。古木蔽空，时闻鸟语，偶见黄叶飘落，更感幽深岑寂。忽见一塔涌起，密檐13层，仰之弥高，可十数丈，正小雁塔是也。文川说，此唐建砖塔，在明成化年间，因地震"自顶至足中裂尺许"，又于正德地震中而相合。是塔原为15层，今存此13层。听其这神奇的故事，我不禁打量那秀美绝伦的唐构，虽古塔"神合"莫测，而千年风韵犹在，对之大快我心。

　　荐福寺，唐长安城中名刹，为睿宗皇室族戚为高宗荐福而建，初名献福寺，武则天时改今名。今寺院除唐塔外，皆为明清遗构，在幽邃寺院中，殿宇嵯峨，碑碣林立，某殿檐下置一额，为吾忻宫葆诚先生手泽。先生神池人氏，青年时毕业于日本早稻田大学，返国后，一直供职西安，其书法艺术，享誉书坛，尤精隶书，生前曾任陕西省书法家协会副主席。我与先生，虽不曾谋面，却有鱼雁过从，为我作书数帧，至今珍存于箧笥。今偶于寺中，见先生所书额字，甚感亲切，遂附数句。又见古槐老树中，悬一口大铁钟，为金代明昌年间所铸，向闻"雁塔晨钟"，为关中八景之一。而今大钟在商品大潮中，也成了生财之物。一天之中，不分朝暮亭午，凡有肯花钱者，便可撞击，"雁塔晨钟"，变成了"午钟"、"暮钟"、"随时钟"。钟可复制，而"雁塔晨钟"之景观则被破坏得荡然无绪了，岂不可悲。

　　文川在寺内东厢开一小店，由其妻照料，经营旅游产品，时值旅游淡季，生意似感清冷。见有售陶埙，新华雅善音律，遂选购一只，试作品吹，其声呜呜然，颇感凄清而苍凉，而韵致与古塔名寺正甚协调。

步出小雁塔，逛"陕西万邦百隆店"书肆，购《周作人传》、《奇人王世襄》和《迦陵杂文集》，时已晚上8点，文川于某餐馆招待我们吃"大碗鱼"。餐毕，漫步慈恩寺广场，适有音乐喷泉开放，水柱高扬，华灯朗照，五光十色，煞是瑰丽，而大雁塔剪影，高耸天际，黑越越，正西天一柱。时有小风，微感暮寒，忽忆祖咏诗："终南阴岭秀，积雪浮云端；林表明霁色，城中增暮寒。"遂发明日城南一游的主意，看看终南山的秀色，听听香积寺的钟声。

十二月三日

今日拟往城南访胜探幽。

晨起，洗漱毕，于住地餐厅就早餐，建龙邂逅商友高聪先生。高为文水人，是"太原市七彩云南翡翠专卖店"总经理，时下，又于西安市经营金银首饰门市，亦住"瑞晶"。二位见面互致问候。高总知我等今日游览计划，遂安排他的助理小王驾车陪同我们出游。他乡遇同乡，其情可珍。

小王，名乐南，25岁，西安市人，机灵且热情。驾车出南门，经曲江，直奔长安区，沿子午道南去，行约10里，西去，仅一二里，正滈水和潏水交汇处，有高塔涌出林表木末，正香积寺是也。香积寺，地处神禾塬上。神禾塬者，传说古代地产谷米，穗重 5 斤，听来神乎其神，倒也令人喜悦。

至寺门外，有一平坦广场，前端建一石牌坊，额书"香积古刹"四字，为赵朴老手迹。登石阶，入山门，见僧院清幽，古木掩映，有雪松、女贞子，各具风采，桂花、樱花虽非花期，而修姿挺拔，亦甚可人，而天王殿前院花池中，巨石玲珑，漏透得体。围石植南天竹一圈，竹实殷红，正吴昌硕画中之尤物。天王殿后，东西各建长廊，立今人所书碑碣百余通，匆匆一读，不乏名家高手，见有熟悉朋友的题刻，便多停留几分钟，不独赏读他们的书法，也会想起与他们交流的往事。

大雄宝殿中，金色宝盖下，有阿弥陀佛接引站像，金碧辉耀，法相庄严，庄严中又流露出几许亲切。站像下，有日本净土宗所赠善导大师木雕彩绘像，这是一尊平和中见睿智，慈祥中寓刚毅的形象。面对雕像，我不禁对这位 1300 多年前的大和尚，心生敬仰，也惊诧他与山西的胜缘呢。

吾晋慧远，东晋时在庐山西麓建东林寺，为净土宗之祖庭。而唐之善导往谒东林寺，"观远公遗迹，忾然增思"。后遁迹终南，"恒谛思维，忱节西方，以为冥契"。继而往访吾晋石壁玄中寺，拜道绰为师，深研《无量寿经》，道业与日俱进。道绰入寂后，善导返回长安，开始了弘扬净土佛法活动。据载，善导大和尚，曾奉敕前往洛阳龙门主造卢舍那大佛像，曩游龙门，曾见大佛像下有一块题记碑，言大像是武则天施"脂粉钱"二万贯所造。武则天祖籍亦山西文水。这善导和山西的宿缘真可不浅。此后，有名诗《过香积寺》，作者王维，先世为太原祁人，其父时迁居蒲州。王维自然为吾晋历史上的文化名人。时至今日，我们游览香积寺、大雄宝殿等建筑，是在续洞法师的亲领下复建的。而这位已故的香积寺住持，也是吾晋临汾人氏，冥冥之中，其中的机缘巧合，实在是有点说不清。

收回遐思，回到西院善导大师塔下，上下打量，塔为唐建，密檐仿木结构，砖砌而成，呈正方形，今存 11 层（原建 13 层）逐层收分，每层券拱形洞门，门侧以土朱绘直棂窗，观其形制，古朴健美，唐风历历。置身塔下，怀想善导和尚于 69 岁圆寂后，弟子怀感、怀恽等葬其遗骸于神禾塬上，建寺立塔，即今我们所见到的香积寺之崇灵塔。香积寺在历史长河中，几经兴废，原貌不复可见，而唐塔饱经风雨，风韵犹在。至于王维笔下《过香积寺》，其意境，则有另外的感受。

> 不知香积寺，数里入云峰。
> 古木无人径，深山何处钟。
> 泉声咽危石，日色冷青松。
> 薄暮空潭曲，安禅制毒龙。

品读是诗，我以为诗人策马城南，匆匆与香积寺擦肩而过，便入南山"云峰"。"数里"者，言其快也，真正路程或在数十里，正所谓"好景无长路"。诗人所见景色（古木、危石、日色、青松），所闻声响（泉声、钟声），皆是终南山中特色，而非神禾塬上景致，诗作最后两句，已入禅境，心空万有，迁想妙得。

出香积寺，漫步神禾塬头，扑楞一声，惊起野雉东飞。时已上午 11 点，复登车，再沿子午路南去十数里，继转西向，又行数十里，入户县境。未几，至草堂营，游草堂寺。进山门，有老树数株，树干上与枝杈间挂满玉米，甚是醒目亮丽，犹如农家院落。甫入后院，方见殿宇宏大，法相庄严。诸殿巡礼后，从院后西厢小门，入西跨院，但见竹林茂密，竹下置有一亭，亭中有井一口，名为"烟雾井"，见说早年，每逢秋冬，有烟雾从井口升腾，不绝如缕，直抵长安，称之"草堂烟雾"，列为关中八景之一。所惜今天烟雾环境不存，胜景已是难再，能不令人慨叹。沿竹林南去，见一屋宇，内置小塔，正姚秦三藏法师鸠摩罗什舍利"八宝玉石塔"。据云，后秦弘始三年，皇帝姚兴迎西竺僧人鸠摩罗什于安长，住此译经。时以茅茨筑室，草苫盖顶，故名"草堂"。罗什在此演讲佛法，校译经卷。他与三千沙门弟子，译校佛经达 97 部 427 卷之多，遂得译经大师之令名。唐时之物，今唯舍利宝塔，前朝诗刻虽多，则明清时遗物。前殿为法堂，今辟为"鸠摩罗什法师纪念堂"，有楚图南先生题额。出寺门，南望圭峰，巍哉挺秀，犹屏风然。

时已中午 12 点，遂乘车望圭峰东南而来。车行终南北麓，山道弯弯，忽一峡谷出口，下见水石相搏，浪花飞溅，正高冠峪口。闻说溯溪而上，则有高冠飞瀑，岑参曾有句云："崖口悬瀑流，半空白皑皑。喷壁四时雨，傍村终日雷。"奈何时间促迫，未能往游，唯一顾峪中急浪，车已过长桥，绕山脚而去了。按时令再过四天，便是二十四节气中的大雪了，而北望樊川，平畴无际，小麦青青，阡陌间，绿柳垂丝，细叶鹅黄，若非村头丹柿满树，篱落黄菊盛开，此中风物，直以为是早春三月的景象呢。

行进间，又过一桥，桥下便是沣河之水。沣水北流，吸纳潏水，直抵咸阳，注入渭河。一路东去，终南连峰夹涧，有紫阁、圭峰、玉案、雾岩之胜，灿然目前，指顾间，已为过客。经南五台峪口，车东北向而行，于下午1时许，抵杜曲之兴教寺。

兴教寺，地处少陵塬畔，其地高旷，背倚岩头，面临樊川，古木修竹之中，山寺如画。入寺门，钟楼鼓楼，分峙左右，大雄宝殿、法堂、卧佛殿以次而升，庭院静净，僧人往来。其西跨院，即"慈恩塔院"，有塔三座，坐北朝南，品字而立，其北塔方形五级，青砖叠砌，高可七丈，为玄奘三藏舍利塔，塔之底层北壁镶有《唐三藏大遍觉法师塔铭》，以志法师之生平事迹。大塔之前，东西各置一塔，亦为青砖砌成，四面三层，分别有额字，曰"测师塔"、曰"基师塔"，为玄奘弟子窥基和圆测的灵塔。三塔高低起伏，错落有致。前有古柏掩映，后植油桐护卫，漫步其下，但见桐籽穗红，时有喜鹊衔食，窃红穗而飞鸣；又闻柏枝瑟瑟，如泣如诉，诉说那高僧玄奘，西域归来，译经不辍，年久积劳成疾，圆寂于玉华宫译经场中，初葬于浐河东岸的白鹿塬头，后于高宗总章二年迁葬今址。立塔建寺，以资纪念。待肃宗来山巡礼，题"兴教"二字为塔额，寺遂以兴教名之。古寺代有兴废，而往来游人不绝。上世纪五十年代中外国家领导人周恩来、尼赫鲁、吴努、胡志明等，也曾先后光临礼佛浏览。东跨院有藏经楼，内藏珍贵文物典籍，因已下午，尚未午餐，此间藏品，只能割爱。步出寺门，立于门前旷地，南望终南诸峰，如翠屏峙立，似青莲嵌空，值其薄雾升降，却看时有开合，其峰乍隐乍现，其雾如丝如幕。对之神驰良久，待同行催促上车，方意收神回。

返回西安市，已是下午2点30分，司机小王于"回坊"米家"果渊斋"招待大家吃正宗西安羊肉泡馍。确是饿了，文化人也忘却了斯文，便狼吞虎咽起来。餐毕，回"瑞晶"休息。

傍晚6点半，文水高聪先生于大雁塔广场西侧之"天龙宝严素食馆"，以素斋招待我等乡友。是处环境典雅，食品精细，在灯光朗照下，桌上摆放的菜点，有如一件件制作精美的工艺品，对之再三，不忍下箸。待白酒大浮一杯，才开始品尝那桌上的佳品。

十二月四日

听如意说，隔壁书店有《韩愈文集》。待上午9点开门，登楼寻购，仅一、二两卷，匆匆购归。9点半，离旅馆，小王（高聪之助理）车送咸阳机场。11点50分乘机离陕。机上供应午餐。仅袖珍米饭一小盒，咖啡一小杯（两次合成），其吝啬为前所未见。下午1点到太原武宿机场。其时风甚大，天奇寒。匆匆由建龙驾车返回忻州。时值下午 2 点半，重就午餐。餐毕，洗澡归家，已是傍晚 6 点许。

2008 年 12 月 22 日

新疆行记

九月八日

久有新疆一游的心愿，然感独自出行，多有不便，而欲结伴往游，多年又不得良朋好友，遂久久未能成行。

2005 年秋，与亢佐田、焦如意相约，始得所愿。临行，文友薛勇见访，也欲同行，遂成四人小组。

上午，小钱（薛勇之司机）开车送我、焦、薛到太原，接上佐田。12 点，共进午餐。下午 4 点 50 分，乘海南航空公司飞机，由太原武宿机场起飞，行 1 小时，抵西安咸阳机场。改乘下午 7 点半由上海经道西安开往乌鲁木齐的飞机。飞机因故晚点，只得在机场茶室品茗聊天，茶助话兴，未感索然。晚 9 点，方得登机离港。飞行 3 小时，到达乌鲁木齐机场，正午夜 12 点，时有新疆自治区书法家协会副主席郭际先生接机。几年前，我与郭先生在南昌参会中相识，会后又一齐偕湖北铸公先生游武昌黄鹤楼、东湖与汉阳归元寺诸胜迹。其时，与郭先生居一室，谈吐投缘契合，遂引为知交。此番来新疆，行前互通电话。劳郭先生之安排，甫下机，便开车引领乌市新区。入住新疆军交宾馆，时已夜半 1 点 40 分。

我躺在床上，似无睡意，白天在飞机上所见的景象，顿化于眼前来，飞机过晋西，下视丘陵起伏，沟壑纵横，山道弯曲，黄河如丝，阳光云影，时见变化。方入关中，平畴千里，沃野如画，稼禾满眼，一片葱翠，时已九月，尚不见秋色之端倪。由陕入陇而新疆，飞机在夜间行进，窗外一片混沌昏黑，偶见地面上有灯光闪烁，那是一处未曾入睡的城镇呢？还是一处新开发的油田工地？

九月九日

因平时习惯，早晨 6 点便醒来，到 8 点，窗户方见曙色。9 点，郭际先生到宾馆来，同进早餐。饭后，在附近街头漫步，并逛一小公园。园林设计，虽嫌驳杂，然草木清新，尚有硅化木置诸园中。因初见此物，亦感新奇，顺手抚摸，瓷实清凉。新疆，虽为西北边陲，时值秋季，天尚不冷，昨晚下飞机时，地面温度还有摄氏 20 度之高，凉风吹过，甚感舒适，远非古人诗中写到的"北风卷地白草折，胡天八月即飞雪"的景况。

上午 11 点，新疆维吾尔自治区书协主席赵彦良先生见访，并携以哈密瓜、吐鲁番无核葡萄、西域蟠桃等佳品见饷。叙谈中，知赵先生近患眼疾，甫自医院归家，得知我等抵新，即来探望，并订"菜根香"餐厅，于中午为我们接风。午餐前，由郭际陪同，游红山。坐车出，经"揽秀园"，穿林荫道，至红山顶，于"远眺楼"下，俯察乌市，高楼林立，绿树掩映，车来人往，生机充溢。至"镇龙塔"下，觅纪晓岚踪迹，听故事传说，也颇开心。

主人好客，午宴自然是十分丰盛的。赵彦良、于小山（自治区书协副主席兼秘书长）、郭际等先生在席间，频频轮番举杯劝酒。我虽不善饮，在此场合中，便也多饮了几杯，一时面红耳热，竟不知是在他乡作客，而融与了新朋旧雨的欢乐之中。

午后，郭际先生导引我们游"二道桥"国际大巴扎。到乌市，这是第一个不能或缺的好去处，它有"世界第一大巴扎"的美誉。首先闯入眼帘的是直冲云天的观光塔，接着看到的是演奏大型歌舞节目的露天剧场。继而行进在热闹的休闲广场和近万个摊位的涉外店铺。在充满浓郁伊斯兰特色的市场里，让你眼花缭乱，处处感到新鲜，土耳其的地毯，巴基斯坦的铜器，羊蹄和牛皮制作的马鞭，英吉沙的小刀，和田的美玉，天山的雪莲，还有五光十色的干果，制作精美的乐器、花帽和绣品，富有民族特色的衣服……一切的一切，让你应接不暇，流连忘返。更有那些幽默风趣的售货员，骄悍英俊的小伙子，眉清目秀的大姑娘，边卖货边起舞的老大爷，捋着翘起的八字胡，挑逗着路过身边的胖得出奇的老大娘，于此时，腾起一阵欢笑，引来无数顾客。逛着商店，看着节目，踏着乐器店弹奏琴弦的节拍，欣赏那琳琅满目的商品，伴随那头顶大盘堆满热撒子或烤馕的小贩，有如步入西域风情博物馆，颇感赏心悦目，能不啧啧赞叹。

走出大巴扎，已是下午5点，时有小雨袭来。忽感小有寒意，遂加穿外套一件，也不敌边陲风急。当是时也，才体察到"西北天候，说变就变"。

晚8点半，又是宴会，由郭际先生做东。郭夫人来了，赵彦良、于小山二位也来了，还有不曾相识的几位书画家。在"蓝天海鲜楼"一个大包间，济济一堂，主客互致高谊，气氛分外热烈。席间，有蒙古族中年男子拉马头琴者，引领两个女儿唱劝酒歌，边舞边唱，捧举银杯，敬献哈达。我不能饮，又不得不饮，索性仰头，引杯而尽。顺口而说："我今更尽一杯酒，西出阳关多故人。"郭际先生接着吟到："莫愁前路无知己，天下谁人不识君。"我忙说："岂敢，岂敢。"一时间，掌声四起，笑语不绝。接着有新疆美协原秘书长蒋先生者，为大家讲笑话助兴，一小段后，意犹未尽，学一口吃者讲演，甚是妙肖传神，也令大家捧腹而喷饭。酒至午夜散席，我扶醉而归；薛勇等青年，意兴不减，遂约于小山等先生往茶社剧谈，不知时过几许，抑或彻夜未归。

九月十日

今日拟游天池。昨夜有雨，似感寒冷，恐天池已降雪花。早餐后，径往西单商场添购羊绒衫一件，以防上山受冻。12点（相当于北京时间上午10点），乌市旅行社周经理安排张师傅开车来接，并委小边小姐作导游。出乌市，一路笑谈，经米泉、阜康，南向入河谷，白浪激流，奔腾不息。帐蓬绿树，点缀两岸，骆驼牛羊，时见往来，百年老榆，比比皆是，哈萨克牧民，骑马而过，衣着亮丽，英姿潇洒。一路风景，满眼图画，山中景趣，令人激赏。后穿石门，谷深山高，长天一线。待到得天山停车场，改乘登山车，往天池而来。山道弯弯，坡甚陡折。车外塔松渐密，得似列队迎宾，生机健旺，苍翠可人。行进间，导游小边，指路旁一池说："那是小天池，传说是西王母的洗脚池。"听此名号，令人顿生憎恶。好端端一池碧水，微风起处，涟漪不绝，竟让西王母的臭脚玷污了，实在大煞风景，有碍观瞻。传说归传说，导游莫再说。

至山顶，大天池奔来眼底，池面壮阔，波光浩渺，衬以蓝天雪峰，塔松奇石，在阳光照耀下，深感景色之瑰丽，造化之神奇。正昨夜乌市小雨，而天山降雪，将这博格达峰的山脉，装点得晶莹剔透，风情万种，伴着参天的林木，倒映在池面上，影现出梦幻般的景致来，让人沉醉，令人遐思，想那西王母大宴周穆王的威仪，是何等的景况呢。

在天池西北的山头（我们所在的位置）有商业摊点，多为哈萨克男女青年做生意者，有叫卖烤羊肉串的，有出租民族服装摄影的，有卖雪莲、鹿角等药材的，加之熙熙攘攘的游人，为幽静深邃而有寒意的天山一角，平添了许多热闹。中午了，走进一家民族风味餐馆，因为时间的紧迫，无暇品尝那奶茶、马奶子、马肉、那仁（羊肉汤煮宽面条）的味道，只每人花 15 元，来一盘手抓饭。说是抓饭，我们却不曾抓着吃，因每个饭盘中，放有一只小汤匙，我等用汤匙进米饭，那是童年时就用惯的。这抓饭，油很大，间以胡萝卜丝和洋葱丝，看上去，很是漂亮，只是米稍顽硬，颇费咀嚼。盘中上加羊骨头二大块，也未烂熟，连骨筋肉，难于啃食，也只好置之不顾了。

下午，游东小天池。沿天池北沿东去，惟青松钻天，碧草铺地，游人渐少，境极清幽。于坡头见有哈萨克少年四五人，牵小羊一头，弹拨乐器，拉扯游人，欲求合影，以收小费。诸孩子天真可爱，其眼神也颇让人怜悯，遂与之叙话，并与之合影。别诸少年，沿陡坡仄道而下，崖谷幽深，山风乍起，阵阵寒意袭人。至谷底，忽闻水声溅溅，循声南向而来，见有瀑布高悬，飞降而下。如雪飘洒，如练翻卷，此正所谓天池一景——"悬泉飞瀑"。

瀑之下，河之中，乱石横陈，中置一亭。小憩亭间，对瀑良久，看飞流变化，不知止息。夕阳斜照，顿现彩虹，光怪陆离，甚是迷人。听悬泉喧闹，山谷回响，惊鸟高飞，灭于混沌，不觉暝色四罩，循原路而返。返回乌市，已是下午7点许。

晚8点。新交朋友张树新先生，在一家维吾尔族餐馆招饮，有烤腰子，烤羊排，烤包子，羊肉串，包肉饼，浇菜面，羊杂汤，丸子汤等风味小吃，佐以伊犁白酒。人以菜佐酒，我不能酒，则以酒佐餐，胃口随之大开，品尝起诸般小吃来，一天的疲累，也为之忘却。

九月十一日

在郭际先生的精心安排下，有旅游公司人员的陪同，往游吐鲁番。出乌鲁木齐，车行80里，经道达坂城，在车中播放着王洛宾乐曲，大家不约而同地跟着唱："达坂城的姑娘辫子长呀，两只眼睛明又亮。"有人说："不能下车看看达坂城的姑娘，有虚此行。"这插科打诨自然引出一阵哄笑。

将到吐鲁番，看到一排排的三叶风车。这是亚洲最大的风力发电站。其时，阴云下垂，雨丝斜飘，而风力正盛，旋转的风车发出呼呼的声响，其声势有如千军万马的搏斗。导游介绍着左宗棠大军的辎重，经过此地时，军饷被大风卷去的故事，我却想起了塞万提斯笔下的人物，堂吉诃德大战风车的喜剧，实在匪夷所思，不禁哑然失笑。

先去走访高昌故城。故城始建于汉，盛于唐，而毁于明。今之所见，惟高低起伏之台基，夯土所筑之残垣断壁。搭乘有编号的驴车，游览于古城遗址之中，车帘翻卷，黄土飞扬，满目苍凉，残破凋零。千五百年的胜迹，高耸的双塔，亦只土柱而已。古城西北，有残留的大佛寺，据说当年的玄奘，经过其地，讲经月余，备受款待。以今人来看，只能在遗留的佛龛和断壁上，依稀见其雕塑和壁画的痕迹。随着大自然的剥蚀和旅游日盛的践踏，这座享誉海内外的国保文物单位，迟早归于寂灭。

曾经辉煌的古城，破败无存了，令人悲哀；如果让这残破的遗址再消失，那便是今人的罪过。我知道这里还有一座世界上最古老的土城——交河故城，因时间的关系，只好割爱了，留待他日的造访。但愿它被护持得更加完好些。

离高昌故城，寻火焰山而来，时近中午，红日当天，砂砾遍地，天地之间，大山横亘，山多褶皱，通体赭红，草木不生，鸟兽无迹，似有烈焰闪烁，热气腾空。惟山脚下，几只骆驼，在沙碛中，载着游客缓慢行进，几声响亮的驼铃，打破了沉闷的气息，荒漠中才传递出一丝生气。人行沙漠之中，舌焦口燥，眼迸金花，火州之名，信然不虚。想当年那玄奘，行脚此地，无大精诚和愿力，便会知难而退的。

火焰山下，近年新建了一些旅游景观，颇感设计拙劣，得似早年货郎担中玩具。我无孙行者之本领，若能借得芭蕉扇，将这些捞什子，一并搧去，免得污人眼目。热浪蒸腾，在此不能久留，匆匆进餐馆，吃一盘拉条子后，为避火焰，落荒而逃。

来到葡萄沟，似乎进入了一个清凉世界，尽管它还在火焰山下。此地屋宇俨然，老桑夹道，时花竞放，而葡萄架往往形成斗折的长廊。廊之尽头，屋檐深广，凉棚高架，真有点庭院深深深几许的意境呢。见有客至，主人迎了上来。在室内，或在凉棚架下，或在葡萄园中，搁一大床，施以地毯，上置小桌，客人列坐其次，主人摆上干鲜瓜果，任人品尝，分文不取。与此同时，音乐响起，有维吾尔族姑娘和少年，闻声起舞，打着旋子，彩衣飘举，耸肩蹲步，扭腰顿足，少年唱道："我有房子，我有钱，请你嫁给我吧！"姑娘答唱："爸爸不同意，妈妈不同意，我也不同意。"送一个飞眼，堆满脸微笑，双手摆动，肩背抖擞，顾盼之间，眉目传情。曲终，少年半跪，姑娘鞠躬，博得了满堂喝彩，四座欢呼。更有青年游客，应邀起舞，奈何舞步零乱，不能合拍，竟踩了姑娘衣裙，忙答礼致歉，场内又是一阵哄笑。那青年有点腼腆，竟臊得满脸通红。

葡萄架下，藤蔓盘曲，绿叶交辉，硕果累累。无核白，玫瑰红，马奶子……望之若雕冰琢玉，煞是可爱；尝之如玉液琼浆，香留舌本。于此逗留，不忍离去，又不得不离去，临别购葡萄干数品，以为答谢主人之盛情。

如果说葡萄沟是一个清凉世界，那么，坎儿井更是人间月窟了。入此地下大运河，但见彩灯高悬，绿水长流，灯火交辉，神奇莫测。积雪消融的井水，品尝一口，凉沁肺腑，浑身通泰，连那火焰山带来的炽热，也被冲刷得荡然无存了。

下午六点，一位姓马的先生自驾车来坎儿井，在相约的地点迎接我们。这自然是郭际先生早已安排的行程。主客见面后，便驱车近百公里，来到中学时期就已知道的一个遥远的地方——鄯善。

抵鄯善，已是晚上9点，入住龙宫宾馆，稍事洗漱，到街头吃地方风味羊肉揪片。饭后逛县城，所见景象，一洗我脑海中"一片孤城万仞山"的构想。但见高楼拔地而起，街灯流光溢彩，道路宽绰平整，俨然一座新兴城市。到得广场，花灯朗照下，更是壮阔惊人。听主人介绍，知道该广场占地369亩，地面皆以花岗石铺设而成，为西北五省之最，是一时名声远扬的形象工程。而在此广场的建设中，竟隐藏着官商勾结的弊案。事发后，县委书记锒铛入狱，石材商人自杀身亡，涉案人员，多至30余名。听此事件，不禁要问：如此"领导"，"人民公仆"乎？人民罪人？天公不语，人心自明。

九月十二日

上午，往游库姆塔格沙山。山在县城西南角，近在咫尺。方出城，即见大漠沙山，起伏绵延，无边无际，东至阳关，北抵天山，南接罗布泊，是何等的浩瀚和气派。方到山麓，我等脱去袜子，连同鞋子放进背包，打着赤脚，行进在沙山的脊梁上，虽感松软，却是吃力，一步一个脚窝，印迹长长的留在身后。而远远近近的坡梁沙碛，因了一夜天风的打磨，或光洁无痕如绸缎，或梳理出一道道的波纹来，在初日的光照中，阴阳明快，造化神奇。坐卧其中，天人合一，物我两忘。

赏读这大自然的杰作，我忽然想到了"束云作笔海为砚"的诗句，竟又引发出奇想来：今天独立天地间，何不以沙漠为绢素，任情挥毫，一抒胸臆，遂捡起薛勇的相机支架，以为铁笔，立成"天山在望，犹见王母"八个大字，正"椎画沙"之尝试。佐田见状，戏曰："巨锁书沙，库姆塔格。明日来观，胜迹无辙。所赖薛勇，写真定格。老友文静，今发清狂。何以见之，神采飞扬。"

在库姆塔格沙山上，远望天山，白雪如带，横陈天际；近瞰鄯善，绿树一抹，点染城闉。沙似无声而有声，我若有思而无所思，亦东坡先生"以受万物之备"，幸何如之，幸何如之！

沙山门外，城之南隅，有泉涌起，泉眼多多，竞相鼓荡。泉之上，有老柳覆盖，或斜倚，或倒卧，垂丝交织，百态千姿。此柳传为左宗棠所植，故名"左公柳"。柳之下，长渠绿水，淙淙有声，其境幽极静极。只三五游人游弋其中，清声软语，或来自水乡江南。

在库姆塔格山上，悠游放逸；在"左公柳"下，畅发思古幽情，不觉时过两小时，似觉尽兴，便回县城。顺路参观几家奇石馆，诸石佳品，妙有神韵。据说，乌市之奇石，亦多来自鄯善。在馆中，品茶赏石，摩挲把玩，其乐也无穷。

下午，我们一行，由马先生驾车，出鄯善县城，经连木沁镇，穿色尔克甫火焰山大峡谷。山高谷深，林木无迹，峰峦赭紫，热浪蒸人。行约 60 里，路旁，有一大佛石，以简易房屋保护，房门上锁，从窗棂间窥视，大佛模糊，风化残重，言为唐物，弃若草木，能不令人叹息。待走出大峡谷，地面渐见开阔平坦，已是鲁克沁镇地域，绿洲沃野，老村古柳，其间又蕴藏着多少神奇的传说和悲壮的故事。只要你有时间，在镇里，用心聆听那古老的"吐鲁番木卡姆"的演奏，或许从中会感受到一些历史的脉搏，也会引发出你无尽的想象来。

当我们走进吐峪沟村的时候，首先看到是一座古老的清真寺教堂，虽说规模不算大，然而高耸的绿塔顶，在土黄色的村落中，是十分醒目的。村子坐落在吐峪沟的南口，村旁的西坡上，有气势可观的大麻扎，据说它是穆罕默德的五个弟子和中国第一个伊斯兰教教徒的墓地。因此也就确立了它在中国为第一大伊斯兰教圣地的地位，被誉为"中国的麦加"。从此以后，逐渐形成了今天我们所看到的特具阿拉伯风格的陵园建筑以及长年不断的朝圣者和观光客。

在吐峪沟，最引我注意的是那满沟的葡萄园。也许是因了在这炽烈的火焰山中，绿色给人们以精神和希望，驱除着疲劳和瞌睡。只有在这炎热的大漠中，你才会感到绿色的可贵。何况这里的葡萄园，正是那名驰天下"无核白"的原产地。时下，葡萄已入晾房。那些建在高坡上，用胡墼迭砌的大房子，便是用来晾葡萄干的所谓的"荫房"，四壁有如江南镂空的花墙。远远望去。俨然是一件雕琢精美的工艺品。高大的晾房内，通风透气，一根根高竿竖立其中，高竿上横出一排排短枝，短枝上迭架葡萄，在这通风而又干热的荫房内，葡萄脱去水分，葡萄干就会逐渐形成。品尝几颗半干的"无核白"，口中留下了回味无穷的酸甜。

在吐峪沟，我们走访了一户维吾尔族人家。步入大门，似乎没有庭院，因为在厚实高大的围墙中间，除去一棵笼罩四周的白杨外，便是堆满空间的柴火，还有在柴火间进食的三只小羊。紧贴墙角，砌起一条通向主人楼居的通道。进入居室，维吾尔族一家人正在进午餐。男主人和我们打招呼。小孩子瞪着双眼，打量着我们这些不速之客，竟打扰了他们那安闲而朴素的生活。室内光线不足，有点晦暗，只在北墙上开了一个小窗，窗口挂着一只柳条小篮，除炕头堆放的一些衣被外，似乎找不到什么现代化设备。看来，这里的人们，

2005 年 9 月 15 日于新疆库车克孜尔千佛洞

还是不富裕的。马先生和男主人用维语交谈着，我们几人是无能插嘴的。

走出维吾尔族人家，在紧邻的一户大门前停下。这大门十分的讲究，曾经施过彩绘，因风雨的剥蚀，眼下是难以辨别其颜色了。而临街西墙上的窗棂，虽然残破，然而还能显示出当初雕花的精美。在大门的门楣上，标有一行简介，知道这个院落曾经是德国冯·勒柯克居住过的地方。就是这个所谓的探险家，将吐峪沟千佛洞的壁画盗窃殆尽。当我们走上高岗，俯视那千疮百孔的洞窟时，心中的不适和愤懑是无法排除的。

看看表，已是下午 6 点，便沿新开的吐峪沟大峡谷通道，经苏巴什买里（水源地），转入 312 国道，行 80 余里路程，返回鄯善城。

今日，旧历八月初九，是我 67 岁的生日，自不愿声张，深恐为主人添出麻烦来。晚上，再到"祥云"餐馆。吃那经济实惠而又可口的羊肉揪片。席间，喝一杯楼兰红葡萄酒，聊解一天的疲劳。待走出餐馆时，皎洁的月华，已悬诸西域宁静的夜空了。

九月十三日

早餐毕，搭车离鄯善。10 点到吐鲁番市，因市葡萄节刚过，沿街彩旗飘扬，花团锦簇，仍是一派节日气氛，洒水车刚刚开过，路面湿漉漉的，一派清新。穿过长街广场，到长途汽车站，知开往库尔勒的客车已经发出，只好购得发往和田而经道库车的客车。待上车，发现是一辆十分破旧的大客车，车上座位又甚逼仄，且车厢中充溢着一股股腥膻味。我等长途跋涉，似不能适应此种车况，便又匆匆下得车来，退掉车票。在站口，经协商，包得一辆小轿车，心方踏实下来。然时值新疆维吾尔自治区成立 50 周年纪念前夕，车往南疆，上路检查甚严，出租车还需补办手续，加之补充油品，调换轮胎，司机玉素甫师傅开着车，跑来跑去，已过中午时分。待发车准备工作一切就绪后，遂邀我们，直奔其家，招待午餐。玉素甫，33 岁，维吾尔族，初通汉语，个性活泼，每说话尾声高扬，也见风趣。胖而圆的脸庞，总是带着微笑。其家有二层小楼，上层出租，下层半在地下，以为自用。入室，颇感清凉，但见沙发地毯，布置有序，日用电器，一应俱全。玉素甫坐下来，陪我们聊天；其妻先是端茶切瓜，后又忙着为我们准备午饭。

我走出院中，见那女主人正在净洁的凉棚下做着"拉条子"。醮油的面条，在其手中打着花儿拉出来，有如变戏法似的，放满了一盘又一盘。我欣赏着她那轻松而娴熟的拉条子的技艺，并和她交谈起来。她说她在市统计局工作，上班很紧张，下班做饭、洗衣，一切的家务，都得自己忙。维吾尔族的男人，回家是不做家务的。她说着话，不时地向屋里的丈夫瞟上一眼。她有两个孩子，一个五岁，一个才六个月，由公婆照料，住在交河故城附近的农村里。说话的当儿，她的小姑子（玉素甫的妹妹）回来了，和客人见面后，便帮助嫂子去做"浇菜"。小姑不久前由自治区师大毕业，学幼教，现正在吐鲁番幼儿园实习。据说此处非本科生，不能作幼教，亦足见当地政府对幼教事业的重视了。

"拉条子"端上了餐桌，我们品味着女主人的烹调技艺，玉素甫见我们吃得很香甜的样子，说笑着在妻子面前举起了大拇指。不难看出，这是一个温馨而幸福的小家庭。

饭毕，已是下午3点，谢别女主人，便开始了南疆的行程。初出车，是走在乡间小路上，路面坑坑坎坎，十分难行，到托克逊县城50里，竟用去了1个小时。过县城转上314国道，在平坦宽绰的路面上跑车，玉素甫师傅高兴得唱起来，有时两只手同时离开方向盘，做着维吾尔族舞蹈的动作。我劝他小心点，他说不碍事。

2005 年 9 月 17 日新疆喀什与维族长者

　　车行在国道上，眼前的景色实在是太单调了，荒凉的干谷，无尽的戈壁，无一草一木，无一鸟一兽，有的只是黄沙和黑坡。我的眼睛不禁犯起困来，硬撑着的眼皮，还是不由自主地合拢上。玉素甫再也没有了先前那又唱又舞的兴致，只是一心一意开着车。车内了无声息，想必诸位同行，早已合上了眼睛。

　　经和硕到焉耆境，已过下午 7 点，幸有树木、水草、芦苇等绿色出现，精神为之一振。在戈壁滩上，时见有辣椒晾晒，红红亮亮，有如地毯，为广漠添一图案，铺陈有序，亮丽无边。过县城，时近下午 9 点，夕阳西下，天渐昏黑。路上多有大客车，拉油车，往来不绝，皆为夜以继日行驶者。到巴州（巴音郭楞）的首府库尔勒，已是晚上 11 点，然夜市正热，灯火通明，一座地处天山南麓新疆腹地的新兴城市，展现出欣欣向荣的风貌。因长途奔波而疲惫，便也无心再领略那夜市的风采，匆匆步入一家餐馆。我们每人吃一碗臊子面，喝一点啤酒；玉素甫师傅则要了 15 根羊肉串。需知这里羊肉串不像内地那么小巧，每根足有 1.5 尺长，裹着大块的羊肉，看上去，有点像北京糖葫芦的模样。师傅大口吞食着，仅 10 几分钟，便收拾了战场。我们欣赏他那风卷残云的食相，实在是太可爱了。于此，也可窥见他身体壮实的一斑，以及他此行能量消耗的巨大了。

酒足饭饱，住进一家叫"阿尔金"的宾馆，已是午夜 12 点。

九月十四日

晨起，离库尔勒，向库车而来。一路风光如昨，只是在西行的路上，北望天山一脉，山顶白雪圣洁，南望大漠无垠，黄沙中，时有骆驼刺、红柳等植物，稀疏瘦弱，偶见黄杨树，树龄不大，叶也未黄，远非影视中所说生来一千年不死，死后一千年不倒，倒后一千年不腐的英伟和神奇。这些聊胜于无的植物，给沙漠以些许生机，给旅人一丝慰藉。

在荒漠中行 360 里，抵达轮台，正上午 10 点，街头早市，也颇热闹。我们在一家餐馆的大棚中坐下来吃早点。一大碗"汤饭"（西红柿加青辣椒烹炒的汤锅中煮少许面片），一个油馕（加羊脂油、葱花的烤馕）。热乎烫嘴的刚出炉的香馕，就着飘红浮翠的汤饭，吃喝起来，甚是可口，入肚未几，浑身舒坦。西域古城的早上，颇有一点寒意。没想到，这早点，竟成了驱寒提神的药剂。

在街头，看着行人和车辆，穿街而过，行色匆匆；而在热闹的早市摊点中，身着褐衣花帽的男女，进食或购物，却是一副闲适自在的样子。烤羊肉串的摊点上，引来无数的黄蜂，嗡嗡吟唱，是迷恋这红白鲜嫩的羊肉呢，还是赞叹那维吾尔族青年卷肉的技艺呢？那深深的馕坑，从中冒出炽热的气流来。烤馕人疾速地把一只刚做好的生馕置诸馕坑的炉壁上，马上伸出手臂，双手一拍，又去拿另一只生馕了。这便是我所看到的，今日的轮台的早晨。

晨风吹过，几首古诗竟在胸中涌起："轮台风景异，地是古单于。三月无青草，千家尽白榆。蕃书文字别，古俗语音殊。愁见流沙北，天西海一隅。""僵卧孤村不自哀，尚思为国戍轮台。夜阑卧听风吹雨，铁马冰河入梦来。"还在沉思中，因了玉素甫师傅催我上车，才缓过神来，离开了岑参和陆游的诗境，再上路前行。

车行 1 小时。到库车县城，这是我多年向往的地方。先让车在街头兜一圈，然后入住龟兹宾馆 116 号，时在下午 1点 30 分。稍作洗漱，吃午饭。到新疆以来，每以牛羊肉为主食，今天想吃得清淡些，便点了一桌以蔬菜为主的素食。玉素甫见势就要离去，他说要外边去吃。其实维族人离开馕和牛羊肉是填不饱肚子的。很抱歉，我们有点疏忽了，赶紧为师傅安排适合饭菜。

本拟在宾馆休息一个下午，好养足精神，寻觅胜迹。奈何一到龟兹，心情便为之激动，躺在床上，终不能入睡，遂又起来，商诸同行，相偕外出。在这曾为东汉"西域都护府"和唐代"安西都护府"的地方，其文物古迹，定是会让我大饱眼福而受益多多的。

先访龟兹古城遗址，寻得二处，距所住宾馆不远，徒步而来。所见故物，甚为破败，仅存一段矮矮的土台子，且周边环境极差，遗屎拉尿，不堪入目。虽也设有保护标志，然在其壁上，除标识外，胡写乱画者，比比皆是。本地民众，皆不以为是古迹，任其破坏，无人过问。惟墙外有古柳十数棵，枝叶婆娑，可百年老物，为古城墙遮当头烈日，添几许清凉。

快快离去龟兹古城遗址，寻苏巴什故城而来。这苏巴什故城，便是唐僧玄奘西天取经经过的地方，并在这里讲经月余。在他的《大唐西域记》的著作里，是有短小精炼不满百字的文字记叙的，那便是题为《昭怙厘二伽蓝》的文章，谨录于下，以见梗概：

> 荒城北四十余里，接山阿隔一河水，有二伽蓝，同名昭怙厘，而东西随称。佛像庄严，殆越人工。僧徒清肃，诚为勤励。东昭怙厘佛堂中有玉石，面广二尺余，色带黄白，状如海蛤。其上有佛足履之迹，长尺有八寸，广余六寸矣。或有斋日，照烛光明。

这名震古今的昭怙厘二寺，询诸当地人，皆不知其所在，便依"荒城北四十余里"处而来。路况甚差，行县城东北 20 公里处，幸有往"苏巴什故城"指示牌，大喜过望，速速而往。至 23 公里处，便可见到"二伽蓝"的踪影。寺在确尔格达山南麓，库车河两岸，正"接山阿隔一河水"之谓也。我们到西昭怙厘大寺巡礼。所见遗址，规模宏大，寺依山之缓坡而建，经堂、僧舍、佛塔，依稀可辨，虽残垣断壁，却颇高大，或十数米也未竟。就中一塔殿基座，周长可 300 米，土墩隆起，上以土坯筑室。我沿北坡之小路，攀缘墩顶。于此高处，一望东昭怙厘寺，更见气势恢宏，墙垣密集，残塔古柱，直仰苍穹。库车河，早已枯竭，惟见河床裸露，沙石铺陈。岸之上下，亦无林木，东西大寺，仰卧天际间，任风吹日晒，雨打霜欺，千余年来，尚留胜迹。我对之，既痛息嘘唏，亦骄傲赞叹。

先我们而到西昭厘大寺者，有台湾人士 20 余位，多高年白发，有夫妇相扶持而考察者。他们在残垣中寻觅，在断壁上抚摸，有人摄影，有人记录，时见驻足讨论，神情亦颇专注，远非一般游客，视为专家学者，或不为错。我等一行，意在踏寻玄奘足迹，感受玄奘精神，求知励志，怡兴陶情，漫游不怠，永以为乐也。

由苏巴什西去，寻克孜尔尕哈烽燧。在枯竭宽阔的河之滨，隆起高高的台地，在满布红沙砾的台地上，跃然一物矗立天地间，高可四丈有余，它便是新疆最早发现的保存最为完好的汉代烽燧。这宏大的胜物，衬以蓝天白云，苍山荒漠，伴着起伏无状的雅丹地貌，更显出一派浑古和苍凉。我们四五人，游弋其下，其渺小有如蝼蚁。而东北方向望去，可见那克孜尔尕哈佛窟，淡黄色的岩壁上，洞窟有序，磴道历历。

两千年的烽燧见证着西域的沧桑变化，红沙砾中偶然拾起的锈迹斑斑的箭镞，揭示着当年出使西域将士们的鏖战；烽燧上不再升起的狼烟，告诉我们今天的西域，各族人民备受战争杀伐之苦的结束，过着宁静而逐渐富裕的生活。

在返回库车的路上，车停在一棵大柳树的凉荫中，卖瓜的维吾尔族姑娘，用她那长长的月牙刀，切开一个红沙瓤的大西瓜，然后提起长嘴高颈的西域壶，为我们净手。接着，各自拿起大瓜瓣，狼吞虎咽吃起来。食相不雅，而惬意有余。司机和卖瓜的姑娘逗着笑，他们打着维语，我们自然是听不懂，但那幽默风趣的表情，爽朗豁达的大笑，看着听着，也是让人开心的。

返回老城，游库车清真大寺，据说这是新疆境内的第二清真大寺了，仅次于喀什的艾提尕尔大寺的。高大的门楼和宣礼塔，能容纳五千人的礼拜堂，图案精美绝伦的窗饰，庄严肃穆的"宗教法庭"，以及幽静的庭院，葫芦高架，古木垂荫，这一切，都给我以清晰而美好的印象。坐在清真寺外对面的台阶上，我审视着这清真寺的大门，典雅素朴，一派伊斯兰的风格。寺门前的小广场上，有五六个小孩子在玩耍，嬉戏打逗。有一个约莫四五岁的小女孩，赤着脚，被另一个比她稍大的女孩追逐着，这小女孩，竟数次扑到我的怀里来，以求袒护。她不畏生人，甚是活泼，惹人生爱。我抚摸她的头发，她报以天真烂漫的微笑后，又去与那个追她的孩子去戏耍。而坐在不远处的一对年轻恋人，依偎着弹拨乐曲，还不时打量着周围的游人。薛勇又按动相机的快门，将这一幕收入他的西域风情录。

在库车的街头，西瓜摊上，清真寺前，我感受着玄奘在"屈支国"（龟兹）中所描写的景况："管弦伎乐，特善诸国，服饰锦褐，断发巾帽"。"洁清耽玩，人以功竞"、"气序和，风俗质"等特色。时逾千年，风俗犹在，此正可圈可点者，故乐而记之。

九月十五日

早点后，离龟兹宾馆，出库车老城，往克孜尔千佛洞而来。经道叫"盐水沟"的地方，地貌尤为奇特，山体似因暴雨冲刷，洪峰扑击，或因山风肆虐，雷电击劈，造成岩峰斜出，倾倒一向，千疮百孔，罅窍生声，又若兵刃相搏，大炮轰摧而成如此破败，以致怪石似厉鬼，欲下搏人。停车一观，心生恐怖，遂即离去，尚有余悸。

10点许，入拜城县境，雀勒塔格山破目而来。山峦挺秀，五彩缤纷。天山一脉，竟如此瑰丽多姿，亦平生所见又一胜景。未几，抵克孜尔千佛洞山脚。但见山光水色，交相辉映，绿树池塘，生意葱茏。在这西域难得一见的佳山胜水间，首先看到的是熠熠生辉的译经大师鸠摩罗什的紫铜雕像，哲人眉宇间，充溢着睿智，流露出沉思。排列在明屋达格山上的克孜尔洞窟，有新建的磴道和结实的扶梯连接。手扶栏杆，进入石室。洞内雕塑早被盗取殆尽，佛坛空空；而壁画也被切割得残缺不全，支离破碎。所幸万劫不灭的剩余部分，仍是色彩鲜焕，光华照人。却看这"舍身饲虎"和"兔王焚身"等本生故事的绘画特色，得似敦煌壁画，极具西域风格，此中可征印度、波斯文化之影响，也见中原文化之营养。面对庄严的诸佛说法图，如听谆谆教诲，顿生崇敬之心。而置身伎乐飞天图下，如行丝路花雨之中，耳畔妙音缕缕，眼前仙女飞升。在这精美而残破的艺术长廊中，我的心情是复杂的，既惊叹古代艺术家技艺的精绝，又生发出对破坏者的憎恨。今之佛窟，早已成为国保文物单位，有专人管护，这国之瑰宝，当不再受摧残。

离克孜尔石窟，将至拜城，景色更为宜人，水草充沛，林木成荫，稼禾满眼，绿海涌地。在南疆大漠中，当是一块明珠，奈何我等行脚所限，未能入城一看。下午两点半，到名叫"玉尔滚"的地方，有人说这里曾是玄奘经过"跋禄迦国"的都城。当时为"邻国所重"的"细毡细褐"，而今不复见卖。其午饭，仅有"拉条子"勉强一饱，接着上路。

时已过午，疲惫袭来，强睁睡眼，见窗外北山，有红、绿、黄、灰、黑五色相间，间有白色者，为坡头盐碱；路南沙碛中，多骆驼刺，红柳，时有成片者，淡紫中泛着绿意。一路色彩，虽有变化，却消不得半点困顿。看公路上跑的红色小轿车，恰如瓢虫；而铁路上那行驶的火车，便似蜈蚣了。

下午的太阳，不减其威烈，我坐在司机的近侧，光射面颊，满脸热汗，油渍竟浸透了衣领。人处在似睡非睡、似醒非醒的状态。忽见在远处大漠中，卷起一柱大旋风，气势汹涌，扶摇直上，恰是"大漠孤烟直"诗意的再现。

车到巴楚境的三岔口，稍作休息，吃个大西瓜，聊以解渴。下午 9 点半，抵达喀什，完成了一天 760 公里的行程。住进喀什军分区舒适明亮的宾馆，倒是没有一点睡意了。

这喀什，是横贯欧亚大陆丝绸之路上的重镇。喀什地区与巴基斯坦、阿富汗、印度、吉尔吉斯、塔吉克斯坦五国相接壤。翻越葱岭，便可到印度、西亚和欧洲。在国内，这喀什地区比山东省的面积还要大。在喀什街头，10 个人中或能有一个汉人。看到的多是维吾尔族，塔吉克族的男女，穿着艾德莱斯绸的梦幻般色彩的姑娘，以深色盖头蒙着面孔的女人，巴扎上聚堆的维吾尔族汉子，坐着小驴车有百公斤以上的赶车人，策杖而行的白须长者，面对如此新鲜的景观，你还会困顿吗？

九月十六日

到的喀什，大家拟定返程坐飞机。几日朝夕相处的司机，就要返回吐鲁番，大家都感到恋恋不舍，尤其是同室居住多日的薛勇，分别时，二人还亲热地拥抱了一下。薛勇说，这玉素甫晚上冲澡后，浑身一丝不挂、也不盖被子，毛茸茸的，倒头就睡。一觉醒来，已是天亮，难怪每日精力充沛。车开得又稳当，又速疾。这位新交的维吾尔族青年，我们是永远不会忘怀的。

　　玉素甫师傅走了，往城东北十里许的阿帕霍加墓参观，只得打出租车。到达目的地，看到的是一组园林化的极具阿拉伯风格的建筑群。除了高大雄伟的阿帕霍加墓，还有经堂、大礼拜寺、小清真寺建筑，以及一处丛树环绕、绿荫覆盖的碧池。

　　瞧这伊斯兰教圣裔阿帕霍加墓的建筑，四根高耸的圆柱，夹着墙壁，通体是绿色琉璃砖的贴面，间杂着黄色、蓝色砖的图案，典雅富丽，光彩照人。柱头上建召唤楼、宣礼塔，拥戴着绿色光芒的穹隆顶，在蓝蓝的天幕映衬下，是如此地端庄和健美。步入阔大的墓室，在高高的台基上，排列着数十个大小不等的墓体。我没在意哪一座是阿帕霍加的陵墓，听着导游的讲解，约略知道了他的父亲托钵传教的身世，以及他本人追求世俗权力的行径，并曾一度夺得了叶尔羌王朝的宝位。于此一端，也就难怪这墓地的豪奢了。

　　这阿帕霍加墓，还有香妃墓的别称，而且后者有压过前者的名声。我对香妃墓，早年就有耳闻，而这阿帕霍加墓的称谓，是到喀什来才知道的。尽管在墓室中有一座"伊帕尔汗"的麻扎，这"伊帕尔汗"与乾隆皇帝有无瓜葛不得而知，然而他确实不是乾隆的容妃。似乎这阿帕霍加墓称香妃墓是不够妥当的，然而我等游人，不是来考古，对其称谓，又管他作甚，传说故事，姑妄听之。

　　在园林中走走看看，偶然邂逅原平二老乡，乡音浓重，听来亲切，对谈良久，握手而别。日照当空，遂往阿帕霍加家族的果园，小憩葡萄架下，面对小舞台，适有三位维吾尔族少女轮番起舞。"弹指、撼头、弄目、跻脚，乍动乍息，或踊或跃"，左旋右旋，风情万种。行脚天山南北，音乐，随处可闻，舞蹈，随处可见，而尤以龟兹、喀什为甚。中午，返喀什城区，顺路预购 19 日返乌鲁木齐，20 日返太原机票。

午餐后，竟睡到下午 5 点。喀什下午 4、5 点的太阳，实在是太热了。6 点，沿着长街的林荫道，漫步到艾提尕尔清真寺。那 125 米高的拱门楼，嵌着黄绿色的瓷砖，光洁生辉，召唤楼头，宣礼塔顶，弯月如钩（清真寺建筑之构件），将清真寺装点得风致高标，令人赞叹。拱门前，台阶上，花坛旁，树荫下，坐着一排排衣着整洁的老人，白须飘洒，风度端庄，透出一丝贵族气。有深思者，有交谈者，有观览者，虽各具神采，都安闲自在。有外地如我等旅游者，或拿出相机为之拍照，既不拒绝回避，也不搭理致意。

适逢周五，是穆斯林的"居玛日"，约有五六千人前来做礼拜，清一色的男人，人稠而有秩序，交谈而不喧闹，鱼贯而行，步入清真大寺。做礼拜，约莫用去 40 分钟，其间，游人不得入内，我们只好坐下来等待。礼拜活动结束了，首先是长者拄杖而出，相互扶持，问候祝福，随后，大批不分尊长贵贱的教徒走了出来，拱门楼下，虽人头攒动，却不感喧嚣，颇觉宁静，聚散井然，彬彬有礼，呈现出一派和谐的气氛，也足见其修为和素质的。

8 点时分，游人则可入内。偌大的清真寺庭院，绿树成林，浓荫斑驳，尚未结束朝拜的教徒，仍在自己携带的小地毯上，面向麦加方向跪拜，其神情的专注和场面的肃穆，也令我们这些参观者，不敢大声说话，并生发出一缕敬意来。在铺满红色地毯的礼拜长廊上，尚有三五人在祈祷，口中念念有词。只是天色已晚，深广的建筑中，祈祷者的形象，模糊不清。我们脱掉鞋子，轻轻地走过他们身边，惟恐打搅他们那虔诚的心灵。走出艾提尕尔大清真寺，已是晚灯朗照，十分夜色了。

九月十七日

上午，乘车前往大巴扎，来得有点早，尚未开市。便就近往喀什老城区一游。过一小木桥，绕一个土山包，再转个小弯，便是名副其实的老喀什。道路两旁皆土木建筑物，多二层小楼，高低起伏，多显破旧。也有几家，似有经济实力，楼室翻新，引人注目。小围墙内，见阳台幽深，周边饰以木雕栏杆，花边下垂，彩绘鲜亮，且以盆花点缀。粉绿的门窗，时见维吾尔族主妇出入，儿童玩耍。虽为翻新的建筑，然风格一仍其旧，在整体的建筑群中，虽醒目，尚和谐。

复前行，见一烧陶土窑，土灰色的窑体。下边堆放着粗朴而古拙的陶盆、陶罐以及码放比较整齐的陶坯，只是陶片满地，柴灰拥道，本欲探访，却难以下脚。窑后是一所陈旧的老屋，老屋上又迭架着老屋，横竖支撑着不少木棍，看上去，这房屋有些年头了。

从窑前的大路上，拐入一条上坡的小道，路遇一位壮年，叫艾尔肯，维吾尔族，40岁上下，能通汉语，是生意人，曾到过浙江、河南、河北、广东等地做买卖，可谓见多识广，遇我等外地人，甚是热情，遂邀其家作客。其时，一家人正坐在葡萄架下进早餐，是正宗的羊肉手抓饭。大人们见有人来，放下盘碗，打着招呼，而小孩若无其事，用他那五指，随心所欲地把盘中油晶晶的米饭抓起来，自如地送入口中，不撒不漏，似乎比我们汉人用筷子还要爽利和便捷。艾尔肯有6个孩子，由壮实的妻子操持着家务，大女儿已然是一个中学生。能说一些带有维语发音特色的普通话，对客人的提问，总是微笑着回答。而不满周岁的小男孩。吃饱了抓饭，便爬在土地上，追赶着小猫。猫爬上葡萄架，孩子又爬向小狗玩起来。艾尔肯姐姐一家和艾尔肯在一起生活，艾尔肯的姐夫，看上去，还是一个小伙子。走向主人的屋子，是一排五间的东房，分里外间，尺许高的大炕上，铺满了大地毯，阳光自墙上洞开的小窗口，射进光束来，照在蓝底红花的石榴图案地毯上，显得格外鲜活和生动。细长小院的西侧，地基稍高，也建有五间房，是主人姐姐的居室吧。小院子打扫得十分干净，台阶上摆着盛开的盆花。这便是我在喀什老街上，走访过的一户人家。

别艾尔肯一家，在去大巴扎的街上，遇一家茶馆，门外有大床一张，上面坐着四位维族老人，吃馕喝茶，谈天说地，闲适自在，羡煞我辈。有意上前叨扰，又觉唐突，便围一张方桌坐了下来，要茶一壶，杯四只，馕少许，边吃边喝，边观察老人们的叙谈。薛勇又打开了相机，记录了这些生动的场面。

离茶座，在街头品尝白杏脯、桑葚干和无花果的滋味；喝一杯新榨的石榴汁，生津提神，够爽的。

来到大巴扎，标称"中西亚国际贸易市场"。巡游其间，有如在乌鲁木齐所逛的大巴扎。铜器、锡器等工艺品，美不胜收；皮帽、花帽，头巾、披肩，花样繁多，乐器、小刀，干果、药材，也让你挑得眼花缭乱。而行走在巴扎间通道上，那颈缠蟒蛇，或肩扛大蜥蜴的卖药者，你会敬而远之，看着它，颇感吓人的。走了大半天，亦仅冰山一角。这大巴扎，拥有 5000 多个摊位，委实是够大的。不过在这里，远没有在驴车云集，地摊比列的老巴扎中寻觅来得有兴味。那驴车的气息，陶品的质朴，果品的新鲜，烤馕的炽热，加之老人的风趣，孩子的活泼，俊男靓女的风情，以及砍价声声，投手顿足间，无不生姿生彩。游老巴扎，看见的是一幅西域特有的风俗画，而逛中西亚国贸市场，则有点在超市购物的感觉。说心里话，我还是喜欢老巴扎。

下午 5 点，与郭际先生通电话，以告行踪。郭先生似乎有点嗔怪："打了几次电话，你的手机总是不开。在库车、喀什都安排有书界朋友来接待，却无法与你联系上。"我只能连连道歉说，主要是怕给朋友们添麻烦；另外，自己的行动也可随意些，并免去许多繁琐的礼节和应酬，岂不是宾主皆宜的快事。

原拟晚上看题为《喀什噶尔》的演出，待到得剧场，节目已经开演半小时，无奈，只好购得明晚戏票，然后往新华书店而来，在长长的书架前，选购自己的读物。

九月十八日

昨日上午，逛东巴扎（中西亚国际贸易市场），意犹未尽，或者说未能感受到喀什传统巴扎的真正情味。故而早餐后，便漫步到艾提尕尔大清真寺左侧，在一条古老街巷内，看看这里的巴扎是个什么样子。

走进灰色、土色的街巷，沿街是比列的店铺和作坊，有的店铺，兼为作坊。特别是铜匠、铁匠、银匠、锡匠等制作的手工艺品，满满当当地摆放在货架上，光彩夺目，任人把玩，而坐在店铺前的工匠艺人，则专心致志地刻制他那手中的器物，对于游客在他的店铺里活动，他是不管不顾的。器物上没有底稿，他能信手刻錾，在叮咚和瑟瑟声中，有如变魔法似的，在壶、瓶、灯具上，錾出了颇具阿拉伯特色的纹样，一丝不苟，准确无误。一个打制红铜器的青年，看上去，才十三四岁的样子，其技艺的娴熟和精湛，也让我们驻足观摩。拿几块不大的铜片，放在模具上，有节奏地捶打，便成了型，而后经过焊接、镶边、雕花、打磨等诸多程序，一件新的工艺品诞生了。我们问起他的学艺过程，他有些得意，说："从小看着父亲做，自己也偷偷地模仿着，是损坏了不少的铜皮，换得父亲责骂。手艺么，也不知道是怎么学会的。生意么，不错！"

地毯店铺，亦复可观，小小的店面，堆着、摞着、铺着、挂着、卷着、立着各色的地毯。而以红色为主调，其图案，有和田特色的，巴基斯坦特色的，也有土耳其特色的，总之是各具面目，色彩缤纷。而卖地毯的老人，坐在挂毯前，双目炯炯而有神，长髯雪白而飘洒。这宁静的场面，俨然是一幅绝妙的油画。

如果说地毯店是静止的凝固的，那么乐器店则是活泼的跳动的，吹、拉、弹、击，此起彼伏，苇笛、唢呐、手鼓、热瓦甫、弹布尔以及众多叫不上名目的乐器，让你看得出神。每件乐器，便是一件精美的艺术品，即使你不会弹拨，摆在那里，也够让人开心的。何况这里有不绝的音乐，也会让你闻声起舞。还有英吉沙小刀店，艾德莱斯绸专卖店，都会吸引你进去看看，精巧的工艺，梦幻的色彩，你若不选购一二种，是不会走开的。

而沿街的烤肉者，卖抓饭者，炸油条者，烤馕、烤包子者，更是生意火爆。在这些摊位前，不独有维吾尔族、塔吉克族的男女，也有欧美各国的游客，进食者，拍照者，购物者。伴着作坊里的击琢声和乐器店的弹拨声而行进，在灰色、土色古老的深巷里，流动着时代的气息和不尽的人群。

今日值农历中秋节，虽身在异乡为异客，也该是庆祝的。中午，走进巴扎附近一家餐馆，点凉菜几盘，炒菜数种，开一瓶新疆红葡萄酒，购几样喀什月饼，要米饭少许，大家把杯共饮，其乐也融融。正进餐中，手机响起，乃家人电话，遂互致节日的问候和祝福。

下午5点半，到"五一"电影剧场，观看大型民族歌舞《喀什噶尔》（喀什的全称），是由喀什地区歌舞剧团演出的。

该团成立于 1934 年，全团现有 150 多位演职员，其中一半以上是具有中高级职称的专业队伍，于此，亦可见其剧团实力的雄厚了。剧团不独先后在北京、上海、浙江、山东等地演出，在杭州参加了第七届中国艺术节，并一举荣获多项大奖，也曾赴法国、俄罗斯等西方国家献艺，博得了很高的国际声誉。值此中秋佳节，坐在剧场第一排的正中，近距离地欣赏艺术家们的表演，当是平生之幸事，岂不快哉。

灯光亮起，大幕拉开，天幕上是天山积雪，大漠中涌出一片绿洲，喀什古城顿化在观众眼前，在特有的西域乐曲声中，着各色民族服装的少男少女们，跳着欢快激越的舞蹈。走下舞台，奔向观众，致以问候，致以祝福。在这短暂的"序幕"演出中，剧场内便轰动了，鼓掌声，喝彩声，欢笑声，不绝于耳。坐在我身后的外宾们，也看得目瞪口呆，并不时地按动着相机的快门。

当舞台上出现了"十二木卡姆"的演唱后，剧场内，变得一片宁静，低沉苍凉而有天籁之音的说唱声中，给人演绎出一个古老民族兴衰的故事，令人叹息，让人落泪。转而有各种舞蹈的展现，诸如鹰舞，刀郎舞，水罐舞，面纱舞，萨满舞，摘星舞，顶灯舞，手鼓舞等等，或苍劲勇猛，或妩媚典雅，或风趣幽默，或飘逸潇洒，将对大漠的抒怀、帕米尔的情韵和绿洲的风采，从民间的温馨到宫廷的辉煌，均以淋漓尽致的姿态，展现得优美而深刻，让你目不暇接，心旌摇荡。那"跳身转毂宝带鸣"和"扬眉异目踏花毡"的写照，怕也难尽今天这场面的万一吧。

90 分钟的演出，很快结束了。掌声四起，谢幕再三，人们似乎不情愿地步出剧场，而定格在我脑海中的艺术形象，当会永不褪色的。

回到宾馆，收拾行囊，然后搭车到喀什机场，时正 9 点。在机场进晚餐。原定 11 点 59 分起航的飞机，晚点 1 小时，方得起飞。待飞抵乌鲁木齐机场，值午夜 2 点半，有于小山、郭际等先生接机。多劳诸位书家，心里甚感不安。回住军交宾馆，已是 3 点有余了。

九月十九日

上午，郭际先生因参加乌鲁木齐市与郑州市书法联展座谈会，便不能陪我们外出游览。我们坐出租车，浏览乌市市容。新疆将举行维吾尔自治区成立 50 周年庆典活动，节日气氛，随处涌现。至南门，复见一大书店，不曾思量，又步入其中。

南门外，有山西巷，是一条老街。在一张老照片上，曾看到当年的萧条和脏乱；而今，却是一条别具民族特色而繁荣的街道了。

中午时分，辗转走进大巴扎附近的民族大餐馆。深广的大餐厅，食客满座，略无阙处。我们四人，各自觅到一个座位，我要了羊肉面一碗，烤馕少许，薄皮包子二只。只说这薄皮包子，个头大，皮儿薄，半透明，若内地之"稍梅"（"烧梅"、"烧麦"），内包不填加蔬菜的纯肉馅，有北京的"狮子头"那么大。吃一口，爽滑鲜美，不待咀嚼，已然下咽。

若佐以韭花、香醋，定不减杨凝式《韭花帖》中的珍馐了。

下午三点回宾馆，午休睡足，沏一杯清茶，读几页新书。

九月二十日

上午在宾馆，佐田和我，理纸染翰，作书作画，以此感谢主人的接待盛情。因一时疏忽，此行忘却了携带印章。郭际先生见状，遂即打开手机，约请乌市篆刻家孙朝军，为我治印一方，我自是十分感激，也送孙先生拙字一条，以结书缘吧。

中午 12 点，乌市诸旧雨新交，在"万福湘菜钵子酒楼"为我们饯行。1 点半，往机场，办理登记手续，3 点 15 分握别热情好客的新疆朋友，登上山东航空公司的飞机，告别乌鲁木齐。4 点 30 分，从飞机窗口下望，见沙漠无际，云影飘移，色彩变化，景象万千，薛勇频频拍照，想必又会有不少好作品问世，当是不虚此行了。5 点，云团浓重，地面景象不复可见。机舱内，稍感寒意，我向空姐要一块小毛毯加盖身上，闭上眼睛休息。6 点 15 分，飞机平安降落太原机场，适有小雨飘洒，西域带回的燥热，被消解得无有踪影。

司机小钱，早已站在候机楼，等待大家。晚上 8 点，回到忻州，多年的心愿实现了，谢谢新疆给我美好的印象，谢谢新疆的朋友。

2005 年 10 月 20 日

峨眉踪迹

四川好，最忆是峨眉。四川归来整整三年了，然而峨眉山的山光云影，流泉飞瀑，名刹古寺，老树奇花，这画卷还不时在眼前幻化；蛙鼓猿啼，钟撞磬击，万籁呼应，空山回响，那清音还不时在耳际缭绕。啊，峨眉，秀绝天下的峨眉山。

初访万年寺

由成都乘火车到峨眉车站，然后改乘小轿车，峰回路转，没多久，我们便来到了净水的桂花场，前面全是山间小路，大家只好以步当车。天不知什么时候下起小雨来，泥泞小道十分的滑，我在路边买了一根大节的竹拐杖，拄着它，似乎很安全。身着透明的塑料小雨衣，也是临时买来的，才五角钱。雨衣上挂满了珠露，随着行人的脚步，不时地滚动着，宁静的山道上，还能听到露珠的滴答声。四围的山色，笼罩着一层轻纱，大自然呈现出一种似有若无的朦胧美，使我真正领略到"山色有无中"的意境。

走完八华里的小道，来到峨眉主峰以东的观心坡下，这里便是万年寺的所在了。最引人注目的是一座明代修建的穹隆顶方形无梁殿，内有普贤菩萨骑白象的雕塑一尊，是铜铸，据说重有六十二吨，那白象看上去比真象还要大，是北宋年间的遗物。我不禁惊诧古代艺术家那精湛的铸造技艺和宏大的建造气魄了。

砖殿后，有水池、石桥，池后有"巍峨宝殿"，是新中国成立后重建的。我们下榻楼上，推窗四顾，静极清幽，小雨初停，行云飞渡，林木含烟，薄暮苍茫。我正泡茶养神，忽然华灯乍亮，一座本来肃穆的佛国圣地，顿放光明，我恍惚步入了佛家的琉璃世界。空气是透明的，树木也是透明的，在树木掩映下，殿阁更焕发出无穷的神奇来，树荫如筛，光怪陆离。老僧出入，经声四起，钟磬声幽，此起彼伏。其声经久而息，古寺又归于沉寂。

我正解衣欲睡，楼下又传来如吟如唱、如琴如瑟的声息，这便是我仰慕已久的万年寺弹琴蛙的绝技。据传说，在唐代这万年寺有位广浚和尚，经禅之暇，颇好琴艺，每夜深人静，焚香操琴，谁知群蛙窃听，天长日久，这琴技便为青蛙所熟知了。广浚早已离开了人世，而琴音不绝，传衍至今，这该是弹琴蛙的功德吧！听了这故事，李白的诗句油然涌到我的心头："蜀僧抱绿绮，西下峨眉峰。为我一挥手，如听万壑松。客心洗流水，余响入霜钟。不觉碧山暮，秋云暗几重？"至于这位蜀僧浚是否是广浚和尚，我就不去管他了。

风雨洗象池

离万年寺，经息心所，过初殿，至华严顶，时值大雨滂沱，天地蒙混，江山一片，我们正好在寺内避过。大雨顷刻而过，山峦又现出水墨淋漓的倩影来，虚实相生，绰约多姿。过华严顶不久，前面出现了一条使人望而生畏的"钻天坡"。听这名字，就令人胆怯，放眼望去，石磴峻嶒，直挂云际，跋涉其间，步履艰难，尽管山高天冷，行人尚是热汗蒸腾。我们委实有点走不动了，恰好道旁有块四五米见方的小平地，上建小茅亭，背倚大山，林木翳然，亭下环列石条，有一壮实汉子在此小卖食物。同行几人，不约而同坐下来，不问价钱多少，便大口大口地吃起煮鸡蛋，还打开一瓶老白酒，轮流把呷，那酒的香甜醇厚，似乎在盛大的宴会上也没有领略过。小憩一刻，精神又高涨起来，好像没多久，便钻出了钻天坡的顶峰，来到了海拔两千一百米高的洗象池。

这洗象池，冷杉拱卫，琳宫雄峙，殿前有一六角形小池。传说，普贤菩萨常驾云来此沐象，所以此地名为洗象池。徜徉于杉林之中，漫步于洗象池畔，时有阴风搜林，山灵长啸，烟云翻卷，殿阁浮空，衣袂飘举，翩翩若羽化而登仙。其时，日色冥冥，大雨袭来，我便匆匆走回室中，拥被而坐，听檐头滴水，林中号风。奈何被褥潮湿，不胜寒冷，我又觉察到这神仙境界中也会有一种使人难耐的苦涩滋味儿。至若晴空万里，皓月当头，光华皎洁，影筛满地，四山如洗，空明澄彻，老僧晚课，黄卷青灯，离尘脱垢，四大皆空，那自然是另一种况味吧！无怪乎人们称赞这"象池夜月"是峨眉山的一大胜景呢！

横绝峨眉巅

登上洗象池，同行者都有些筋疲力尽了，决定由此下山。我呢，总觉得我们由山右来此川西，不远万里上峨眉，未能登峰造极，于心不甘。大家便一横心，在晨风薄雾中，又开始攀登了，脚力不济时，停下来喘喘气。走完罗汉坡，来到冷杉林，轻霭薄雾，划出深浅得宜的层次来，瞧那奇树钻天，横枝下垂，古苔挂胃，鬖髿及地，不正是南宋诗人范成大游峨眉山所见景色吗！

出杉林，爬陡坡，到白云寺，其地又升高数百米。其时，云漏日光，射下束束光箭来，照到尚未消融的白雪上，银光绚烂，耀人眼目。适有几位国外旅游者，对此情景，高兴得雀跃欢呼，其中一位竟将自己的衣服脱去，站在光束中，用那峨眉的太古积雪，搓擦他那壮实的身躯；我则蘸着路旁的雪水，在宣纸上勾画出两幅写生画，至今还当作珍贵的纪念品。

前面来到雷洞坪，其地险绝，悬崖百丈，云生岩谷，岩际有亭，凌空若飞，游人立亭中，有僧人介绍说，坪下有洞，为龙蛇所栖，若闻声音，则雷电上击，所以此地曾立一块语禁碑。我于亭中，休息良久，扶栏俯视，深不见底，真的还有点头晕眼花呢。

雷洞坪后，还有一段更加艰难的磴道，叫做连望坡，又名阎王坡，是又陡又滑的冰梯雪道，左侧峭壁摩天，右侧下临无地，人行其上，无不提心吊胆，好在此处有铁马可租。铁马者，乃铁制拖鞋，套于行人鞋上，鞋底有钉状小牙，人行雪道，钉入雪中，一步一个脚印，稳健踏实。据说在此险路，还不曾发生过意外。过此，便到接引殿，再穿七里坡，入太子坪，那卧云庵和金顶就在望了。

飞步凌绝顶，置身霄汉间。伫立在三千多米的金顶之上，天风茫荡，云海平铺，放目数千里，尽成兜罗绵，西望大雪山、贡嘎山于云海，若瓦屋，若几案；俯察舍身岩，危崖壁立，不知几千寻。只有那岩下白云，鬼使神差，呼啸而上，倏忽而下，观其变化，醒醉魂，壮神思，惊心动魄。

落日熔金，云海瞬息间变成了燎原的大火，光焰无际，瑰丽动人，我心中的热血也沸腾了。此时此刻的感觉，不正是国画大师刘海粟先生的一副联语么："海到尽头天是岸，山登绝顶我为峰。"

遇猴九老洞

卧云庵一宿醒来，已早晨八点钟，推窗而看，云卧庵门，如护如封，闻风起舞，朵朵如絮，拥窗而进，寒气逼人。这呼吸通帝座的所在，我们不能久留，便打点行装，腾云驾雾，凌虚而下，究竟下山还是容易的，没觉费多大力气，就返至洗象池，并改辙易路，取道仙峰寺。行进间，华严峰右，云收雾敛，现出一座化城来，古木扶疏，小殿玲珑，背负高岩，面临深涧，溪水叮咚，山花飘香，野趣清韵，应接不暇，走近一看，知是"遇仙寺"。我们于此小坐片刻，听听游子遇仙得道的故事，便又匆匆赶路了。

到仙峰寺，已降到一千七百米的高度，山寺深邃，巨石横陈，那珍贵的珙桐树，开着洁白的鸽子花，团团簇簇，煞是喜人。大家到殿右几百米外的"九老洞"观光，据说这里是九老仙人居住过的地方，当年黄帝还来此问道。现在洞内石桌罗列，洞外飞瀑高悬，我们无缘遇到仙人，我便脱口而说："九老不知何处去，空留玉液挂云端。"

由九老洞下山的时候，我们意外地被猴子包围了。到峨眉，遇猴子是一大眼福，上山时我们还为猴娃准备了猴食，但无缘相见，心中还一直快快不快呢，现在突然遭遇，刚听吱吱几声猴叫，我们又喜又惊，几个人很快聚拢到一起，眼前、身后、草中、树上，到处是猴子。我们散发着食物，稍一迟钝，便有猴子跳起，将食物抢去，动作敏捷，防不胜防。大家戏逗着，早有人打开了相机，把这精彩的场面，收入了镜头。手中的食物已经散完，大家也觉尽兴，该走了。然而挡道的老青猴，无论我们怎样拍手示意，它就是不肯离去，龇牙咧嘴，表情实在怕人。后来它主动出击了，抢去我们一只小提包，将内中的照相机等什物翻了一地，因为没有找到食物，又展出一副欲搏之势。等到后边来了一大伙游人，那猴头才姗姗而去。

盘桓诸胜境

洪椿坪，因有洪椿木而得名。寺建天池峰下，梵宇超然，庭院清幽，有山茶一株，树高过墙，花朵灿灿，若红烛烈焰。有兰花数丛，均不用盆栽，以绳索系土块，悬挂檐前，枝繁叶茂，带露迎风，清香馥郁，直扑游人。寺外，周遭千年古木，滴翠排青。此处，只因常年烟浮云过，薄雾霏霏，形成了人们乐道的"山行本无雨，空翠湿人衣"的灵峰妙境。

沿黑龙江一路前行，眼前展现出一幅无边的青绿山水长卷来，茂林修竹，石楠银杏，蔓草攀缘，繁花点缀，大自然这双无形的手，巧妙地纺织成各种图案的锦缎，将高山大壑，层峦叠嶂，覆盖得严严实实，偶有山禽野雉，飞鸣而过，在绿色的帷幕上留下闪光的色彩和清悦的音符，这正是："山色千重眉鬓绿，鸟声一路管弦同，真到画图中。"（赵朴初词句）

来到黑龙江栈道，百步九曲，穿峡渡涧，上仰青天一线，下俯白浪千重，影暗栈道，声震崖谷，人行其中，直恐两山合拢，古道坠落，小心翼翼，急穿而过。

抵达清音阁，惴惴之心，为之舒展，这是一处山水兼园林的胜区。牛心岭下，高阁翼然，碧树红檐，交相辉映，其岭左右，黑白二水，奔涌而来，各出虹桥，飞泻而下，喷雪溅玉，直漱牛心石。临流而画，物我两忘，画盘落激流中，而不知捞取，怡然怡然，神遇迹化。

峨眉行踪的最后一站，则是入山门户报国寺。这里殿堂巍峨，僧侣云集，香火旺盛，游人如织。它给我留下印象最深的是一座明铸紫铜华严塔，身高二十余丈，分十四层，上铸小佛四千七百多尊，还有全文《华严经》。铸造精细，造型优美，此铜塔真可与五台山的华严字塔相媲美了，南北呼应，各尽其妙啊！

云贵川行记

　　1989 年仲春三月，四川双流新辟棠湖公园，拟建碑林，欲成大观，遂以中国书法家协会、成都市书法家协会名义，发起《棠湖国际书法邀请展》活动，承蒙不弃，征字于余，即摘杜甫《蜀道地图》诗句：

> 日临公馆静，画满地图雄。
>
> 剑阁松桥北，松州雪岭东。
>
> 华夷山不断，吴蜀水相通。
>
> 兴与烟霞会，清樽幸不空。

　　书成四尺整幅，以应所约。夏秋之交，得书法展开幕式请柬。四川是我旧游之地，然昔年所游，未能得青城之幽，引以为憾，便拟再次入蜀，补此一课，小驻成都，游兴未尽。径下昆明，后取道贵阳而返。日有所记，衍成此篇。言及祖国西南，俗称云贵川藏，顺其自然，遂以《云贵川行记》为题，非为行脚时序也。

十月十七日

上午到太原，在王治国家，先后见赵承楷、水既生、王朝瑞诸书家，谈山西书协事。中午治国兄留吃面条，其内助桂芳不独热情，尤善烹饪，几盘小菜，色香味俱美，治国与我对盏，未及三杯已觉脸红心跳，似有几分醉意了。

当日未能购得去成都卧铺票，只好在并滞留一日，遂住山西省军区二招 406 室。晚承承楷兄招饮于家，然我与承楷皆不善饮，席间唯叙旧而已。

十月十八日

上午无事，在客社卧读消遣。下午 2 点 40 分搭 185 次由太原到成教直快列车，车上人满为患，拥挤嘈杂，令人不得安宁。于餐车吃晚饭，虽价钱昂贵，却质量低下，肚需充饥，其奈尔何。稍可慰者，已购得卧铺，餐毕上铺位躺着，虽吵声不绝于耳，时久则变为催眠之曲，竟入梦乡矣。

十月十九日

天亮后，车已过西安，8 点多到宝鸡，驶入秦岭山地，穿山过洞，时暗时明，至略阳山城，铁道旁多建高屋，李可染先生笔下的山城景色已不复可见。到阳平关，风景又奇，过此未几，便出陕西境。到川北重镇广元，看到的已是现代化大都市。嘉陵江两岸，广厦高楼，略无阙处，铁桥横跨江上，古塔高踞山巅，决眦寻觅，千佛岩藏于绿树，洗耳静听，嘉陵水澎湃丹砂。到江油，已是李白故里，时值薄暮，暝色苍茫，囤山不得登，徒生"樵夫与耕者，出入画图中"之诗思。

经绵阳、德阳，到成都已是晚十点许，从太原到锦城，用 87 元车票，历 31 时 13 分，行 1493 公里。"蜀道之难，难于上青天。"已是历史的陈迹了，在成都站台，正在为难之际，忽见一青年举一招牌，上写"山西省陈巨锁"。询之，知为特来接站者。出站口，搭车到市公安招待所，成都市书协主席程玉书同志已在室等候了，稍作寒暄、盥洗，就便餐于街头，归已午夜，上床就枕，不觉间东方既白矣。

十月二十日

上午 10 点许，《棠湖国际书法邀请展》在成都市南郊双流县棠湖公园开幕，四川省、成都市有关领导和来自全国各地的书法家以及本地的书画工作者、爱好者数百人参加了开幕式，可谓气氛热烈，人文荟萃。参会旧识有尹瘦石、陆石、柳倩、吴丈蜀、欧广勇、刘正成、张荣升以及四川何应辉、舒炯等书家。新交闫志胜同志，为老乡，山西河曲人氏，是南下干部，曾任成都市文化局局长，现为市文联副主席，南下数十年，乡音未改，见我自山西来，分外亲切，遂相偕参观展览。中午东道主在棠湖公园的新建楼阁亭榭中分置酒宴，款待宾客，觞觥交错，极一时之盛也。

下午仍在公园举行笔会，刘正成兄为四川人，亦客亦主，拉我作字。我来成都，虽值深秋，然园中之花木尚觉翠艳欲滴，有如盛夏，有忆杜诗四句：

> 曾城填华屋，季冬树木苍，
> 喧然名都会，吹箫间笙簧。

遂命笔而书，乃纪实也。晚程玉书、舒炯等成都市书协招饮于"王胖鸭餐馆"，物美价廉，且为风味小吃，比之悬盘架碗、菜积如山之大宴，既经济，又随意，正合我心。

十月二十一日

上午游武侯祠，下午游杜甫草堂，皆为旧地重游，1982年4月游览时曾有日记，此游所记从略。只为两处所邀，各留拙书联语为念，中午由书画爱好者企业家彭炳林设宴款于浣花餐厅。浣花溪畔，竹楼之上，前窗临水，后窗映竹，更有盆花竞放，幽意宜人，熙熙攘攘五十余人，游宴于此，可叹工部，若能晚生千年，当可躬逢其盛也。席间，与吴丈蜀先生谈五台山碑林事，并约请作诗碑，先生慨然应允。同桌有老乡阎志胜作陪，且频频劝酒，有安徽画家说："老乡见老乡，难得在草堂，喝一杯！"成都市文联主席又说："老乡见老乡，情深似锦江，再饮一杯!"我不能酒，饮少辄醉。有人谈及冯建吴教授，说已在去年辞世，不禁悲从中来，晋蜀两地，关山阻隔，不料冯老年前病故，我竟未得一点消息。忆昔在重庆，访先生于"蔗境堂"中，时先生已患肺气肿，行动、说话似感气紧难耐，然对我在峨眉山所作写生画，尚作认真观摩，并多有鼓励，也提出了中肯的意见，令我铭感不忘，还为我画红梅册页一开，题句云：

千花万萼阗春阳，老干盘挐意气张。
取得一枝入图画，几回袖手绕长廊。

此后我与冯建老多有书信往来。1986 年，我在并举办个展，先生曾题诗为贺，感念先生对我教益良多，今闻噩耗，如惊雷轰顶，默然良久。

晚，天津市书协副秘书长唐云来同志到舍小坐，我问询孙其峰、王学仲、孙伯翔诸师友之近况，唐兄谈之甚详，晤对投机，聊排我胸中郁闷。

十月二十二日

今日往访都江堰并青城山，由成都市书协副主席舒炯同志陪同。同往者有安徽画家裴家同，天津唐云来，广州欧广勇、连登、卢苏、姚永全诸同道。

上午八点半离客社，西北行，经郫县，茂林修竹，村舍人家，正古蜀望帝杜宇、丛帝开明建都处也。忽一茅亭隐现于翠竹深处，青烟漫起，薄雾似纱，时有鸡鸣出于木末，又见童稚汲水于溪畔，岂非"西蜀子云亭"者。我正沉思，车已行59公里，到灌县矣。灌县今已撤县改市，名都江堰。先往市文化局小憩，后由李局长、刘股长导游，往访伏龙观，徒步登离堆。一小山若砥柱，雄踞岷江急湍之中。至顶，殿阁嵯峨，回廊曲槛，殿内有东汉建宁元年李冰造像一躯，其形古朴，别绕情趣，赏之再三，不欲离去。登观澜亭，远望雪山如带，正"窗含西岭千秋雪"之谓也。近瞰安澜桥似长虹，遂忆及范成大"何时将蜀客，东下看垂虹"之诗句，今我身临其境，正是"蜀客"也。再观鱼嘴分水、飞沙堰及宝瓶口诸胜迹，水至各处，自成面目，其动如奔驷、如猛龙；其静似螺纹、似轻纱，潭渊油油，心动神飞。

中午市文化局宴请来客，饭毕，驱车玉垒公园，至二王庙后门，以步当车。入庙，得瞻李冰父子威仪，领略"深淘滩，低作堰，""遇湾截角，逢正抽心"的治水名言。又于庙中得见张大千、徐悲鸿、关山月诸画家的碑刻手迹。出二王庙，登索桥，行仅数步，头晕眼花，正陆游"回观目眩浪花上"之所见。复归岸上，时已下午四点，急急驱车向青城山进发。行16公里，至山门，翠树如盖，肌肤鉴绿，复寻曲径登山，小桥飞架，细流激石。至"天然图画"，此牌坊飞檐翘角，翼然于龙居山冈。时有清风过隙，虽为登高之役，却仍感遍体清凉，复沿山道而行，苍苔覆盖岩壁，芳露滴沥石径。至一转折处，小亭突兀，皆以枯木为柱，留皮带节，不假斤斧，上以树皮盖顶，下以树根为凳，与山林、岩石浑然一体，似太古之遗物，真匠心独运，妙造自然。谈笑间，"古常道观"在望。登上陡峭石阶，步入古观，偌大一处院落，正面为三清大殿，建筑宏大，镂刻精工，内塑三清，须眉生动，元始天尊，灵珠在掌，灵宝天尊怀抱太极，道德天尊手持羽扇，神态肃穆，有所谓道貌岸然者也。

院内银杏一株，龙蟠凤舞，高凌霄汉，径围可过 20 米，传为张道陵手植，游人无不叹为观止。

至三清殿后，复往黄帝祠、三皇殿、天师洞巡礼，奈何天色近晚，未能尽兴，只对《大唐开元神武皇帝书碑》摩挲一过，此中可见开元间佛道对青城山之争。"观还道家，寺依山外旧所"。宣宗皇帝能持此公论，亦令人服帖。

时值薄暮，上清宫等山中佳绝处只好一一割爱，然青城茶是不能不吃的。曾记得赵朴老有忆江南咏青城茶："青城好，一绝洞天茶。别后余香留舌本，携归清味发心花，仙茗自仙家。"

我诵此词，广勇兄遂道：

"吃茶去！我做东。"

进得茶室，临窗而坐，呼道童沏洞天茶两壶，泡少顷，倾入茶盅，茶色泛绿，清气氤氲，浅尝细品，韵味无穷。俯观窗下，行人如蚁，暮云入谷，幽意愈浓。茶方吃两杯，骊歌催归，遂离茶座，道童见状，直呼："可惜，可惜！尚未加水，便已离去，未见诸位吃茶者。一盅淡，二盅芳，添水再饮，方可发心花呢!"

当我们返回成都市区，已是十分夜色，夜市如织了。

十月二十三日

此行仅数日，尚未感倦意，遂拟往云贵一游，便托程玉书同志代购成都——昆明卧铺票。上午无事，独自浏览市容，逛数家书店，购得伊秉绶书法册等书籍而归。下午在客社读书。晚十点，有人送车票来，遂整理行装，准备南下。

十月二十四日

晨6点起床，洗漱。6点半离客社，搭车到成都北站。7点49分乘389次快车南下，经双流、彭县、眉山、峨眉，渐入山中。至代湾，车转西向，出没洞中，时见大渡河蜿蜒路旁。经峨边、乌斯河、阿寨等，车又南向，时已暝色晦暗，岩壁如铅，山与天交际处，初如剪影，后转模糊。据说此次列车，夜间常有歹人出没，洗劫旅客财物，我单身外出，身无钱财，便自高枕无忧，忧又何用。在梦乡忽得俚语四句：

雨多地常湿，秋深树尚花。

南撷相思豆，寄我塞上家。

十月二十五日

清晨醒来，车已过楚雄，9点10分抵达昆明站，自成都历26小时，运行1100公里，白日得观沿途景色，入夜多在梦乡，虽长途劳顿，但未觉辛苦。出车站，就近下榻金明饭店6楼36号。稍作休息，到北京路作小游，购《云南风物志》、《昆明导游》等。下午写家信寄效英，相告行踪，以释远念。晚于餐馆食昆明小吃"过桥米线"。虽有盛名，却不曾领略其佳妙所在，仅充饥而已。

十月二十六日

早6点40分搭车往路南彝族自治县去，将游石林。经道云叠洞、祭白龙洞，遂入游焉。此为新开二溶洞，钟乳石如玉雕冰琢，晶莹透亮，洞不大，却气象万千，加之解说有声有色，游人无不欢喜赞叹。游洞毕，复驱车前往，自昆明市行126公里，抵路南石林，奇峰怪石，破目而来，仰观巨石如莲，高可百尺；俯察剑池云蒸，阔能泛舟。山阿曲径，游人络绎；清歌笛韵，谷应峰回。偶感倦累，休于石室，仰卧石床，观苔痕亘古，听流泉清脆。忽闻山歌曼妙，离石室寻声而云，园场中白族、撒尼族姑娘们正一展歌喉，为游人献艺，一曲未了，一曲又续，间关掌声四起，笑语不绝。又有小石林，山花烂漫，草坪似锦，谈情说爱者，留影拍照者，品茶话旧者，竹荫对弈者，各得其所，各尽其乐。我独钟阿诗玛石峰，临水卓立，修姿弄影，正传说中坚贞之佳丽也。

> 石林仅一日，游观隔尘寰。
> 紫云天上落，玉柱开青莲。
> 偶作神仙侣，逍遥不记年。

十月二十七日

今日作春城一日游。先到城东北登金殿，殿效武当山之形制，青铜铸造，古色斑斓，然规模小甚。殿立鸣凤山上，石径连云，其境尚觉清幽。有斑马拉小车沿山道而上，供游人乘坐，为我旅游十数年而首次谋面。

复游黑龙潭。潭在龙泉山麓，碧水一泓，游鱼可数，徐来清风，微动涟漪。龙宫祠观，迭阁层楼，一一观瞻，更有名花异树，遍植其间，唐梅、宋柏、元杉合明代山茶花，所谓四绝。尚多古碑屹立，正研究云南历史之珍贵资料。

时近中午，就餐于龙泉山馆。

下午，先访大观楼，楼仅三层，也未见其高，南临滇池，水浅且污，令人不快。旧楼于咸丰七年毁于兵火，今存者为光绪十四年新建，髯翁长联尚留前门抱柱，为赵藩工楷补书，对此名联早已烂熟于心，不必诵读，自能幻化眼前。及登楼，沫若氏所书五律悬诸壁间："果然一大观，山水唤凭栏。"此诗未足信，其景平平，打油四句，以抵其说：

> 大观楼景多浪传，髯公招我暂凭栏。

长联佳绝将人误，"果然大观"非大观。

大观楼公园占地颇丰，景点亦多，然主体建筑非我心中之大观楼，楼上景色亦非我胸中壮阔浩瀚，一时游兴顿减，触物索然，遂匆匆离去，往西山而来。乘车沿西山公路，直至三清阁下，仰望层楼阁道，依云傍壁，沿石级登览，似未有穷期，过"别有洞天"仄径，有云海石林，立石室平台，滇池在下，碧波浩渺，仰峭壁摩尔，直凌青天，复沿危崖曲径，出入洞府灵宫。至"龙门"二字石坊，始一驻足，观那魁星点状元，足踏鳌鱼，手挥斗笔，其情状颇为传神。游此而止，自"龙门"循原道而返，经聂耳墓，未停车，不得一拜。抵太华峰下，游太华寺，花木扶疏，琳宫幽邃，时传梵呗之音，声起禅堂静室，登天王殿，所塑不凡，颇为精美。复游华亭寺，大雄宝殿，气势恢宏，悬塑罗汉，各呈风姿。传说建寺上梁之日，群鹤翔集，仙翩华亭，正祥瑞之征，遂名其寺。已而夕阳在山，匆离古寺，遂返客寓。筇竹寺之罗汉，久传盛名，但惜时之夕矣，路途尚远，未能一观，不无遗憾。

十月二十八日

早七点，到车站购得下午去贵阳 324 次普快车票，计价 45 元。

上午尚有时间，九点到云南省博物馆，参观云南少数民族风俗展览和民间舞蹈、民族乐器展览。在滇数日，未能涉历风俗民情活动，在此正好补上一课，可见雾豹一斑。又于馆中，得观禄丰古猿化石和元谋猿人牙齿化石以及春秋铜鼓，令我眼界大开，所得颇多，深感幸甚。

出博物馆，复见"昆明古籍书店"，正楚图南先生手迹也。入内，购得王世镗所书于右任《先伯母房大夫人行述》，携归卧读，其情至为感人，不禁潸然泪下。

下午三点离客社，四点搭车离昆明东去贵州。

十月二十九日

早 8 点许抵达贵阳市，就近下榻于朝阳旅社 204 号，以为购票之便捷。

一夜卧铺，亦未觉倦，九点遂往黔灵山一游，正值星期日，游人如织，穿山过洞，至黔灵湖，水光潋滟，含泓大千。复转山径至麒麟洞，岩窝中，有奇石若雄狮状，正麒麟者也。上覆绿苔，毛毛茸茸，天长地久，供人观览，诚造化之神奇。洞前有瓦舍数幢，浓荫复蔽，曾为张学良、杨虎城先生囚禁之所，今辟为展室，介绍张、杨生平事迹，教育后人，启迪来者。

游弘福寺，沿山路拐折攀登，路旁多猕猴，人皆舍食相戏，猴头倒立献技，童雅鼓掌腾欢，其乐无穷。至山门外，"黔南第一山"五字，豁然入目，乃董必武先生所题也。入山门，有千手观音殿、大雄宝殿、玉佛殿、双桂楼、红豆酒家等，廊柱间，多悬张寒杉、陈恒安等筑中名家匾联，其文多雅，其书亦佳，徜徉半日，兴尽而归。

十月三十日

今日往游黄果树大瀑布。晨起搭车离贵阳西南向而行。经清镇、平坝，至安顺市。市为地区所在地，车入东关，渐入市区，高楼四起，就中民族饭店、税务局等大楼，尤为醒目壮观。复出西关，行进中，山寨村落点缀山岭田畴之间，石室、茅屋比比皆是，苗族、布依族劳作垅亩，衣着别致，农具原始，虽可入画，感其苦辛。至上午 11 点许，未到黄果树，已闻瀑布轰鸣，声震山谷，及至停车场，仰观对岸，素练万丈，排空而下，河谷雾起，凉气袭人。复沿山道下到"观瀑亭"。依栏对瀑，魄动神惊，诚如宏祖之言："所谓珠帘钩不卷，飞练挂遥峰，俱不足以拟其状。"难怪金陵老书法家萧娴女史回乡访胜，观其瀑布，启灵扉，壮笔墨，乘兴挥毫，气势豪迈，椽笔扛鼎。

自"观瀑亭"下至犀牛潭，临水而坐。但见满眼浪花，溅作白莲，水云日射，竟现霓虹。复绕溪度涧，扶栏拾级，径入水帘洞中，道路迷离，如入魔宫，偶有石壁露天，洞启窗棂，飞瀑如注。衣帽尽湿，声音如雷，行人惊悸。待出帘洞，回观岩壁，鬼凿神削，成于何代；深树含烟，密林吐雾，自亘古如是否？于此玩乐，回归自然，物我两忘，不知时过几许。

下午一点离黄果树，行车 1 小时，到龙宫，此处为新开溶洞，与他处所不同者，这里皆为水洞，乘船而入，洞门岩壁间有"龙洞"摩崖二字，为刘海翁手迹。入洞 800 米，时过广厦，如琼楼玉宇；遇逼仄处，人坐船上，尚需低头而过，水深 26—30 米，桨声欸乃，岩漏叮咚，除此而外，了无声息。时有华灯朗照，光怪陆离，自是神话境界。入洞复出洞，正 1 时许，复于龙洞外，寻幽觅胜，尽情流连。下午 4 点离此洞天，晚七点半方返客舍。

十月三十一日

早 8 点到花溪去，时值小雨，又因修路，车行其间，颠簸不止。9 时许抵花溪，时雨滂沱，于小店中购雨伞一把，独自往公园而去。园门敞开，无人收售门票，我自扬长而入，穿行石子小道上，松杉夹道，细雨如丝，境极清幽，出杉林，入竹径，修竹摇曳，露滴清音，忽闻水声鸣溅，寻声而去，正是花溪。水自东南向西北而去，"平桥"下，飞瀑喧阗，喷珠溅玉；"平桥"北，为"碧云窝"，听其名，顿觉满身掩翠，遍体生凉。过"平桥"，沿溪顺行，丑石丛篁中，时有垂钓者，举竿而坐，悠然泰然。细雨霏微，洒落溪水，尽成鸲眼，真有点"细雨鱼儿出"的诗境。舍溪登山，过梅岭，至麟山绝顶，望远山空濛，雾失楼台；水流花径，烟笼平湖。忽闻亭中有杯盏撞碰之声，却看所在，有三位先我而到者，清酌素馐，把盏开怀，见我趋前，相邀共坐，我将所携小吃，一并捧出，四人对饮，皆为他乡之客，萍水相逢，有缘花溪共聚。即尽兴，也不言谢，各自东西，皆不留姓名。

下麟山，沿石磴过花溪，复循右岸而行，其地无游人，野趣横生，碧水环流，芦花尽放，值有野鹜出没，好一幅"芦花深处鸭嬉来"的写意画。我于此处，独坐良久，自然心静神清，深喜韵味无穷。时近中午，复出园门，循原路返回贵阳城。

午饭毕，高卧客社。一觉醒来，已是下午五点，遂步南明河上，造访甲秀楼。经涵碧亭，过浮玉桥，登楼远眺，贵阳城大厦如云，高楼栉比，似雨后春笋。想秦通焚道，南荒初开，瘴蛮之地，经二千余年已为陈迹。即今甲秀楼，可谓"稳占鳌矶，独撑天宇，堪与神州争胜概；高临牛渚，永镇边隅，招邀仙侣话游踪。"

甲秀楼归来，胜迹萦怀脑海，风烟长久迷离。

十一月一日

今日将离贵阳，上午在客社收拾行装，复于旅社旁，逛三个书店，一无所得，返寓休息。中午就餐于街头。下午6点20分，搭150次由贵阳至北京直快列车，旋离筑地。喜得软卧，至石家庄，计价243元。

十一月二日

清晨醒来，已过湘西重镇怀化市。几年前，曾与亢佐田同学偕游桂林，后转乘枝柳线，往游张家界，经道怀化，小住一宿。其时沈从文先生笔下的景色已难觅得，诚为"旧貌换新颜"。车过株洲，同厢中旅客皆下车，至长沙，天气奇热。十一月的时候了，气温尚高达26度，我将身上衣服减去大半，仍感燥热难耐。到岳阳，已是薄暮降临。此地在1971年也曾小驻数日，登岳阳楼，望洞庭湖，万顷碧波，君山如螺，今之忆昔，犹在昨日。软席间，仅我一人，夜幕笼罩，燥热已退，仰卧铺位，甚是清静。车过武汉，梦入东湖，黄鹤振翮，龟蛇潜影。似梦非梦，姑妄记之。

十一月三日

中午12点许，列车抵达石家庄，遂换乘由德州开往太原555次慢车。脚落车厢，车已启动，人甚多，车厢内水泄不通，又极脏，车窗玻璃，如刷胶涂漆，斑斑点点，尚有玻璃破损者，犬牙交错，不堪入目，寒风过隙，刺骨砭肌。我手扶靠背，直立四站，方觅一座。据云，此车已为个人承包，岂非咄咄怪事。于下午7点16分，车到太原，正值京原线快车停站待发，匆匆换车。晚9点许已回忻州。其时忻州正闹地震，人心惶恐。归家，荆妻亦在防震，拟裹衣而卧，一有动静，便欲下楼。我自贵阳归来，两日乘车，自是疲惫不堪，管它地震作甚，效英见状，紧张之情绪，遂为缓解。叙话未几，我便睡去，定是整夜鼾声不息。

入川记

（2007 年 9 月 12 日—26 日）

九月十二日

上午十点，旅友焦如意驾车到，我与妻石效英同车往太原。中午 12 点到亢佐田处。如意将车存山西画院宿舍院。画院司机李师傅送我等往机场，顺便在路旁某饭店就午餐。下午 2 点 50 分乘飞机入川，4 点 35 分抵重庆机场，然后打出租车到渝中区路碑站。如意就近找旅馆未得，然后再打的往朝天门附近，入住重庆消防招待所，时值下午 6 点半。其地空气潮湿闷热，四周高楼林立，人住其中，如在井下，甚感逼窄不适，效英身体亦觉多处难受，遂卧床休息。8 点进晚餐。餐毕，徒步往朝天门广场，观长江、嘉陵江夜景，灯光朗照，江流无声（江声为人声所掩），朝天门码头磴道已非当年景象（1982 年 4 月我曾小住重庆），昔日之景观，觉已复难觅。偌大一个城市，环境卫生差甚，垃圾随处可见，脏水恶臭，亦令人作呕，街头人影散乱，有收月饼票者（中秋临近，商店中月饼比比皆是，不知印月饼票作何用？百思不得其解），有散发小广告、宣传品者，有手提木棍的掮夫，有挑卖水果的妇女，跟踪着行人，招揽生意。这情形让你不自在，不舒服，甚而还得心存戒备，以防不虞。置身如此境地，了无游兴，便匆匆返回招待所，也懒得洗漱，晚10点，便上床休息了。

九月十三日

夜雨连宵。早餐后，在细雨中就近游罗汉寺，寺内有明摩崖造像两铺数十尊，然风化烟熏严重，面目全非，似无精彩可言，稍一浏览，便步出寺门。其时也，小雨已停飘洒，路面湿漉漉的，行人也少，遂漫步到解放碑，与效英等先逛百货大楼，再逛新华书店，购得《大足石刻》、《说梦楼里张中行》二册。在重庆似无兴致逗留，遂返招待所，结账离店，打出租车径往菜园坝长途汽车站，购得往大足县车票。11点45分，离重庆，走一段成渝高速路。路上有大货车，庞大若山西运煤车，满满装载红辣椒，其气势亦复可观。当我们的车转下高速路，北向往大足而来，路旁有行脚农民，多打赤脚或穿草鞋者，亦多年所未见。

下午2点20分，车抵县城，入往金叶宾馆204号。稍事休息，外出吃饭，跑了两条街，竟没有找到一家餐馆。经多方打听，终算寻得一家，也不开张。无奈，只得买酸奶、点心充饥。大足是一个卫生城市，街面极为整齐干净，商店中也无多少顾客，售货员或邻近居民，多坐在门市前搓麻将，一派安静闲适景象。

2007 年 9 月 14 日游大足石刻

看看表，才下午 4 点，遂往城北 3 里许的北山摩崖造像而来。其地古木清幽，丹桂飘香，细雨如雾，游客仅我等三五人。导游导其前，游人随其后，走上台阶，步入长廊，一尊尊雕刻精美，造型典雅的佛、菩萨造像让我们驻足观看。这里有开凿于唐景福元年至南宋绍兴年间的近万尊造像，被誉为唐宋石刻艺术博物馆，所造观音像，尤为细腻，恬静丰满的颜面，华美玲珑的衣冠，璎珞垂身，吴带当风，体态潇洒，神情端庄，不禁令人欢喜赞叹，并发生出无限敬意来，难怪王朝闻先生说，这里观音造像是东方的维纳斯。导游介绍说，此处造像和大石湾等刻石早在 1961 年，就被国务院公布为国家第一批文物保护单位，于 1999 年 12 月 1 日，被联合国教科文组织作为文化遗产，列入《世界遗产名录》。我和佐田对大足石刻艺术的向往，少说也有 40 年的历史了，今方来，以朝圣的心情，认真的态度，仔细地赏读，生怕遗漏了一处地方。走累了，坐在长廊里歇歇脚，然后再作观摩，以至导游要锁门时，我们才步出长廊。其时也，廊外细雨已不再洒落，浓郁的古木笼罩在一片水气中，墨团团的，有如堆放在龙岗上的绿云。绿云间游离和弥漫着桂花的香气，打湿的石条栏杆和地面上，撒落着无数的花瓣，丹桂的颜色，是那么的亮丽和醒目，以至我在行走时，不敢下脚，深恐践踏了它们。在这北山摩崖的佛地中，我的心境，是格外的恬静和爽快，这当是佛和菩萨们的恩赐，感激之心，油然而生。同时也感激那些古代石刻艺人们的精湛技艺，为我们留下了一批可以慰藉心灵的艺术珍品。天色渐晚，离开了北山。

8 点，进晚餐后，往大足广场散步。这是建于 2002 年的广场，占地千亩，十分的壮阔。其时，华灯尽放，喷泉冲天，在广场中，有练太极拳者，有跳健身舞者，有举家漫游者，有情侣偎依者，有小孩嬉戏者，不一而足，各尽其兴。广场西端，饰有雕塑几组，为新制古装少女伎乐人，或吹排箫，或打云板，或品横笛，或弹箜篌，姿态流美，妙造自然。在场地西端有一篇《广场赋》，刻于黑色花岗石上，通读一过，文采华美，亦见此地人文之一斑。散步半小时，回金叶宾馆休息。

九月十四日

晨6点起床，天已放晴，旭日临窗，红光朗照。洗漱后，便下楼，于对面夫妻小餐馆就早点。饭后，由县城打的东北向行30里，抵宝顶山，经圣寿寺门前，见寺僧正接待香客，寺院宏大，钟磬声幽。我们一行径直往大佛湾而来。大佛湾由上而下，分列三层，其下竹木浓郁，绿可鉴人。步下层层台阶，沿组组刻石而欣赏。其中，尤以释迦涅槃像为巨制，全长31米，右胁侧卧，体态舒展，慧目微闭，神情安详。佛母眷属，立于龛顶，弟子信士，地中涌起，悲恸之情，溢于颜面。而入观音殿，只见千手观音像，占崖88平方米，有手1007只，各具姿态，因其造像全部贴金，故而金碧辉动，有如波涛涌起，幻化无穷；又如孔雀开屏，瑰丽多变。面对地狱变相图，但见牛头马面，行刑解尸，其状触目惊心，惨不忍睹。阴森恐怖之地狱，读来能不发人深省。置身圆觉洞内，则感心静神舒，瞻仰十二圆觉，尊尊刻画精微，衣袖舒缓，举折飘逸，台座峻嶒，似木石坚硬，衣服与台座质感分明，对比映衬，更见匠心。再观十大明王像，则雄猛威烈，降伏诸魔，法力无边。而其造型，更见功力，刀痕斧迹，质朴天成，与自然之山岩浑然而一体，比之世界雕塑名品，或有过之。已故雕塑名家刘开渠先生说，此处的怒目明王可与意大利的大卫像比美。至于石刻中的"牧牛人""吹笛女""养鸡女"等造像，早为专家所称道。其"养鸡女"，早在40年前就作过《美术》杂志的封面，我是从此幅作品才开始知道大足石刻的令名。

因为我们到大佛湾，几乎是第一批观光者，故无太多游人搅扰，观赏得以从容不迫，乘兴而来，尽兴而去。小佛湾，正值修缮，未能一睹圣迹，稍有遗憾。日后若有机缘，当得造访。中午12点，返回县城。就午餐于"夫妻餐馆"，因早餐时预定饭菜，待入座，方饮茶一杯，9条红烧小鲫鱼已端上桌子，鲜嫩可口，是专门向渔人订购的鲜活品。加之竹笋肉丝等山蔬野菜，一桌饭，才收了45元，经济实惠，何处可寻。于此，亦可见大足人的质朴和可敬。

下午，睡到3点半，打的往访南山摩崖，因修路，车不得过，遂改访石门山造像。其地位于县城东南40里处的石马乡新胜村。租车而行，谈话间，便到目的地。过田间便道，穿竹林百数步，便抵山门前，然大门紧关，几经敲喊，寺内无人应答，唯有犬吠之声相闻。询之田间农民，知此处文物单位长年有人看管，需重力敲门。正焦虑间，忽有一中年妇女匆匆而来，她帮助喊叫，方得应声。步入山门，但见此处黄林树，甚是高大，而一株罗汉松，尤为可人。造像规模不大，主要分布于圣府洞。佛教、道教题材杂然而陈。有碑碣题记等十数则，多破损漫漶，不能卒读。所见宋刻"佛母孔雀明王经变相"一躯，尤为引人注目，雕琢细腻而不繁琐，赋彩鲜焕而能典雅，经数百年风雨，尚能亭然玉立，光彩照人。我遂立于像下，摄一照片，永为纪念。而十圣观音殿，铁栅紧锁，未能入观，只好通过栅栏孔隙而向内窥视，粗可见到造像雕琢之精美，然其中一躯，几年前为歹人盗去，至今不曾破案，能不让人痛惜。

返县城，效英疲累，回宾馆休息。我和佐田、如意再打的绕道寻南山石窟而来。到停车场，我们徒步登山，在绿树浓荫中，走走停停，待到翠屏峰巅，又见寺门紧关，呼之不应，于山门前小坐十数分钟，无奈而返。心想，此次来大足，两访南山石窟，未能如愿，当是机缘未熟，故而缘悭一面。

九月十五日

上午 7 点 15 分，乘长途汽车离大足往成都而来。车入合川某车站与另一辆大轿车相擦，事故不大，而纠纷不小，两车司机互不相让，未能私了，便叫了当地警察调解，各自方得离去。本该上午 11 点半到达成都的班车，晚到下午 2 点才抵达目的地，实在是苦了旅客。

到成都后，入住杜甫草堂对门的"万里客商务旅社"465号，条件虽差甚，然吾素习俭素，有一安身之地足矣。在旅社，稍事洗漱，就近草草用午餐，已下午 4 点许。然后与四川青旅联系，拟往九寨沟、黄龙一游。未几，来一青年，出示有关证件，说时近国庆，游人日多，要去，明日则可。若旅游日期往后推，恐难在九寨沟安排得周到。商酌半小时，

2007 年 9 月 20 日于杜甫草堂

听来人建议，遂订合同，交上押金，定于 16 日至 19 日，作川北九、黄 4 日游。

晚 8 点，进一餐馆，品尝成都小吃，有钟水饺，龙抄手，赖汤圆，川北凉粉，夫妻肺片等。每份少许，逐一品尝。虽有特色，而未能适口，莫若来一碗纯正的山西刀削面。明日要作长途旅行，晚餐后为效英购置药物，顺便买点水果食品，以备旅途之需。

九月十六日

早 5 点起床，成都中雨。6 点半有接站车到旅社，遂乘车到青旅社集中点，7点半离成都。雨雾迷天，昏昏然，不知所向。到都江堰市，停车就早点，似无食欲，遂购零星小食，有热玉米，四穗10元，清晨冷雨中，这玉米棒，带来一丝热意。唯停车处，散乱嘈杂，了无秩序。曩游灌县，谒二王庙，访伏龙观，观宝瓶口，步安澜桥，登青城山，一派清幽。而眼前景象，令人生恶，匆匆上车，闭目养神。

车行成阿公路，溯岷江而上，忽在江左，又转江右。山路崎岖，行车甚慢，且不得不慢，一则路况差甚，再则旅游车几乎一辆挨一辆，以至从灌县始，几乎不到20分钟，车便会停下来，停停走走，走走停停，能不让人心烦，此行堵车现象之严重，为我旅游中所仅见。有同车者见告，言在岷江出峡处，拟建一发电站，若果，具有2200余年历史的都江堰，这一我国乃至世界上唯一保存完整，且至今还在使用的"生态水利工程"，将被报废，这将是对人类历史文化的破坏，有谁胆敢作出这样的实施，那便是千古罪人。

在车中，时睡时醒，偶尔睁开惺忪的眼睛，看看窗外岷江的激浪和岸边的村落，景色单调，又复闭上双眼。车过汶川县城，导游言这里曾是蜀汉大将姜维驻防的地方，至今尚有姜维城古城墙遗存，姑妄听之。至茂县，已是下午2点半，匆匆就午餐，饭菜质量差甚，勉强充饥而已。饭后，复登车赶路，过松州古城（松潘）。时值傍晚，华灯初上，城门高耸，背衬远山，城垛可见，城下行人熙攘。这一川西门户，曾是青藏线上的贸易中心，奈何行程所限，不能入城一睹今天松州之新貌。是晚7点，入住川主寺金景宾馆四楼。其地风急高寒，草草进晚餐，尚不觉温暖，遂回住室，身裹毛毯而呆坐，至晚上9点，室内所设空调才送热风来，和衣而卧，身渐舒展。此行也，说"自讨苦吃"，或不为过。

九月十七日

早5点起床，6点早餐，6点半便乘车开启一天的漫游。到本教寺院扎如寺的地方，寺外山坡上树木葱茏，经幡高挂，藏式小屋点缀寺外周边，在朝阳的朗照下，清新自在，宁静幽远。寺院中传出了长号和铙钹的声响，空气中迷漫着经声和纸马（一种印有图案的纸制品）。导游将大家领入一座新建而又颇为硕大的藏式民居，先有藏民打扮的妇女招待大家喝茶，然后带大家煞有介事地步入佛堂。室内光线昏暗，有人为大家讲解祈福，并发放护身衣物、纸马。最后领大家悄声走出殿堂，到屋外挂衣物（所发之物），撒纸马，每人留钱百元。明知骗术，却又上当，导游从中受益，游人怨声载道。

至九寨沟沟口，购票入山，乘景区内专车往游。九寨沟旅游线路若"丫"字形。先入树正沟，至朗日诺瀑布，山分两岔，一岔入则查洼沟，另一岔入日则沟。九寨沟内，一串串高山天然湖泊坠落山谷间，一挂挂飞瀑流泉飘洒人天外，山高林密，天晴云淡，层林尽染，倒影散乱，海天幻化，奇瑰多变。盆景滩，矮树丛聚，奇石天成，细流其间，喷珠溅玉；芦苇海，芦苇无际，随风荡漾，芦花飘处，孤鹜飞起，展现出无穷画意；犀牛海，水深山高，倒影如画，山之烂漫，水之诡谲，山水交辉，如梦如幻，撩拨起几多诗情。

车过朗日诺，直达则查洼沟尽头之长海。下得车来，人满为患，找一观海立锥之地，颇难觅得，若想照一张以长海为背景的留念像，那实在是望不可及，取景框中难以排除的是颗颗游人晃动的脑袋。即便小解，在数十个厕所门前，也已排成长长的队伍，佐田于此等待，颇受折磨之苦。于长海能看上一眼墨蓝的水色，也该知足了。离长海，过"山水画廊"，往"五彩池"而来，四里长的下山道，我被挤压在行人当中，想走走不得，想停停不住，"山水画廊"，何画之有？我只顾脚下的台阶和后推前搡的游人了，若有画，怕也无暇顾及。

到得五彩池，总算绕到了人少的地方，虽然位置不算好，人弃我取，只能看到近处的钙化池，水浅浅的，淡淡的，有如国画颜料中的三青色，然而它却是透明的，流滑的。我蹲在池边，亲近池水，用手撩起了一握，它从指隙间又滑落了下去，溅起了小小珠玑，划出圈圈波纹，搅得这一池水有点心动，我深感抱愧和不安。若人人都把手伸入池中，这圣洁的池水岂非被我辈俗物所玷污，想来真是罪过。

一上午在涌动的人群中浏览，有如在拥挤的市场中购物，委实没多少兴致。中午回到朗日诺休息、野餐。坐在树荫下草地上，吃着携带的零食，喝着酸奶、矿泉水，聊聊天，躺下来，看看天上的游云，听听枝头的鸟叫，间或有蜂蝶飞来左右，嗡嗡之声，深入耳际，身上暖烘烘的，怪舒服，一股清风掠过，睡意全无了，便开始了下午的旅行。就近到朗日诺看大瀑布。

穿密林，下台阶，循声而来。早几年，在电视片《西游记》中曾多次领教过朗日偌大瀑布的声威。待亲眼看到它，那《西游记》的场景，便有点像货郎担中的玩意了。置身瀑下，铺天盖地流水向你袭来，不由得倒吸一口气，急匆匆的退上几步，身上已落满了水气，水花溅到脸上，不甚冷，怪清爽的感觉。游人的嘈杂声，被大水的轰鸣，消减得了无声息。在大自然的环抱中，人似乎很渺小，这瀑布亘古流淌，永无止歇，而人生百年，稍纵即逝，岂可消极懈怠，不思进取。

在朗日诺瀑布左右徜徉有顷，便望日则沟而来。其时游人已少，将近 40 里的山谷间，颇为宁静。首先抵达沟之尽头，但见山岩峭拔，林木苍古，浓荫叠翠，松涛瑟瑟。行进在林间木板道上，脚下得得有声。至沟掌，小坐栏边木凳上，见栏外落叶拥石，苔藓斑驳，密叶间筛下几束阳光来，照在长满绿苔的地面上，星星点点，红红绿绿，想那高超的美术设计家，未必能画出如此精美的图案来，倒是有点像点彩派画家们的杰作。忽有几只小松鼠向我走来，我即撒点面包块给它们吃，竟有一只跳上木凳来，咬我的衣襟。呼吸着湿润而略具松香的气息，观察着活跃的小精灵，真有点不忍离去的感觉呢。

我们几位是乘最后一辆旅游车离开原始森林的游客。顺沟而下，依次经天王海，这里细草如绒，浅流低唱，在浓绿的山谷间，一片鹅黄，煞是靓丽而醒目。至箭竹海，箭竹丛翠。经熊猫海，海水凝碧。然而每天游人于此成千上万，曾经为熊猫游息的家园，被人类入侵后，熊猫们再也没有到这里来饮水和觅食，真有点"熊猫不知何处去，镜海千载空悠悠"了。

接下来是五花海，地处孔雀河上游，是"九寨精华"之所在。时值深秋，山色如染，碧海红叶，飞黄流丹，在阳光的照射下，更是斑斓交辉，妙处难与君说。至于镜海，其时晚风过谷，水生涟漪，枯木时露，苔鳞遍体，跃跃然似潜龙游弋。镜海不静，充溢神奇。

在五花海和镜海间，我们饱览了珍珠滩和珍珠滩瀑布的风韵。这珍珠滩，不知是哪位天仙，在这翠谷漫坡上，慷慨地撒落下无数的珠玑，颗颗珠圆玉润，晶莹剔透，让那些贪婪的商家们到此，也休想拾得一粒，这珍珠原是天地的结晶，捡起一颗，便会在你的手掌中化得无影无踪，请勿徒劳了，天地的精灵，还是留给造化的怀抱吧。

步下珍珠滩，来到瀑布下，直看得目瞪口呆。壮阔处，白练千丈，银河直下；娟秀处，珠帘倒挂，轻烟喷薄。乱石分流，杂树明灭，瑰丽夺目。在此境界中，我索性坐在岩石上，沾溉一身的珠露，这当是大自然对我的恩惠。而或闭起眼睛，听这山水的喧嚣，忽如虎啸，忽如龙吟，忽如经堂里的梵呗，忽如山谷中的啸咏，其实都不是，水石相搏，山谷共鸣，天籁相助，音自天地而生，岂丝竹管弦而能仿佛。于此聆音，益知吾之文字之浅陋。看看夕阳在山，天色向晚，便打道回府。时值下午6点半，入住九寨宾馆311号。7点进晚餐。餐毕，年轻人或访藏民，吃烤牦牛肉；或参加篝火晚会，跳锅庄；或到容中尔甲演唱中心，欣赏藏族歌舞表演。我等年岁稍大，只在街头散散步，然后回室休息，时方8点半。推窗而望，岷山重叠，黑黝黝，有如浓黑，岷江奔去，涛声不绝，夹杂着往来的汽车声，在窗下回荡，唯对岸商店内，虽灯火灿烂，却游人了了，颇觉冷落和萧条。

九月十八日

6点早餐，餐毕，尚寒冷不禁，遂购棉衣一件，赶紧穿裹起来，然后离九寨沟往松潘，时在上午11点，于川主寺就午餐后，往黄龙而来。车将驶过4200米以上的高山大岭，导游推销一种叫"红景天"的口服液，说喝了它，可以防高山反应，每盒10支，单价80元。车停一商店路旁，旅客下车购买，我也买喝一盒。上至山顶，风甚大，冷极，果然不曾有高山反应。不过，未喝"红景天"者，也都没有反应。远眺雪宝顶，直刺苍穹，在蓝天映衬下，冰峰似剑，寒光闪烁。雪峰之麓，山谷之间，一片片蓝色、绿色的色块，有如屋顶，镶嵌在墨玉般的丛树中，导游指出，那里便是黄龙的所在了。

车到黄龙入口处，已是下午1时半。先坐缆车至黄龙极顶，甫下缆车，我头晕甚剧，几欲不能站立，效英忙为扶持。不知是"红景天"已无效用，还是血压升高了，赶紧吃一颗心痛定，慢慢行走在木板道上，走走停停，看看木古穿天，摸摸碧苔裹石，头晕渐减，游兴方兴。徒步1800米，来到玉翠彩池的地方，木板浮桥，低架流水之上，碧流浅浪，淙淙有声。过桥后，折向黄龙寺方向而来，池群数十个，在左手一方，或大或小，各具形状。池水随山石树木的倒影，以及水中钙化物包裹的枯树枝桠形成不同的姿态和色彩，蓝绿相杂，黄白以间，红紫交辉，五彩幻化，其色彩随时、随地、随光影而不同，彩色中有钢蓝和粉绿二种，是我们日常很少见到的水的颜色。入黄龙寺，大殿内高塑黄龙真人像，道家的仙人，入主佛家的寺院，有点不伦不类，且建筑、匾额、楹联，无不寒碜。在如此一个世界自然文化遗产中，有这么一座建筑，实在是有碍观瞻，大煞风景。黄龙寺后有"五彩池"，"转化玉池"等景点，我对这些雷同的景观，看得有点头晕眼花。站在五彩池前，仰视雪宝顶，在林表木末，那晶莹积雪，眼看就会倾泻下来。其实五彩池中的碧水，不正是它玉体的幻化么，纯洁与流美当分别是雪与水的灵魂。

从黄龙寺到沟口 7 里，一路下坡走来，时对彩池流水，悬崖飞瀑，穿绿树浓荫，步浅滩细流，就中尤以"金沙铺道"的景观，最令人流连。这是长约 1500 米，宽在 70 到 120 米的钙化流的斜坡上，钙化物在阳照下，金光灿灿，流水珠跳玉溅，若锦鳞闪烁，游龙舞动，这当是黄龙之名的由来吧。至"飞瀑流辉"和"洗身洞"，瀑布如帘如幕，亦复壮观。奈何 6 点半，游人须在山门前集中上车，路过那缤纷的迎宾池，也只能割爱了。

在黄龙山中，仅逗留 4 个小时，加之初上山时，头晕眼花，在众多的景点中，匆匆浏览，黄龙给我印象，有若梦游，恍恍忽忽，扑朔迷离，似入太虚幻界。6 点出山，循原路而返，经川主寺、松潘，于晚上 11 点半到茂县，入住"成和酒店"，草草进餐。从上午 11 点半到午夜才进餐。因疲累过度，急急上床休息，反而久久未能入睡。

九月十九日

茂县至成都仅 500 里的路程，几乎用去了整个一白天的时间。6 点起床，吃早饭，上路。导游先后将大家领进了 3 个购物点，分别为牦牛肉、藏药材和珠宝首饰等销售地。这些购物点规模都十分宏大，而物价却惊人的昂贵，你不买东西，也得进去看看，否则导游会不依不饶和你过不去。以首饰点为例，首先导游把大家介绍给一位商场员工小姐，然后领进一间茶室，送上热水，和颜悦色欢迎大家，问客人从何处来，玩得很累吗？听说我们同行游客中有几位是宁波的妇女，便说他们商场的老板是浙江人。随后，那女士走出茶室，领来一位风度翩翩的中年男子，说："这是我们的老板××先生。"老板便操着浙江口音问："哪几位是宁波老乡？"几位浙江妇女应声道："我们是。"老板过去一一握手，并说："你们辛苦了。我父亲是入川干部，几年前我从萧山来这里做生意，赚了点钱。生意么，倒还不错。"随后把那位员工支出去，便十分真诚地告诫大家："这里商店的东西，你们不要买，利润太大了。那些首饰不值钱，就是个样子货。因为是老乡，我不能骗你们，实话实说。"大家报以热烈的掌声。游客中有两位东北姑娘，嘴特快，马上接着说："老板，能不能打折？卖给我们点作纪念品？"老板略一迟疑，便说："可以，我领你们去，以进价卖给大家，出去不要声张，否则我的钱就没处赚了。"宁波妇女脸上漾出了自豪感，东北姑娘则再三感谢老板的恩惠，殊不知她们已入老板彀中，大把的抛出钞票，跟着老板捡"便宜"。这久闻的伎俩，今日竟得亲眼目睹。待大家上车后，走出数十里，购物者才似乎醒悟过来，竟把怨气撒在导游身上。且不知导游每次带一个游客步入商场，便可获得 15 元的回报，数十人的团队，一天之内，导入三个销售点，其收入也是可观的。

兴起于岷江上游河谷的"蚕丛及鱼凫"，时代久远，已胜迹难觅了。而茂县是羌民族的聚居地，沿路有不少可看的高山、湖泊、山寨、碉楼，很想顺路领略一下其地的民俗风情和山川景致。导游说："第一没有时间；第二在旅游项目中也不曾安排。"然而购物的项目也没有安排，时间却是那么的从容。购物上当者堵心的事情还没有消解，前面堵车的局面又在开始。这是没有办法的事情，只好耐着性子任车子慢慢地向前移动吧。过汶川、都江堰、回成都，再入住"万里客商务旅社"802 房间。

今日，时值农历八月初九，是我虚龄 69 岁的生日，虽然经一天的劳顿，身体十分的疲累，妻子和朋友们还是要我进一家餐馆，吃一碗长寿面，就着几种小菜，喝一瓶红葡萄酒。

九月二十日

往九寨沟、黄龙旅游，不跟旅游团，有诸多不便；跟着旅游团走，又太紧张，有被牵着鼻子走的痛苦。且此次往游，花的是豪华团的钱，享受的是低档团的待遇（因为同车的游客大多数每位是 780 元，而我们交的是 1350 元的费用）。多花了几百元没什么，但有一种上当受骗的滋味，颇不好受。如意有自我保护意识，遂求诸法律，报了 110，警察将青旅社联系人找到，经调解，给我们每人退了点钱，也算了事。吃一堑，长一智，受此教训，日后出门，当更加小心。不过几年外出，每每上当受骗，可谓身在彀中，防不胜防。

脱离了旅游团，似得解脱，今日就近过马路，步入杜甫草堂，因是旧地重游，陪同妻子、朋友四处走走，自己竟以导游的身份出现，讲讲草堂的故事。当大家在草堂陈列馆内看到了我的签名的复印件，他们十分高兴地观摩和拍照，我则有点不好意思起来。我算什么名人，竟在草堂专框中陈列了签名，能不汗颜。还是捡一处游人少的地方，摆一张方桌，拿四把竹椅坐下来，要一壶龙井，买几包瓜子，天南地北的摆起龙门阵。有时风过，看身旁竹枝的摇曳，听头顶竹叶的瑟瑟，有时仰观蓝天，白云闲渡，云阴竟投到我们的茶几上，这阴儿转瞬间，又过去了。有时丹桂的香气袭来，是那么浓郁，佐田寻香立在桂树下，对之出神；我有点疲累了，闭上眼睛养神，如意竟打开了相机，留下了瞬间的丑相。这一坐，就是多半天，待竹阴移近，看看表，已是下午 2 点半的光景，便步出草堂大门，在一家叫张飞牛肉面馆处进午餐。然后回旅社休息。午睡初醒，已是下午 5 点 1 刻了，倚枕持书，展读三五行，妻子也醒了，略事洗漱后，便相偕外出散步。

九月二十一日

　　早点后，打的到昭觉寺长途汽车站，转乘往广汉方向的汽车。行 1 小时，改乘广汉 6 路公交车，到达举世瞩目的三星堆。三星堆城墙的发掘和三星堆祭祀坑大量青铜器的出土，早在电视报导和诸书刊中看到过，那奇谲怪异的青铜造像，刺激着人的感官，我跑过全国大大小小的不少博物馆，却没有看见过如此神奇的青铜器，便心生一睹圣物为快的冲动。此次入川，拜访三星堆，便是要还夙愿。三星堆展馆，规模宏伟高大，而建筑设计又十分精巧新颖。馆分一、二两个展厅，步入其中，有如进入了一个神秘莫测的祭坛，一株近 4 米高的大青铜神树，长枝下垂，短枝翼出，枝头花蕾茁壮，小鸟站立其上。树枝间饰以花纹，在灯光辉映下，光彩迷离。此处还有多株大小不等的青铜神树，形态各异，却看立鸟、悬龙、花蒂、铃铛、蝉鱼、海贝等神物，更见生动，或有铜人在树座旁护卫，神树之威严，得窥一斑。在神树间穿越，那五光十色，让人眼花缭乱。而面对那身高 2.6 米的青铜大立人，浓眉大目，鼻梁高挺，头戴五齿花冠，身着左衽长襟衣，后摆燕尾，立于高台之上，双手环举胸前，手掌中空，成圆孔状，威武之气，咄咄逼人。据导游介绍，古蜀王国是一个实行神权政治的国家，这大立人，即是蜀王化身，也是主巫的写照。而当看到那"纵目"大耳的大型青铜面具时，我便想起了对"蚕丛"的记载，从这些青铜器上，似乎捉摸到古蜀王蚕丛、鱼凫的脉搏，听到了他们的呼吸，三四千年的历史场景，顿化眼前，竟又是如此的清晰，传说故事中的人物，活生生地展现给大家，难怪它成了世人瞩目的奇迹。在展厅，还有那些跪坐人物，顶尊人物，人头像，人面像，黄金面罩，青铜动物，植物，怪兽群像等，都会令你灵魂出窍，神游太古。奇异瑰丽的三星堆青铜器，它是古蜀文明的见证，当为中华文明发源地的一个重要部分。

在两个大厅里巡游，不知不觉已过下午1点，走出展馆，天热甚，在三星堆景区外靠近公路的一家饭店午餐后，返回成都旅社，然而那些青铜群像和青铜神树的奇特造型，却如同刻在脑海中的一张光盘，不时地会闪现出它们的光彩来。

九月二十二日

早餐后，打的往新南门汽车站（旅游车站），8点半乘车往眉山。曩年行脚四川，两次经道眉州，只因行色匆匆，未能一谒苏子故家，遗憾在心，挥之不去。今入川，特来拜访。车行80分钟，抵达眉山市。改乘8路公交车，经道三苏祠。其祠位于县城西南隅，占地52000平方米，园内古木垂阴，修竹滴翠，小溪流碧，曲径通幽。浓绿繁阴中拥出几组建筑，有大殿、启贤堂、瑞莲亭、济美堂、披风榭等等。步入其中，赏读法书名画拓片，摩挲古碑石刻，浏览版本目录。

东坡造像伟岸，犹面对长江，高歌大江东去；或目送飞鸿，长吟雪岭西来。三苏文章，涌于胸臆；四柱楹联，注入眼底。真是"一门父子三词客，千古文章四大家"。

石路萦回，水光翻动，至"瑞莲亭"内，泡一壶清茶，消半日时光，眺书窗云洞，赏丛菊幽篁，听鸣琴古调，读半卷诗词。其时也，游人稀少，境极清幽，于此小坐，有思无思，悔晚生参谒殊迟，忆长公蹉跎太甚。秋风乍起，落叶飘零，步出三苏祠，入一家餐馆，品尝此中风味，菜多冠有东坡名号者，然饭菜色香，不敢恭维。坡公地下有知，当会愤起，打此假冒货色。

饭后，返回成都。一路之上，一副联语，不能忘怀："宦迹渺难寻，只博得三杰一门，前无古，后无今，器识文章，浩若江河行天地；天心原有属，任凭他千磨百炼，扬不清，沉不浊，父子兄弟，依然风雨共名山。"

九月二十三日

上午，与效英、佐田往游武侯祠。拜谒丞相祠堂，这已是第三次，正合了"三顾频烦天下计，一番晤对古今情"的联语呢。入得大门、二门，匆匆浏览诸建筑、雕塑，品读楹联、刻石，于"三绝碑"前，伫立良久，诵读碑文，品赏书法。然后坐茶社丛树中喝茶，一上午，竟喝去 4 壶水，真牛饮者也。武侯祠，曾多记述，此处便不复赘叙了。

下午一点，步出祠堂，逛锦里仿古一条街，于某餐馆，点担担面、川北凉粉、棒棒鸡等风味小吃，虽味道尚好，然麻辣太过，我等外地人入川，其口味，还得有一段适应过程。

下午外出淘书，逛几家新旧书店，只购得新书数册，有《车辐叙旧》、《成都旧闻》、《二流堂纪事》、《流沙河近作》、《念楼集》等，遂携归卧读。晚餐后，在街头散步，见草堂门外，行人道上，多有杜诗刻石铺地，行人往往踩踏而过。佐田说："这是践踏斯文。"诚哉斯言，杜甫泉下有知，亦当懊悔，不该当年为成都人留下如许诗篇，竟被踏上千万只脚，永世不得翻身。悲夫！

九月二十四日

上午效英外出购物，我在旅社读书。下午参观四川美术馆展出的潘公恺画展，多巨幅墨笔花卉，尤以荷花为盛，似以气势胜，然面貌雷同，缺少意境，笔墨也觉单调，与其父潘天寿先生作品相较，似未得其家法。或曰为"创新"，新则新矣，只不知美在何处。偌大展厅内，只我等三四人，实在冷落得很。

九月二十五日

上午到青羊宫吃茶。忆昔 20 多年前，初次到成都，时值春深，在青羊宫中逗留，虽说花会已过，而游人不减，热闹非常。夜雨初霁，花重锦城，赏花者、遛鸟者、做糖人者、卖小吃者，来来往往，络绎不绝。今日旧地重来，适值农历中秋节，善男信女，摩肩接踵。三清殿内，略无阙处，焚香跪拜，自见虔诚。

身在青年宫，见"雍正元年九月十五日，自京移于成都青羊宫，以补老子遗迹"的单角铜羊和道光九年所铸之双角铜羊，备受青睐，游人无不以手抚摸，以致铜角锃亮，金光照人。灵祖楼上，八卦亭内，斗姥殿前，同样是香烟缭绕，钟磬声回。在这烟熏火燎的氛围中，颇感不适，便寻一静寂处，小坐用茶，太上老君，当不怪我大不敬。

时已至午，漫步琴台路上，入座"武陵世家"火锅店，是处环境典雅，服务周到，效英等要菌汤锅；我欲一品四川风味，要麻辣锅，直吃得，头蒸热汗，口舌吸溜，食相有失常态，定是有伤大雅。

餐毕，顺路参观了成都百年老店"诗婢家"。几年前，我曾应邀为画店写一中堂，后来见诸画册。册中收近现代名家书画手迹多多。今来参观，"良田美池，桑茂桃夭，又是一番新天地"（流沙河对"诗婢家"赞语）。

九月二十六日

　　早餐后，收拾行囊。10 点半，打的往双流机场。在机场就午餐。下午 2 点乘机离成都，行 1 时半，到太原。然后如意驾车，同返忻州。一路小雨，至石岭关，大雾迷天，车缓缓而行。回到家中，已是晚上 7 点钟。奔波十数天，疲累有加，勉力写日记，以志行踪。

滇中十日记

感谢山西省书画研究会领导的策划，并为大家创造条件，组织全省30位书画家赴云南采风，我有幸应邀参加，作滇中十日游，时在1999年6月。

五月三十日

下午3时许由忻抵并，4点所有赴滇人员集中于太原新建北路113号中旅社，听取出访事宜、日程安排。

晚9点10分乘火车离并赴京。

五月三十一日

早7点许抵京，有车接至下斜街山西宾馆。洗漱、早餐；稍事休息后，到临近商店购买水果等什物。上午10时往北京西站，时值大雨滂沱。所幸送站轿车开入站台檐廊下，免遭雨淋物湿。

检票上车，乘61次北京至昆明快车，于11点37分离京南下。车票计约560元。

六月一日

整日在火车上，除到大站停车后，走出车厢，在站台上散散步，呼吸点新鲜空气。或购点零星食品外，只能在车厢内谈天说地，因为大家都是书画界的朋友，便也不感寂寞。谈书谈画外，有几位颇诙谐幽默，间或也插科打诨，说些古今中外的荤素故事，说得有鼻子有眼，俨然其亲身经历，逗得大家捧腹大笑，竟有热泪盈眶者。

夜深了，某公谈锋尚健，从他们的座位上不时地传出哄然大笑来。到晚 12 时，同行者皆酣然入睡了。呼噜之声合着行车的节拍，此起彼伏，也有鼾声雷动者，不时将周围的人惊醒，画家裴文奎君的声息之大，此行怕是无出其右者。

六月二日

由北京至昆明，行车 48 小时，中午 12 点许抵终点站。下车后于金茂饭店就午餐，然后下榻茶苑宾馆。十年前，曾有昆明之行，给我的印象是车站脏乱，街道狭窄，建筑陈旧，也曾品尝了一家餐馆的"过桥米线"，似乎淡而无味，有其名而无其实也。今方来，但见高楼比肩，拔地而起，花团锦簇，沿街夹道，行人如织，衣着焕采……这变化，委实太大了，恍然来到了一个不曾谋过面的大都市，令我十分的兴奋。

六月三日

　　8点半就早餐，10点乘车出游，行车2小时，经呈贡、宜良、抵路南石林。午餐毕，重游旧地，虽卫生、绿化大为改观，面目一新，然人满为患，行风景道上，如检票上车，推推搡搡，且日照甚烈，蝉聒噪耳，甚感不快。比之十年前，独自来游，兴味已觉索然。我常想，访胜探幽，徐行曲径，心情恬淡，物我两忘，方能得个中乐趣；而今名区胜所，发展旅游事业，以赢利为目的，此生意经，本无可非议，然大事炒作，以广招徕，游人虽入琅姥福地，犹进厂肆商行，岂可得山水之乐哉！既来之，也只好随大流游览一程，然后至茶室，品功夫茶。两位撒尼族姑娘，泡茶奉客，甚是热情，且仪态大方，训练有素，小盏传递，品味茶香。尽兴而出，坐竹下乘凉，但见长竿摇曳，新篁解箨，不觉入睡，梦入南柯。

　　下午6点就晚餐于"国伟大酒店"。饭毕，乘车返昆明，过呈贡境，经新建"七彩云南"园，为启功先生所题。遂下车一游，该园耗资2亿元，主体建筑一派泰国风格，殿阁亭台，小桥池馆，布置有序，杂花丛树，点缀其间。时值7点，凉风习习，小座园中，倒也惬意。复观《云南著名书画家作品展》，其中版画作品，颇为精彩，奈何行色匆匆，未能仔细赏鉴耳。袁晓岑和王晋元二位先生的花鸟画则给我留下了较为深刻的印象。

晚9点，方得回住处歇息。

六月四日

7点半就早餐。8点乘车到昆明世界园艺博览会参观。及至入口处，已是人山人海，少说也有万余人，每人门票100元，不算贵，然总收入却也是非常可观的。首先迎接我们的是大会的吉祥物——滇金丝猴"灵灵"，招手献花，憨态可掬。沿60米宽的花园大道行进，破目而来的是"花钟"、"花船"、"花溪"和"花海"。初入园，在这花的世界里，就令我陶醉了，不知看什么好，一时间，难于应付。稍作停息，定定神，才看清了由紫色、粉色、黄色的矮牵牛，有金黄色的万寿菊，有深红和浅红的四季海棠，以及郁金香、风信子、蝴蝶花、燕子花、金钱菊，还有更多的叫不上名字的花卉，编织成一幅幅精美的图案。那"花船"扬帆起航，那"花柱"缤纷映日，到广场中心，"花开新世纪"的巨大雕塑，新颖别致，充溢着现代派的气息，在大型喷泉的映衬下，更感流光溢彩，鲜活动人。在导游小姐的导引下，先后游览了药草园、茶园、盆景园、树木园、竹园、蔬菜瓜果园。在这些自然园林中徜徉，令我眼界大开，特别是进入大温室后，沿着展厅长廊螺旋而上，先后进入热带展区、温带展区，最后到寒带展区，那些奇花异木如"地涌金莲"、"地不容龟"等，对及那诸多不可名状的植物，令我瞠目结舌，惊诧这自然界万物的变异，却能各得其所，生机勃发。

在中国各省、市、自治区室外展区浏览。但见设计精巧，各具匠心，能将各自的地理特点，建筑风貌，微缩一隅，或黑水白山，或高塔牌坊，或小桥流水，或瓦屋窑洞，曲尽其妙，各具风采，皆给人留下了难忘的印象。奈何景点繁多，路线冗长，漫步半日，疲累有加。时值中午，就餐休息，饮茶静坐，虽仅时许，困乏稍退，再复漫游，步入国际展区，洋洋 30 多处展园，如行异国他乡，新鲜的建筑，新鲜的陈设，新鲜的服饰，样样让我应接不暇。忽听音乐奏起，手鼓激越，闻声而去，正斯里兰卡园的檐廊下，有四五个青年男女，应声起舞，节拍紧凑，舞姿迅捷，褐色的面膛上，浓眉大眼，眼神随手指转换着角度。那鲜焕别致的服饰，让我们欣赏到浓郁的狮国歌舞，游客对异国的艺术表演者们报以热烈的掌声。在世博园中，到处洋溢着欢乐的气氛，只是人困腿乏，便坐下来，面对那断崖下露天展演台，观看云南京剧团的演出。我不禁想起了云南的京剧名角关肃霜，她若还健在，那精湛的《铁弓缘》，将给人们带来何等高雅的艺术享受呢。

下午 5 时许离世博园，返回住处收拾行装，就晚餐。

晚 9 点抵机场，原定 9 点 30 分昆明飞丽江，飞机因故晚点半小时。10 点起飞，用 40 分钟时间，行程 430 公里，花 420 元机票，于 10 时 40 分降落丽江机场。然后转乘汽车，行 50 里入城，住森龙大酒店，待洗漱完毕，上床休息时，已是午夜 12 点 45 分。

六月五日

8点半就早餐，9点乘车先往玉峰寺。出丽江城北，行15公里，至玉龙山脚，车停丛林隙地，我们下车沿石阶，斗折而上，至寺门前，见一白玉兰，树高凌空，干直枝繁，其时正花，伫立树前，仰头而望，繁花密蕾在蓝天映衬下冰清玉洁，正于非闇先生笔下的杰作，所憾者，枝头不曾有画面上的嘤鸣的黄鹂。玉兰树侧又一古松，苍然岩畔，亦数百年之物，但闻松涛瑟瑟，诉说着玉峰寺的兴衰。

玉峰寺规模不大，系藏传佛门，有数位红衣喇嘛，坐立佛殿中，迎候着礼佛的人们，殿宇间迷漫着袅袅香烟。我们来这里，其目的主要是为探访那驰名寰宇的"万朵山茶"。该山茶在大殿侧院，主干粗尺余，枝条盘曲穿插，组成一个三坊一盖、二丈见方的大花棚，来不逢时，花期已过，据说从立春到立夏百余天中，群花竞放，灿如霓霞，日放百余朵，百天中，多及二万朵。是时也，游人纷沓，争相观赏，人立花下，花光映面，红晕满腮，如醉如痴，分不清哪是"九蕊十八瓣"，哪是"单蕊大山茶"，只有"树头万朵齐吞火，残雪烧红半个天"的感觉了。

带着未能看到山茶竞放的遗憾离开了玉峰寺，前行33公里到达云杉坪下，坐缆车而升空，下视山谷，林海苍茫，丛丛杜鹃，红白斗艳，远眺玉龙雪山，披云戴雪，云起时，扑朔迷离，神秘莫测，云开处，晶莹剔透，玉笋比列。眺视间，王朝瑞所戴红色长沿遮阳帽飘落山谷间，凭御清风，翩然而下，恰似一只红色大蝴蝶。待我按动照相机快门时，大缆车已安然停靠在海拔3905米高度的云杉坪。

云杉坪是玉龙雪山中的一个高山草甸，群峰罗立，云杉参天，牧草低迷，鲜碧如织，山羊、牦牛点缀其间，正一幅天然图画。我们行进在栗木铺设的道路上，颤悠悠的，此道晴天无尘，雨天不滑，只可惜如此坚实的木材竟作了人行道。那参天蔽日的云杉林中，时常可看到一株株倒卧的巨木，浑身碧苔覆盖，奇形怪状，俨然傅山笔下"古树绿毛缠古龙"的形象。

在草甸几处较为敞亮的地方，有彝族青年男女出租衣帽与游人合影者，有纳西族妇女在东巴神位下跳舞者，有藏族妇女邀集游客共舞者，舞袖婆娑，与岩云相逐，歌声回荡，与山谷共鸣，山幽气清，人间天上，我复何求，我复何往。行进间，忽见玉龙雪山的主峰5596米的扇子陡云消雾敛，霎那时露出真容来，导游纳西族姑娘山云说："贵人到，雪山笑！这主峰可真是难得一见啊！"我不禁想起了元代诗人李京的诗作，便脱口吟诵出来：

> 丽江雪山天下绝，堆琼积玉几千迭，
> 足盘厚地背擎天，衡华真成两丘垤。

下云杉坪，至白沙河谷，清流见底，水因其积雪溶化，故凉甚。溯河谷望去，玉龙山中，瀑布数迭，飞流而下，明灭闪烁，颇为醒目；峰峦间，冰川遗迹，随处可见。我于河谷，拾巧石一枚，虽五寸许，凹凸有致，峰峦伏起，遂命之为"小扇子陡"，携归隐堂，以为纪念。

下午1点于雪花山庄就午餐。餐毕，访壁画于白沙镇，首先品读了大宝积宫北壁的"观音普门品图"和西壁的"莲花生祖师图"等。这些壁画，皆为明代遗物，保存完好，画面清晰。壁画上，汉传佛教、藏传佛教以及道教人物，兼容并蓄，生活百工，历历在目。观其画，不独了解了当地历史上人们的宗教信仰，同时也生动展现了当时当地的生活图录。

在琉璃殿，我们欣赏了白沙古乐队的演奏。这是一支年事已高的乐师组成的乐队。七八十岁的老人，身着蓝、紫、黄等不同的金线刺绣的服装，手执古老的术古马四弦琴，以及胡琴、铜铃、云锣、笛管等，一时乐声响起，或空灵古雅，或悲壮苍凉，就中有唐曲浪淘沙，配唱李后主词：

> 帘外雨潺潺，春意阑珊，罗衾不耐五更寒。
>
> 梦里不知身是客，一晌贪欢。
>
> 独自莫凭栏。无限江山，别时容易见时难。落花流水春去也，天上人间。

闻此感伤亡国之词，在低缓沉郁的乐曲中，催人泪下。艺术的力量确是不可低估的，难怪这纳西古乐有"中国音乐的活化石"之称，且能享誉海内外，竟令那些碧眼黄发人为之倾倒。惟天色向晚，不能在此久留了，匆匆一过大定阁，便返回森龙大酒店吃晚饭。

在白沙镇，听纳西古乐，意犹未尽，随决定晚上到东巴宫再领略一次这千古绝唱。便偕王朝瑞、亢佐田、万绪德、王学辉、裴文奎、靳忠诸位同往聆听。出宾馆，上中巴。车中人多起立让座，王学辉见一中老年妇女站起，便不肯就座，那妇人说："你请坐，你们是外地人，来丽江旅游，我们是主人，理应让座。"仅此一举，我便感觉到丽江是一个礼仪之邦，纳西族是一个有文化素养且热情好客、彬彬有礼的民族。

到东巴宫，座位票已销售一空。无奈，只得买靠墙加座的小板凳，多亏了导游山云小姐的周旋，将我们的木板凳摆放在中间靠前台的通道上。并为我们每人找了一块坐垫，加垫在木凳上，让我们舒适地观看了东巴舞和聆听了纳西古乐。

演出以洞经古乐开始，听来平和、细腻，间或流露出些许苍凉惜别的情绪，演奏者神态庄重，听赏者目不转睛。待年近八十岁的老东巴和学文出场时，先是一阵热烈的鼓掌，然后则鸦雀无声，一片宁静。老东巴先为大家颂东巴经，我们这些听众虽一句也听不懂，然老人诵经时那种神情专注，发声悠扬，节奏舒缓虔诚的表现，也够让人叹服的。接着和老先生又为大家吹响了双牛角，低音浑圆，若山谷回响，岩壁呼应；而高音激越，穿云裂帛，却又能婉转自如，和谐悦耳，余音不绝，韵味无穷。尚有宁蒗民歌，或粗犷，或缠绵，而拉祜族的走婚曲"花楼"，则情真意切，直见肝胆。至于一位50多岁中年妇女所吹的口弦"狗追马鹿"则能传声状物，让人有亲临其境，目睹其景的感觉。尤为引人注目的是东巴舞，一壮年男子，身裹毛皮，一手执法鼓，一手执牛尾，双脚轮换起跳，仿大象、猛虎、雄鹰、狲猴和蛙的动作，时舒缓，时激烈，状物传神，妙造自然，观此独人舞，古老神奇，颇有品味图腾的感觉。精彩的节目，妙语连珠的主持，90 分钟的时间倏忽而过，一阵热烈的掌声后，观众退出东巴宫。

逛丽江夜市，又是一番风味，长街短巷，灯火如昼，店铺未关，行人优哉，清风习习，流水淙淙，小吃香飘，诱人品尝，鸡豆凉粉、丽江粑粑，拣小座而下箸，其风味亦隽永。时闻丝竹清韵，伴我低吟浅唱，不觉已到住处，看看表，已近午夜 12 点。

六月六日

早餐后，游丽江古城。漫步在五花石板砌铺的街巷中，家家泉水，户户垂杨，寻访了四五户纳西族居民，或为三坊一照壁，成为四房五天井，四合院中，皆明清古建，上下两层，雕梁画栋，镂空门窗，屋檐深广，庭院净洁，加之花木扶疏，浓荫匝地，笼鸟悬檐，啁啾和唱，更有活水绕屋，临流盥洗。如此清静幽寂之庭院，羡煞游人。迈出大门，走在光滑亮洁的石板道上，但见五花石被人踩磨，天长日久，竟现出五彩缤纷的图案来，将古城装点的朴茂典雅，而玉龙河水，条支分流，穿街过巷，流经了大研古镇的每个角落，4.8 平方公里的土地上，竟有 354 座桥梁，双孔石桥，单孔石桥，百岁坊桥，卖鸭蛋桥，卖鸡豌豆桥以及平板的栗木桥，形制不同，各具风采，人行桥上，影落清流。街道上，店铺前，盆花夹道，清香四溢。来到土司木府门前，见大兴木土，正恢复丽江军民总管府旧貌，以对外开放，供人游览。

至四方街，商店栉比，摊点云集，这里原是中国西南宋元以来茶马古道和丝绸之路上的集贸中心，纳西族、藏族、彝族以及其他少数民族和汉族商贾、马帮往来于此，其热闹和繁华的景象是可想见的。一天的贸易，四方街当会垃圾遍地，肮脏不堪。然一到日落散市，商旅归于客栈，店铺关门结帐，而绕街河道关起水闸，水漫广场，将四方街与附近的街道洗刷得干干净净。二日开市，又是一个清洁凉爽的新天地。

至黑龙潭，见湖光漾碧，树影摇青，五凤楼、得月楼，翼然凌空，楚楚有致，倒映水中，别具神韵。寻泉源，出自象山脚下，细者如线，大者如桶，断者如散珠，滔滔汩汩，涌出树下、丛草间或沙砾中。潭源之水，清冽甘甜，掬饮数口，直沁肝脾。潭中有鱼，往来水菜花下，嘻喋追逐，乐何如之。

于五凤楼品茶小憩后，爬黄山巷，登狮子峰，古松老桧，皆数百年树龄，苍苍然摩天蔽日。驻足松下，俯视古城，瓦屋相连，纵横有致，新建木府，殿宇高耸，待完工后，将如同当年徐霞客所云："宫室之丽，拟于王者。"时维6月，丽日当空，然清风从玉龙雪山徐徐而来，赠古城一派清凉。

走下狮子山，在一家商店的门口，一位年迈的纳西族老人为我诠释了他那贴在檐柱上以东巴文书写的楹联。下午重点，就午餐于古城饭店。饭后乘长途旅游车离丽江，经鹤庆、松桂、洱源等地，于5时半抵大理古城，住金花大酒店。

晚餐毕，华灯初上，与王朝瑞等逛古城夜市，以卖大理石画者为多，要价不菲，少则百八十元，多则上万元，又卖孔雀石瓶者，亦到处可见。过文化馆、图书馆、总统兵马大元帅府，皆为汉式古建，又参以白族民间风格，亦令人耳目一新。至北城门下，仰观古城楼，为砖木结构，颇雄伟壮阔，下嵌"大理"二字，为郭沫若氏手笔。城下整洁，盆花迭架，行人悠然，犹存古风。7点出，9点归，大理古城，已初见端倪矣。

六月七日

夜雨连宵，檐流如注，早饭后，雨转小，渐为细纱丝丝，雨雾濛濛中驱车访大理三塔。出城北行二里许，到崇圣寺外，三塔破目而来，背倚点苍峰峦，镶银点翠，面临洱海波涛，拍岸摇青，主塔名千寻塔，唐建，高可廿丈余，为方形十六层密檐式，与西安大小雁塔天南地北相颉颃。然此塔得山水之胜，玉柱标空，山水映衬，更见风姿。据导游言，明正德九年，云南大地震，千寻塔"裂二尺许，形如破竹"。"旬日复合"，天衣无缝，乃余震所致也，真千古奇迹。而二小塔，皆有七八度之倾斜，然风仪不减，在轻云薄雾中，翩然欲仙。

中午于周城村洱海源饭店就午餐。席间，导游言，周城为大理第一大村，是著名舞蹈家杨丽萍的家乡，真是人杰地灵，这苍山脚下，竟飞出了一位舞姿瑰丽的金孔雀。

饭后往蝴蝶泉游览，竹林夹道，石径清幽，待到泉边，人声鼎沸，地不容脚。有"五朵金花"陪游人留影者，有白族姑娘邀游客跳舞者，有叫卖大理石画者，有编织蜡染者，熙熙攘攘，难觅清幽。泉上有千年古木，枝横如盖，泉面尽覆，清泉见底，树影如筛，虽为蝴蝶季节，却不见一只，生态环境之破坏，于此可见一斑。蝴蝶泉边无蝴蝶，能不令人失望。所幸得观曼陀罗树数株，正花期，状若未放之玉兰，形大而下垂，亦颇入画，聊以为慰耳。

离蝴蝶泉至洱海渡口，泛舟南下。在此高山湖泊，泛游5小时，尽情领略湖光山色，云天倒影，亦极一时之快，坐豪华游轮上，西望点苍山，十九峰、十八溪尽入几席间，峰峦起伏积翠，岩谷云带缥缈，丛树竹林葱茏，瓦舍楼阁森然，船动景移，展现在眼前的一幅金碧山水，令不少画家展开速写簿，手不停挥，以记其胜。东向望去，则颇觉荒凉，但见山体裸露，草木稀疏，石纹多折带横迭，与倪云林笔下山水相仿佛。

湖中有岛，岛上建亭阁，阁旁有古树奇石，远而望之，诚绝妙图画。下船登岛，沿曲径凌绝顶，亦别有丘壑，山巅小寺，曰"小普陀"，当属观自在的香火之地了。

于湖心，碧波万顷，天水澄澈，似觉心清眸亮，胸襟旷然，赏山乐水之际，已夕阳衔山，却看湖面，金波绮错，白帆数点，未待月升，船已靠下关码头。

岸上人声浮动，摊位比列，匆匆为小孙女购得白族小金花衣帽一套，帽饰"下关风，上关花，沧海雪，洱海月"收入行装，携归北地。

于下关晚餐毕，返回古城客社，已过晚上9点。

六月八日

上午9时40分乘飞机离大理，于10点20分抵景洪。方出机场，便见到这个南国边陲重镇的亚热带风光，高大的油棕树，夹道成阴，槟榔树下，芒果树旁，贝叶、棕榈道上或椰林深处，走出三三五五身着民族服装的傣家姑娘，过去在电影、电视上看到的形象，一时间鲜活的展现在眼前来，是那么的富有诗情画意。

在锦都大酒店登记住宿后，稍作休息，已到了吃午饭的时间，然后就近在一家临街的"景洪饭店"就餐，初尝了傣家风味，颇感鲜美。

下午游野象谷，过景洪市新建的澜沧江大桥，东去未十里，已入勐养坝子，低山河谷，溪流有声，古木丛树，隐天蔽日，藤盘蔓绕，林莽交织，人行山谷仄径，神凝深林水隈，稍闻声息，便以为有野象出没，心跳也转剧烈。据说野象自有野性，我是怕见不到，又怕见到。然而到野象谷来，还是为见到野象。在湿热的热带雨林中来回步行六七里，无缘见到那野象们的踪影，却有幸看到了那些千奇百怪的叫不上名字来的古木杂花，还领略了架在高树上的观象厅和旅行社，以及那些手挽长藤在高崖峡谷间荡来晃去的表演者，那轻俏英武的身姿令我想到了"动物世界"里的灵长类。在谷口的游艺场，还看到驯象的表演，也竟让人开心的。

待返回景洪市，游民族风俗园，已时过 5 点，泼水节的表演已结束，导游小姐将大家带入傣家小楼，听民族风情的介绍，参加婚礼的游戏，笑语喧阗，声绕竹楼。又匆匆浏览了其他少数民族的建筑和风情。漫步园中，荔枝满树，鲜红欲滴，孔雀起舞，翠羽婆娑，赏心悦目，啧啧赞叹，奈何气温整天在 30 度上下，北人南来，多感不适，遂于 6 点返回锦都。

六月九日

早餐后，驱车沿澜沧江南下，但见林莽夹道，长藤盘空，将狭谷细路围盖成一个绿色的长廊，间隙处，高山深谷中，流水湍急，轰鸣不息。至橄榄坝，地势转阔，红壤绿蕉，竹楼瓦舍间，轻烟淡笼，傣家男女，往来可数，祥和宁静中又不乏生机和情趣，竹笋拔地，剥剥有声。穿蕉阴，过花径，登楼作客，品糯米香茶，主人殷殷，其情乃深。

在橄榄坝，过集贸市场，民族服饰，名贵药材，精美工艺品，琳琅满目，我辈参观者，一睹为快而已，只购得红豆项链数条，以作纪念，红豆在手，南国情深。

于勐罕就午餐后，便去探访中国社科院西双版纳热带植物园，跨过澜沧江支流罗梭江的大吊桥，我们来到植物园的所在地葫芦岛。这里便是电影《摩雅傣》中"琵琶鬼"们生活的"瘴疠之地"。时代变了，那曾经让人望而生畏的蛮荒之地，竟变成人们向往的"植物王国"，热带雨林博物馆。在占在 1.5 万亩的土地上，那"独树成林"、那"纹杀植物"、那"老茎生花"，那"板根现象"，那"空中花园"、那高达七八十米的"望天树"、那擎天立地的"气生根"、那"石斛"、那"叶子花"，以及那些记不上名字来的奇花异卉，神树佛果，都令我感到新鲜。我在贝叶棕下观赏那提供抄写经文的叶片，又在菩提树下，拾起一片刚刚坠落的绿叶，小心翼翼地夹在书中，不禁联想起释迦牟尼在树下觉悟成佛的故事。在园中，又看到了赵朴老种下的一株小菩提，便又想起了曾与老人两次邂逅的情景。

正游览间，忽然大雨袭来，倾盆而降，一时平地起水，低洼处，变成沼泽。我们匆匆躲入购物的棚帐之下，不独免去了淋漓之苦，又可从容的选购木雕像、蝴蝶标本、铁力木筷子。一时间，一个傣族纺织袋，便装得不留空隙。

未几，雨过天晴，复入竹枝蕉丛，水气弥漫，珠露晶莹，"玉叶金花"、"火烧花"、"木奶果"则更觉娇人亮丽了。惊绝、赞叹、写生、拍照，同行者无不为这奇伟、瑰怪的热带植物而吸引。时已下午 3 点，最后匆匆参观了"蔡希陶教授陈列馆"，面对这位植物园的创始人，有如瞻仰园中的"望天木"，令我肃然起敬。

出植物园，循原路返景洪。路经一小乘寺庙，入内参观，有小沙弥四五人，仅十二三岁，据说傣家男孩，均需出家，在寺院里学习傣族文化，过一段僧侣生活，文化上受到熏陶，生活上得以磨炼，还俗后，成家立业，自我发展。

晚于金凤楼就餐，再次品尝民族风味，边餐饮，边看演出，演员三女一男，或舞或唱，或吹叶笛，皆极佳妙，足见傣族是个能歌善舞的民族。

饭后游景洪工艺美术一条街，多为缅甸商人所开玉器珠宝行当，无多兴趣，聊一浏览。

本拟晚飞昆明，待到机场后，不时报出：

"昆明大雨，飞机不能升降"。到午夜 2 点半，报出："航班取消。"不得不再返锦都，已是午夜 3 点多，此亦无可奈何，天留我也，徒增困倦。

六月十日

上午无事，偕三五人，寻景洪书店，购书二册，携归卧读。下午入茶座聊天，忙中有闲，又一境界矣。然时到 4 点，又往机场，小小候机室，因两天旅客滞留，人满为患，已无座位可寻，大家困倦之极，席地而坐，焦急无奈，加之于酷热，其滋味颇有点在电视上看到了科索沃难民的感觉。到午夜 12 点钟了，大理、丽江方面的几架航班先后取消，我们尚得等待。领盒饭一份，矿泉水一瓶，虽无食欲，也得吃上几口，人们已无说话的精神，不时睁开疲倦的眼，询问航班的讯息，看来又没有什么希望了。到午夜一时，忽报 "4008 号航班排队检票"，候机室一片哄然，大家匆匆登机，而后顺利起飞，飞行 40 分钟，抵达昆明。昆明市十佳导游冀小姐，在机场恭候多时，见面颇热情，为我们每人献上一枝康乃馨，说笑间，将大家迎回茶苑宾馆，又是午夜 3 点钟。

六月十一日

早点后，就近购芒果、荔枝等什物，返回宾馆，时云南省书协郭伟主席与孙秘书长来看望山西书家。本已安排的在昆明宴请山西书家并观看演出，无奈大家滞留景洪，未能如愿，遂携云南名茶，分送各位，聊作叙谈，便赴机场。在机场，史秉有将身份证失而复得，一阵忙乱后，化险为夷，得随大家共同返晋。由昆明到重庆 567 公里，航行 50 分钟。下机休息，走在停机坪上，真正领略到中国三大火炉之一的威力，如蒸如烤的酷热，确是名不虚传。

由重庆行 1100 公里，于下午 4 点许抵太原，5 点半返回忻州，结束了 1999 年的云南之行。

登梵净山记

几年前，贵州梵净山筹建碑林，征字于我，得简介一册，遂对此名山有了些许了解。日后又在电视、画册及邮票上，看到其雄姿，遂心向往之。

甲申三月，有湘西之旅，即抵边城凤凰，距黔东北近在咫尺，商诸同行，便作梵净山一日游。于是租车一辆，与司机一行5人，清晨6点出发，于上午9点抵达梵净山停车场。进得山门，有柏油路直通山中，但见山道弯弯，群峰夹峙，流泉飞瀑，古寺茶亭，渐入佳境。至山脚，仰望梵净山，古木峥嵘，满眼葱翠，登山石径，直挂天门，以"山从人面起，云傍马头生"来形容，差可仿佛。然这石阶磴道，马又岂可行走呢？

自山脚起，每一游客身后便尾随二人，为抬滑竿者，不时兜揽生意：

"老先生，坐滑竿上山吧！"

"不！要爬上去！"

"您走不上去。梵净山海拔2572米，7896个台阶，来回20公里，您坐上吧。"听着介绍，我心想，生意人总是夸大其词。今天定要一试腿脚，徒步登上山。谁曾料到，山道陡峭，石阶高耸，走上七八步，便得驻足喘长气。同窗老友亢佐田，年方62，还小我两岁，甫登200阶，竟打退堂鼓：

"我不上了，在这里等你们。"此话一出，令人扫兴，专门租车来游，岂可半途而废。我鼓气而上，登上500阶，便也心跳激烈，双腿颤抖，无奈，花300元坐上滑竿，志在登峰造极。殊不知，身坐滑竿之上，心系喉咙之中，石磴高陡，山多拐折，下视道之左右，皆为深沟大壑，若抬滑竿者稍一不慎，坐滑竿者便身葬崖谷。坐滑竿之一上，晃晃悠悠，深恐滑落，山之景致，遂不复一顾。又见抬滑竿者，气喘吁吁，汗流浃背，不时用肩头的手巾揩擦满头的大汗，便心生内疚，要求停歇，离开滑竿，踽踽而行。至1500步（一阶为一步），地稍平阔，有一饮食站，二抬滑竿者每人花2元钱，吃一顿早饭，叫"打气"（大约是我们所说的"打尖"）。

借此时刻，我才有心注意梵净山的山光云影。但见四围古木参天，老干横空，有楠、樟，鹅耳枥、青冈栎，有珙桐、杜鹃，有铁杉、冷杉，皆各具姿态，粗可合抱。奈何自己北人南来，置身原始古木中，除树干上标注者，竟无一树可识，只觉古朴、奇特、阴郁、茂密，进而又有点恐怖：若草莽中跃出一只华南虎、云豹、黑熊，或是几只黔金丝猴，也够吓人的。正遐想沉思之际，抬滑竿者催我入座，再复攀登。于2500步处，到鬼门关。此处石磴垂天，高高在上，我复下座，手扶铁栏，脚踏实地，目不旁观，侧身移步，向高处挪动。三四百步陡阶，走走停停，已是汗湿衣裤。但决心横下，险关终过。

一路上，见抬滑竿者辛苦之极，又复离座步行，待心跳难耐，两眼发黑，瘫坐路畔之时，抬滑竿者再扶我入座。如是往复，不知上下滑竿几十次，终于下午1时许到达石磴尽头，金顶脚下。我舒了一口气，口念"阿弥陀佛"，庆幸平安上得梵净山。

山上仅有游人三五，虽为梵天净地，但感空寂清冷，我等凡夫俗子不能在此离尘索居。回顾上山之路，已消失在丛山林海之中，但见群山重叠，莽莽苍苍，时有轻云飞渡，薄雾迷蒙，万象幻化，不可捉摸；仰望红云顶（金顶），状如天柱，高可百米，上分二峰，有天桥相通，顶建金瓦石殿，下垂石磴连环，好一座弥勒道场。我欲攀登，无奈筋疲力尽，加之大雾袭来，金顶顿然隐去，诡秘神奇，不可言状。

在山顶逗留半小时，见大雾不能退去，金顶包裹得更加严实，便决定下山。上山费力，下山费腿。坐滑竿者，似张果老骑毛驴，背朝前，面向后，时时有跌落的感觉，更加惊恐万状。而抬滑竿者，轻车熟路，习以为常，一路小跑，似向山下冲去，若非我执意坐一程走一程，下山的时间，还要不了两个小时呢。

返经回香坪，至鱼坳，亢佐田、焦如意已在道旁等候。

步下鱼坳，沿黑龙湾河谷而行，听山溪说法，观游鱼戏水，小坐观瀑亭上，见杂树蔽天，巉岩峭拔，白练悬空，数折而下，轰鸣之声，不绝于耳。至谷口，有碑林牌坊，置于楠竹秀石之间，观赵朴初所题"梵天佛地"，启功先生题"梵呗传三界，潮音净六根；众山眼底小，南国此峰尊"等碑数十通。拙作亦在其中，其词曰："梵天千峰晴犹暗，净土万木老更奇。"未曾入山，竟道出山中特色，或可谓"心有灵犀"吧，为之一喜。

出山门，在路旁餐馆匆匆就食，即驱车循原路而返，待入凤凰古城，已是晚上8点20分，边城灯火，洒满沱江，流光溢彩；吊脚楼上，人影晃动，酒香飘逸。

2004年4月10日

2004年3月于贵州梵净山

旋转的八廓街

在拉萨，自然要逛逛八廓街，朝拜大昭寺。

桑烟的气息，引领我来到八廓街。这是一条围绕大昭寺的转经道。道之侧，隔一段距离，便有一座桑烟炉，炉烟如游丝，袅袅升腾，聚集在大昭寺的头颅上，形成了一圈圈水波纹的凉帽，轻轻的，淡淡的，泛着浅蓝色。拉萨河送来一袭凉风，这水波纹的凉帽，便开始旋转着，幻化着，你会感觉到些许的神奇。

桑烟下的八廓街，那转经的藏民，一个个神情专注，脚步急速，油腻腻的藏袍上散发着特有的哈喇味。黝黑多皱的面孔上，表情木然而肃穆，嘴唇张合而有声，一手持念珠，一手摇经筒，伛偻着身子在转经道上的人流中蠕动。间或有英伟的康巴汉子，腰缠布带，头盘红巾，昂首阔步，煞是醒目。而磕着等身头的朝圣者，似乎在以自己的身躯来丈量这八廓街的周长。那些放生的牛和羊，也随着人流前进，不过它们有时会逸出界外，有时又会挡着道路。转经者绕过它们，没有吆喝，更没有谩骂。只有那些懒散的狗子，或蜷曲在墙阴下，或漫无方向地游荡着。大昭寺上空的桑烟，仍像变戏法人物中的凉帽，不停地旋转，屋角上的五色风马旗与之相呼应，飘拂中发出声响。我顺着人流游逛，似乎也在追赶着朝圣者，然而脚步慢了许多。街头琳琅满目的摊位，诱惑我左顾右盼，闪光的法器，名贵的珠宝，瑰丽的藏装服饰，鲜活的藏戏面具，都令我应接不暇。匆匆一瞥，眼花缭乱，它点缀着八廓街，它是镶嵌在八廓街朝圣人流边沿的浪花和贝壳。还有唐卡店，索价昂贵得惊人；至于别具风情的甜茶馆，我却无暇进去品尝。

跟随不断超越我的转经队伍，来到了大昭寺的正门。西向而开的门栏下，有十数位朝圣者，原地磕长头，起立跪爬，顶礼膜拜。如是往复，不知倦累，忘却止歇。我步入大昭寺，在各殿堂巡礼，幽深而昏暗的大殿内，迷漫着藏香的烟云，酥油灯光焰跳动，鎏金佛光华闪烁，心动，经幡动。在这光怪陆离的境界里，面对佛祖释迦牟尼十二岁寿量身鎏金铜像，万念俱灰，心归平静。但见献哈达者，添酥油者，以额头抵擦佛座者，以求加持。我在二楼的殿堂内，看到了松赞干布和文成公主的圣像和壁画，便想起了阎立本的《步辇图》，那禄东赞拜见唐天子的景况，形象是何等的生动。而另一些殿堂内，文静的度母，狰狞的金刚，都显现出一种莫测的神秘和诡异。

围绕佛殿是庭院式的转经回廊，玛尼轮在朝圣者的推动下，永无休止，不停旋转，这便是所谓的"囊廊"，和寺外的"八廓"、"林廓"，成为朝觐圣域者的日课，使圣域拉萨也为之旋转起来。

我平心静气地步出佛殿，绕过转经回廊，登上大昭寺的金顶，仰望蓝天，在白云映衬下，蓝的深沉，蓝的恐怖，而金顶上的法轮、金鹿、胜幢，在阳光下，金灿灿，耀人眼目。俯瞰那矗立在大昭寺门外的唐蕃会盟碑（长庆甥舅会盟碑），千百年来，它目睹着这经筒常转的大昭寺和八廓街，目睹着这日夜奔流的拉萨河和日新月异的布达拉。

2004 年 7 月 1 日

2000 年 8 月西藏大昭寺

滇行日记

（2012 年 11 月 25 日—12 月 2 日）

十一月二十五日

凌晨四点起床，洗漱、吃饭，五点与效英，偕潘新华、童小明，由小明驾车往太原而榆次，欲存车小明内弟处。奈何天黑，未寻得去处。遂由榆次返，于七点到达武宿机场，车停机场存车处，待其内弟来取。

七点半登机，八点零五分起飞，飞行三小时许，抵昆明机场。就餐于机场餐厅，饭菜未感精美，然价位不菲，此亦机场物价之特点也。

下午三点许，再登机转丽江。飞行一小时，到达丽江机场，有预约接站者，引到一家所谓四星级宾馆，条件差甚，勉强入住，充其量是一处家庭旅社。因有约在先，暂住一宿。

见诸位精神尚好，遂外出浏览丽江夜色。由北门大水车处，徒步穿新华街而过。虽值初冬时节，游人尚是摩肩接踵，夹道店铺比列，灯火灿烂，银器、玉器、首饰、工艺品，琳琅满目，流光溢彩，酒吧、咖啡屋、大排档，叫卖声声声不息。非洲鼓，鼓声激越；葫芦笙，声韵悠长。更见纳西女郎，身着艳装，站食品店前招揽顾客，一排排地方风味小吃摆置于窗下，热气蒸腾，香味四溢，不少碧眼黄发的年轻俊男靓女们品尝着食物，在高挂的红灯笼映照下，似乎是一道中西合璧的风景。正赏读间，有剽悍的马队急驰而过，得得哒哒的马蹄声践踏在五彩的石板路上，声响更觉清越，马背上的青年，身着白羊皮的外套，手执长鞭吆喝着，顿现茶马古道上的雄姿。

马队过后，复归平静，仰望长天，明月朗照，独具民族风格的建筑物，在月光、灯光的映衬下，风姿绰约，光彩焕然。

从北门到南门，穿街过巷，看着风景。说笑中，不知不觉中，便用去了一个小时。有人提议该进晚餐了，便走进了一家临河的餐厅。坐小窗下，檐角成串的红纱灯映照窗下的小桥绿水、翠竹盆花，未曾进食，已觉兴味无穷了。就着茶绿色的鸡豆凉粉，小呷一口青稞酒，似也别有滋味，最后尝半块丽江粑粑，喝一小碗过桥米线，浑身暖和，疲劳顿消，步出餐厅，又涌入长街曲巷的人流中去了。

前行中，路见有打架者，棍棒相加，相劝不止，以致一人被打倒卧地而告结束。游人闪躲一边，驻足观看。于此亦见其地粗犷之一斑，然对世界文化遗产之古城丽江，此举不免有失文明，其影响也大矣。

返回大水车处，东街之旷地，有纳西族妇女舞蹈者数十人，场面热烈而欢快，称之为"阿哩哩"。游人加入其中，牵手而跳，虽有不入节拍者，间或踩人脚尖，或被人踩踏，皆不介意，报之一笑，继续歌舞。

回到酒店，已晚上九点许，效英兴致未阑，说丽江空气、温度皆适宜，一天的行程，加上三个小时游览，此前似未有如此精神。

十一月二十六日

八点外出就早餐，餐毕，徒步往黑龙潭游览。丽江乃旧游之地，昨日重到，我自然而然为之向导了。

远见玉龙雪山在初日朗照中，晶莹剔透，更见光华，且有浮云缭绕，仙姿幻化，瞬息万变，不可捉摸，诚一神山也。然黑龙潭风光，却不若当年，水浅了，落叶飘零，似有点荒漠破败，抑或是冬天的景致吧。新建多了，视线为之遮挡，原来偌大的湖面不见了，徒唤奈何。唯玉河桥在高山翠湖映衬下，修姿不减当年，高耸的五凤楼出于林表木末，檐角上翘，翩翩欲飞，亦引人入胜也。

转过湖角，丛树间，阳光下，十数位纳西族老人在晨练，挂在树枝上高高低低的鸟笼，疏密有致，不经意中织出一幅五彩缤纷的工笔画，齐白石画草虫，题之曰"可惜无声"，而这些鸟笼中的画眉鸟竞相歌唱，给恬静的龙潭公园带来缕缕清音。踏着黄叶，听着得得脚步声，一会儿在阳光中，一会儿在树荫下，行行站站，摸摸叫不上名字的参天古木，嗅嗅五光十色的奇花异草，幽极静极，时间在惬意中流过。上午九点，公园似乎才真正苏醒，园林工人清扫道路，摆放盆花，游人才一伙一伙涌进公园。我们则步出了公园的大门，望狮子山而来。

狮子山不高，却可仰观玉龙雪山之神奇，俯察丽江古城之斑斓，是天设地造的观景台，有磴道沿山脚至山顶转折而上，走走歇歇，指指点点，说笑中，便登上了山顶。山巅有"万古楼"，五层，二十二米，冷杉直柱从下而上，直立到顶。在楼头推窗四望，北见玉龙雪山群峰罗列，"扇子陡"直逼青天，玄云升降，锋锷露藏，对之良久，遐想无限。南望莽原林海，碧浪连天，亦令人心旷神怡。东则丽江古城，瓦屋连片，甚为壮观，个中有楼阁鲜焕，重檐飞甍者，正木府之所在，有道是"宫室之丽，拟于王者"。西则群岭逶迤，如万马奔来眼底。

楼头有小书店，主人张姓，大理人，甚是热情，为我搬椅子，沏茶款待，谈丽江之变化，喜形于色。小坐有顷，握别主人。出万古楼，楼下有古柏四十余棵，直干霄汉，柏子瑟瑟，似诉说着四五百年沧桑阅历。

下狮子山，沿黄山上段、下段而行，逛数家店铺，制铜器者，叮咚有声，书东巴文者，笔生图画，首饰、工艺品五光十色，让人看得眼花缭乱，真假难辨。到四方街，树荫下小憩，得观游人往来，各具神态，不经意间，按动快门，得人物特写五六张。

沿街而行，水流脚下，桥横岸头，有栗木桥、石板桥、大石桥、小石桥，或双孔，或单孔，皆方便行人，水流有声，浮光耀景，更有古木临水，浓荫覆地。树荫下长椅短凳，供人小坐，品茶者，吃饭者，观景者，玩手机者，读报者，不一而足，亦是一道多彩的风景线。

随意步入一家四川餐馆就午餐，经主人推荐，点"高山雪鱼"等数品菜肴，每人一份水饺，虽价格不菲，然"高山雪鱼"有名无实，味同嚼蜡者也。而水饺，还不如馄饨，一碗中七、八个面皮儿，几无馅可言。

餐毕小坐休息，然后打的往束河而来。先逛滇缅玉石场，效英于此精神大增，选购翡翠、玉镯等不遗余力，于此间竟耗去一个多钟头。然后步入束河古镇，是镇更见古朴原始，数百年老屋，容颜衰朽，窗台上满置盆花，柳荫下，一狗卧睡，游人光顾，也不理睬。当院置一火塘，烧水煮饭，也极方便。院之侧，有一种立杆，每杆上多凿孔洞，横竖穿插，不知为何物，询之乡民，言为晒玉米之装置，方悟旧时画报中曾有写照。

穿街过巷，过大石桥，见路旁有马帮歇脚，游人驻观。我们一行四人小坐河边凉棚下，每人要一杯冷饮清谈。唯店铺之音响，过于吵人，实在是有伤于古镇的清幽。

晚七点返回酒店，似乎有点疲累，倒床而卧，竟入梦乡。

晚餐在酒店，由新华、小明亲自料理，小米稀饭，炸馒头片加椒盐，炒山药丝，凉拌黄瓜，外加四川榨菜一碟，其中拌黄瓜，香色最为可人，吃得很惬意。餐毕，在楼头观丽江夜色，遥见"万古楼"灯火通明，古城一角，尽收望中。有小风，感凉意，遂回室休息。

十一月二十七日

上午九点外出，经四方街，百岁坊，过数小街，入几家古民居参观，皆深宅广檐，回廊曲槛，花木扶疏，奇石点缀，唯主人他去，尽作旅馆之用。我小坐檐下躺椅上休息，忽有小猫偎依，小狗厮磨，竟将我这不速之客当做主人亲昵着。新华遂为之拍摄，立此存照。

至白马潭，门前有三眼井，前高后低，一水三池，依次为饮用水，洗米洗菜水，洗衣水，井然在序，不失规矩。井前孩子嬉戏，身着民族服装的洗菜者、洗衣者相与交谈，诚然一幅风俗画。

入龙潭大门，见一圆潭占下院整个院落，上环白玉石栏，潭中游鱼可数，往来倏忽。沿东墙磴道攀登，道旁一棵滇朴神木十分高大，树荫半院，落叶飘金，树冠在蓝天白云映照下，一片金黄，煞是壮观。龙潭最高处为藏传佛教大殿，为密宗修行礼佛处所，皆新建。东侧院尚在兴建中，各殿已起，只待彩绘。

离白马龙潭，打的回北门，就午餐于一家浙江夫妇所开小餐馆，餐毕休息。两点离酒店往丽江火车站，三点半乘车由丽江往大理。经鹤庆而车近大理，苍山洱海渐入望中，忆当年泛舟洱海，亦极一时之乐也。车行景变，苍山在落照中，更见英姿，洱海在夕阳下，方显妩媚。在车厢中忙坏了新华和小明，不时摆弄着相机，抢拍着稍纵即逝的风景。

　　车到海东镇临时停车，得以从容观赏车外景色。约五点半，车抵下关，即大理车站，打的入住"天赐大酒店"312号。因值旅游淡季，标间仅一百五十元，房间宽绰明洁，看上去，便可人意。待洗漱休息未几，新华、小明已在他们的房间摆上了晚餐，是从街上买回的炒菜、大米，泡上了方便面。他们的辛苦，实在是让人感动的。

　　明日将访鸡足山，遂电话预约了司机。四十年前读高鹤年居士《名山游访记》，对鸡足山的行脚记载，给我留下了深刻的印象。知鸡足山乃传说中迦叶尊者入定处，山高九千四百尺，周四百里，前列三岗，后拖一峰，宛然鸡足形也。后读《徐霞客游记》，更勾起我一游鸡足山念想，然而多少年过

2012 年 11 月在鸡足山

去了，且曾游大理，未登鸡足山，颇有遗憾，此行便安排鸡足山一日游。明日将能成行，夜来卧床头，徐霞客和高鹤年笔下的奇峰幽壑、梵宇琳宫顿现脑海，令我久久不能入睡。

十一月二十八日

早七点半，外出就早餐。八点司机到，乘车由下关行百公里到宾川县鸡足山，车过"灵山一会"坊，路边有"鸡足山大庙"、"九莲寺"、"九品石"等标识，皆未作游观，直奔山门售票处，每人八十元，复乘车循新修盘山公路而前进。但见林坪起伏，峡谷幽深，夹道苍松翠柏，冷杉青樟，满眼苍翠，肌肤鉴绿，正徐霞客所言"巨松夹陇，翠荫飞流，不复知有登陟之艰也"。况我辈是乘车上山，何艰之有？未几，车停半山"石钟寺"停车场。下得车来，南望"祝圣禅寺"就在眼前。遂沿缓坡而下，穿钻天古木，踏筛路云影，入山寺西门，经往大雄宝殿礼佛。

祝圣寺，唐为钵盂庵，又名迎祥寺。虚云和尚于光绪十五年和二十八年两次上山朝礼迦叶尊者，见山中寺院破败，寺风日下，决心重振佛寺，恢复道场，遂往缅甸、泰国等地讲经说法，募化功德，数年间得海内外资助黄金万两，在钵盂庵的旧址上，扩而大之，建成了山中第一座十方丛林大刹，一时名扬中外，光绪皇帝御赐"护国祝圣寺"字额。民国二年，孙中山题"饮光俨然"，梁启超题"灵峦重辉"。今匾字犹在，然皆为复制。在"文革"浩劫中，山寺荡为瓦砾场，文物毁坏殆尽。今之寺院，复建重建，已具规模，在八角亭前，手抚"云移石"，松涛过耳，如泣如诉，似乎在叙述着山寺的盛衰，人事的因果。一副对联提醒我："退一步想，得几回来。"赶紧重到山门、大影壁、天王殿诸处巡礼，后登祖师堂，今作虚云和尚陈列室，一代高僧竟被金装得无一丝超凡脱俗的气息。而柜中所收的虚云著述，还没有隐堂书架上的齐全，不禁令人叹息。

出祝圣禅寺，返回石钟寺，唯残基断碑而已，仅一座"灵感观音殿"，颇迫窄而卑小，其中塑像也无格局可言。传说寺中有潭，潭上有悬岩石，叩之若钟鸣，今潭干涸，悬岩石早已飞去，"石钟寺"徒有虚名了。

由石钟寺停车场，乘电瓶车至鸡足山缆车站，奈何是日缆车检修，说下午两点方可开通，只得在此消磨时间。不过此处地势平阔，林木挺秀，野花芳菲，空气清新，更有卖香烛者、售山货者点缀其间，亦复生动。步上西坡，有新建之玉皇阁，尚未完工。小坐台阶，观云卷云舒，听鸟鸣雀唱，亦觉与山林共呼吸，任情适意。步下台阶，仰望天柱峰，虽近在咫尺，若欲徒步攀登，尚须半天时间。而华首门，壁立千仞，磴道直挂岩壁，望之畏然而不可登。其处当是所谓迦叶奉佛袈裟入定，以待弥勒降生处。

南下磴道数百级为"香会街"，往昔朝山进香者，无不沿此道而行进。时近中午，我们下至"香会街"，一家白族家庭餐馆门前，见案头有土豆、南瓜、辣角、黄瓜、西红柿、豆芽、豆腐、竹笋、蘑菇，更有冷菌、岩参、树花、松毛尖、野百合什么的，色泽鲜活的山珍野蔬，看上去，就让人眼馋的。遂请店主炒几品山中特色菜，小明在厨下切山药丝，新华在案头作手擀面，以啤酒瓶代擀面杖（本地人不吃面条，故无擀面杖），面竟擀得匀而薄，切得细而长，于此亦得见新华做饭的本事了，而小明炒的山药丝也不让厨师的技艺。小饭馆除去我们一桌外，还有一桌是云南某大学的几位女同学，她们利用假日，来登鸡足山，吃着饭，放着流行音乐，大说大笑，充溢着青春的活力。

饭完，返回缆车站，又得知，缆车到下午四点才能开通。我不忍在此空耗时间，在新华的陪同下，慢慢步上"慧灯庵"。一路磴道，渐感吃力，新华为我觅得一根叉叉桠桠的木棍，以代手仗，挂着它，喘着气，爬上了"慧灯庵"的山门。庵为明僧洪平结茅静习处，今无旧时遗存，有新建大雄宝殿，内塑释迦牟尼佛和达摩、关帝，稍作瞻礼，漫步庭院，小坐翠竹丛中，与小犬相戏，尝闻"狗子也有佛性"，诚然。忽有凉风习习，修竹摇曳，更见风姿韵致。玉兰尚花，吊金钟怒放，时值寒冬，而此庵花木正盛，未见凋疏。赏对良久，复循原路下山至缆车站。在徐霞客滇游日记中有"会灯寺"，当为今日之"慧灯庵"，门前道路称之为"会灯大道"，乃登顶之必经之路，今有缆车，故门前冷落，来寺庵游览者寥寥。

下午四点，缆车开通，每人四十五元乘缆车费用，仅行五分钟，到天柱峰头金顶寺下，时感胸闷头痛，乃高山反应也，稍坐休息，起复慢行。入罗城，于大殿礼佛后，到"楞严塔"下，绕塔而观，砖砌方形密檐塔十三层，高标无际，云飞塔动，仰之头晕，疑塔将倾。下视介绍文字，知此塔为四十二米，为"云南王"龙云资助，历时三年，建成于1934年。而金顶由昆明鸣凤山太和宫移来之明铸金殿，也毁于十年劫难，今新建之殿，虽金光灿烂，却无沧桑厚重之感，难与雄奇苍古之名山相匹配也。

出天王殿，立"睹光台"，眼界顿开，云海荡漾，林海壮阔，夕阳西下，红霞满天，松涛阵阵，寒意袭人。但见山寺僧人，紧裹棉袍，匆匆而过，唯远处古寺塔影尚在夕阳朗照中。询之金顶影人，正文笔峰下，尊胜塔院是也。塔高六丈六尺，"塔院秋月"为鸡足山一大景致，望之若图画，脚不能到，远见之，也算一种缘分吧。

下山缆车五点半将停运，在金顶不得久留，急切中，挂杖登上缆车，反观这海拔3248米的天柱峰，真是撑天一柱，竟得登临，虽未能尽兴观日出、观云海、观沧海、观雪山。然十数年前，我曾应征为江阴"徐霞客纪念馆"书徐宏祖《绝顶四观》诗，在缆车中一时尽浮脑际：

日　观

天门遥与海门通，夜半车轮透影红。

不信下方犹梦寐，反疑忘打五更钟。

雪　观

北辰咫尺玉龙眠，粉碎虚空雪万年。

华表不惊辽海鹤，崆峒只对藐姑仙。

海　观

万壑归同一壑沤，银河遥点九天秋。

沧桑下界何须问，直已乘槎到斗牛。

云　观

白云本是无心物，南极祥光五色偏。

暮地兜罗成世界，一身却在玉峰巅。

退想中，缆车到站，下车循原路而返，道经"虚云寺"，正古之"大觉寺"者，奈何薄暮冥冥，无暇一顾，与名刹失之交臂，引以为憾也，至于担当和尚脚迹，悉檀寺遗址等胜迹在一日的行程中就不能一一寻觅了。返程中，头痛愈来愈烈，几难于支撑，口服硝笨地平，于晚七点回到酒店，服药而卧，九点病痛缓解，方脱衣而睡。

十一月二十九日

早餐后，在下关逛一家玉石城，然后打的往"崇圣寺"三塔而来。大理三塔，背点苍面银洱，亭亭玉立，别来无恙。绕主塔而观，在主人呵护下，不减当年风韵，复再塔下留影，不知后会有期否。此来，崇圣寺复建一新，且规模宏大，山门为唐建风格，坐西面东，中轴线上，大殿几重，愈后愈高，"雨铜观音殿"重檐叠加，收缩有度，青瓦红柱，古朴中不乏新意。大雄宝殿一仍旧制，重檐歇山顶，覆以黄琉璃瓦，雄踞高台之上，气势轩昂，光彩照人。礼佛毕，步入滇西重镇、文献名邦的大理古城，此地曾为当年游观留宿之处，今再来，少了几许宁静，多了几分热闹。由北门而南门，行进在三里长的街道上，店铺依旧，不改旧时格局，而珠宝玉器、银器、扎染、日用百货、大理石雕、大理石画，无不盈台满柜，游人选购，讨价还价之声，不绝于耳。而饭馆酒肆，随处飘香。于下午一时半，就餐于"东洋人街"路南一家白族饭馆，点几道地方特色菜慢慢品尝。顺便看看门前东来西去的游客，不同民族，不同服饰，不同肤色，有的行色匆匆，有的优哉慢步，有的拍照，有的购物，熙熙攘攘，的似《清明上河图》一类风俗画。

餐毕，再向南门而来，路西高台上是一处文化活动场所，入门，庭院深深，古木荫荫，回栏曲槛中，亭台楼阁下，叙话者，品茶者，对弈者，遛鸟者，各尽其兴，各得其乐，此皆大理古城之民众也。院中有山桃两株，高过屋檐，姿态婀娜，新花怒放，蜂蝶争喧，遂按动相机快门，拍照记事。前行是"总统兵马大元帅府"，登上台阶，步入大门，一位回族人杜文秀引领滇西民众，抗击清军，威震天下的故事，让人心潮澎湃，感奋不已。今之府地，南向立碑廊，陈列着南诏大理国石碑多多，搜读其字迹清晰者十数通，以窥大理历史之一斑。

过数家商店，选购新制玉璧一块，以为纪念，又于街头地摊购蓝印花布一块，可见其扎染之特色，图案古朴而简洁，亦甚可爱。逛一书店，购书两册，此亦我旅游中不可或缺之项目。

下午四点许离大理古城，于南门外打的回"天赐大酒店"。晚饭后倚枕读所购之新书。

十一月三十日

早七点半早餐，八点半花七百元租车往昆明。经祥云、弥渡界，其间在标为"云南驿"的地方换车而行，不时打量车外景色，坝子中，平畴田稼，屋宇俨然，丛树阡陌，湖光云影，指点中，倏忽而过。车到楚雄，稍作休息。早年由川入滇，车过楚雄，即知此地有元谋古人类化石、禄丰恐龙蛋与土林景观，今又过其地，有新建标识建筑物和广告标语牌，破目而来，煞是亮丽。

过楚雄，小睡有顷，中午十二点半，车抵昆明，入住"亿翡翠大酒店"，楼下西侧有大商场，专营珠宝玉器，午餐后，效英等不觉疲累，又身入其间，精心物色所爱了。我独回家休息。

十二月一日

七点半早餐后，本拟为诸同行导游西山，攀登龙门，一睹滇池之浩瀚，奈何诸位畏登陟之苦，遂改游大观楼。入园，漫步林木花丛之中，西望太华山，晨雾未收，轻纱笼罩，西山睡美人，似未苏醒，而近处滇池草海，水光潋滟，海鸥上下，游人有扶栏静观者，施食相戏者，鸟雀与人共欢乐，山水与人相容与。又见画船凌波，鸥鸟相逐，傍船舷而争食，明镜澄湖上传来欢笑，滇池在晨风中，涟漪微动，风情万种。

驻足三层大观楼下，读孙髯翁长联，赏赵藩手泽，不禁脱口而诵。髯翁长联，闻名遐迩，写景咏史，无不精美，辞藻之典丽，感情之沉郁，向为后人之赞叹。而赵藩之书字，楷则谨严，质朴厚重，与联词相表里，诵联品字，不忍离去，遂立楼下联侧，摄影留念，吾与大观楼其缘不浅，此为再次造访也。

离大观楼，径往翠湖而来。"翠湖春晓"的乐曲，声韵在耳，而此来在季节上未值春晓，却胜春晓。沿湖所见，柳丝拂堤，杂花拥坛；更幸运者，正值鸥鸟南来，聚之湖面，千只万只，不计其数，游客投以食饵，鸥鸟争相夺食，人多展臂伸手，将食品置于指间，待鸟而来，以拍影像。或以食投入水中，鸥鸟则凌波相逐，双翅扑扑，水花泠泠，亦复引人乐甚。偶值万鸥升腾，竟成飞阵，长空掠过，其气势倩影，亦复令人击掌而欢，方开启相机，未及按下快门，其鸟阵已不复存在了。

在翠湖，诸同游，不知买了多少包鸟食，与鸥相戏，似无倦意。时近中午，往游"圆通寺"。寺在市东北之螺峰山下，危岩壁立，草树叠翠，与殿宇池渊相映带，诚一天然画屏。寺始建于唐，初名"补陀罗寺"，日久倾毁；复兴于元，更名"圆通寺"；明清两代，多有修葺。今为云南省佛协所在地，乃全国重点佛教寺庙也。入山寺，古木掩映，盆花夹道，一牌坊翼然凌空，以"圆通胜境"四字颜其额，步牌坊下，观高柱阔坊、昂栱玲珑剔透，彩绘精工瑰丽，尤以夹柱鼓形狮面白玉石雕为精绝，遂频频拍摄以留资料。过牌坊，复沿中轴线而前行，一池碧水，中建重檐八角亭，前后有以白玉石拱桥相连接，长桥卧波，倒影如虹。过桥，为"圆通宝殿"，效英入殿礼佛，殿内明柱上塑青、黄二龙，腾空舞爪，似相搏击，引得游人仰头张望，风动幡动，或龙之兴云致雨之前奏也。后高殿，供泰国所赠之金身释迦牟尼佛像，故称"铜佛殿"，其建筑，流露泰国形制。大殿之东侧有"潮音"、"幽谷"二洞，岩洞幽深，石径仄滑，上为岩崖，题刻比列，有"纳霞屏"、"瞻啸崖"、"秀拥五华"等字样，苔痕掩映，古色斑斓，或劲健挺拔，或浑厚苍茫，时见笔画剥落者，仍不失整体之风采。行走"采芝径"上，小憩"咒蛟台"端，遐思孙髯翁晚年寄居此处，虽食不果腹，而不废诗书，心怀旷达，适其所适，有诗为证也：

> 万古一卷书，乾坤七尺床。
> 卧游宗炳宅，吟依费公房。
> 石矗经台翠，云流洞谷香。
> 夕阳山气好，天海入苍茫。

时已过午多多，步出千年古刹圆通寺，就近于某饭店就午餐。餐毕，打的直驱"金殿"而来，司机说："不就是个'铜房子'，有什么好看的？"车抵山门，转乘电瓶车，绕后山慢坡而上，至停车场。下车缓步而行，穿松林夹道，踏芳草石径，眼前突兀一楼拔地而起，高可十丈，三层三十六檐角，翼然欲飞，此正"鸣凤晨钟"之新建钟楼者。入楼，扶栏而登，至顶层，圆形穹顶下，悬大钟一口，上铸铭文十七字：

"大明永乐二十一年岁次癸卯仲春吉日造。"是钟体态宏大，造型古朴而典雅，据说是云南铜钟之王了。楼之侧，置新铸小钟一口，以供游人撞击，其声亦复镗锴洪亮，回荡松涛林海间，给人平添几许游兴。

下钟楼，缓坡而下，至金殿太和宫紫禁城，由棂星门而入，见大理石平台上，两层石栏中，托起一座金殿，虽锈迹斑斑，仍不失其风采，此康熙十年之遗构，亦弥足珍贵的，故列于国保之文物。出入紫禁城四门，抚摸栏杆、摩挲城墙，青砖不语，思接兴亡。下磴道，穿云林，过"鸣凤晨钟"坊，出太和宫山门，经"三天门"、"二天门"、"一天门"至"鸣凤胜境"石坊前，乘 68 路车返回酒店，已是下午六点许。

十二月二日

上午童小明与石效英就近再逛珠宝玉器专卖店，我与新华往云南省博物馆而来。路经"碧鸡"、"金马"坊，未作逗留，径入博物馆参观。登二楼，有"滇国——云南青铜文明陈列"展厅，左侧有"南诏大理——佛光普照的国度"陈列。展厅几无参观者，十分清静，我们得以逐一观摩，面对"牛虎铜案"、"立牛铜贮贝器"、"叠鼓形狩猎贮贝器"、"虎鹿牛贮贝器"、"五牛铜桶"、"虎噬牛铜枕"等器物，尤为惊绝，造型的奇特，布局的诡异，形象的生动，无不令人赞叹。而那些"三狼噬羊"、"二豹噬猪"、"牛虎搏斗"等铜扣饰，直看得让人紧张而心悸。那些不同形状的铜鼓和舞乐人，则让人心感愉快，闻声起舞，前面紧张的心情也为之缓解。在展厅中反复赏对，这些战国、西汉时期的青铜器，古色斑斓，让人惊叹不已，亦见七彩云南悠久的历史，灿烂的文化。

在"南诏大理——佛光普照的国度"的展厅里，一尊尊佛像，一幅幅唐卡，佛菩萨庄严肃穆，白度母、绿度母典雅高洁，慈悲喜舍俱现，清和敬寂顿生，徜徉佛国宝光之中，恍觉梵呗声起，经幡飘动，佛乐悠扬，不禁心生禅悦，充溢法喜。有幸在南诏大理佛国中连留，亦感因缘之殊胜。

时近中午，不能继续参观，步下二楼，在门厅购得《滇国青铜艺术》、《担当大师》各一册，以补参观之疏漏。

十二点回酒店后，就餐于一家"陕西餐馆"，是夫妻店，然陕西小吃应有尽有，我们点小菜数品，每人"羊肉泡馍"一小碗，"肉夹馍"一个，北方口味，纯正地道。此次入滇，饭菜可口，此小餐馆小吃远胜在大酒店所品尝的汽锅鸡和过桥米线了。

下午六点离"亿翡翠大酒店"，打的往云南机场。晚九点十五分起飞离昆明，经道重庆，停机半小时，而后飞回太原武宿机场，时值三日凌晨两点许，天甚冷，在零下十一度，且有大风茫荡，急匆匆拎行李由候机楼跑上小明的汽车，连夜赶回忻州。

嵩山纪行

由郑州坐长途汽车，向西南行约一百五十公里，就到中岳庙车站。一出车门，但见重峦叠嶂，倚天而立，逶迤西去，横无际涯。山麓紫烟升腾，岩岫白云出没。耸塔山寺，高出云表，飞流小溪，倒挂岩壁。啊！久已向往的中岳嵩山到了，不禁使我神飞意逸，途劳顿消。

嵩山，古有"嵩高"、"崇山"等名称，至周平王东迁洛阳后始定嵩山为中岳，经武后则天的加封，其名声更著。山由太室、少室二山组成，七十二峰，千姿百态，长达一百二十多里，主峰"峻极峰"，海拔一千五百八十四米，仰之弥高，望之深秀。

太室山脚，黄盖峰下，有一所气派宏大、景色壮观的游览区，就是中岳庙。庙内古柏参天，殿阁四起，中轴线上，十三进院落，依山就势，井然而筑。青石道旁，唐立碑碣，突兀苍穹；宋铸铁人，挺胸腆肚；还有那御书石刻，龙飞蛇舞；梅山叠石，象蹲虎踞，漫步其间，应接不暇。随着熙攘不绝的游人，步入中岳大殿，见布冠束发的二道人，正洒扫殿堂，清理香案。同行者老祝，却为那奇柏古桧所吸引，打开画夹，尽情挥毫，似乎要把那一本万殊的柏树尽收绢素。

老亢则登上了"天中阁",扶栏四眺,触景生情,并吟哦起前人的诗作来:"建阁高无地,乾坤入卷帘。窗含秋日暮,槛湿细云恋……"我呢,徘徊于墨海碑林之中,摩挲那嵩山著名道士寇谦之于北魏文成帝太安二年所书的《中岳嵩高灵庙之碑》,千五百年,风剥雨蚀,再加上人为破坏,字迹漫漶,不复成诵,但就仅存的数百字来看,仍然银钩铁画,神完气足,确是魏碑中的佳作,使人恋恋不忍离去。

出中岳庙门,有石雕翁仲二躯,形象生动,刀法流畅,为东汉安帝年间遗物,是研究当时雕塑艺术和历史服饰的珍贵资料。再南去半华里,有太室阙,与翁仲为同时期作品。阙基、阙身、阙顶,均以雕琢好的青石仿照木结构垒砌而成,阙身上有平雕的车骑游乐、奇禽怪兽和铭文题记,图案古朴,书法圆浑,相得益彰,韵味无穷。

时已下午六点,游兴尚浓,大家登上了中岳庙后的黄盖峰。山不高,有亭雄踞峰巅,亭侧有一古柏,似苍龙倒卧,侧身探谷,晚风中虬枝摆动,大有跃然飞去之势。在斜晖落照中,走下山来,回首太室,恰是一幅欧阳修《登太室中峰》的诗意画:"望望不可到,行行何曲盘。一径林梢出,千崖云下看。烟岚半明灭,落照在峰端。"

返回中岳庙,借宿东厢,游人尽去,万籁沉寂,我们坐在中岳殿前的石阶上,谈古论今,毫无倦意,忽有山鹊结队飞来,穿梭柏间,着落草地,真可谓"游人归而禽鸟乐也"。

翌日清晨,谒别中岳庙,西行不远,就到登封县城。早点后,便去那名盛一时的嵩阳书院巡礼。出县城,沿着一条柏油公路，北行五里，踏石过溪，爬上一道小坡，就到了书院的大门前。门外西南草坪上，有一丰碑，巍然屹立，高约9米，气度不凡。碑座力士英武，碑额双龙浮动，精灵活现，神采逼人。这正是久享盛名的《大唐嵩阳观纪圣德感应之颂碑》，李林甫撰文，徐浩所书。观其书法，八分古隶，严整宽疏，难怪历来书家对徐浩的书法推崇不已，认为他的作品是"锋藏画心，力出字外"。

进入书院，两棵龙钟古柏，破目而来，传为西汉武帝刘彻所封的"将军柏"，但见翠盖摩天，盘根拔地，铁干如铸，虬枝横空。其中一棵，八个人才可合抱。老诗人赵朴初有诗赞道："嵩阳有周柏，阅世三千岁。当能为证明，今古天渊异。"

在宋代，这书院与睢阳书院、岳麓书院、白鹿洞书院，并称为我国的四大书院，以研究理学著称于世。宋代名儒程颢、程颐相继讲学于此。关于它的历史，北魏叫嵩阳寺，是佛家的圣地；隋朝为嵩阳观，是道家的名区；到宋代却成了儒家的讲坛，现在是登封县的师范学校。绿荫深处，瓦屋鳞次栉比，宽敞明亮的教室内，同学们聚精会神地学习着，古书院为四化建设培育着人才。

离开"螭纹剥落唐碑古，虬树阴森汉柏雄"的嵩阳书院，西北行约八里，就到了全国重点文物保护单位之一的嵩岳寺。寺不大，背屏太室群峰，门绕山谷清流，依山临崖，桃李成蹊，置身其间，恍入桃源仙境。进山门，忽见大塔凌空而起，巍巍然，雄视中州，这就是我国古建瑰宝嵩岳寺塔。塔建于北魏正光元年（520），高四十余米，分十五层，为密檐式砖塔，塔基坚实，塔刹壮美。塔身高崇而挺拔，塔檐密集而柔和，皆以青砖叠涩而成。徜徉塔下，不禁为我国古代能工巧匠们的精绝建筑技艺感到莫大的欣慰和无限的自豪。

从嵩岳寺向东而去，翻过一道山梁，就到了嵩山的"第一胜地"法王寺。寺建于东汉明帝永平十四年（71），迄今近两千年时间，寺院几经兴废，佛法兴衰轮回。今天所见的便是"古寺残僧少，荒烟断碣多"的景况，但青山依旧，游人如织。我憩于银杏树下月台之上，东望那玉柱峰侧，两座山峦，造化神秀，相对而立，其状若门。这风景很快把我引到了古昔"嵩门待月"的遐想之中。时值中秋之夜，远近游人，提灯结彩，携酒拄杖，云集法王寺，忽见双峰之间，明月升起，玉镜如洗，清辉满地，游人欢呼雀跃，或饮酒赋诗，或吹箫助兴，不知时过几何……晚风把我从沉思中吹醒，眼前到法王寺踏春游览的全是工人、社员、学生、干部。过去的行乐者却只是豪门大户、韵士幽人，那古昔的明月与食不饱腹的劳苦大众怕是无缘分的。

由法王寺返回登封城，已是灯火交辉，夜市如昼，那灿烂的路灯似乎让高空的明月黯然失色了。

游"三游洞"记

昔游长江，自重庆泛舟而下，至涪陵，时值枯水季节，有幸一睹白鹤梁石鱼高脊，虽不能窥探石刻题记，亦为之欣欣然。至万县，留二日，寻黄庭坚《西山碑》，终无缘获观，怏然而去。入夔门，整日立船头，看山看水，"众水会涪万，瞿塘争一门"，差可仿佛。进巫峡，连峰叠嶂八十余里，也梦寐所求之画稿。面对神女峰，游客无不引颈指点，岂非刘禹锡之诗乎："巫山十二郁苍苍，片石亭亭号女郎。晓雾乍开疑卷幔，山花一谢似残妆。"至西陵峡，天已向晚，江风甚剧，遂回舱小卧，不知时过几许，船抵葛洲坝，已是十分夜色了。惟听广播中介绍当地胜迹，"三游洞"擦肩而过，怅然有失。

甲申年三月，抵宜昌之次日，往访"三游洞"。自夷陵广场，花1元钱，达10路公交车，指顾间，行二十华里，便抵"三游洞"外停车场。思慕日久之名胜，说到便到，何等方便，何等快捷。

入园，循左道，下石阶，"三游古洞"四字坊，豁然破目。入门未几，见悬崖峭壁间，广厦洞开，背倚西陵峡，面临下牢溪。其洞深广，有内室、外室、侧室之分，皆以钟乳石为石柱、石幔、石窗而界隔。外室旷明，遍布题刻；内室幽邃，有左右石雕二躯，尚朴拙；而新塑白居易、白行简、元稹之"前三游"者，惜未能传其诗人气质，既来之，亦于像下留一影，用仰高风。于洞后，得一黄庭坚题记石刻，奈何今人以黄漆填廓，颇多讹错。于外室，一读后人重书白居易《三游洞记》石碑，尽悉唐元和十四（819年），白居易偕弟及友人元稹，相会夷陵，共饮下牢戍，引棹碧波之上，又"维舟岩下，率仆夫芟芜刈翳，梯危缒滑，休而复上者四五焉"，遂得古洞绝境，坐饮其间，三日而去，且"各赋古调诗二十韵，书于石壁"。读碑毕，于洞之上下，遍觅元白遗迹。经千二百年历劫，点画无存，惟想见其人其时之乐者。

步出古洞，栈道沿云，仰面藤蔓垂天，岩岩欲坠；俯察碧溪如染，诗情涌起。置身崖畔险道，石磴坚实，护栏严谨，虽石径高下斗折，而无些许恐怖之感，谈笑自若，如履平地。山之南巅，有亭翼然，曰"至喜亭"，为新建。亭下有碑，刊欧阳修《峡州至喜亭记》。原亭建于景祐三年（1036年）。时欧阳修贬官夷陵，为知州朱庆基之属下，遵其嘱，撰其记，亭曰"至喜"。一为舟子喜，喜诸舟子历尽险滩激浪，平安出峡，沥酒相贺，以为更生；二为知州喜，"夷陵固为天下州，廪与俸皆薄，而僻且远，虽有善政，不足为名誉以资进取。朱公能不以陋安之"。且"自公以来，岁数大丰，因民之余，然后有作惠于往来，以馆，以劳，动不违时，而人有赖"。立此碑下，沉思良久，古之官吏，尚能立身自好，泽被黎庶。于人，以舟子喜而喜；于己，能不以陋而安之。今之诸"公

2004 年 3 月于湖北宜昌"三游洞"

仆",对此,不知作何等想?

"至喜亭",高三层,振衣而上,扶栏远眺,但见长江自西而东,出南津关,豁然开旷,葛洲坝横亘宜昌一侧,高峡平湖,游轮若楼观,缓行碧波间,真人间天上。

离"至喜亭",西向而行,蔓草乱石丛中,刘封城故址,依稀可见;复登"楚塞楼"聊作浏览,遂望"陆游泉"而来。循石磴而下,行数百步,至下牢溪畔,有船户人家,系舟门前,境极幽寂。徐步入曲岸,见一石亭依山面溪,亭下有方潭一孔,宽广四五尺,水自岩下滴入,如泻如洒,此正"陆游泉"者。亭之侧,有诗摩崖,乃放翁于孝宗乾道年间,前往奉节判官任上,经道宜昌,漫游"三游洞",于岩下小潭取水煎茶,诗以记之,泉遂以诗传。所惜今之陆游泉,似乎无人问津，潭中遍生蝌蚪，往来倏忽，自得其乐也。

时已过午，山雨欲来，匆匆循原路步出山门，至临江楼就午餐。楼下峡江澎湃，南山画屏排空。未几，寒雨袭窗而进，似觉春寒料峭，遂浮三大白。一时间耳热呜呜，醉意朦胧，眼前顿时幻化出唐宋名贤，元白、苏黄、欧阳子、陆放翁……忽闻白行简言："斯境胜绝，天地间其有几乎！"诚哉斯言。酒醒宜昌，为之记。同行亢佐田、焦如意。

2004 年 5 月 1 日

湘西行记

二十年前，与同窗老友亢佐田有湘西之行。其行也，自广西桂林坐汽车经龙胜而湖南通道，改乘火车至怀化，住一宿，复前行，经麻阳、吉首、古丈而入大庸，留三四日，游张家界诸名胜，得山水之奇观，收烟云之幻化。兴尽，出慈利，往鄂西北，登武当山，后取道南阳，经洛阳而返晋。

二十年后，再走湘西。偕焦如意并复邀亢佐田同行。此行，由长沙，坐汽车取道益阳而常德。常德，昔之武陵也。既到，未见捕鱼人，唯高楼林立，市井繁华，沅江大桥，高架南北。桥下江水，纭纭漾漾，"常德诗墙"，央央入目，诗书满墙，笔走龙蛇，拙书一通，忝列其中，亦武陵人厚我者也。奈何行色匆匆，未能从容品读诸家之墨妙。

桃花源

离常德，坐中巴往桃花源而来，但见山峦起伏，夭桃乍放，油菜花黄，稻田如织，偶有水牛耕耘田畴中，翻起片片沃土；修竹丛树里，有屋三五间，白墙黛瓦，炊烟袅袅，此非渊明先生之桃源乎？思慕间，车停之处正是桃花源。甫下车，便有旅社服务人员热情招呼，遂偕其后，过九曲桥，入住鸿源酒店二楼。此楼背山面水，楼前，高树撑空，含烟滴翠；树下石桌石凳，井然而列。小住楼中，超然象外，岂不快哉！

鸿源酒店，为夫妻店，女主人端茶送水，男主人炒菜煮饭。待我们盥洗完毕，楼下一声呼唤："饭菜齐啦！"闻声而下，酒香扑面，只见山菇笋尖，炖鸡煎鱼，已摆上餐桌，遂坐而把盏。一到桃花源，颇有点"便要还家，设酒杀鸡作食"的同感呢。

饭毕，才下午三点，遂入秦城，循山路而进，过秦人洞。至秦人居，山隩中，虽多为新建，却竹篱茅舍，似与世阻隔，得见"土地平旷，屋舍俨然，有良田美池桑竹之属……"正陶渊明笔下之景致。时维三月，桃花盛放，落英满地，翠竹披离，长廊如画，廊中叫卖"擂茶"者，比比皆是，只因栏外桃林成阵，兼之碧桃花，白玉兰，紫辛夷，争奇斗艳，花气袭人，便无暇一品擂茶之风味。天将暮，匆匆登"傩坛"，过"傩神庙"，转"玄亭"，"高举阁"，而后下山，取道"问路桥"，经"既出亭"，已至桃花源山门矣。是处有"渊明祠"，"方竹亭"，奈何山色冥冥，小雨瑟瑟，只作匆匆浏览，便在夜幕苍茫中步回酒店。

湘西道上

桃花源留一宿，二日晨八点乘中巴东南向而行，一路多

2004 年 4 月于湖南凤凰沈从文故居

在山谷间，时旷时幽，然桃林无处不在，山川尽染，田亩彩错，菜花嫩艳，松杉满冈，间有村落，三家五家，依水而居，板墙黑瓦，深檐广棚，有渔人临河撒网，碧波扬珠，锦鳞飞跃，活泼泼地，一幅天然图画。若非 319 国道盘绕其间，汽车不时飞驰而过，直疑此间仍为秦人之居所。

一路风光，应接不暇，经郑家驿，茶庵铺，太平铺，出桃源县，入怀化区，过官庄，荔枝溪，楠木铺，至凉水井。这是一个小镇，时值赶集，行人涌动，杂货云集，叫卖声声。我们所乘之车，穿街而过，虽时遭阻塞，却也正好一睹湘西老镇集会之盛况。中午 12 点过沅陵，再经苦藤铺、麻溪镇、筲箕弯、船溪、田湾等村镇，于下午两点到辰溪。一路走来，求索沈从文先生旧时的踪迹，终不可得；唯村镇名多有诗情画意，遂不惜纸墨，乐而记之。到麻阳，略作停留，再转车，取道凤凰而来，于下午五点许，边城在望，喜不自禁。

凤　凰

边城凤凰，城不大，却大大的有名，这里曾出过政界的熊希龄，作家沈从文，画家黄永玉等名人。因对政治的冷漠，这位赫赫有名的国务总理熊希龄却是知之甚少；而对沈从文和黄永玉二位，却是十分敬佩和仰慕的。沈先生笔下的湘西风景和人物，时不时地会展现在我的脑海，跃跃然，挥之不去。他那娟秀的章草书法和他对古代服饰图案的研究成果，无不令人称羡叫绝。黄先生早年以版画著称，他的木刻《阿诗玛》，享誉海内外；国画和文章，又是我经常品读不厌，回味无穷，充满幽默的精神大餐。我的凤凰之行，很大程度上，是因了这两位文化名人而来的。

到得凤凰县城已是下午三四点钟的光景。晚上，县文联、县画院的领导和同行为我们接风，质朴、热情、豪放的湘西人的侠气，令我们亲近，而无拘无束，便也大嚼着牛肝菌炒腊肉，就着红辣椒下酒，一时间，热汗淋漓，高谈阔论。饭后，主人陪我去看演出，那独具特色的傩舞"单刀开山"、"赶尸"等，让我等惊叹不已。戴着假面具的人物，踩着铿锵的锣鼓点，有节拍地蹦跳着，动作粗犷而单纯，音响高亢而激越，似有无穷的震撼力，直令我看得双眼发直。待节目转入苗舞苗歌时，那原生态的演唱，又好像置身深山峡谷间，听山谷传声，苗歌互荡。最后以"爬刀山"压场。熊熊的篝火苗，映红了半空，上刀山的人，赤手赤脚，踩着锋利的刀刃，直爬刀山竿头，且做着高难度的动作。一瞬间，心跳咚咚，直逼喉咙，好在有惊无险，晚会在热烈的掌声中结束。到凤凰才半天，湘西人给我的印象怕是终生难忘的。

以后的几日里，在凤凰城漫步，由西门到东门，再到北门，抚摸着石砌的城墙，端详那斑驳的城楼，俯瞰那泛绿的沱江，打量那吊脚楼和碉楼上的女人，寻觅那沈先生笔下的人物和黄先生纸上的风景。时而步入小巷深处，踏着光滑的青石板或红石板，偶尔伫立在老门楼下，赏读那神气逼人的门神画。是谁推开一扇街门，突然传来几声犬吠，顿时打破了小巷的宁静。穿街过巷，抵达山城高处，黄永玉的新居"玉氏山房"破目而来，大门上锁，挂一木牌，上写八字："家有恶犬，非请莫入。"于此一端，当可窥见黄氏个性的一斑了。

徜徉于闹市之中，但见百货琳琅，蔬果鲜美，叫卖声不绝于耳，砍价声此起彼伏。稍旷处，一苗女白脸长身，装束青素，唯襟际、袖口、裤沿绣着精美的花边，独自坐在路旁，摆个小摊儿，有顾客时，答着问话；无顾客时，全神贯注地编织工艺品。这情致，是一幅绝妙的风情画。焦如意打开相机，那苗女似有点羞涩，虽微微一笑，却扭过了身躯，作出不愿配合的样子。穿越闹市，步上虹桥。桥头联语数则，颇不俗，皆黄永玉手笔。入桥楼，摊位比肩而列，尤多售书点，图书中以沈、黄著述为醒目，遂选购三五册，以作留念。

步过虹桥，寻沈从文故居而来，时值大雨如注，匆匆走进正东街一家店铺，稍作停留，聊避雨淋。雷雨天气，说下就下，说停就停，没多久，雨过天晴，我们踏着湿漉漉的路面，来到了小营街十号的沈宅，小院清幽，山茶怒放，一只太平缸，清水满贮，防火浇花。正屋中有沈先生半身塑像，眉目间，颇具神思。墙壁上悬挂沈先生所书条幅二帧，一派洒脱韵致。左右二屋，陈列着沈先生的书桌、木椅，以及极为简朴的书架，颇见破旧的竹制沙发，这几件东西，皆是从北京沈居移来的。还有一件是从湖北收集到的沈老在咸宁干校时的用床，上面标有编号和沈老的姓名。我小心地摩挲着这些实物，它们曾经见证了先生的生活起居和著书立说，也曾灌溉了先生的体温气息。现在都静静地躺在沈家的老屋里，让人观瞻，令人遐思，从中多少可以窥见先生身世的坎坷和生活的俭素。在前院的东西厢房内，布置有先生生平照片的图板，陈列着不同版本的著述。听着工作人员的解说，一位身材不高，慈祥可敬的老作家，便会呈现在你的眼前来。

虹桥近侧，有个准提庵，寺不大，少香火，倒觉清静。入大殿，有香客二三人，焚香跪拜，颇见虔诚，老师太敲击钟磬，清响声声。佛坛左侧，有铜铸千手观音像一尊，是黄永玉先生设计铸造敬献的，大作精致是精致了，但与古之造像相比较，在气息和韵味上，似隔着一层，总觉得缺少点什么。大殿左侧靠近西山墙，开着一个小门，穿门而过，为一磴道长廊。廊之尽头，有屋数间，名曰"夺翠楼"。楼之壁，遍施绘画，约十余幅，各自成篇，互不连属，亦为黄永玉手笔。黄先生为家乡留此画作，也算是对乡梓的回报吧。壁画似在短时间内完成的，颇显粗糙，然每幅画面上都有题词，幽默风趣，发人深省，保持着黄氏文章的一贯风格，是很可品味的小品文。亢佐田诵读着这些题记，焦如意则打开照相机，逐幅拍摄。我立在"夺翠楼"窗前，看楼外的杂树，泛青的远山，沱江的流水，涌动的浪花，听准提庵的钟声，悠远绵长。而沱江畔的捣衣声，梆梆入耳，间忽夹杂着三五声鸟鸣。满眼葱翠，满耳清音，这"夺翠楼"委实是凤凰城的一区胜处了。可惜半个下午，除我们三人外，竟不曾再有人来光顾。倒是"夺翠楼"下的茶楼酒肆中，人声鼎沸，热闹非常。

步下"夺翠楼"，来到沱江边，忽发泛舟之兴，遂花三十元钱，租竹筏一只，泛沱江之上。船公长篙在手，点左点右，凌波逐浪，行进于凤凰城下。吊脚楼高高耸起，杂木柱长长垂立。坡脚下，河沿上，洗菜娘，浣纱女，浪笑飞声；小渡口，浅滩头，游人来渔人往，熙熙攘攘。望虹桥如画，看远山凝碧，掬一捧沱江水，哼几首边城曲，杜宇声声，漫游在山水里，享这等清福，几多时，忘归去。

小筏在沱江中打了个来回，行至"听涛山"前，我们舍舟登岸，爬上缓坡，来到沈从文陵园，只一随形石碑，立于山岩腹地，碑之正面刻沈先生生前的题词："照我思索，能理解'我'；照我思索，可认识'人'。"碑之后面刻有张充和所撰挽词："不折不从，亦慈亦让；星斗其文，赤子其人。"碑前有黄花数束，乃先我而来者所敬献。我静默地在陵园巡礼，亓佐田在碑前深深地三鞠躬，并低声自语：早年在京时，曾与沈先生有一面之交。抚今追昔，人天永隔，唯一册《中国古代服饰研究》静静地躺在我的书架上……

默默地离开"听涛山"，沈先生笔下的人物"翠翠"们又活跃在我的眼前来，是那么清澈、明丽、灵动、鲜活和湿润，似乎永远蕴含着沱江的水气。

苗　寨

在凤凰，抽暇探访了苗寨骆驼村。村属腊尔山镇，距县城凤凰60公里，一路盘旋而进，茅舍俨然，鸡犬相闻，山花如阵云涌起，春色随夜雨飘来。

既抵苗寨，见修竹浓郁，古木参天，村舍倚山而建，起伏自然得体，石墙石基，大朴不雕。深巷幽邃，曲径拐折，房屋迭架，有如楼阁交错，勾栏相通，煞如画中之景象。既入户参观，各家自成体系，卧室厨房、猪舍茅茨，皆在一大屋顶覆盖下，生活倒是便捷，陈设却极为简陋。村支书老石闻客至，即延至其家，端茶点烟，加热糍粑，忙来忙去，热情可嘉。问起山寨情况，老石说："全村980多口人，靠农业生产维持生计，人均年收入400元，是贫困区。村民无钱，老屋不能翻新，就成了现在这个有点破败的样子。"老支书说着搓搓手，显出一些无奈的样子。山寨因为贫困，却保留了原始面目，谁曾料想，竟成了苗族文化的保护区。随着旅游事业的发展，这山寨日后或许会热闹起来，苗民的生活，自然也会得到逐步的改善。

离石支书家，顺弯路，小转山寨，见烤烟房两座，有村民言，说烤烟是一项重要的经济来源。然烟叶烤制的水色最为关键，它取决于烤烟人的技艺，因烤制水平的不同，烟叶的价位则大有差别。

在村边，乌巢河顺山谷而下，上建一孔石拱桥，造型优美，气势宏大，状若长虹汲水，高卧山谷间，甚可入画。沿桥而过，至河右岸，一石碾，吱咂有声，石碾在水打轮的带动下，正不停地转动，碾压那用石灰浸泡过的竹竿，翠绿褪尽，一片金黄。碾碎成粉末，将制成纸浆，而后可加工成粗糙的用纸，这碾房当是骆驼村最后的一处手工业作坊了。在出版物黄永玉的写真摄影册中，有一幅画家在水碾前的特写，应是这里捕捉的。

乌巢河边，有几位妇女在洗衣服，一袭苗装，简朴典雅。捣衣声夹杂着说笑，溅起一溪的浪花。几个少儿，在田头抓草虫，蹦来跳去，不知止歇，野山谷充溢着无限的生机。

中午时分，离骆驼山寨，循原路返山江镇就午餐。餐毕，于叭咕寨——被称为"苗王府"的神秘地方，参观了苗族博物馆。在规模宏大、设防坚固的深宅大院里，处处流露着昔日苗王的气派和威仪。馆长龙文玉先生为我们热情地介绍了建馆的情况。他本人是苗族，且对苗族文化的研究多有建树，担任着中国民族史学会的理事和湖南省苗学学会会长等十余个社会职务。他感谢沈从文、黄永玉等乡贤对他工作的多方指导和支持。我看到博物馆大门上方高悬的匾额，便是沈先生的手迹。在客厅里，我诵读了沈先生致龙馆长的手札，欣赏了黄永玉题赠的大幅对联。在展室，聆听着对苗族历史的讲解，审视着苗民生活、生产的用品，五彩缤纷的服饰，不可名状的武器，以及婚丧嫁娶时的陈设，这一切，都使我感到新奇并产生了极大的兴趣。

　　临行，应龙馆长之嘱，作字留念，合影握别。下午返回边城凤凰，明日将取道吉首而赴宜昌。夜来无事，草草命笔，聊记湘西行迹。

2004 年 5 月 1 日

灵石探幽

看过中国电视片《武松》、日本电视片《西游记》和香港电视片《八仙过海》的人，无不为那奇山胜境所吸引，据说其中很大部分外景，拍自山东长清灵岩寺。

十几年中，我数过齐鲁，逛泉城，游青岛，走烟台，下兖州，访聊斋于淄川，谒孔庙于曲阜，赏崂山之水月，揽岱宗之云松，蓬莱阁上放歌，云峰山下访碑，选胜作画，采风入诗，虽说筋骨劳顿，而乐尽在其中。可是那遐迩闻名的灵岩寺，却还不曾问津，若有所失，引以为憾。说来也巧，中国剪纸研究会首届年会在济南召开，会议之暇，安排灵岩半日游，这才算得见庐山真面目，了却多年的愿望。

由泉城出发，乘汽车西南行一小时，至金舆谷西口，见一石牌坊正当谷口，上书"灵岩胜境"，雄浑遒健。穿坊入山，倍觉幽深，至"对松桥"，其境清绝，这桥以石而建，单孔曲拱，桥孔石壁之上，各生古柏数株，老干斑驳，枝柯互搭，左勾右连，洞府天成。人过"柏洞"，肌肤鉴绿，寒意顿生，时有微风徐来，柏枝瑟瑟，清香阵阵，撩衣诣面，恍若仙境。由拱桥至山门，皆古柏夹道，数以千计，粗可合抱，龄高千年，翳天蔽日，略无阙处，正所谓"十里灵岩翠如荫"。

路旁柏外有"黄茅岗"者，茅草偃蹇，奇石低昂，若群羊牧食其间。相传苏轼来游灵岩，畅饮酒酣，高卧岗头，醉眼矇眬，诗兴勃发，脱口而歌："醉中走上黄茅岗，满岗乱石如群羊，岗头醉倒石作床，仰观白云天茫茫，歌声落谷秋泚长，路人举首东南望，拍手大笑使群狂。"我来灵岩，身临其境，诵读是歌，坡老醉态，尽现眼前，好一幅《东坡醉卧黄茅岗》的妙笔丹青。

来到山门外，有一巨碑壁立，上书"大灵岩寺"四字，笔力遒健，神完气足，颇耐人寻味。碑建于元至正三年（1343），为西夏人文书纳所书。立于石碑之前，放目环顾，其寺殿阁嵯峨，群峰拱立，古木掩映，碑塔争辉，游人络绎，不闻喧嚣，禽鸟和鸣而更觉幽静。

东望方山之畔，有奇石，酷似老僧杖锡而行，前有沙弥引导，后有僧徒相随，那便是"朗公石"。据说，苻秦永兴中，竺僧朗卜居于此，始建精舍，石畔说法，听者千余人，共见石惟点头，惊以告公。公曰："山灵也，不足怪。"从此方山更名灵岩，朗公当为灵岩寺开山鼻祖。

入山门，西路行，大雄宝殿侧，有一"珠树莲台"，上植古柏一株，谓之"摩顶松"，有唐僧三藏摩松的传说。不知何年何月，有人又在柏树中植柿子树一株，现在已是枝繁叶茂，与老柏相偎依，亲密无间，无意中却助了当今导游小姐解说的噱头："祝大家健康长寿，百（柏）事（柿）如意！"同游者无不哄然而笑，鼓掌致谢！这欢笑和掌声短暂地打破了古寺的沉寂。

绕过古柏，进一道小门，拾阶而上，有大殿七间，雕梁画栋，颇为壮观，它是灵岩寺的主体建筑——千佛殿。大殿初建于唐贞观中，宋代重修，明朝重建，殿内诸佛、罗汉，似从四处汇集而来，大有群英赴会之感。本尊毗卢佛，是宋代藤胎鬃漆像，左为明成化时铜铸药师佛，右为嘉靖间所铸释迦佛，四壁的千佛像，均是明清两代的遗物。在这庄严肃穆的佛国里，最为引人注目的，却是那如同真人大小的四十尊宋塑罗汉像。我于大殿徘徊良久，这些塑像比例适度，衣着明洁，神采各异，呼之欲出。有的高谈阔论，有的闭目悟道，或默诵典籍，或沉思往生。入定者，四大皆空；饮泣者，热泪欲注；惊恐者，鼻翼开张；愤怒者，青筋暴起；雄辩者，语惊四座……面对这些精湛的雕塑艺术品，哪能不拍案叫绝，难怪刘海粟大师观后题词道："灵岩名塑，天下第一，有血有肉，活灵活现。"早在此六十年前，独具慧眼的梁启超先生便写下了"海内第一名塑"的评语，至今石碑直立殿前，供人观赏，任人品评。

千佛殿西北隅，有"玉柱擎空碧海青"的辟支塔。辟支者，乃梵文"辟勒支底迦佛"的省称。那么辟支塔，当是佛塔了。是塔建于宋淳化至嘉祐年间，六十三年始完工，高十六七丈，八角九层，砖砌而成，刷以白垩，饰以土朱，映衬于灵岩翠柏之中，挺拔隽秀，高标苍穹，时有山风迢递，铁马儿叮咚，幽谷传响，声落半空。

别大塔，就近来到灵岩寺历代高僧的墓地。这是一处石雕艺术馆，其地碑塔比列，柏桧筛影，游人在一百六七十座墓塔、八十余通石碑中，或赏艺术，或读碑文，时隐时现，时东时西，有如捉迷藏似的。这些碑塔，其状不一，各呈风姿，或质朴，或典雅，或华美。瞧这塔，塔座精工，浅雕以吉祥圣洁的莲花，深刻着矫健护法的狮子，刀工老辣而生动，形象传神而概括，无一不显出历代民间匠人的高超技艺。塔身较高大，上镌高僧法名年号。塔身之上便是那如同小儿积木的塔刹，由相轮、覆盆、仰月、宝珠等构件组成，收分得体，造型优美，统一中求变化，变化中见和谐。墓塔中，以唐天宝中所建慧崇塔最为古老和高大，一千二百年来，历尽劫难，风雨不动安如山。

读那碑，古往今来，灵岩寺兴衰之迹依稀可见，就中《息庵禅师道行碑记》尤为游人所注意。它是息庵生前好友日本僧人邵元在元至正元年所撰写，碑中铭记了两位僧人的友情，郭沫若同志曾作诗赞颂这事迹。息庵禅师，先后在少林寺和灵岩寺任住持。几年前我游嵩山，曾读此碑，今到灵岩，有如老友重逢，倍感亲切。

于塔林读碑数通，似觉头晕眼花，遂坐"御书阁"下休息片刻，看那清奇古怪的青檀老树，根若卷云，蟠结古壁，枝似游龙，凌空飞舞，虽历千年，尚能枝繁叶茂，生机勃发，想是生逢盛世，也愿为这灵岩古刹增光添彩。

历览古殿，摩挲群碑，仰佛塔而弥高，饮甘泉而神怡。来此名山胜地，自当到"印泉"茶社一饮而后快。这茶社，地处"五步三泉"之前，三泉者，卓锡、双鹤、白鹤也。泉清水冽，涓涓而流，淙淙有声。坐于石畔，泡茶一杯，热气轻浮，清香扑鼻，小呷数口，兴味无穷。更喜茶社青年见告《封氏见闻录》"茶条"记载："开元中，泰山灵岩寺有降魔禅师，大兴禅教，学禅务于不寝，又不餐食，皆许其饮茶。人自怀挟，到处煮饮，从此转相仿效，遂成风俗。"我于茶道，素无研究，听此介绍，耳目一新，也为茶社青年学识的广博而起敬。难怪他们的生意如此兴隆。

茶社小憩，精力复原，便取道东路，望方山而登。经"袈裟泉"，过"灵带桥"，访乾隆行宫故址，觅"甘露泉"，地势渐次转高，皆为盘山小道。至"可公床"，俯察岩寺，尽收眼底，烟笼青纱，声传钟磬，悠扬缭绕，不可名状。遥瞻群峰，岗峦献秀，岩花争辉，鸣泉溅玉，啼鸟留人。至"白云洞"，读乾隆御书八篇，惜乎未见白云出入，怕是贮之弥深，或者入不复出，其洞深邃黝黑，当为龙蛇窟宅，我自胆小，不敢深入。

白云洞西有"证明殿"，俗称"红门"，为唐代依山凿壁之佛窟，内雕释迦坐像，高约五米，服侍菩萨躬立左右，皆体态丰满，神情自若，千百年来，看星移斗转，人间沧桑，世态炎凉。

灵岩探幽，饱我眼福，偿我夙愿，无奈半日之中，行色匆匆，尚有探而未得者，"晒经台"、"一线天"不能遍览，那王安石曾有诗称赞的灵岩奇鸟"王干哥"也无缘一见，那李邕的"灵岩寺颂碑"也寻而未得。然而，我并不遗憾。我常想，游山与行文一样，当行则行，当止则止，青山无尽，来日方长，留有余地，思之有情，会之有期。

访聊斋

在齐鲁大地上漫游，最使我神往的则是那"写鬼写狐高人一等，刺贪刺虐入木三分"的《聊斋志异》作者蒲松龄先生的故乡了。

从济南到青岛的快车上，我在淄博市的张店下了车。从张店乘汽车东南行约五十华里，便到了蒲松龄的故乡——淄川蒲家庄。车停在村西"平康"门外的广场上。广场的北端有商店数间，专门销售参观"聊斋"的纪念品。进"平康"门，是一条虽不宽绰却很整洁的街道，蒲翁的后裔们（这里住着他的第十代至十四代孙）正在收秋，将一车车丰硕的谷物拉进了四合院落。街上有几个推着小车卖菜的、卖猪肉的、卖羊肉的，各自敲打着不同节奏的梆子。本地人听到声音，便走出门舍，选购着他们所需的什物。街头有几棵老槐，少说也有二三百年的高龄了，虽说老态龙钟，却还生机旺盛，枝叶婆娑，在屋顶上、墙壁上和道路上撒下了斑斑驳驳的花荫，为一条古老的深巷平添了几分姿色，幽雅而恬静，让远来的游子也忘却疲累。

这街道的情调是格外宜人的。在深巷中前进，到"蒲家庄十七号"、"蒲家庄十八号"的地方（这是新编的门牌号数），同行者不约而同地站住了，这是一座南向的黑漆大门，高大而肃穆，额上挂着一块大匾，是郭沫若的手迹："蒲松龄故居"。

向往已久的地方就在眼前，心情委实有些激动，心怦怦然。那大门半掩着，我本想尽快步入"聊斋"，谒拜那位仰慕已久的蒲松龄老先生，然而时值中午，又怕打扰蒲翁的午休，正在迟疑中，从大门里走出一位中年人来，"同志，你要参观吗？"这一问将我从沉思中惊醒，我频频点头，便在该同志的引导下，走进了"聊斋"的庭院。

蒲松龄出生在一个没落的地主家庭，父亲虽然以做生意为业，但祖上却是一个书香门第，他的儿孙们又有所"发迹"，所以遗留下这一所庭院还是可观的。三百年间，这"聊斋"当有兴废，然而既然以"故居"保护着，我想大致如故罢。

它是一所三进的院落，大门在东南角。进大门后的第一院落较宽敞，自南而北有一条偏东的铺道，以各色卵石铺成古朴的图案，小道两侧，兰蕙丛生，又有太湖石两尊，亦颇玲珑，置于高台之上，百花掩映，幽香袭人。一、二院落之间，立短墙一道，顺碎石铺道开一六角形的双层门洞，门外植藤萝若干，飞蛇走虺，蟠屈洞门两侧，短墙上下枝繁叶茂，将那黑瓦白墙遮盖得略无阙处，看上去，俨然是一堵绿色的影壁。

穿过洞门，到第二院落，院不大，有正室三间，坐北向南，甚高大，这便是"聊斋"了。其室，中间开门，两次间各置直棂窗一组，门窗皆以黑漆涂刷，庄重古朴，室内光线不足，后墙正中高悬汉隶"聊斋"二字小额，下挂蒲翁画像一轴，是老人七十四岁时的写照。画像前，置一条几，上面搁置几个佳石盆景，颇精巧，这也许是蒲翁的遗物吧。西边一间，山墙下放一张木床，蒲翁著书立说困倦时，于此小憩。东边一间窗户下置一八仙桌，上列笔砚。据说，蒲翁曾在这里对他的《聊斋志异》作了多次修改和润色。

"聊斋"门外，左右各植一株古榴树。树大根深，其枝叶高过屋檐。序属三秋，果实累累，有破肚石榴数颗，珠玑满腹，红艳欲滴，此树当为蒲翁手植也。

走到最后一进院落，有清水一池，池中置"鸳鸯石"一尊，石下睡莲初放，荷叶飘浮。偶有风至，水生涟漪，荷送芬芳。池子后面是一排光亮明洁的书画陈列室，四壁挂满了当今名流、学者题赠"聊斋"的诗词大作和书画佳什。其中，已故戏剧家田汉的七律，深沉老辣，颇耐人寻味；丰子恺先生为蒲松龄所画像，极为简练，寥寥数笔，神采奕然。此画，曾作为《聊斋志异》外译本的封面，传诸世界各地，为《聊斋志异》增彩，与《聊斋志异》共存。

与故居毗连的西边的院落，是新建的"蒲松龄故居陈列馆"，几个窗明几净的大厅，陈列着蒲翁的塑像、画传，更多的则是从清乾隆年间迄今刊印的《聊斋志异》的各种版本，以及《画皮》、《胭脂》等戏剧、电影的剧照和有关《聊斋志异》学术讨论会的资料。置身于"聊斋"的书海之中，我不禁为这位比契诃夫和莫泊桑早一百多年的中国著名作家而感到无比的愉悦，眼前顿时幻化出蒲翁一生的清苦生活。这位生活于明崇祯十三年至清康熙五十四年的私塾先生，虽曾在孙知县处做过短暂的幕僚，而三十年的春秋却是在离蒲家庄不远的一个叫做毕家庄的村上以教书为业的。主人姓毕，是当地的一个巨富，其家环境清幽，藏书又多，蒲翁在课徒之余，读书著述，条件倒是颇为合宜的。所以在他四十岁时，一部享誉后世的巨著《聊斋志异》的初稿便脱手了。

漫游在《聊斋志异》那四百余篇境界之中，无不为那丰富多彩的内容，简练生动的语言而拍案叫绝，或对封建统治集团罪恶的深刻揭露，或对科举制度弊病的无情批驳，或对世态堕落的针砭，或对爱情的歌颂，或对真挚友谊的赞美，无不淋漓尽致，曲尽其妙。难怪这部集魏晋志怪小说和唐人传奇小说的大成者，在当今世界上被译成了英、法、德、日、意、俄、匈、捷等多种外文版本，一个研究蒲松龄和《聊斋志异》的"聊斋热"，我以为迟早也会出现的。

当我收回了万千思绪时，步子已迈出了蒲家故居的大门，向东行不远，路北有小屋三间，名为"蒲松龄书屋"，是一个书店，内售蒲氏的著述和研究蒲氏的学术论文及有关的传说故事等，择其所需而购之，以为纪念。

出书屋，下一段石阶路，其地空阔，稍西北有古柳数株，柳丝指地。于柳下，有一泉，水满外溢，故名"满泉"，又因泉处古柳之中，别名"柳泉"。今泉后竖石碑一通，书"柳泉"二字，是沈雁冰先生的手迹。

泉后为一土岗，清溪中流，小桥飞架。岗头有合欢树对植，枝干盘曲，老叶疏落。树下建茅亭一区，诚《芥子园画谱》中景致。据说，当年蒲氏"雅爱搜神，情同黄州，喜人谈鬼，闲则命笔"。因而常设烟茗于"柳泉"之畔，茅亭之中，"邀田父野叟，强之谈说，以为粉本"。于此，我才知道蒲氏别号"柳泉居士"的来历。一位刚正不阿、疾恶如仇的村儒和农夫、商客们在柳荫下抽烟喝茶，谈见闻，说故事，一幅《蒲松龄先生采风图》跃然眼前。然而，在那文字狱大兴的时代中，哪能奋笔直书呢？蒲翁便以他那超妙之笔，借鬼狐花妖，写人间杂剧，透彻深邃，情真意切，真是"入木三分"、"高人一等"。

离"柳泉"，再西南行二华里，便是蒲氏祖茔，森森古柏中，有墓冢十几个，最前者就是"柳泉先生之墓"，亦为茅公所书，并有题记一则，其词曰："此处原有一七二五年淄川张元撰文墓表，一九六六年秋毁于林彪、'四人帮'篡党夺权之祸，一九七九年沈雁冰题记。"今张元撰碑被复制，镌碑立石，并设碑亭，以为保护。所喜蔓草荒坟中，几十棵苍劲古柏在"十年浩劫"中幸免刀斧之灾，否则，这数百年的老树，即以当今高新科技，怕也不能被复制了。

我在墓碑前诵读那张元的撰文，又摩挲着一代文雄茅盾先生为前代文豪蒲翁的题字，感慨赞叹，忽然从古柏间传来"咤咤叱叱"的笑声。这笑声多么熟悉、亲切和质朴，自然而开心，这不正是蒲翁笔下"婴宁"的声音吗？我扭头而看，走过一对青年男女来，他们衣着新潮，却会到这里来学习或是游览，则使人由衷地高兴了。我默默地祝愿他们建立"婴

217

宁"和"王子服"一样的坚贞不渝的爱情。蒲翁有知，也当会欣慰的。

当我离开蒲家庄的时候，已是晚霞满天，薄暮冥冥。我得尽快赶回张店，趁晚车到青岛去，前边等待的还有"崂山道士"和《香玉》篇中的花神——太清宫的"绛雪"呢。

游镜泊湖记

国画大师傅抱石先生，每以镜泊湖为素材，进行山水画创作，足见镜泊湖魅力之所在了。1978 年 5 月，我自黄山返晋，经道南京留 4 日，适值《傅抱石遗作展》开幕，竟在画展中逗留了三整天，也足见傅先生画作的魅力。在二百余幅作品中，《西陵峡》、《待细把江山图画》、《满身空翠惊高风》等，都给我留下了深刻的印象。而一幅《镜泊飞泉》的大作，又让我驻足良久，不肯离去。瞧那恢宏的气势，精湛的笔墨，凌空而降的流泉飞瀑，水汽氤氲，浪花飞溅。一时间，直看得眼眦决裂，耳际轰鸣，有若置身高山峡谷间，面对泷湫下注，壶口翻腾，不禁心潮起伏，暗自叫绝。细观画上题跋，更感趣味横生，遂命笔抄录。其词云：

镜泊湖在牡丹江市宁安境，南北百数十里，曲折回互，风景绝胜，为东北抗联根据地之一。今夏得闲，留湖上周余，幸也。迤北有瀑布，形势壮阔，雨后尤为奇观。七月十六日下午，随黑省画家暨省市工作同志十余人往适，湖水已涨，乃蹑足而过，方未百步，只闻如雷疾走，声震山谷。于是合肉眼所能触及之景，营为此帧。右下角出口，即牡丹江也。愧余拙笔，不及状其万一。及其归也，三小时前，蹑足而过之处，水已近腹矣。专区文联某同志毫不犹豫，背我而过。此情此景，我怎能忘之乎？我能不画乎？越三日，记于镜泊湖时。傅抱石。

　　此则题记，我以为是一篇绝妙好文，山水奇绝，当可卧游；人物生动，呼之欲出；文字简净，情景交融。于此，亦也见傅先生在镜泊湖写生时的踪影。

　　《镜泊飞泉》一画，曾深深地感动过我，镜泊湖的名字挥之不去。二十多年过去了，往游镜泊湖的夙愿才得以实现。

　　丙戌九月，我有关东之行，在哈尔滨小驻数日后，便取道牡丹江，经宁安，向镜泊湖而来。时值高秋，风轻云淡，山峦高下，层林尽染，车过东京城，平畴沃野，阡陌交横，村舍俨然，瓜菜满眼。行进间，车抵"镜泊湖"外。已是凉秋天气，又值下午四点，黄叶飘零，游人寥寥。漫步花间小道，清静幽寂，闲适自然。此种境界，那些误入游人如织、摩肩接踵之景区者，岂可消受得。转过丛树，渐闻水声溅溅，愈近而愈响。待得见飞瀑下注，正吊水楼瀑布，乃是傅抱石先生当年所挥写之对象者。先生来时，正值盛夏雨后，所见之水，形势壮阔，蔚为奇观，所闻之声，如雷疾走，声震山谷。我方来，但见秋水明净，寒潭如碧，瀑布飞泉，如帘如幕，更兼千嶂苔石映衬，万树红叶点缀，珠玑四散，洒脱不羁，如吟如唱，清音不绝。游人三三五五，攀磴道，过小桥，行丛树中，歇水石间，或观飞泉之下注，或听丹枫之瑟瑟，或拍照于楼台，或茗饮于亭榭，眼中所见旅游者，皆成画中点景人物，无不得体自然。我坐山石上，面对飞瀑，遐想那一万年前的火山喷发，岩浆流淌，堰塞牡丹江的河床，造成了我国这最大的堰塞湖，大自然的神奇和诡谲是难以想象的。

一万年过去，这镜泊湖又该是何等的面目呢？想远了，当无边际；想近了，它却赋予了画家灵感与妙笔，成就了傅抱石先生那帧《镜泊飞泉》的绝作，传之后人，传之千古。自然美是伟大的，艺术美也该是不朽的。

于吊水楼瀑布前流连一时许，在一位导游小姐的鼓励下，我们泛舟游湖。甫入小艇，仅容二人，穿救生衣，橘红亮丽，甚是醒目。舟人（小艇主人）傍水而居，以艇为业，日出而作，日落而息，有游人则掌舵，无游人则钓鱼，春夏秋三季，与水为伴，朝斯夕斯，悠悠然，羡煞我辈。是快艇，应我等之要求，作漫游，也悠悠然，选游湖山之胜。远山近水，山寺楼阁，舟人为之指点；人物传说，历史故事，舟人一一叙述。镜泊湖南北长近百里，我们择其近者、佳者而游之。山峦迤逦，红霞在天，微风起处，波成涟漪，时见鸣禽掠水，似与我等招呼，四周静寂，我心澄澈。看看月起东山，游人尽去，遂请舟人泊岸，付款而别，径往东京城一宿。

游湖观瀑，由之兴起，乘兴而来，匆匆一见，尽兴而归，颇感慰藉。其间，虽多辛苦劳顿，余不计也，非不知也。

2006 年 9 月 20 日

长白山纪游

　　游镜泊湖后，取道敦化上长白山。由东京城至敦化，正值鹤（岗）大（连）高速公路的修建，一路施工，不时绕道而行，路面坑坑坎坎，十分的颠簸。乘客超员，乘务员在人行通道上加几把马扎子，让我等新上车的落座，也算有个安身之所，比之所谓的立锥之地，要胜一筹了。

　　待落座，前后一打量，满车的人员皆为民工，是敦化、长白山的农民，应召到虎林为某公司采集松籽，日前工作结束，现作回程。车中四个小伙子围在一处打扑克，有两个妇女吃着食品，低声地交谈着。其余的人，看上去是十分的疲累了，东倒西歪地酣睡着。我与邻座的一位民工聊起夹，他说："我们这次外出，前后 25 天，起早搭黑，实在辛苦，基本没赚钱。"

　　"每人能得多少钱？"

　　"也就一千来块。"

　　"还算不错么。"

　　"家中的事，全耽搁了，连小孩子上学也没人管，有什么办法呢。"民工说着低下了头，倚着座靠闭上了双眼。

　　从东京城至敦化仅 140 公里的路程，竟用去了 3 个多小时，足见道路的崎岖。至敦化，再转车向二道白河而来，又是150多公里的行程，待到得二道白河，已是下午3点钟的光景了。就近住进火车站的丁家宏达宾馆，楼上住宿，楼下吃饭，十分的便捷。吃饭时，遇一对老年夫妇来游长白山，男者78岁，虽然重听，却面色红润，身体瘦健，女者70岁，爽朗热情，侃侃而谈。他们昨晚坐火车由通化而来，今日上山一游，晚上再坐火车返回通化。饭后，老夫妇背起行囊，和我们道一声别，留下一对笑脸，走出了餐馆。

二道白河的火车站前，有两片松林，长着数十棵干达青云的美人松，老干虬枝，千姿百态，实在是可以入画的。饭后，我们徜徉其中，旅友焦如意，不时地按动着相机的快门，摄取着精美的图画。松下是芳草地，油绿油绿，在夕照下，更光彩迷人。漫步在草地上，吸吮着松脂的气息，一天的劳顿，便荡然而去了。远处，也有二人在松林中散步，正是吃饭时遇到的那对老夫妻。他们交谈着，在身后的草地上，留下了长长的倩影。

翌日，游长白山。

晨起，由二道白河取道北坡游览。一路朝阳，红叶夹道，好个深秋景色。谈笑间，车行30公里，抵达北线山门。购票入山，先乘越野车登天文峰，山路弯弯，盘旋而上，至停车场。其时也，天风呼啸，奇寒袭人。虽穿着所租的大红紧身棉大衣，也不能免去浑身的瑟瑟。咬紧牙关，从停车场，徒步登上天文峰的鹰嘴岩，近十平方公里的长白山天池，尽收眼底，湛蓝的湖水在阳光下漾着微波，湖光中映着山峰的倒影，细碎而旖旎。望着湖水和周边的群峰，真让人出神入化。只是风太大了，把我吹醒时，赶紧绕道而行，下到一个避风的地方，又仔细地打量起我国这个最深的湖泊来，遐想从明万历到清康熙年间，曾三次火山喷发的状况，用手触摸这已经冰凉的火山石，心想着这三百年来沉睡的火山湖，但愿它永远平静，不再喷发，让春天的杜鹃，永远灿烂；让秋天的岳桦，永远挺拔。即使在冬天，白雪皑皑，一身的圣洁，庄严肃穆，崇高而伟大。

在天文峰，走走看看，思绪在天风中，漫无边际地游弋着。按时序，在长白山，已是该降雪的日子了，却不曾看到有一片雪花的飘洒。此行，领略不到长白山的雪韵，似乎有些遗憾，便有了下面的四句打油诗：

> 长白山不白，山头水一池。
> 山风莽荡起，天语恍闻时。

自天文峰循原路返回山门，时方上午 9 点半。复寻长白山瀑布而来，经道地热区，有温泉数眼，泉水喷沸，白气蒸腾，水温高达 82℃，有人借温泉水就地蒸鸡蛋、煮玉米销售，游客多有品尝者，时作赞叹。在这高山雪湖之畔，竟又有地热奇观，大自然的诡谲，实在是不可捉摸的。

先闻水声，后见飞瀑。两山夹峙间，一瀑高悬，自长白山沟壑而降，白练千尺，翠壁连云。瀑之侧，筑有蹬道长廊，攀缘而上，直达乘槎河，再进，则一豁口，水自天池溢出，到岩头，砰然跌落，山鸣谷应，壮哉声威。

　　长白山有小天池者，乃电视片《雪山飞狐》的拍摄地。池不大，其地幽静清寂，三面环山，仰之山体高大，巨石嶙峋，下则杂树葱茏，碧潭如镜。池之畔，山之涯，有药王孙思邈造像，为新近塑制，缘山中多珍贵药材，特造像或为招徕生意欤？

　　出小天池，沿溪而下，则松花江之上游，自天池乘槎河经飞瀑而来者。初尚平静，溪水淙淙，斗折蛇行，待跌入巨石间，夹岸轰鸣，腾掷翻滚，似白龙出峡，隐现出没，不见首尾。而林间山影光束，石上黄叶青苔，光怪陆离，色彩斑驳，其妙处，难与君说。

　　长白山中，有地下森林。高山深谷，林木蔽天，一条通道，铺架木板，人行其间，但觉阴沉而深邃，古木森然，仰天钻空，间有倒地而卧者，长苔如发，枯枝犹龙。复有灌木拥塞，杂草丛生，时见野花山菇，缀诸长藤老干。愈进林愈茂密，光愈暗淡，不闻鸟语，不闻虫鸣，惟听自家脚步声，得得作响。一人而行，心生恐怖，遂匆匆赶上前面的游人。行至尽头，又见地坑于崖下，我等尚在山巅，手扶崖际栏杆，下视深谷千丈，但见树冠交横，危岩欲坠，又闻水声潺潺，却不见踪迹，忽有山灵长啸，亦甚吓人。此地游人已少，看看山雨欲来，便急匆匆择路而返。所幸腰腿尚健，待步出丛林之外，小坐茶厅之上，才发现额头上沁出了不少的汗珠。

　　下午三点，返回二道白河宾馆。往游长白山，乃多年夙愿，今日得以实现，遂倚枕记之，鸿雪而已。

2006 年 9 月 25 日

黄山写生记

　　渐江、梅清、石涛诸大家以黄山为师，为黄山写照，得黄山之神韵，传黄山之风采。奇松怪石，泉瀑云海，形诸笔墨，每令观者欢喜赞叹。近人黄宾虹，学问博大精深，笔精墨妙，所作黄山图，可数百幅，或松秀，或苍茫，或万笔攒聚，或积墨如铁，皆浑厚华滋，气象万千，亦令后来之画家钦仰敬佩。小子无才，每对众贤之笔墨，则心驰神往，转而对黄山亦心向往之。及读徐霞客游记，其句"五岳归来不看山，黄山归来不看岳"，愈令我游黄心切。至1978年春，方有黄山之行，既以偿宿愿，又颇多收获，虽有游旅劳顿之苦，然所乐也正在其中。

四月二十二日

　　早七点四十分离忻，十一点许抵并，遂往省文化局换介绍信，然人皆去参加义务劳动，未能办理。下午四点又往省局，知劳动后，又去省电影公司看电影去了。时值星期六，若今日换不得介绍信，需下星期一方可办公，奈何外出心急，也不愿在并空耗时日，遂径往省公司，找到省局电影处长张瑞亭同志。张是我在忻时旧友，见面甚是热情，待电影映毕，偕曹同志回省局换了介绍信，又往瑞亭家吃过晚饭，便急匆匆上得车站，买 188 次进京快车票，奈何已无座号，进得车厢，人满为患，拥挤不堪，忽见一座位空着，我便临时落座，未曾料到，竟一夕无人打扰，幸甚幸甚。

四月二十三日

早八点至京，下榻荣宝斋客房，后到侯恺同志家小坐，十点到三里河访李苦禅先生，我是李老的旧识，然两年不见，已忘却我的名字了，只是说："山西朋友，山西朋友"。每见面，老人总要提到他于 1937 年过太原时，见一朱耷原作，为某家大客店糊了隔扇门的窗户，惋惜之情，溢于言表。我来访时，适有北京画院田零同志向苦老请教花鸟画之法，我于旁听，亦开茅塞。临别，我留册页一本于李夫人——李慧文女士处，拜托李老赐画一开。

下午到宣外文化街郎觉民老人处，请为代购赴合肥卧铺。郎老，黑龙江人氏，供职于北京铁路局，早年在山西参加革命工作，视山西为第二故乡。喜收藏，对书画界人士尤为热情，身居领导之位，却能平易近人，亦足令人敬佩。在郎家同观其所藏书画，又以齐白石木版画水印画册见赠，自是感激无喻。

四月二十四日

上午到北京人民美术出版社访林锴兄，同观郑乃珖、许麟庐、王子武等画家作品，晤谈时许，并约晚上到林家作客。

下午，李苦禅先生之子李燕同志转来苦老为我所画册页：竹鸡二只，顾盼有情，丛竹数茎，临风摇曳，笔简而墨妙，窃为近世难得。

1987 年 9 月二次上黄山

晚到林锴兄家，居室窄小，破沙发一张，小圆桌一个，旧椅子两把，小圆桌用餐时当餐桌，小儿子做作业，便为书桌了。林兄作画，随地铺毯，权当画案，腾挪挥洒，正《画地吟》六首之自况也，抄录一首，以见一斑："笔床画几谢铺陈，藉土敷笺耐擦皱。爬跪都忘风雅颂，腾跳暂返稚孩真。何愁汗血浇无地，端为丹青拜有人。斗粟撑肠差足慰，为谁辛苦折腰频。"

四月二十五日

上午，逛书肆，寻赵朴初先生之《片石集》而未得。

下午，杭州朱关田等二同志到，亦住荣宝斋客房，将往太原筹备书法展览，且谈及浙省书画活动之状况。

晚到郎觉民老人处，取回赴合肥车票，计价 32 元 6 角。

四月二十六日

一日无事，卧床读书。

晚七点，到侯恺同志家告别，侯出示董必武、启功等先生墨迹，皆学书日课之作，虽无印章，然皆精彩认真，遂抄临一二谐语，以为展玩。将别，侯老与南京亚明、宋文治二先生致函：

　　亚明、文治二位同志：你们好！

兹介绍山西忻县地区文化局陈巨锁同志（画家）到尊处请教，请垂怀关注为祷！叩头，叩头！此祝诸公夏安！

弟　侯恺

七八年四月二十六日

晚八点离荣宝斋，8点46分搭127次直快离京往合肥而去。时往合肥直快客车二日一次，逢双日由京发出。

四月二十七日

夜经天津、德州、济南，于早6点20分值泰安车站，于餐车就食之际，仰望泰山之苍茫，俯察岱庙之云封，旧游之地，今忽风驰而过，不禁浮想联翩，如对老友，擦肩而过，怅怅然若有所失。

过兖州，有孔子故里之思，经徐州，有台儿庄战役之想，过蚌埠或在困睡之中。于下午4点许抵达安徽之省会合肥。遂到省委文化局作了联系，安排到省文化局招待所就宿。招待所在省黄梅剧团院内，且与演员同灶就餐，笑唱之声，不绝于耳。

晚来小雨，霏微滴沥，独居逆旅，颇感孤寂。

四月二十八日

早餐后，到宿州路口访省文艺创作室，所有美术干部都到上海参观法国画展去了，只得再到省文化局换得到黄山管理处的介绍信。

于长江路 85 号 3 幢 4 号访赖少其先生，赖老亦到南京，未能一面，深感遗憾。

下午独自游览逍遥津公园，园中似无引人入胜之景致，倒是"张辽大战逍遥津"的故事，一时浮现脑海，罗贯中的诗句不禁脱口而出："的卢当日跳木云溪，又见吴侯败合肥。退后著鞭驰骏骑，逍遥津上玉龙飞。"

在合肥本拟游香花墩，拜包公祠，一饮"廉泉"为快，奈何头痛不止，未能得瞻包拯塑像风仪，也只好默诵宋衡《游香花墩谒包孝肃祠》，想象其境界了："孝肃祠边古树森，小桥一曲倚城阴。清溪流出荷花水，犹是龙图不染心。"

晚有全椒县文化馆美术干部童同志到，居同室，谈皖中掌故，颇慰寂寞。

四月二十九日

晨五点出招待所，六点许搭 423 次车离泥上，于 9 点 24 分到芜湖北，登轮渡，过长江，乘 4 路汽车到汽车站，就近宿车站旅店，时近中午 11 点，稍事休息，遂往车站购明日往黄山车票，然票已售尽，无奈购得第三日票。

下午游览市容，无甚可观，在返旅店的公共汽车上，人极拥挤，小孩哭叫，大人吵骂，天又热甚，不到五月，车内气温竟达 30 度，加之车坏半路，一时心中烦躁，几令晕厥。

返回客社，临街而居，虽卧床上，奈何窗外之声，嘈杂不绝，难以入睡，至傍晚，恶蚊袭来，竟将窗玻璃覆盖，无奈急向服务员索得蚊香，或可聊解蚊害嚣张之势。

四月三十日

早餐后，入市区，步入"镜湖公园"，镜湖，别称陶塘，正南宋诗人张孝祥捐田开辟之所，环湖，茶坊酒肆比肩而列，杨柳垂丝，芰荷露角，游人嬉笑，画船轻歌。于此徜徉半日，确有"三楚风涛随袖底，六朝烟云落樽前"之感。

下午，到芜湖工艺美术厂参观铁画、通草画、堆漆画等样品陈列室，并浏览了制作过程。北京人大会堂的"迎客松"，正是出自这些能工巧匠之手，所见打制的昆虫铁画小品，须眉毕现，令人叹为观止。

出工艺厂，尚有余暇，遂登赭山，传为干将铸剑时，东北神山之火漫延此处，炉火烧冶，此山遂成红色。山上有彩灯展览，然制作粗糙，虽有一二精致者，也为粗劣者所掩盖。山之西南麓有广济寺，寺后有赭塔，颇硕大，望之弥高，诚芜湖之一景观。据云寺旁尚有滴翠轩，为黄山谷读书处，然时值薄暮，不能往返，只有割爱了。

晚上又受蚊虫的欺凌，然一想到明日即可车发黄山，自也乐而忘忧了。

五月一日

晨5点15分搭419次车，离芜湖，经繁昌、南陵、泾县、旌德诸县境，于下午两点许入黄山大门，但见群峰拥现，清溪争流，奇松怪石间，琼楼碧馆，或倚石壁，或临急湍，此正黄山宾馆之所在。下得车来，到黄山管理处联系，租一间竹木房，既经济，又清静。竹木房倚山而建，杂树掩映，置石磴道于门前，正一名副其实之斗室，内设竹床一榻，竹椅两把，木桌一张，上置暖水瓶一个，茶杯两只，四壁各开小窗户一两个不等，通风透光，亦颇典雅朴素。每日房租费三元，正我辈穷画家之极好处所。泡一杯清茶。推门就座，青山破目而来，凉风偶过，鸟语花香，赏心悦目。于此休息片刻，便出得房来，步下磴道，经大礼堂，过"锁泉桥"。桥下，白石横陈，绿水飞溅，"翼然亭"、"观鱼亭"点缀上下，游人三五，倚栏而坐，或品茗对弈，或临流戏鱼。当漫步到温泉浴室门前，遂购票而入，室内热气云蒸，浴者如织，我勉力下池，池中人稠若煮饺子，然水滑不腻，水温宜人，活水流过，全身舒展服帖。出得浴来，途劳顿消，游兴有增，遂缓缓而行，到"观瀑楼"，看"人字瀑"，过"白龙桥"访"白龙潭"、"青龙潭"，不觉登上"桃源亭"，沫若氏所题匾额，耀然入目。于亭上小坐，俯听桃花溪，叮咚如金振玉击；仰察紫云、朱砂诸峰，云蒸霞蔚。时近七点，游人渐稀，我循原道，返回斗室，山光云影，犹浮脑际。

五月二日

上午开始作写生画，得《百丈泉》、《桃花峰》、《紫云深处有楼台》三稿，时已过午，回到食堂，已无米饭，买四两锅巴，坚硬如铁，难于咀嚼，勉强吃一些，权当午餐，回斗室休息。

下午二时，复沿白龙潭入，往汤岭关而来，得《五里桥》、《鸣弦泉》二稿。这"鸣弦泉"，颇有景致，巨石如叠，悬泉而过，水分数缕，若琴弦焉，淙淙然高山流水。泉下有"醉石"倒卧，传说李白于此临风把酒，对月听泉，洗盏更酌，吟咏其间。我来泉下，汲水而饮，念天地之悠悠，其乐无穷。

返回路上经三叠泉、虎头岩诸胜迹，一一观摩，方觉兴尽。

晚来大雨忽至，空谷传响，若山涛骤发，汗漫混沌。因思明日瀑布必得壮观。

五月三日

上午大雨，然而昨宵滂沱之状已稍减杀。撑伞在雨中望观瀑楼而来，未见其水，有闻其声，若惊雷、若战鼓，澎湃激越，山鸣谷应。到得楼下，仰望飞瀑，"人"字撇捺，素练奔泻，水气升空，紫云、硃砂二峰，烟笼雾罩，不见端倪。

对景作画，笔墨为山水所助，激情与声息共振，物我两忘。未几，得《人字瀑》、《白龙潭》二幅，时有飞雨洒落画素，一任渗化，遂得自然之趣，天公妙成，非意匠能及者，真山水之助也。

十点，天稍转晴，遂回竹木房，收拾行装，离温泉景区，往慈光阁而去。仅三里磴道，至阁下，群峰列阵，翠竹环绕，千僧灶，法眼泉，披云桥之遗迹，周布其间。巡礼毕，复坐山门，对慈光阁匆匆写照，不惜笔墨，遂成三幅。

这慈光阁，俗名袾砂庵，明清之际，渐江、石涛曾留宿此处，恨不早生三百年，为诸高僧大德研墨理纸，所幸慕焉。

晚留宿阁中客社，上海诸青年索画再三，奈何我来黄山仅得数稿，未能布施，诸君多有不悦，我亦无可奈何。

五月四日

早六点离慈光阁，经道立马亭、青鸾桥，至半山寺，于此小憩茶点，作写生画二幅。复前行至龙蟠坡，又得画稿一件，然后过天门坎，到天都峰脚，左行上玉屏磴道，经小心坡，见蒲团石，穿卧龙洞，越度仙桥，钻一线天，身背画夹，侧向而过，方可通行。过此回望，三座巧石，比肩而列，虬松苍苔，复布其上，正"蓬莱三岛"是也。最后通过文殊洞，"迎客松"伸臂相迎，遂下榻玉屏楼201号。后有天津人民美术出版社画家杜滋龄同志到，与我住同室。

下午画莲花、莲蕊二峰，其峰有采莲船、孔雀戏莲花等巧石，酷似自然，天设地造，深感造化之神奇。

晚与老杜谈各地美术状况，颇多新闻。

五月五日

整日山雨淅沥，大雾弥天，仅楼前数棵古松，若隐若现，变幻多姿，正绝妙之粉本，我坐玉屏楼门下，聊避风雨，得写生册页四开，无意于精，随意挥洒，反收墨彩枯润之效果。

下午，雨大作，杜滋龄为一黄山担夫写生，颇见功夫，后为我画一肖像，可作永久留念也。

五月六日

天仍未放晴，杜滋龄同志不能久留，遂依依惜别，送至蒲团石，留影数张，把手而去，渐入雾中。我选胜入画，得《文殊台》、《迎客松》、《雨中蓬莱三岛》等五幅。

喜得李可染先生九日到玉屏楼消息，自感幸运。本拟于此处停留二三日，因李老来，便决定恭候以待。

晚七点许，山风骤起，天忽放晴，仰望天庭，万里澄澈，星斗灿然，横陈屋檐；下视群峰，白云如絮，翻卷而来。有顷，文殊台下，竟成云海，十里，百里，千里，望之无涯。天都、耕云、莲花、莲蕊诸峰，仅露峰顶，若方壶、瀛洲，诚海上仙山，玉屏楼正梵天玉宇，楼前如我未去者之游人与服务人员，一时拥立文殊台上，欢呼雀跃。松涛习习，山鸡惊鸣，语传帝座。复转立雪台上，遥望北方，忽现海市，灯光闪烁，与星斗辉映，询之左右，言为光明顶气象站。

对此天风海涛，一时兴发，回到室中，对纸挥毫，急书魏源《黄山云海》一诗，立成大草三丈余，墨沈淋漓，自不计其工拙，以申吾胸气耳，其诗云：

> 海成山忆蓬莱阁，山成海则文殊庵。
> 我来正值月华霁，玻璃影涵千万崟。
> 山童忽报得铺海，是时雨后山气酣。
> 山山树林喷薄有形无声之飞澜。
> 分流互注相回盘，惊奔乱鹜如脱骖。
> 初各一缕合万族，从足至腰渐脊鬈。
> 不风不波千万里，以天为岸山为鲇。
> 一白光中万青攒，天荒地老无人帆。
> 俄顷凹凸高下浑一函，但余方丈瀛洲三。
> 众山反下水反上，翻怪碧空如此蓝。
> 人天世界空中嵌，但少倒月沉秋潭。
> 良久海风渐荡漾，白光始与青光参。
> 中有松涛万谷助岈嵁，更有万怪出没相吞眈。
> 又恐三山随波漂没化为岚。
> 日光忽跃金乌趯，饥蛟倒吸无留痰。
> 以下还下堪还堪，惟见白斗参横南。
> 归来勿与痴人谈，梦中说梦谁畏聃。

五月七日

早餐后，由芜湖市微型电机厂项同志陪同下玉屏楼，七点至天都峰脚，仰窥天梯，直上三里，脚踏石磴，手攀铁索，面壁而上，不敢返视。来到"天上玉屏"，地稍平缓，方可一览云山之气概。过"天桥"至"鲫鱼背"，"鱼脊"一线隆起，两侧下临无地，惊险万状，股栗心悸，多谢老项一路扶持牵拉，方得登上1840米的天都顶峰，一路怪石，若仙桃，若朝笋；满峰奇松，或探海，或腾云，俯察玉屏楼，正盆景中小摆设。在峰顶得画稿二幅，后循原路而返，坐蒲团石画《天都奇秀》一幅。

下午览白鹅岭、光明顶风景，遂命笔写记，又状耕云、天都、蓬莱三岛诸景，皆感纸墨不佳，未能称意，或疲累中写生，心浮力乏，至难有佳作也。

五月八日

上午登莲花峰，至极顶，为1860米，此黄山最高处，四望群山，皆在脚下，天都为几案，玉屏若供器，云烟浮游岩谷间，似庙堂之烟篆。我仰卧岩巅，天高地迥，乃觉宇宙之无穷。往返四十里，衣衫皆为汗水所湿透，其间"阎王壁"，游人无不视为畏途，然探险搜奇，舍此则不可得，咬咬牙，流些汗，何惧"阎王"哉。

下午，在文殊台研读摩崖刻石，观松听涛，兼作简笔写生五幅，虽身疲力乏，也不敢稍有懈怠，虚度时日。

五月九日

又是一个风雨交加的日子，游人甚少，下午五点许，雨稍停，风尚大，玉屏楼上颇有高处不胜寒之感觉，遂于招待站租得棉大衣一件，聊御风寒。

在我写生之际，李可染先生在夫人邹佩珠和儿子李小可的扶持之下来到玉屏楼，一位古稀老人，且脚趾动了外科手术，一步步走上山来，着实令我感佩和起敬。

傍晚李先生身着风衣，手挂竹杖，立于文殊台上古松之下，体魄高大，面孔红润，白发飘拂，衣袂举起，长者之风仪，学者之气度，与高山古木相得益彰，而又融为一体。我趋前向老人问讯，先生态度恭谦，和颜以对，正一幅《黄山问道图》。

晚李小可到我居室小坐，遂以拙作画稿示之，请予品评，相谈甚是投机。

五月十日

上午小雨间有小雪，身着棉衣，仍感寒气逼人，于立雪台上对白鹅岭写生，雨雪袭来，手指僵直，呵冻得画稿三幅。下午三点，雨停，山云吞吐，岩壑万变，虬松瑟瑟作响，珠露随风下坠，得白描二幅。

晚饭后，陪李可染先生观天都之雄姿，览云海之变幻。先生颇有感触，言其二十四年前曾来黄山写生一月，连日阴雨，到文殊院时，客堂已被火焚，玉屏楼尚未建筑，晚上住在厨房内的门板上，夜来，风雨大作，屋漏如注，只得执伞而坐，待到天明。今来玉屏，条件大为改观，真是人间天上。

晚七点，携拙作二十幅，乞李先生指导，李老逐一观摩，甚是认真，随后对我说：

写生是对自然的再认识，须先看，再想，然后认真的画，概念的东西是不行的。要认识、表现、总结。写生要虚心，再有成就的画家，在写生时，也要虚心的如小学生一样的研究对象，写生的画稿要追求繁复，将来创作的时候才能有所取舍。一寸画面一寸金，不能无故的留空白。写生要慢，对局部的描绘要深、透。

写生也是练基本功，上展览会如同登台表演。

用墨须将色阶处理好，同样是云，有厚薄，即有浓淡；有动静，即有方向。云与水，相比较，自有轻重分量，处理得当全在色阶。

好的构图像秤，而不能像天平。

作者要进入角色，不能像京剧《长坂坡》中甘糜二夫人的表演，老想着中午的白菜还没有买，总是走神儿。

先生又以齐白石、黄宾虹、林风眠、盖叫天、杨小楼的趣闻轶事，缓缓道来，如清泉下注，直入心田，令我大受教益。

对我的画，具体地说，笔墨尚好，尤以《人字瀑》、《紫云深处有楼台》、《天都胜览》（白描）为特出，然另一些画则失之于快、粗。

最后先生引杨小楼的话说："我们艺人是半个出家人"。作画家也要耐的苦，我是苦学派，困而知之。

五月十一日

上午李可染先生在玉屏楼畔画迎客松。身着租借的蓝色棉袄，坐一小板凳上，神情专注，对松写生，就连小小的松针，亦一丝不苟，夫人立于背后，见李老白发风举，遂从衣兜中取出两块方帕，重叠一起，四角打结，置先生头上，若深山道长，别饶风趣。

下午与小可坐同处写生，从中略可窥见可染先生作画之蹊径。

五月十二日

连日来，根据可梁先生教导，并师承其技法，得画稿数张，又求教于先生，李老大为鼓励，从构图到笔墨皆予以肯定。

下午应约为玉屏楼招待站站长老韦作画留念。又玉屏楼食堂一师傅为太平县人，几年前一直在太原上海饭店工作，我由晋入皖，小住玉屏楼上多承招待，至为感激。

晚上，小可携其写生画来舍交谈，观其大作，自传家法，
"黑团团里墨团团，墨黑丛中天地宽"（石涛语），一一观摩，
亦多启发。

五月十三日

早饭后将往北海景区写生，遂拜别李可染先生，在李老
下榻处，观先生作墨笔写生画三幅，取舍提炼，匠心独运，
其笔墨层次尤见功力，皆完整精美之创作，非写生素材者也。

七点离玉屏楼，过送客松、望客松，沿曲径而下，山脚
一松，顶平如削，正梅清所画之"蒲团松"。所不同者，松上
未有结跏趺坐之参禅者。由此向前，则是莲花沟的八百级石
阶磴道，未曾迈步，已觉汗颜。用尽力气，爬完石径，前忽
龟蛇当道，又是一惊，然非真灵，为巧石也，惟肖而已。过
二石，即百丈云梯，径仄如线，左临绝涧，白云涌起，右傍
峭壁，险岩摩天。扶栏而进，巧石屡见，有"老僧入定"，尤
为神似。然后经莲花洞，穿鳌鱼嘴，到天海。云卧海心，如
堆絮如群羊；风吹云动，如涛头，正钱塘观潮之景象。出天
海，上光明顶，有气象站，测云天之变幻，探宇宙之奥秘，
其功德亦无量。下光明顶，入天平矼，望飞来石，又一境界
矣。

中午十二点许抵北海宾馆，住 206 室。下午游狮子峰。
至清凉顶，观"猴子望太平"。小憩狮峰精舍。画《万松林》，
后返散花精舍前，画《梦笔生花》。时值初夏，杜鹃花烂然竞

放，万木摇青，百卉朦胧，散花坞中山泉飞溅，斗折蛇行，所寓目者，无不生机勃发，造化神奇。在此胜景中，又作画二幅。忽见写生处有一小洞，若丹灶，遂生奇想，将我所携带小砚台埋入洞中，以为纪念，预想他年重访黄山，或可发得也。

至北海。奇松、怪石，皆成天然图画，不必惨淡经营，随手拈来，尽成妙谛。

晚七点，方回室休息，眼福已饱，腿脚却苦不堪言。

五月十四日

早五点在人声中醒来，便急急起床，往清凉台观日出，然天有浮云蔽日，未能一睹日出壮阔之景象。上午在清凉峰顶作画，下午往排云亭画《西海群峰》，正钱松岩先生笔下山水，峰奇石秀，烟吐云吞，其景观瞬息万变，非善画者恐不能状其万一。

连日在群山万壑中奔波，凉开水，冷馒头，风雨无阻，寒暑不惧，虽画稿日增，然身渐憔悴，以致口溃有加，唇舌溃烂，血痂斑驳。日间写生，移情山水，忘却疼痛；入夜痛入肌肤，几不能寐。忽头痛恶心，中夜起立，向隅呻吟，恐惊动同室入睡者，苦耶乐耶？无暇自问。

五月十五日

晨起观日出，得金光射目，旭日浮海之状，与泰山、台山观日出相仿佛。上午登文光亭，远观始信、仙女、上升诸峰，皆画中丘壑，宾主揖让，主次分明。云烟升降，山峦随活，隐现出没，纤浓无常，惟眼前之虬松，分枝裂杈，横空盘薄，针叶索缩，龙鳞如雕，御风起舞，欲腾云飞去。我急开绢素，得远山近松，笔墨所到，差强人意。

下午经黑虎松、连理松，步步升高，两山夹涧，中架小桥，凌空取势，惊险万状，正"仙人桥"是也。桥畔有古松一株，修枝横拖，若手臂焉，名"接引松"。有梅瞿山题画诗为证："亦知灵独秘，谁信幻初开，峰顶飞梁渡，天伸一臂来。"抚松枝而过桥，直跻始信峰巅，岩岩壁垒，题刻颇多。搜读三五。后经龙爪松，下至石笋矼，其间乱石如笋，拔地而起，疑昨宵雷雨初过，新箨解箨。对此奇观，匆匆画速写数张，亦粗记其胜。

五月十六日

上午再到始信峰，奈何雾起，步伍之外，一片混沌，只能写极近之松石，一枝一石，水墨淋漓，正雾豹之一斑，也见其文采。下午写北海宾馆之建筑，衬以狮峰雄姿、乔松秀色，山中楼馆，飞红点翠，游人出入白烟浓雾之中，若群仙渡海，络绎赴会。

晚因唇舌疼痛，睡梦中醒来，加之头晕不止，恐成疾患，明日当休息一天。

五月十七日

上午只在散花坞前漫步，半日不曾动笔，神闲意适，忙中偷闲。小坐松下石磴，闭目养神，耳际松涛习习，流泉玪琮，间或杜宇数声，亦儿时山居境界。

下午大雨，脚不出户，卧床息养，适有北京画家王角、谭云森到，展观其苏杭之写生，或水粉，或国画，或铅笔速写，别饶意趣，亦有启示。

晚餐时，于食堂见李可染先生，知老人上午在细雨中离玉屏楼，上八百级莲花岭，踽行十五里来到北海，真是半个出家人，一位苦学派。

五月十八日

上午在狮子峰一带写生，新松千尺，连岗夹涧；老干磐石，蛟蟠龙卧，一本万殊，千姿百态。昔洪谷子于太行山画松，不知有此佳致否？海翁画松，尝言得万松林襄助多多。下午再到西海门，坐排云亭上，待夕阳西下，山峦逆照，层次分明，正"返景入深林，复照青苔上"之谓者。

晚于李可染先生处小坐，谈美术界见闻，问讯力群同志近况，说他们曾是杭州艺专时前后同学，"文革"中力群同志曾以灵石烧制黑釉大笔洗见赠，十分精美可爱。我说那是郝老亲自设计监制的。可染先生感慨道：一个著名美术家却作了烧窑工，岂非时代的不幸。

五月十九日

到黄山已近二十日，终日作画，疲累之极，今日便成强弩之末，再不能也不愿动笔了。

袁廉民同志，黄山摄影艺术专家，我在玉屏楼已经结识，现也到北海来。上午谈他摄影体会，他从七十年代初，已上黄山五六十次，可见钟情之深，他是"情满黄山，意溢云海。"难怪他笔下的黄山，无不文采斑斓，引人入胜，或壮阔，或深邃，雾笼北海，月照松谷，雨洗玉屏，涛卷海门，或轻描淡写，或朦胧状相，皆能匠心独运，探骊得珠。而源之于情深意切。创作之甘苦，非终年投身山水怀抱者，恐难摄黄山瑰丽之篇章。

晚上，以近作八幅，请可染先生教削。李老大为鼓励，并说"三日不见，刮目相看"，进步很大。我急于听听意见，先生遂指出画云尚不够深入，体积、动势当须认真处理，细笔画稍嫌刻板，用笔要无起止之迹，远山宜淡而有笔，下笔须用力，先将笔中的水挤出去，否则用水过多，致乏山骨。作画需每天总结，一是发展特长，二是克服缺点，有斋号叫"求缺堂"者，正是不断发现缺点，克服缺点，方得进步。勤习苦练，加之日日总结，便是成功之道。明日我将离北海，李老题"天道酬勤"四字为赠，并说白石老人以此为座右铭，要我在山水画上狠下工夫，日后必有所成。画师激励，我当永以为训。

五月二十日

天未明，打点行装，离北海宾馆，过散花精舍，经黑虎松，拾级左行，摸黑登上白鹅岭，古松巨石，惟见剪影，朦朦胧胧，若虎踞兽蹲。暗中行路，脚踏实地，用志不分，下"四百踏"，天渐转明，路旁石门溪上，巧石涌出，为"仙人指路"，惟肖老僧，身着袈裟，一手高起，似念"阿弥陀佛"。

过入胜亭，独往罗汉峰，人迹罕到，古木横陈，荒草中瑟瑟有声，一时心悸，恐野兽之居，速返旧路，遇有来人，方得心平，已是冷汗沁出，气喘吁吁。

上午十一点抵达云谷寺，其地四山环抱，一溪中流，修竹绕舍，碧茶满眼，小楼一座，甚少游人，脚入胜区，心自恬适。遂登记住宿，扶栏独上小楼，窗明几净，泡一杯本地所产名茶"毛峰"，汤色泛绿，味醇舌滑，小饮一杯，已感惬意。午餐时，炊事人员见我口唇溃烂，让我稍作等待，炖得鸡蛋羹一碗，煮汤面流食，我自感激不尽。

下午徜徉古寺院。这云谷寺，坐落罗汉、钵盂两峰之间，曾因宋右丞相程元凤于此读书，故又名丞相源，清溪流注，水云相蒸。每当宿雨初霁，白云填谷，诗情画意，不绝如缕，入明，始有"云谷寺"之称。

夜来月出东峰，升"异萝松"之上，松影满楼，虫声唧唧，清流有声。夜愈静，心愈明，我披衣起行，观四山黔黑，正黄宾虹《夜山图》，或宾老当年亦曾静夜观山，启蒙笔墨，终成一代宗匠。

五月二十一日

上午寻梅屋，月岩读书处，未得其迹。盘桓水石间，画丛竹、溪流、黄杉诸小品，意在变幻笔墨，画焦墨青绿山水各一幅，皆尝试耳。

下午，开窗敞门，半卧小楼之上，听楼下服务员烹茶清话，观炊事员生火煮饭（食堂在楼前敞棚间），时有小鸟飞立门前扶栏上，与我相对，也仅数尺，我急起看，鸟遂飞去。未几，复飞来立原处，似与我相戏耶，亦山中机缘，遂记之。

五月二十二日

上午坐楼上，画楼前景色，虽极细密，反落刻板之樊篱。大凡作画，心不存技法，随心所欲，一任自然，对景描摹，意在传神，亦不以状形貌为能事，否则仅相机者，非画家也。

下午离云谷寺，往温泉来，仅二华里，到黄山宾馆，下榻休养所24号，对镜一照，蓬头垢面，遂沐浴理发，稍感轻松。晚观电影《摩雅傣》，旧片重看，消遣而已。

五月二十三日

早餐后，经"观瀑亭"，赏胡志明题额手笔。对百丈泉写生，连日无雨，瀑布已失去澎湃壮阔之气象，然细流飞溅，直落云崖，仍不失巨镇风范，遂放笔挥洒，似能传情达意，差可为此行称意者。

下午画青龙潭瀑布，似乎与水结缘，虽草草命笔，颇收激越跳荡之情状，与山岩映衬，刚柔相济，正对比然后相生。

晚与王角、谭云森晤谈良久。谭出示上海程十发为其所作人物小品，笔墨洗练，只是颇嫌习气过重，近俗者也。

五月二十四日

黎明即起，六点十分离宾馆，是时大雾，将黄山裹了个严严实实，偶有小风吹过，峰峦时忽露出一缕倩影，亦多朦胧之状，似有多少离情别绪，缠绵悱恻。空中飘下几点小雨来，洒落在公共汽车的窗玻璃上，划出长长的泪痕。"别了，黄山"，日后我会重来造访。

一路无语，车到芜湖，已十二点半，再宿汽车旅社114号。下午到同庆楼吃小笼包子，亦未见什么特色，只是比别处昂贵些，晚上又遭蚊虫的侵袭，也无可奈何。

五月二十五日

八点搭汽车离芜湖，经道当涂、马鞍山等地，于十一点许到南京，住光华旅社。

下午到江苏省国画院，适值亚明、宋文治二先生往北京去了，无缘请教，亦不无遗憾。晚到大行宫三条巷 176 号访李山同志，建议我再到三峡、秦岭一游，将大有补益。后李山同志出示其大作人物、山水、花鸟（包括新疆时期作品）数十幅。画上多钤其夫人"缕梅珍藏"之印章，所作多有新意，一种不同凡响之境界，跃然纸上。又拜读了李山同志所藏潘天寿、林散之诸公的书画作品，大家之作，神来之笔，令观者动情拍案。

五月二十六日

上午携拙作十八幅往大庆路 117 路访钱松岩先生。钱老已是旧识，1975 年曾往谒拜，此次来，先生对拙作一一品评，除溢美之词外，建议我将画面虚处加大，多留空白，可免画面堵塞之感；设色以花青替代汁绿罩染，将觉更雅，或以墨为主，略施淡彩，也不失丰富；愿把写生稿，认真加工提炼，九朽一罢，方能成精品。临别，钱老当场作《竹石图》见赠：灵石一块，朱竹数枝，朴拙天成，正《钱松岩作品选集》中所刊的同题材同构图同笔墨的又一幅。只是先生年高八旬，作画时手、眼都很吃力，然其笔墨韵味，正从拙处生，慢处出，所谓人书俱老，炉火纯青，简练凝重，非中青年如我辈者能得其十一。

下午到美术馆看江苏省肖像画展览，其中李山同志所作钱松岩先生像——《仰钦奋彤笔》，倍觉亲切。图中老人银须飘洒挥毫作画，背衬《红岩》名作，传神写照，正我所见钱老之风仪也。

五月二十七日

上午八点到中山门，入南京市博物馆，参观《傅抱石遗作展览》。这是先生自 1965 年 9 月 29 日去世起，到打倒"四人帮"后，才得以展出。先生江西新喻人，生于 1904 年，早年赴日本帝国美术学院专攻东方美术史，1935 年回国，从事艺术教育和国画创作。在传统国画基础上，独开生面，别具一格，从笔墨到意境，无不超凡脱俗，变化出新。

徜徉于墨林画海之中，二百余幅大作无不生意盎然，令人兴奋，个中除少数几幅早期作品外，多是毛泽东词意，国内外写生、屈原、李杜造像、楚辞词意等。先生之作，画幅一般不大，然气象开张，场面恢宏，以小幅见大气象，诚难能可贵。昔在《美术》杂志观其所绘《西陵峡》，曾猜想定是六尺整幅，今拜读原作，却只是盈尺小品，于大作前，观摩再三，以雄健粗壮的笔墨，状长江大峡之气势，不禁钦仰先生技艺之高超，情怀之浩荡。

四个小时，一晃而过，我于展览馆中，对先生遗作，一一赏读，并认真抄记其画作标题，以为日后回忆之线索。中午展馆休息，我步出厅来，仍恋恋回望展品，不忍离去。

下午购得二日后返晋车票，遂漫步新街口，入文物商店，得观林散之、费新我、萧娴、宋文治等书画作品，又购"玉兰蕊"数支，便返旅社休息。

五月二十八日

睡梦中也见傅抱石笔下的名山胜水。起床后草草早点，又匆匆往博物馆而来，到得门前，尚未开馆，待到八点，又是第一人步入展室，遂对自己倾心之作，深研细读。

傅先生对飞瀑悬泉似乎特别钟爱，也许悬泉飞瀑给予傅先生气势与激情，所以先生笔下的飞瀑悬泉便觉格外生机勃发，诸如展览中的《听瀑图》、《满身苍翠惊高风》、《四老观瀑图》、《天池飞瀑》等无不见先生作画时情由景生，笔随情下，情景交融，笔墨相发。一时间，气势磅礴，水墨骤下，作画者摄情，鉴画者生情，正先生"代山川而言也"。

观先生之山水画，皴擦点染，无不是自己家法，最大特点，以一"破"字概括，或为不谬。破笔（散笔）而皴，破笔而点，时或放笔直扫，似卷云而又非卷云，似乱麻而又非乱麻，似折带又非折带，临见妙裁，随缘生发，粗细浓度，浑然无迹。又以墨破色，以水破墨，融与渗化，曲尽其态。要之，得猛烈激荡之气氛，每令观者瞠乎其前，或欢喜赞叹。展览中有两幅《大涤草堂图》、一幅题为民国三十一年所作，当在"壬午个展"中展出，上有徐悲鸿先生题字，其词曰：云气淋漓，真宰上诉。八大山人大涤草堂图未见于世，吾知其必难有加乎此也。"虽推崇备至，赏其画，诚非溢美，确傅公精品也。

先生笔下人物，或远取顾虎头风范；或近摄陈老莲意趣，用笔飘逸，形象高古，似有六朝遗意。屈子行吟泽畔，形容枯憔；二妃玉立湘水，丰姿秀逸；虎溪三笑，高人韵士，仙风道骨，皆超尘脱俗，传古人之神采。即使山水中点景人物，亦各具动态，传神阿堵。手挥五弦，目送飞鸿；桐阴论画，松岗对棋；张伞者，迎风雨而急走；垂钓者，临溪流而悬钩。无不呼之欲出，俨然如生。

不觉已到中午，又要闭馆，然傅公笔墨形象，将常驻心头，味之无穷。

下午访梅园新村，瞻仰周恩来同志纪念馆。

五月二十九日

上午穿行南京街头，梧桐夹道，行人如织。时未六月，衫裙尽着，一派夏日风光，与黄山相较，大有隔月之差。

下午卧床读书，《金陵杂记》颇饶兴味，远离店肆之喧器，亦免腿脚之劳顿，何乐而不为。下午六点半乘126次直快列车告别南京。

五月三十日

早七点车抵德州，下车，以待开往太原方面火车。上午十点方搭济南到太原慢车，车厢脏乱，旅客拥挤，过数站地，方觅得一席座位，一路困顿无语，到晚十点许，车进太原站，似乎到家了，稍感轻松。然走出站后，旅馆遍寻不得，无奈于海子边澡塘蜷曲一宿，虽室内恶臭难闻，然终因劳累过度，亦酣然入睡。

五月三十一日

上午十点返回忻县，上得小红楼，倒卧床上，才得真正解脱，正"好出门不如歹在家"之谓。然此行四十日，饱游饫看，得观黄山真面目，收画稿91件；亲聆李苦禅、李可染、钱松岩诸前辈之教诲，又得其墨宝，亦喜出望外；得赏傅抱石遗作二百余件，开眼界，拓思路，助笔墨，亦大快事。选胜探幽，寻师问道，何日而可复得哉！

疲累未解，又生外出之念，不禁一笑。

从浙东到皖南

偶理日记旧稿，得观 1987 年浙皖游踪，竟发半日清思。然四山一湖，除去旅途所耗时日，在每景区，仅匆匆一过，诚走马观花者也，未能探得奥秘，颇有负名山胜水。

九月二十日

《五台山普陀山书法联展》将在舟山展出，并举行开幕仪式，应舟山市书协邀请，省区书画界组团前往参加盛典。下午四点离忻，偕张启明、石龙、李亮贤赴并，下榻太原马道坡汾酒厂招待所，省书协王治国秘书长已在那里恭候了。

九月二十一日

忻州四人并省城王朝瑞、王治国二位于上午九点抵达太原飞机场，匆匆办理展品托运手续。十点二十分起飞。用两小时，行程近三千里，于中午十二点半到上海市，遂乘车往舟山住沪办事处联系，得悉舟山书协陈昕同志日前抵沪，已开车到机场迎接我们。

办事处在上海江西中路 371 号二楼。陈昕同志返回办事处，言上海车多人多，他未能按时到达机场，晚了几分钟，便失之交臂，深感抱歉。办事处颇迫窄，我们聊作休息后，便上街小餐，在一家静僻干净小店中，饮茶、喝酒、聊天、吃花生豆，竟消磨了一个多小时。随后逛南京路，寻朵云轩，购得书籍、杂志数册，以为旅途寂寞时消遣耳。

晚七点半，达"南湖号"客轮离沪赴舟山。

九月二十二日

一觉醒来，天已大亮。推窗外望，船行碧海上，无风无浪，平稳如家居，安静如山居，惟远处青山如螺，露出水面，在晨光中，山巅由青而紫，由紫而红，随着太阳的升高，山容物态也不时的变化着。由于船的行进，那青螺已变成了一抹横峰了。

六点半许，船抵定海港，舟山市书协主席王亚、书家王道兴、丁方贤等同志已在码头迎接了。待乘车到华侨饭店时，市政协主席、书协名誉主席钟砚耕先生和市文联的有关同志走下楼来，迎接山西的客人。

下午五点，市委、市政府、市人大、市政协的有关领导都来了，举行了一个简短却又非常热烈的座谈会，谈论那五台山与普陀山的历史源渊——五代后梁时，日本僧人慧锷自五台山请观音像归国，途经普陀山，为风所阻，不得渡，遂结茅紫竹林，建"不肯去观音院"。此说流传千年，为人乐道，今两山举办联展，其结缘可谓源远流长了。此展又请书坛大师沙孟海先生题写了展标，更将是一段千古佳话了。座谈会后，便是丰盛的晚宴，此地特产名鱼尽皆端上席面，主人的热情和好客，令我们十分的感激。

九月二十三日

趁布置展览的两天空余时间，我们去拜谒普陀山。

上午七点半，由钟砚耕、王道兴二位和摄影家老陈陪同，离定海，行车一小时，抵渔港沈家门。这沈家门是我早已向往的地方，一下车，但见艨艟斗舰，云集海上，桅杆林立，直薄霄汉，沿岸楼屋四起，商摊鳞次栉比，行人摩肩接踵，一派熙攘闹市景象。据云，每到渔讯之时，此地每日流动人口往往十万有余，其繁华状况，可想而知。

九点，登轮渡海，其时，风大浪急，人立船头，随船簸动，上下丈余，但见浪花飞溅，时入船上。有几位同仁，终因头晕作呕，虽衣衫着水，也无暇一顾。我平时体虚胆弱，今日却无些许晕船反应，或因精神专注，一心朝山，便将眼前的惊涛骇浪抛之脑后了。约半小时，船抵普陀"短姑码头"，忽天雨如注，大家匆匆撑伞下船，与迎接我们的某处长也不作更多的寒暄，便上车而去，住进了"融来小院"。未几，雨住天霁，虹现当空，推窗而望，涛声入户，海天佛国，顿现眼前。

中午就餐于"息来饭店"。经理姓梁，山西文水人氏，与王朝瑞为同乡，数十年，未回家乡。一听乡音，更感情亲，问长问短，谈话自然以他们为主了。

中午小憩时许，下午二点开始游览。先乘车至佛顶山，登白华顶，山不高，海拔不足三百米，在普陀，它却是至高点，立佛顶山头，山前山后，山左山右，尽收眼底。山花烟树，碧瓦红墙间，时闻梵呗起伏，钟鼓悠鸣，真有点"南朝四百八十寺，多少楼台烟雨中"的感觉呢。由佛顶山下漫坡，北向而去，有大寺隐深树间，正慧济寺也。入寺，苔痕上阶，绿荫满院，其地奥，其境幽，其僧颇不俗，把卷而读，煮茗待客，复延客至"鹅耳枥"树下，介绍其珍贵处，其音低而缓，其韵幽而长，若清流漱石，溅溅有声而未觉喧。

沿山间小路，下佛顶山，一路多题留石刻。然在"文革"中，多遭破坏，所见者，为新近复制而成。唯"海天佛国"，尚黯然依旧，此为明抗倭名将侯继高所题，大气磅礴，煌煌然高镌扶云石上。至法雨寺前，观弘一法师"天花法雨"手迹，仰视良久，立海会桥上，听青玉涧溪水下注，泠泠然，正世尊说法。入山门，寺颇宏大，欲五六进，且层层升高，背倚光熙峰。其中观音殿尤为堂皇，黄琉璃瓦复顶，有"九龙盘拱"等构件，甚是引人注目。据云，此殿于康熙年间自南京某旧宫殿迁来，故有如此规模和气派。

出法雨寺，至五碑亭，观王一亭画刻，读吴昌硕联语，依石听涛，俗念尽去，不觉天色向晚，复行"千步沙上"，轻柔细软的沙滩上，留下了我们的一行行足迹。待行远回头看望时，那足迹又为海潮抚摸的平展如旧了，无点滴的印记。

晚，普济寺方丈和尚道生以素斋在寺内宴请大家，虽仅发菜、金针菇、豆腐之属，然制作精美，亦颇有风味。道生善书法，两山联展中，有他的大作；亦颇健谈，谈皆生意中事，近商贾，少僧人出家本色（恕我观念陈旧）。斋堂典雅，有书画张于粉壁，就中以苏渊雷教授赠普陀山大和尚妙善法师诗为精妙。

九月二十四日

晨起，出"融来小院"，至普济寺前徜徉，寺前有海印池，池上有八角亭，御碑亭，池外有石牌坊，多宝塔，一一观赏。就中多宝塔为元建，造型别致，收杀分明，特具风格。普济寺正在修葺，圆通宝殿虽最为壮观，然被脚手架所包围，深惜未能入殿瞻礼观音菩萨。山中宝刹，普济寺、慧济寺、法雨寺鼎足而三，虽行脚匆匆，未能仔细观瞻，却也给人留下了难忘的印象。

早餐后，坐车东去，游梵音洞。其地两山壁立，相对如门，高可百尺，山根直插蛟宫，潮水由海门涌入，飞扬激荡，遇壁回溅，哗哗然虎啸龙吟。我们自山顶沿磴道而下，至石甓，俯而观潮，不禁眼花神动，且冷风飕飕，伴潮而上，游人为之惊悸，不敢久留，复取原道返回山顶，乘车而去。徒步游赏，顺路谒大乘庵，礼卧佛，参观文物陈列馆，读康有为咏普陀山墨迹；复游紫竹林，近旁有"不肯去观音院"，也嫌卑小。遂至潮音洞，其洞乱石嵝岈，雄踞海角，崖不高，门逼窄，潮水自洞门倒灌，亦澎湃激越。我扶栏而观，其声、其势、直壮心魄，而无惊恐。一时间，郁达夫游普陀名句涌上心头："雪涛怒击玲珑石，洗尽人间丝竹音。"

离潮音洞，访葛洪井，无甚可观，索然而去，颇感疲累，径回"融来小院"休息。

下午过"西天法界"石门，有二巧石，酷肖海龟，前行者，曲颈回望，后来者奋力攀登，名之曰"二龟听法"，似不肖，观其形状，似前行，非静听。又一"盘陀石"，颇壮观，游人扶梯而上，风起石动，呼呼有声。复观盘陀庵内千年古樟，直杆干云，凉荫匝地，或曰僧慧锷所植也。过梅枝庵，请了师太以仙水煎清茶供客，小坐片刻，然后下山。回"融来小院"时已三点，主人索题，已纸墨侍候。各留墨迹，我亦草成拙句，以为留念："万里来谒观音家，脚下惊涛化莲花。劫波度尽山河净，短姑道头法雨斜。"匆匆题留，握别主人，下午四点乘小轮船离普陀。半小时后，返沈家门。五点半，回到定海华侨饭店，时浙江省书协副主席吕迈先生等二人已抵舟山。

九月二十五日

上午九时，《五台山普陀山书法联展》在舟山市群众艺术馆开幕。鼓乐喧阗，观众云集，地市有关人士出席了开幕式，领导讲话，来宾贺词，剪彩、参观，气氛十分热烈，展厅翰墨飘香。

下午三时，两地书家进行笔会，交流书艺，展纸挥毫，墨香四溢，吟咏唱和，不绝如缕。

九月二十六日

上午再到沈家门观光，浏览了市容，观赏了海港，听取了舟山市渔业联合公司经理对舟山渔业事业的介绍，为渔民们那出海捕鱼在风浪中搏击的动人故事所感动。午餐在该公司的临街小楼上，一面聚餐，一面赏观那街头熙动的人群和那海港中林立的桅杆，在青山碧水的映衬下，竟是一幅精美的风俗画。

下午到舟山市第二海洋渔业公司参观，正好一网打获了92条鲨鱼，个头不算大，每条也有300来公斤，如同一个大水牛。渔业工人们正在剖解这些庞然大物。据说大鲨鱼翅和鱼皮也是高级菜肴的原料，躺在大鲨鱼身旁的小鲨鱼，也有二三尺长，那是从大鲨鱼肚中剖出的未出世的小宝贝。另外尚有三只海豚，也与鲨鱼同网上岸上了，怪可怜的。工场的场面是那么大，近百条大鲨鱼躺在场地上，工人们往来其间，如入深山老林的狩猎者，确是令我们大开眼界。随后又参观了各种鱼类的冷冻展品和生产加工线，知识也为之增加。

王朝瑞与王治国二位拟提前返晋，于三点半离沈家门回定海，五点往上海，将在沪逗留一日，而后乘飞机回山西。我们为公司所挽留，共进晚餐，鱼、虾、蟹等菜肴，鲜嫩可口，色香味令人啧啧称赞。我吃海鲜，似乎无过此佳美者，临别应邀留书一纸，也临时凑合而成：

> 我访渔港值高秋，千帆争入大螯流。
>
> 日网金鳞三万吨，还待百尺更竿头。

晚八点半返回定海。

九月二十七日

晨四点起床，五点离华侨宾馆，浙江吕迈、舟山王亚、王道兴、丁长生等同志来送行。六点四十五分搭汽车离舟山，过轮渡，先后经宁波、鄞县、奉化、滨海、三门、临海、黄岩等县市，于下午四点抵温岭，投宿温岭宾馆，稍作休息，便上街就餐并浏览市容。晚，县文联副主席某到宾馆来看望我们。

九月二十八日

晨五点起床，六点乘汽车离温岭县城，行车 1 小时，抵响岭头，已入雁山，下榻雁荡山宾馆 203 室。

上午游大龙湫，徒步至灵岩路边，搭小三轮至马鞍岭脚，请一向导，时有抬滑竿者甚众，争揽生意。有十七八岁姑娘抬壮年者，有白发老翁抬青年者，坐者谈笑风生，悠然自得，抬者气喘吁吁，汗流浃背。对此情状，我们多有不平，然抬滑竿者言："诸位若都生同情之心，则皆不坐我辈滑竿。我等却以此为生，钱从何来？米从何来？"听此言，我自茫然无对。至马鞍岭头，又值五七个卖冷饮者，皆七八岁小女孩，拦路争卖，其情甚切，其状亦凄，遂购一二瓶而去。下岭，经三官庙，沿溪而上，渐闻水声轰鸣，峰回路转，飞瀑自天而降，如烟、如雾、如雨、如霰、如沙幕、如珠帘，诚天开图画，叹造化之神奇。瀑后观虹影，水边赏鱼乐，岩畔摩挲刻石，亭中品楹联，文字精妙，虽袁子才状物传神，也有未尽其妙处，况我辈之拙笔。勉成数句，皆记实也。

> 初闻深谷起风雷，旋见忽惊河汉开。
> 千缕云烟入帝座，万斛珠玑落襟怀。
> 青潭白龙时隐现，丹崖古碑任摩揩。
> 兴发高吟欲题壁，把酒凭栏话袁枚。

龙湫兴尽，进午餐后，复循原路而返，往访灵岩，经展旗峰、天柱峰，游上龙岩寺，礼佛，抽签，与僧人叙话，饮茶，留香火钱，出寺院，往小龙湫，其峰耸翠，细瀑如丹篆悬峡谷间，闪烁若流萤直下，坠地有声，泠泠然，半谷清音。更兼林木浓郁，绿竹婆娑，芭蕉滴露，丹桂飘香，漫步其间，幽极静极。奈何几日劳累，又感风寒，以致头晕腹胀，恶心难耐，遂返响岭头客寓。

九月二十九日

晨起，病体尚未见好，遂到当地卫生所，就诊吃药，后偕诸同游，强打精神，至灵峰，登合掌峰观音洞，游果盒桥，观凝碧潭。身体不适，游兴顿消，虽置身佳山水间，也索然无味。十二点返客寓，也不思食，伏枕而卧。至下午四点，石龙言已购得晚间发杭州之汽车票。五点离响岭头，至白溪，勉进一碗汤面。六点发车，一夜之颠簸，已可料得，奈何奈何。

九月三十日

晨五点半，车抵杭州，住武林门杭州国际大厦 825 号房间，颇宽绰舒适，自然房价是昂贵点，我仍需卧床休息，启明等三人皆上街游览。

下午，体力似有所恢复，杭州虽是我重游之地，也不愿在客舍白白度过。遂与大家沿湖而行。过断桥，游孤山，访西泠，谒岳坟。后登舟泛湖，至三潭印月处，舍舟品茗，有顷，复入舟，时已夜幕降临，朗月映照，湖光如鳞片，熠熠生辉。泛舟至湖心亭，楼台亭榭，华灯四照，唯地处湖心，游人绝少，花光树影，摇曳生姿，秋虫唧唧，其境清绝，悔我来早，若严冬雪后，来此看雪，或可遇张宗子，舟子也当喃喃曰："莫说相公痴，更有痴似相公者！"

十月一日

今日国庆，巧值农历八月初九，是我虚岁 49 度生日，上午往灵隐游，奈何时适逢节日，游人如织，飞来峰下，冷泉亭畔，处处是人，填山填谷，喧嚣杂乱。匆匆入灵隐寺，于大雄宝殿礼释迦如来，随即而返。中午至一家小酒楼，诸位为我共庆生日，奈何体力不支，强为应酬，酒过三杯，便回客寓，恐已拂同行者酒兴。此次抵杭，本拟再次拜谒沙孟海先生，然体染小恙，凡事皆无精打采，便也不曾造访，留下了深深的遗憾。

十月二日

上午八点二十分，搭杭徽长途汽车离杭州，西向而行，经余杭至临安，西北望天目山，不可得，询之当地人士，答曰尚在四五十里以外，在此焉能见的。惟借袁宏道诗以解渴望之情怀。其诗曰："高攀天目山，衣上云雾结。万壑竞雄流，岂与庐山别。"

过数小县，颇觉困顿，竟入梦乡，一觉醒来，车行山谷间。未几，过昱岭关，已入安徽境。谈话中，车过歙县，经黄宾虹故里，不得访，似有所失。出岩寺天然石门，于下午两点许，车抵黄山大门外，就近下榻一农家小旅馆"同庆旅社"。店颇清静整洁，楼上住人，楼下烧饭，推窗喊东家，报所需饭菜之名目。洗漱间，主人已在我们室外的阳台上摆好了食物，启明、石龙、亮贤颇嗜酒，每人一小瓶，我则不善饮，置饮料一杯，频频而干，其乐融融。黄山乃我旧游之地，1978 年在此小住 20 多天，得画稿 90 余幅，作《黄山写生记》一篇，此行当不赘述了。饭后，诸同道外出逛汤口，我卧床而歇，观窗外青山奇峰，白云绿树，听屋下农家清话，好鸟和鸣。

十月三日

上午，乘车由温泉到云谷寺。由于旅游事业的发展，此地又兴建多处楼堂馆所，当年我在此留宿处，已不复辨认。由云谷寺搭缆车，仅八分钟时间，已升到白鹅岭，由此经黑虎松到北海，步曙光亭，登清凉台，观石猴望太平，写生拍照。正午牌时分，就午餐。

下午，离北海，望飞来石，过百步云梯，经光明顶，至莲花峰脚，下阎王壁，抵玉屏楼，时已薄暮，作速写数幅，就此留宿。住立雪台侧简陋板屋，被褥潮湿，且一夜鼠害作祟，几不成寐。

十月四日

上午，离玉屏楼，由前山下，过蓬莱三岛，穿一线天，经天都峰脚，至半山寺，小憩片刻。复前行，于青鸾桥上，仰望"立马空东海，登高望太平"十个大字，豁然冰川遗迹间，亦颇壮人魂魄。至慈光阁，正大兴土木，昔时留宿处尚在松桧间，当不存余温哩。由此至温泉仅三里，返回汤口同庆旅社正十二点，再请店家烧几道可口的菜，开几瓶酒，酒足饭饱，同行者也不复外出，睡觉、聊天、整理行囊，明日还得奔波呢。

十月五日

六点乘车离黄山，经太平县，渡太平湖，烟波浩渺，亦复可观。渐入深山，车如小瓢虫，蜿蜒群峰夹谷间，但见林木丰茂，绿可鉴人，偶有红叶如燃，黄叶似金，点缀其间，方感秋光之灿烂。车到青阳境，地势开旷，搜寻九华踪影，可得一二峰，亦烟岚明灭之间，而李白那"天河挂绿水，绣出九芙蓉"的胜景却不曾觅得。

过青阳，经五溪，车转南向而行，水田如镜，农舍掩映丛树间，田畴中，收获者，耕耘者……挑担者匆匆行于道，放牧者悠悠卧于荫，所见宛若图画中景致，遂得拙句：

九华九峰插云天，五溪水拨五十弦，茅舍平畴亦桃源。牛背横笛谁家子，一曲信口乐陶然，鸡鸣犬吠起炊烟。

车行未几，抵九华山麓，路旁有古屋翼然，言曰闵公祠，未往拜。旧时朝山磴道自山脚起，时隐时现，挂崖谷间，历历在目。我们乘车沿盘山公路而上，穿峡度涧，时见悬泉落脚下，亦泠泠悦耳。经几处寺院，一闪而过，唯红墙碧树留脑海。车戛然而停，已在九华街石牌坊内广场上。时正中午12点，就近下榻聚龙饭店108号。

1987 年 10 月于九华山写生

　　午餐于九华街头小店，点风味小吃。酒菜上桌，边下筷，边与店家攀谈，不时看街头行人，往来多尼姑，身着灰色长衫，翩然而过。饭毕，漫步九华街，不觉已到回香阁地，是处无阁，多古松，位东崖、芙蓉峰之间，南可见闵园竹海。尼庵精舍，罗列其中，尼僧出入，行山水间，耘田种菜，躬耕自给，烧香礼佛，静修其身。我们沿山而下，穿竹林曲径，度闵园小溪，忽见古松苍郁，可千五百年，状若孔雀开屏。而名曰"凤凰松"，石下盘石黝黑，方广数丈，石面，蔓草似鱼网编织，石阴，苔花若古绣错金。曾得观李可染先生所画此松石图，题为"天下第一松"。足见其奇姿秀色的魅力了。我们盘桓松下石畔，选入画角度，勾草稿数张。于此仰观天台正顶，石级倒挂。直上五里，畏登临之苦，不复上。循原路返回香阁，上东崖至"云舫"，二巨字镌如船岩石上，为吾河东人所书，颇感亲切。舫岩东去不远，有古钟亭一躯，六角二层。内悬"幽冥钟"一口，有老僧撞击，不舍昼夜，悠扬又沉郁，颇发人幽思遐想。

离东崖，经上观音院，至百岁宫。宫在摩空岭上，下视浮云迢递，出入山谷间。石库式的大雄殿内，光线不足，惟数十盏长明灯，晃然佛像前，香篆青烟，游弋满屋，老僧坐屋角诵经，不时击撞那供桌上的大木鱼。殿内有"应身菩萨"，乃明代高僧无瑕禅师坐像。禅师生前由五台山来九华，结茅岩际，百岁而化。众僧徒将肉身跏趺瓦缸中，三年启视，颜面如生，遂装金身，供奉于此，距今364年，完好如初。据老僧言，知此应身像在"文革"中恐遭劫难，又埋藏宫侧，十年梦醒，出土如故，后有海外人士出资，周身镀金，以致今天更加光彩夺目。

出百岁宫，天色向晚，下石阶古道，经兜率院山亭，朗月已上东崖，戴月而行，至九华溪东岸，祇园寺的钟罄之音已萦绕殿外，寻声入山门，径入大雄宝殿，殿内释迦、阿弥陀、药师三大佛，高踞金刚台上，三丈有余，佛光宝相在千百红烛中，闪烁炫灿。殿下正做佛事活动，众僧着朱红袈裟，戴金色冠冕，执诸法器，佛乐奏过，梵呗声续，众善男信女，顶礼膜拜，法相庄严，气氛肃穆。我们立于殿旁，听诵经数过，离殿出寺，待九华街人迹稀少，明月如水，山寺沉寂，店主也当收摊时，方回客社就寝。

十月六日

上午游了四个寺，先寻化城寺，寺在九华街民居店铺中，有广场一区，中有塘，绿水微波，云影散乱，曰放生池。上台阶十数级，又一广台，上建化城寺，黑瓦白墙，中轴四进，皆硬山顶，虽无庑殿或悬山之堂皇，却素朴典雅，与山林融为一体，正静修之佳境。我入此寺，于藏经楼中，用时颇多，浏览所藏书画文物，就中弘一法师所书金地藏画传墨迹尤为可观，十数开册页，概括了唐开元年间新罗国王近宗金乔觉到此修行得道的故事，书画皆精，有印刷品，颇精美，遂购一册，携归，以供随时赏读。又藏经楼前小院内，东西两壁，尽嵌石碑，搜读数通，对化城寺历史有更深的了解。

次游旃檀林，只记得一副联语，虽不算工，却能发我神思，追怀古人。其联曰：

把臂入林，可复有太白联吟，阳明打坐，
现身说法，恍然悟新罗月满，南海波澄。

出旃檀林，经龙庵，门悬楹联，亦复不恶，正道出我游九华山之感受：

门前青山绿水都成画稿，
槛外松声竹韵悉是禅机。

上禅堂距旃檀林不远，上陡坡，踏莲花石道，穿参天古木，访金沙泉，寻金钱柳，缓步而前，行行看看，良多兴味。入上禅堂，印象最深的则是那"玉枢火府天将"的灵官，赤发虬髯，面目狰狞，三眼环睁，手执钢鞭，怪吓人的。怎么一个道家神仙，竟做了佛门的护法神，或许是"得道多助"吧。不过全真道祖王重阳主张儒释道三教合一，便开始你中有我，我中有你了。

肉身殿坐落古南台上，为金地藏寂灭安厝之处，上建佛塔，以藏金身。据云该塔于某年日月，夜放异彩，古南台便得了今天神光岭的名号。大殿踞垒石之台，有陛阶八十四级，人攀铁索而登，尚气喘不息。其殿九脊顶，深檐广翼，上覆铁瓦，廊下高悬"东南第一山"金字大匾，檐角铃铎，因风而鸣，砌下丛花，经秋愈妍。入大殿，但见七层木塔内复置三级石塔，询之僧人，此石塔为地藏肉身所在，应属唐代遗物了，然观其形制，怕也未必。塔北门廊下，有篆书黑底金字横匾，书地藏誓语："众生度尽，方证菩提；地狱不空，誓不成佛。"奈何为黎元洪所书，似乎有辱千古珍言。世间的事，竟是如此耐人捉摸，明明是军阀强盗的行径，却也满口普度众生的高论，而那些善男信女们，尽成了北洋政府鱼肉的对象。我思索着，步下肉身殿高高的台阶，颇为不快地回到了聚龙饭店。看到了一个人的劣迹，竟使我如此的扫兴；当我下午四点离开九华山，于六点抵达贵池时，胸中的郁结，才为那皖南的山水秀色所荡去。

贵池在长江边，现已失去了历史上的光彩，算不上什么大码头，然东去的船票却十分的紧张，我们费了很大的周折，

大码头，然东去的船票却十分的紧张，我们费了很大的周折，找到了码头的领导，方得到四等舱位的船票。

船票落实，便在就近码头的饭店坐落，此日正值中秋节，边饮酒，边待月，我竟想起了小杜来，九华山的奇峰也幻化在眼前，就在餐桌上念出四句，以助酒兴：

> 途经池州落照斜，千年难觅杜牧家。
>
> 夜向金陵待渡晚，清辉万里见九华。

晚七点半上船，八点起航，顺江而下，经铜陵，人尚不寐，都市灯火，一派通明；过芜湖、马鞍山，我已入梦乡，不复见长江白浪，不复听东去涛声。

十月七日

早晨六点半，船抵南京码头，遂乘出租车到南京火车站，购得当日返晋直快车票。早餐于新街口山西刀削面馆。此面食店，我往年到南京，常相光顾，然时下制作甚为粗糙，颇难下咽，真有"两面三刀"之感呢。

上午到江苏美术馆，正在整修，未有展览，过几处商店，仅购得几盒苏式月饼，便到火车站附近，寻一小旅社，临时休息。

时在中秋节，南京尚觉酷热，身上衣服一一脱去（尚留内衣），躺在凉席上，仍感不适。耐得晚上 11 点，检票上车，11 点 55 分开车，才渐转清凉。

十月八日

　　行车一昼夜，经蚌埠、徐州、兖州、泰安、济南、德州、石家庄、阳泉，于晚九点半，抵太原站。甫出站，忻区文化局司机卢师傅已在出站口候着，遂乘车而归，时近午夜十二点，正昨晚南京开车时刻也。

桐庐纪游

黄公望的《富春山居图》，是我对富春江山水形象的第一印象。而郁达夫《钓台的春昼》，给我的却是一种莫名的伤感和淡淡的乡愁。2004 年，岁在甲申，暮秋季节，我适杭州，竟也生出上钓台去，访一访严子陵幽居的意念来。

从杭州到桐庐一百六十里，因有公路交通的便捷，当今似乎再没有人乘船溯江而上，自然也领略不到纪晓岚笔下的诗境了：

> 沿江无数好山行，才出杭州眼便明。
>
> 两岸漾漾空翠合，琉璃镜里一帆行。

起个打早，从杭州城西客站乘车，只消 1 小时 30 分的光景，便抵达桐庐县城。下得车来，正值小雨，匆匆躲进路旁一家逼窄的小餐馆，看看表，刚早上 8 点 10 分。就着小菜，吃一碗大米粥和一张煎饼果子，算是早点吧。

小餐毕，雨停了，先登桐君山。山在富春江和天目溪的合抱处，天目溪自北而来，富春江由西东去。上桐君山，先得东渡天目溪。今溪上架有水泥桥，徒步几分钟，便可到桐君山脚下，方便是方便了，但那待渡的滋味，咿呀的橹声，和船家交谈的情趣，也便难以捕捉了。桐君山，山不高，石磴光洁，斗折而升，小路隐现于古樟老桧之间。经"凤凰亭"，过"仙庐古迹"，至"桐君洞"，已达极顶矣。

入谒药祖桐君像，有介绍云："上古有桐君者，止于县东二里隈桐树下，枝柯偃盖，荫蔽数亩，远望如庐舍，或有问其姓者，则指桐以示之，因名其人为桐君，其山为桐君山。"此县便以桐庐而名焉。今古桐不存，何论"荫蔽数亩"，而桐君老人，高坐仙台之上，长髯飘洒，手持葫芦，伴以仙鹤瑞鹿，道骨仙风，历历在目。此老曾济人济世，源远流长，亦足令人敬佩的。

出桐君祠，见一塔凌空，洁白如玉，屹然重台之上，翠竹之中。塔下有钟，方一撞击，声遏行云，韵穿丛树。茶室小憩有顷，遂取东岩磴道下山，至山脚，见一座徽式二层小楼，临江而建，正"富春画苑"者也，乃桐庐县为当代画家叶浅予先生所新建画室。先生晚年，常居于此，作《富春山居新图》山水长卷。我方来，人去楼空，满院青苔，秋叶盈砌，颇有寥落的感觉。唯有楼侧的平台上，先生的石雕像，背倚桐君山，面临富春江，不管春去秋来，还是花朝月夕，与山灵共话，邀江月同饮，慰藉着"倔老头"那一生的思乡情怀。

离富春画苑，游百草药园和古树园。药草飘香，时花满眼，香樟老树，多数百年之物，交柯偃盖，不亚当年桐荫之广大。然富春江上，挖沙船，突、突、突的聒噪之声，令人心烦，搅得游兴顿减，遂离桐君山，往七里泷，访钓台而来。

　　自县城西去钓台近四十里，乘车只十几分钟路程。既至，登山，寻无门径，询之路人，知须先到富春江旅游公司联系，尚需乘船而上，方可一登钓台。入办公室，互道姓名，主人知我曾为钓台书碑一通，便热情接待，迅速安排小船一只，由办公室一女士亲作导游，旋由码头上船，泛游水上，溯江而行。因码头下游作坝修水电站，上游水位随之提高，江面因而开阔，窄处可五百米，宽处可六七百米不等。因之，七里泷中，浅滩急濑，消失殆尽。船行江上，风平浪静，不觉舟移，似感岸动。两岸峰峦，连绵起伏，不见其高，惟觉其秀，绿树含烟，屋舍俨然，矶头坡脚，无不入画，正六百年前黄公望山水粉本也。船近江南龙门湾，有"下湾渔唱"四字摩崖，铁壁朱颖，煞是醒目。崖下有"揽月桥"、"烟水阁"，游人三五，观鸬鹚捕鱼，时值小雨如丝，渔人斗笠蓑衣，立于竹筏之上，手持长篙，浮游碧波间。鸬鹚时起时落，溅起一江珍珠，此等景致，羡煞我辈。船在下龙湾兜了个大圈，又复西北方向驶去。我立船头，仰望北峰之上，有二垒石高台，导游言，此正东西钓台。东台即严光隐居垂钓处；西台为谢翱恸哭文天祥处。指顾间，船近钓台埠头，一石牌坊，雄峙岸上，上书"严子陵钓台"，是赵朴老的手迹；而石坊东侧有一大影壁，上书"严子陵钓台，天下第一大观"，是日人梅舒适先生的墨妙。朴老曾为我作书，梅先生曾为我治印，今见二老手泽在名山胜水间，分外亲切。

　　下得船来，导游言："现在是中午 12 点，在此已安排了便饭，请！"我们感谢主人的招待，随着引领，走进了"静庐山庄"一间临江的餐厅。方落座，便有清茶献上，热气蒸腾，情意可嘉。临窗而望，江水苍茫，纭纭漾漾，绿树雕栏，幽极静极，品咂一口热茶，其声息，竟在静庐中传递。赏读山水之际，饭菜已摆上桌面，我们不喝酒，以茶代之。先是主人的欢迎，再是我等的感谢，然后便是品尝这山庄的佳肴了。有子陵鱼二尾，石鸡（青蛙一类）一盘，味极鲜美，是本地特产，有远方来客，特为之烹制。应我之需，特上几道素菜，有烧笋尖、烧茄条、西红柿炒鸡蛋，外加一盆紫菜汤，色香味俱佳，胃口大开，频频下箸，此中风味，亦得山水相助也。

午餐毕，步出"静庐"，先过陆羽"天下第十九泉"，无暇品茗，匆匆一观而已。雨时落时止，似有若无，携着伞，却不曾撑起。步入钓台碑林，回廊曲槛，依山而建，渐升渐高。廊外，翠竹披离，叶端雨花飒飒；廊内，石碑比列，碑上笔走龙蛇。行进间，见拙书石牌竿立其间，上书纪晓岚《富春至严陵山水甚佳》四绝句，重读一过，差同感受，摘录二首，以见一斑。

> 浓似春水淡似烟，参差绿到大江边。
> 斜阳流水推蓬坐，翠色随人欲上船。
> 烟水萧疏总画图，若非米老定倪迂。
> 何须更说江山好，破屋荒林亦自殊。

游赏中，时雨又作，檐溜如注，颇有"树杪百重泉"的诗意呢。东台、西台近在咫尺，皆不得攀。小坐"留芳亭"上，指点江山，遐想古贤，待雨稍减，步下碑廊，谒严先生祠。壁间有范仲淹名篇《严先生祠堂记》，已甚漫漶，不可成诵，稍作摩挲，吾心已足。口中不禁诵起范仲淹赞扬严子陵的名句来："云山苍苍，江水泱泱，先生之风，山高水长。"步出祠堂，望富春江南岸，翠霭青烟中，一抹红云跃出岩岫间，那该是乌桕树的倩影吧。已是深秋时节了，除此些许的红艳外，尚是一片葱翠。导游言，即使在冬天，这富春江畔也会绿意盎然，绝没有萧条荒凉的景象。想那东汉光武帝刘秀的同窗严子陵，躬耕于此，垂钓于此，日复一日，年复一年，陶然怡然，心无渣滓，是何等的爽心，是何等的清静，那官场的险恶，那升降的荣辱于我何干哉！

天又欲雨，"高风阁"、"客墨亭"诸胜迹，遂不复游，登船返旅游公司办公室，主人出大册页，请题留，匆书："富春山水，佳绝天下；子久图画，常留我心。岁在甲申重九后二日，与焦如意游钓台，陈巨锁。"题毕，别主人，经桐庐、富阳而返回杭州，时已下午6点许。

2004 年 11 月

苏皖行记

(2009 年 4 月 15 日—4 月 25 日)

四月十五日

今日将南行，早晨 4 点醒来，5 点起床，收拾行囊，就早餐。7 点罗晋华（黄建龙夫人）驾车来，送我与效英并潘新华、黄建龙四人赴并。于 8 点 20 分到太原武宿机场。小罗驾车返忻，我们办理登机手续。9 点 40 分起飞离并，行 1 小时 30 分，于 11 点 10 分到南京禄口机场。见有直往扬州大巴，遂在机场待车。离晋时，天空浓云密布；到南京，骄阳似火。天候热甚，遂将所穿外套、羊绒衫、毛背心一一脱下，尚感难耐。到 12 点，车方开，空调启动，凉风习习，干热难耐之痛苦始得解脱。车循沿江高速公路而行，车窗外，沃野平畴，瓦舍烟树，飞驰而过。经镇江西，过润（州）扬（州）大桥，穿瓜洲而扬州。入住紫荆园大酒店，新华、龙龙居一室；我与效英住 313 号。于酒店，稍事洗漱休息，便外出就午餐，龙龙引入"必胜客"吃西餐，有比萨饼等数品，我虽记不上食品名目，然皆可口，似能适应。在这绿杨城郭的古扬州，坐进了陈设典雅的西餐厅，倒也感到环境赏心悦目，

2006 年 4 月 22 日于南浔

而饼汤大快朵颐。

　　餐后，了无睡意，遂相与往游"何园"。于扬州，我是旧地重游，而游"何园"却是第一次。"何园"又名"寄啸山庄"，为园林主人何莸舫取陶渊明《归去来辞》中"倚南窗以寄傲"，"登东皋以舒啸"而命名。其园曲径回互，亭台低昂，老槐苍古，花木掩映，所见绣球一株，已成大树，繁花密缀，千朵万朵，雪白中微透绿意，在翠碧的叶片环衬下，显现出无比素净而高洁的风韵。赏花之际，忽然风起，云影袭来，竟落下三五点小雨，匆匆过"片石山房"一观，见方池之上，有太湖石叠山一座，苔痕古木，点缀其次，甚富丘壑，古拙自然，诚天然图画，传是石涛上人手笔。"山房"门外，有丛树若红云经天，似胭脂过雨，遂于树下摄影留念。

风益大，天益冷，游兴尽，速返酒店，加衣保温。

晚餐于"百姓饭店"，炒菜心，菌汤煮干丝，菜泡饭，真百姓饭也，清素可人，入目鲜活，入口绵软，入肚和适，而四人仅 84 元，经济实惠，咬着菜根，弘一法师"惜衣惜食，非为惜财是惜福"的开示语录，又在脑际油然涌出。

四月十六日

早 7 点，就餐于"富春酒家"，品尝扬州茶点，小巧玲珑的各种包子，不独味道鲜美，其造型也颇讲究，其中，尤以汤包令人称绝，菊花瓣似的包子皮中，一窝热汤，以吸管吸溜着，热浪冲口，口颊流香。"五丁包子"，就着看肉、烫干丝，据说"这就是扬州菜馆的特色"了（见曹聚仁《食在扬州》）。也令我想起了朱自清先生这位扬州人写的《说扬州》，他把烫干丝的过程描写得有声有色。我咀嚼着干丝，也品咂着朱先生说的"烫干丝就是清得好"的滋味。

上午往游瘦西湖，我竟成了同游者的向导。我导引诸位漫步于长堤绿柳间，柳丝依依，波光粼粼，人行岸上，影映湖中，兼之亭台楼榭之倒影，变化无穷，如梦如幻。我讲述着乾隆皇帝下江南的故事，不觉来到了五亭桥内，诸位忙着摄影留念，我坐在白色栏杆上，赏读这建筑别致的朱柱黄瓦的桥亭，俯察那烟波浮动的湖水，夹岸的奇石和丛树，卧波的长桥和游湖的男女，这瘦西湖是一卷静谧的山水画，又是一卷流动变化画卷的粉本，它可以是水墨的，典雅而高洁，也可以是金碧的，富丽而堂皇。

过五亭桥，至莲性寺，寺外有白塔一座，其形制，得似北京北海之白塔，这种藏式塔，在江南是很难见到的，突然化现在瘦西湖边，是那么的醒目，与五亭桥相映衬，更见其朴拙的风姿和韵致了。

于莲性寺诸殿参礼毕，过二十四桥，登春熙阁，凭栏远眺，暇想联翩，诗人佳句，涌上心头，"二十四桥明月夜，玉人何处教吹箫？""二十四桥仍在，波心荡，冷月无声。"……千古名句，犹如长空月色，虽有圆缺，终不磨灭。

昔游瘦西湖，曾于春熙阁下租船往谒大明寺，今值湖道整修，船不得行，遂出园门，打的向平山堂而来。

车抵蜀岗中峰山麓，舍车徒步，但见沿山脚与磴道两旁，多有售香烛、假古董、各式玩意儿的摊点，叫卖声声，颇感烦人。抵大明寺山门外，有"栖灵遗址"四字石碑，破目而来，趋前摩挲，苔痕斑驳中透出几许苍古的神韵来。入山寺，于诸殿礼佛毕，直奔新建之鉴真纪念堂，这是一处仿唐建筑，气度恢宏，风格朴拙，它是在周恩来总理的直接关怀下凝聚了梁思成先生心血而兴建的一座能传诸久远的建筑艺术品。步入静寂的纪念堂，瞻仰鉴真大和尚的塑像，那端庄肃穆的神态中，流露出平静和安详，令人崇敬而亲近，让人窥见他那平等心、平常心和菩萨心，我不意想起了《心经》中的名句来："心无罣碍故，无有恐怖，远离颠倒梦想，究竟涅槃。"我似乎读懂了鉴真圣像的妙谛，正是一副"心无罣碍"的绝好写照。当我再去赏读纪念堂那几铺东渡历程的大幅壁画时，想那老和尚鉴真在惊涛骇浪中，仍然是心静如水，无有恐怖，这是一种何等的定力？何等的修为？怎么能不让人肃然起敬呢！

出纪念堂，东去至栖灵塔下，绕塔而行，仰望这 73 米的庞然大物，在蓝天白云映衬下，是云动呢，还是塔动？恍恍忽忽，心入迷离。际此，新华正仰卧在地，为我等拍影留念。竟然将全塔收入镜头，其辛苦和技艺也是令人感佩的。正说话间，忽听有笑语自空中落下，仔细打量，才发现有游人登上了飞灵塔。刘禹锡诗云："步步相携不觉难，九层云外倚阑干。忽然笑语半天上，无限游人举眼看。"我等便是这"无限游人"中的三五了。当年刘禹锡与白居易同登寺塔，诗酒唱和的情趣，也让 1100 多年后的今人分享着，我不禁举头再向寺塔的高层仰望，幸祈会承接更多的"笑语"呢。

由大明寺西去，入平山堂，遍读楹联、匾额，无不佳妙，皆起画龙点睛之作用。是时也，天朗气清，南望江南诸山，皆来堂下，如豆如簇，当为金焦北固，此其平山堂之由来。遥想永叔当年，任扬州太守，政务之暇，诗酒雅会，平山堂上。谈笑间，立成文章千古。今我来游，见堂前杨柳，依依依旧。壁上题咏，何年碧纱笼就？

平山堂后，依次有谷林堂、欧阳词。"六一宗风"，代有所传，时至今日，"风流宛在"。出平山堂，游西园，读御碑。访"天下第五泉"，其泉荒败，无客茗饮，徒具空名耳。寻石涛墓，不可得，若有所失。时已过午，便离开这万松洒翠一涧留云的"淮东第一观"，打的返回市区，于"个园"外之"嘉客多"就午餐。

餐毕，游"个园"。但见满园堆绿，翠竹千竿，竹阴深处，琴音迢递，粉墙高起，竹影如画。更见假山迭出，各具形色，高下昂藏，尽现丘壑。山前竹后，亭阁缀之，流泉池沼，游鱼可数，小憩有顷，步出园门。

打的到古运河东岸的普哈丁墓园参观，这里似乎游人很少，当我们踏上"天方矩矱"的园门时，一位管理人员急匆匆走了上来，导引我们步入各个景点，且为我们详细地介绍了墓园主人普哈丁的历史。这位阿拉伯伊斯兰教传教师，于宋度宗时来到扬州，在扬传教十年，还创建了"仙鹤寺"。后来到山东传教，在返扬州途中，病逝船上，广陵郡守遵其请求，安葬于此。其后，历代伊斯兰教人士辞世，多葬是处，形成今日之规模。我们搜读着石棺上的年号文字，听着那些被掩埋了久远的故事，眼前又幻化出宋元时期阿拉伯人在维扬活动的倩影来。

时方下午4点，顺路游天宁寺。寺始创建于东晋，是扬州最为古老的佛教名刹。今之寺院，已辟为扬州博物馆，有大雄宝殿、华严阁、万佛阁，皆甚高大空阔，殿内利用声光电等现代手段和图片展览，介绍扬州之沿革与佛教故事，大大有别于他处寺院之状况。寺门外不远，便是清康乾南巡时的"御码头"，这里曾留下了四次接驾康熙皇帝的曹寅的身影。曹寅不独传下他的文孙曹雪芹及其孙之巨著《红楼梦》，也为后来诗坛上刊刻了一部《全唐诗》，并开启了《佩文韵府》的刻印工作，其功绩，能不令后继的文人学士所感佩和赞叹。

下午5点半返回紫荆饭店。7点，再到"百姓人家"吃农家饭。饭后先逛"时代商场"，然后经一书店，购李斗之《扬州画舫录》与陈从周之《说园》以归。

夜来倚枕读书，不知时过几何，竟入梦乡矣。

四月十七日

早餐毕，徒步往淮海路上访"扬州八怪纪念馆"（原"西方寺"）。入门，一大殿，内塑八怪等画家，或坐或立，或聚或散，或对谈，或独吟，或提笔挥毫，或伏案沉思，各具形态，呼之欲出。此雕塑，当出自传神写照之高手，八怪幸甚；传诸未来，观者幸甚。殿后又一进院落，西有琼花一株，尚不大，其花正盛，清香淡逸，素色冷艳，而花姿绰约多奇。韩琦有《忆江南》词，颇能曲尽其妙，谨录其后，当可共赏："维扬好，灵宇有琼花。千点珍珠擎素蕊，一环明月破香葩。芳艳信难加。如雪貌，绰约最堪夸。疑是八仙乘皓月，羽衣摇曳上云车。来会列仙家。"琼花东，有银杏一株，苍古茂密，已逾750年之历史，为宋物。殿之东，有水一泓，为"鹅池"，池后衬以修竹，竹影荡漾，池水尽绿，亦复可爱。池之东，有泡桐一株，花放满树，灿若红云紫雪，颇可观览。殿之西，为方丈院，今辟为"金农纪念堂"。冬心晚年居是处，前室为念佛堂，堂之后，有一小天井，苔痕满地，翠竹葱茏，浓荫覆地，甚是幽寂。后堂分三室，中可会客，东作卧房，西为画室。惜因前簷深广，屋内光线颇感暗淡，冬心先生居此僧舍，不知可感清苦！

出扬州八怪纪念馆，往"仙鹤寺"而来。寺小甚，正普哈丁所创建者。一所清真寺，却为汉地建筑风格，实以伊教之功能，可谓匠心独运。今之寺院，多有明代遗构，甚可珍也。

返紫荆园，方上午 10 点。建龙日前在湾头镇加工玉器，订于上午去取货，遂于 11 点同往一游。这湾头之所在，正是古之茱萸湾，地处扬州东北乡，运河侧畔，是东行通海，北上淮泗的要冲，隋炀帝于此建行宫，日本高僧圆仁来扬州，也曾于此登岸，今胜迹虽渺，而茱萸湾已成了扬州的工业园区，车水马龙，商贾云集，樯橹竞渡，一派繁荣景象。镇上尤以加工玉器为甚，商店比列，珠玉盈柜，晶莹剔透，无不可人。效英、新华选购玉佩多种，讨价还价，满意而归。

离湾头镇，返扬州，携行李，取道瓜州，轮渡过江，向镇江而来。陆游"楼船夜雪瓜州渡，铁马秋风大散关"的诗句又复涌现脑海。

抵镇江，入住金山附近之"一泉宾馆"116 号。这"一泉"，便是"中冷泉"，所谓的"天下第一泉"，有王仁堪五字题其壁。文天祥诗《饮中冷泉》，为人所乐诵："扬之江山第一泉，南金来此铸文渊。男儿斩却楼兰首，闲品茶经拜羽仙。"而后，随着江水北移，此"一泉"，便登陆南来，取水转为便捷，而光顾者少，反而失却了当年之声誉。今一泉公园内有重建之"芙蓉楼"。登斯楼也，便会让人想起王昌龄

《芙蓉楼送辛渐》的名篇："寒雨连江夜入吴，平明送客楚山孤。洛阳亲友如相问，一片冰心在玉壶。"

中午就近处一家小餐馆，吃"锅盖面"，颇具地方特色，佐以几品鲜活小菜，亦感兴味无穷。

下午打的往游焦山。至象山，待船而渡，抵焦山脚下，忆及1975年10月独游焦山定慧寺，正西风萧瑟，山寺冷清，游人寥寥，其印象也颇凄凉。而今正值烟花三月，春光骀荡，游人如织，熙熙攘攘，往来不绝。所见之定慧寺，规模展拓，殿堂高起，古佛金装，一派辉煌，此正茗山法师之功德。继入焦山碑林参究，洋洋洒洒三百余方，逐一观赏，直看得眼花缭乱，腰酸腿痛。其中"大字之祖"、"书中冠冕"的《瘗鹤铭》，灿然嵌于亭中壁上，残石5块，93字，摩挲品读，体味那"古拙奇峭，雄伟飞逸"的特色，观之再三，不忍离去，新华、建龙为我频频拍照，记录了此次访碑的虔诚。

出碑林，东转，沿磴道上焦山，至"汲江楼"下，有新建"板桥画屋"，过庭而已。屋前有茶座，落座休息，泡一壶句容茅山茶，四人共饮，观大江之东去，谈我等之南来，江山如画，畅游爽心，不觉一暖壶开水告罄，汗水落去，脚力倍增，起而复行。未几，已至焦山绝顶。顶有新建万佛塔，绕塔一圈而下山，经"别峰庵"，取道西路，走走停停，渐至峰脚，摩崖石刻，接踵而来，唯因时代久远，风剥雨蚀，字多模糊不清。忽见高处有"巨公厓"铁线篆三字，完好无缺，遂手足并用，爬上去作一观摩，有洪亮吉之题记一则，其文清新可诵，其字亦复畅然可爱，嘱新华为之翻拍，归以临习，永志墨缘。唐之《金刚经》偈句，宋之米芾题记，皆为错过，唯陆游"踏雪观瘗鹤铭"题记，豁然在目："置酒上方，烽火未息，风樯战舰在烟霭间，慨然尽醉。"寥寥数语，人物尽现楮墨，心绪传诸毫端。时已薄暮，复登渡轮循原路以归。

晚餐后，新华、龙龙送我与效英回"一泉宾馆"，复徒步外出，购得水果多多，有梨、苹果、香蕉，与小西红柿诸种。

四月十八日

7点半于"一泉宾馆"就早餐后，便往游北固山，其地虽有甘露寺、多景楼、祭江亭、鲁肃墓等胜迹，皆附会三国故事，以招揽游人。除去一宋时铁塔（明代加铸两层），似无一文物可观赏。然高不到60米的北固山，高下起伏，亦多丘壑，加之杂花丛树，亭台楼阁，倒是镇江市民晨练的一个好处所。我方来，见有跳舞者、登山者、打拳者，更有一人唱京剧，学《甘露寺》中马连良饰乔玄之唱段，虽发音难谐，时有跑调，然自娱自乐，亦无不可。

过"多景楼"，憩"北固亭"，观米芾"天下江山第一楼"之额字，赏"客心洗流水，荡胸生层云"之集联，瞰长江浩荡而东去，思古今人物之悠悠。放翁《水调歌头·多景楼》，稼轩《永遇乐·京口北固亭怀古》、《南乡子·登京口北固亭有怀》等雄词丽句一时涌出。此行也，触景生情，勾起如许少年时所诵篇章，重温旧学，感触良多，江山依旧，辛陆难觅。

金山因"白娘子水漫金山寺"、"梁红玉击鼓抗金兵"等故事，皆家喻户晓。而今山寺，香火甚旺，进香礼佛者，填溢山门，直破门限，香烟缭绕，法灯常明，钟磬木鱼之声杂糅，经声语声难辨。身在清静之地，如入肆井闹市，颇不适应，匆匆穿悬崖，访法海洞，登极顶，于凌云亭中，领略"江天一览"之胜概。此金山寺，亦旧地重游，似无兴趣可言，仅为陪诸同游而已矣。

下金山，时方上午 10 点半，遂返一泉宾馆收拾行囊，到汽车站，乘 11 点 10 分开往南京客车。

下午 1 点 20 分抵南京汽车总站，于站前吃"大娘水饺"，权当午餐，然后转地铁往中华门汽车站，换乘往马鞍山大巴客车，行 40 分钟，至马鞍山，入住"贵龙大酒店"607 号，时方下午 3 点许，在酒店休息，6 点外出，于街头散步，时有天风吹拂，颇感凉快。随意走进一家小餐馆，点素菜几品，见有本地特产散装酒，特为之品尝，甚感醇厚。酒后，吃米饭少许而归。

四月十九日

7 点半早餐后，打的往采石镇，过"锁溪桥"，即抵"采石矶"门前，仰视额字，为郭沫若所题。

入园，南向而转西去，一路修竹迎风，林莽拥翠，忽一豁口，曲径徐开，碎石铺道。方一小折，见一雅致小楼，亭亭玉立于丛树之间。正"延园"者。入楼，有季汉章先生藏砚展，仔细品读，颇发兴味。先生藏砚之富，砚品之精，令我大开眼界，一长见识。离"延园"未几，至小山脚下，古木之阴，得见"江上草堂"，正林散之先生纪念馆。是馆规制宏大，屋顶以茅草覆盖，与山石木树相映衬，正古画中景致。登堂入室，拜观林先生墨迹，四壁风雨，满眼龙蛇。忆昔游南京"求雨山"，曾以半日时间研读林老大作，未能尽兴，今见"江上草堂"藏品，比之"求雨山"，似不相上下，亦令我徘徊良久。只是林老生前，与之缘悭一面，在宁数访钱松喦先生，竟不知林老居钱老楼下，到钱老辞世后，读林老所撰挽联，才知道二老同居一楼的状况。在"江上草堂"外，有林散之先生墓园，墓碑为启功先生所题，趋前一拜。

沿园中大道西去，过"李白纪念馆"，"太白楼"正在重新维修，施工之期，不曾开放。早年曾应"太白纪念馆"之邀，为兴建碑廊，提供拙书李白诗一纸，不知刊列何处，请施工人员行一方便，说明我等远道而来，愿能入"纪念馆"各处走走。承蒙应允，得登太白楼，然其他诸处，皆因施工，道路阻隔，行遂作罢。

复西行，经"大脚印"，登"燃犀亭"，至"联璧台"，大江已横脚下，思绪竟致纷纭。下视悬崖峭壁之底，盘涡穀转，声如雷霆。而南望"天门"，所惜时值天阴雾障，当涂之东梁山—博望山，与和县之西梁山，邈难一见，只有太白名篇《望天门山》助我神思。

> 天门中断楚江开，碧水东流至此回。
> 两岸青山相对出，孤帆一片日边来。

经"蛾眉亭"直下"三元洞",已至江边矣,江水临窗可掬,江景甚是可人,遂坐窗下,泡清茶一杯,茶烟氤氲,大江北去,鸥燕横江,片帆下注。"江心洲",如浮萍出水;"金牛柱",似神针定海。当"是时,若有思而无所思,以受万物之备,惭愧,惭愧!",与东坡之感,何其相似乃尔?

自山脚沿磴道而上山,经"李太白衣冠塚",至绝顶,登新建之"三台阁",遍读阁中题咏,复凭栏四顾,时有小雨飘来,雾霭濛濛,江天混同,山河胜概,不复可见。雨中下山,苔湿路滑,小心翼翼,笑谈全无,唯脚声得得,传诸林木间,眼前细路沿云,绿云堆絮,影影绰绰,别饶清趣。经"怀谢亭",略作小憩,有忆李白《夜泊牛渚怀古》诗:

> 牛渚西江夜,青天无片云。
>
> 登舟望秋月,空忆谢将军。
>
> 余亦能高咏,斯人不可闻。
>
> 明朝挂帆席,枫叶落纷纷。

于此也为李白怀才不遇而感慨系之。复前行,过"广济寺"、"赤乌井"、"翠螺轩",循原道出大门。至唐贤街,小雨转大,雨脚如注,急匆匆,躲进一家小餐馆,遂进午餐,效英和龙龙各吃"麻辣烫",我和新华吃水饺。煮水饺,竟成"片儿汤",也无须与店家理论,聊作充饥而已。尚好,午餐过后,雨脚也停,时值下午 1 点,遂打车往当涂县一游。古县新城,连一丁点的旧迹也难觅了。有"大悲寺",为新建,虽尚未完工,而已有佛事活动。在县城转几条街道,似无有

2009 年 4 月 20 日于滁州醉翁亭

可观者，遂返往马鞍山住地而来，一路水光山色，垅亩烟树，倒有几分韵致，几缕情趣，几许眷恋。到贵龙宾馆，时方下午 3 点半。

四月二十日

中学时，读《醉翁亭记》，迄今 50 多年过去了，仍能背诵如流。数过滁州，未游琅琊山，每有遗憾。今值皖东，特来造访欧阳先生，有道是："翁去千载醉乡在，客来四海共陶然。"7 点早餐后，打点行装，径往旅游汽车站，8 点乘由芜湖经道马鞍山开往滁州之大巴，9 点许过南京，后驶出高速路，走乡间便道。路况极差，以致车出故障，不得不在路边等待，而后改乘另一辆过路车，于上午 10 点 20 分抵滁州旧城之东门。是日天阴，时有小雨，这滁州东门外，颇为冷清，久待，方来一辆面的，上车往四牌楼的地方。司机欺客，绕道而行，穿小巷，过边城，道路脏乱，坑坎不平。本来只几站的路程，竟用了 20 分钟的时间，实在是生财有道呢。

入住"速八酒店"，店不大，颇清静整洁，是一家连锁店，只是这"速八"二字有点费解，也怪自己孤陋寡闻了。龙龙因一路颠簸，加之车内空气混浊，以致头晕恶心，只好卧床休息。稍事洗漱，我独自外出街头，见附近一家"新华书店"，招牌豁然高标，遂往购书，到店下，书店已改为服装店，于此似见皖人对文化事业的冷漠。在马鞍山时，寻购一册新的内容较为丰富的旅游读物竟不可得，只购得薄薄的一小册《采石矶揽胜》，还是十年前即 1989 年的印刷品。我不胜叹息这曾经是李德裕、韦应物、王禹偁、欧阳修、辛弃疾等文人学士为官的地方，他们留下了那么多不朽的诗文佳什，而今书店竟改作服装店，能不让人哀叹。

12 点就近就午餐于"随意饭店"。饭后，打的往游琅琊山。山正滁州西南，行恰六七里，便抵琅琊山门。购票入山，每人 95 元。游山访胜，拟先远后近，再打的沿琅琊古道，深入腹地，直逼山麓。忽见山峰陡起，磴道垂天，古木夹径，鸟鹊声喧，正"望之蔚然秀者，琅琊也"。其境幽极静极。我等同行，拾阶而上，路渐转折，已至山脊矣，却因雨后路滑，"南天门"之胜景，只能割爱了。在林表木末，引兴长啸，放浪形骸之外，其乐也无穷。忽闻钟声大作，空谷传响，幽韵绵长，遂沿山间曲径，循声而来。至一山坞，丛林茂密，山寺隆起，正琅琊寺也。游山寺，先访无梁殿，为明代遗构，余皆新建，有大雄宝殿、天王殿、藏经楼、玉佛殿等，皆高敞庄严，见一老僧，穿堂而过，步履矫健，岂非"山之僧，智仙也"！不敢唐突动问，奇想而已。山寺有"雪鸿洞"、"濯缨泉"，尚别致可玩，徜徉良久。而巨型摩崖石刻，似无精采者，聊一浏览，随即离去。

出山寺，循"琅琊古道"，缓步而行，经"峰回路转"刻石，入"欧阳修纪念馆"，读文图之介绍，观版本之陈列，欧阳公之生平传略，为人、为政、为文诸端，更令人景仰而亲近。

于琅琊山，最后游"醉翁亭"，亭不大，以小巧玲珑视之，当可仿佛。檐角"翼然"信然不虚。然不闻"水声潺潺"，更非"泻出于两峰之间者"，于此益知文章不可死究，源于生活，而高于生活。小坐亭上，面对题联："饮既不多，缘何能醉？年犹未逮，奚自称翁？"先生对曰："我年四十犹强力，自号醉翁聊戏客。"当年欧阳修被谪滁州太守时，年方38岁。

"醉翁亭"后，有"二贤堂"，内塑王禹偁和欧阳修两太守，王之《黄冈竹楼记》、《待漏院记》等都是我爱读的文章，欧阳之《醉翁亭记》、《丰乐亭记》，更是我耳熟能详的名篇。置身二贤堂上，名句佳词，直涌胸臆间。

"醉翁亭"西侧，有"宝宋斋"，内置二碑，每碑前后皆镌刻文字，正"欧文苏字"《醉翁亭记》，为楷书，字大若拳，虽残漶不堪，然端庄敦厚之韵致，勃勃然流露于碑石之上。余之隐堂，有庋藏东坡行草《醉翁亭记》二册，一为拓本，一为印本，前者为上世纪60年代得之于太原，后者为长安画家康师尧先生所题赠。今于琅琊山中，得观苏书楷体书碑，亦颇受教益。又西去，为"古梅亭"，有篆书"梅瑞堂"刻石三字，亭前为梅园，内有老梅一株，高可两丈余，枝干苍古，穿插披离，虽非花期，赏这老干虬枝，亦甚可爱，传为欧阳太守所植，能不宝诸。

出醉翁亭园门，过小桥，河谷之畔，有小泉一泓，正"让泉也"。观之，水自底出，汩汩涌起，新华以手掬饮，曰甘甜清冽，龙龙将所带玉佩，浸入水中，以沾灵气。

复行琅琊古道之上，夹径水杉，直逼霄汉，枫树如盖，斜阳为穿，浓绿满眼，唯"深秀"二字，能揭此中奥妙。

离琅琊山打的上车，欲访"丰乐亭"之所在，询之司机，难以回答，寻之不得，徒唤奈何。至于韦应物笔下"独怜幽草涧边生，上有黄鹂深树鸣。春潮带雨晚来急，野渡无人舟自横"的《滁州西涧》，那司机，则更是闻所未闻了。忽然想到，曩游四川万县，寻黄庭坚所书《西山碑》，无人以对，今之"丰乐亭"犹在市区，连当地司机导引，竟也寻而不得。若我忻州，有客欲访"野史亭"，欲寻"元墓"，当有司机亦不知其所在。此种状况，当一深思。发展旅游事业，提高文化素质，是全民面对而不可忽视的问题，出租车司机岂可例外。

下午6点，返回"速八酒店"。晚餐后，往"海阔天空"

洗澡、泡脚，虽索价甚为昂贵，却解游旅之困乏。滁州之行，匆匆而过，仅窥豹之一斑，其所见，远非想象中之品位。"醉翁"之安在，"其乐"也与谁？

四月二十一日

早餐后，往滁州汽车站，乘 8 点 20 分开往南京班车，行驶乡间小路，泥泞满道，颠颠簸簸两小时，抵南京下关汽车站。再打的入住"文昌巷"之"如家便捷酒店"，亦为连锁店。

12 点半进午餐，于"绿柳居"清真饭店吃冷面、锅贴等。餐毕，效英等逛玉器珠宝店，我独往南京古籍书店，购《东坡题跋》等三册而归。

龙龙又感头晕不适，遂到附近之"八一医院"急诊中心就诊，测得血压偏高，或因劳累所致，吃药休息，遂得缓解。

晚逛夫子庙、秦淮河、江南贡院等景点，灯光如昼，游人摩肩，商品云集，小吃杂陈，走走看看，在灯光人影中，磕磕碰碰，竟用去了一个多小时。最后登一楼，点小菜数品，水饺几两，耳畔丝竹清歌，此起彼伏；窗外秦淮河上，画船往来，花灯高照，灯影桨声，好个乌衣巷口，一派热闹景象。

四月二十二日

上午游中山陵、灵谷寺，皆旧地重游，因前有叙，此行，便不复再赘，仅陪诸同游，过明建无梁殿，于新建之玄奘纪念堂，巡礼观瞻。效英精神可嘉，独自一人登灵谷塔至极顶，其游兴之浓，亦可见一斑。待伊下塔，偕经"八功德水"，往观"谭延闿墓园"。早年只知这位南京国民政府主席、行政院长，擅长书法，精于颜体楷行，而不知死后有如此哀荣，墓园甚大，且将肃顺墓地之华表、石狮等移置墓前，亦极一时之盛。而今只作游人之谈资而已。

中午 12 点半，乘 2 路旅游车返回"总统府"站，于"湘菜馆"用午餐。下午休息至五点，外出欲逛"十竹斋"，见已关门，遂再往"古籍书店"，又购书二种。

下午 6 点半外出，拟吃晚饭，寻数家，未能有可口者，我只顺口说："若能喝一碗小米稀饭，那该多好！"

"不愁，你们回家等着。"新华说。

"我们试试看，我也实在想吃老家饭。"龙龙帮着腔，硬是要一试，也让我和效英回酒店休息。

过了半个小时，新华、龙龙真的捧回了一铝锅稀饭，并买了馒头小菜，实在喝得开心。问其操办过程，答以先到超市购得小米一袋，然后商诸一家小餐馆主人，借用炉火、用品，付以些许补助，并请加炒和调拌几道小菜，于路边购得热馒头以归。过程就是这么简单。说来简单，其实不简单，跑腿、费口舌。新华和龙龙的敢想和辛苦，着实是令人感动和佩服。

四月二十三日

　　早餐后，参礼鸡鸣寺。上大学时，读徐悲鸿先生油画集，见有《鸡鸣寺道中》一幅，印象颇深，则知南京有鸡鸣寺之名胜。1975 年初到南京，便寻访之。至北山门外，见大门高锁。询诸当地人，知山寺已被南京无线电元件厂占用，早在 2 年前，因工厂电线失火，寺院主要建筑皆化为灰烬。乘兴而来，扫兴而去，在那大革文化之命的年代，毁去一座寺院，又有什么值得叹息呢，然而，我当时的心中，却是感到无限的悲凉，只能怏怏而去，默不作声。今在南京，听说鸡鸣寺已复其旧制，古寺新辉了，特来谒拜。拾阶而上，至新山门石坊，"古鸡鸣寺"四字额，跃然奔来眼底，乃虞愚先生笔迹。早在 24 年前，在北京邂逅虞老，曾请先生到我的客房为我即席挥毫，作对联两副。今观题额古劲洒脱，先生那作字不时雀跃的特点，蓦然又现眼前。山寺依山而建，诸殿堂，错落有致，其新建之"药师佛塔"伟然挺立，直入苍穹，长空万里，白云飞动，对之良久，恍若入诸观音慈航之舟，遨游南海之上。忽听檐下风铃，冷然作响，直落半空，令人心清气静。诸殿堂逐一参礼后，来到东北之"豁蒙楼"，有数尼众，前来接待，仪态清雅端庄，谈吐温文尔雅。是处今为"百味斋"，陈设清素俭朴，有清茶素食，以款游客之需。我临窗而坐，北瞰玄武湖，烟波如罩，湖光迷离；东北可见"台城"，韦庄之《金陵图咏》，便脱口而出："江雨霏霏江草齐，六朝如梦鸟空啼。无情最是台城柳，依旧烟笼十里堤。"
东望小九华，玄奘寺之塔影，挺然涌出林海碧波间。

正小坐"豁蒙楼"上，赏读朴老为鸡鸣寺题句："饮茶
处，旧日豁蒙楼。供眼江山开远虑，骋怀云物荡闲愁。志业
未能休。"新华忽接曹文安电话，说狮子山有售印章石，物美
价廉，遂打的，往狮峰西来。方入山门，效英头晕不适，便
不拟登山，休息片刻，西去静安寺。寺内游人三五，清静无
哗，步入"郑和纪念堂"，一睹航海展示图。复入西北小院，
有"南京条约"签署之场景陈列，重温中国近代史，发人深
省，给人警示，以古为鉴，永记国耻。

中午 1 点，返回住地，仍就午餐于"湘菜馆"。下午休
息，与效英外出，购得衣服 3 件。晚饭如昨，仍是稀饭馒头，
另加炒山药丝一盘，大受效英青睐，虽此家常菜，也见新华
烹调手艺之精良。

四月二十四日

上午打的往傅厚岗 6 号，访"傅抱石故居"，至其处，大
门紧闭，推敲再三，内中无人应对，似不曾对外开放。隔壁
（或为 4 号），便是"徐悲鸿纪念馆"，那该是当年徐先生和蒋
女士所居的"危巢"了。一如傅家，其门亦锁，只能拍摄门
外景观，以志雪鸿。所幸，司机熟悉"傅抱石纪念馆"之所
在，便引领到西汉口路 132 号而来。方入大门，见一高岗，
隆然而起，上有云杉、榆槐之属，浓荫蔽天，碎影匝地，苍

翠之中，有二层小楼一幢，更有爬山虎布满屋壁和山石，新绿靓丽，苍翠中更觉醒目。傅先生最后几年，居住此处。步入室中，先为先生当年之会客室，陈设甚为俭朴，墙上悬挂家人合影镜框，临窗有沙发三只，一大二小，亦极普通。上楼，有"南石斋"三字题额，为郭沫若手迹。室内有铜像，壁上挂傅氏所作《画云台山记》手卷，上有郭沫若、沈尹默、胡小石等人题跋，审视良久，多有启示。于纪念馆中，观摩画作，便忆起 1965 年 9 月，我适在永乐宫参加壁画修复工作，某日潘絜兹先生忽接华君武来信，言傅抱石先生于 9 月26 日突然病逝，年仅 62 岁。华将赴宁参加其追悼会。噩耗传来，令潘先生不能接受，便放下手中画笔，用低沉的声音为我们讲述傅先生的为人和为艺。1978 年我过南京，适值"文革"结束后，南京第一次举办《傅抱石先生遗作展览》，在宁 4 日，我竟在展览馆中观赏 3 日，对其作品逐一分析观摩。归晋后，背临数幅，颇得师友好评。今徘徊于"傅抱石纪念馆"院中，脚踏绿苔，瞻仰雕像，而思入往事。将离纪念馆，购得《其命惟新——傅抱石百年诞辰纪念文集》等两种以归。顺路到新街口，陪效英于"金鹰国际购物中心"买衣服。

下午在酒店倚枕读书，效英独自外出购物。

四月二十五日

上午 8 点离"如家酒店"，打的到南京禄口机场，时方 9

点，待机 3 小时，中午 12 点 10 分登机离宁，在飞机上用午餐。飞行 1 小时 40 分，到太原武宿机场，有龙龙朋友来接站。回忻后，洗澡，泡脚。晚餐后，回家休息，时已 8 点。

访石门湾缘缘堂

从小我便喜欢丰子恺先生的漫画，五十年前，考入崞县城内的范亭中学，曾于学校图书馆借得一册《丰子恺儿童漫画》，遂以土产大麻纸一一临摹，得数十幅，厚厚的一大打。当所借图书送还后，还时常翻阅这些临摹品，也感到十分的有兴味。后来学校在教务处的大厅里举办画展，我临丰先生的四幅作品竟也入选，还得到了老师的好评，也令我高兴了一阵子。接着，我又喜欢上了丰先生的散文，凡能见到的文章，便一一拜读。以后数十年中，在我的书架上，就有了丰先生各个时期各种版本的《缘缘堂随笔》等多种文选。几年前，在书店看到了一套《丰子恺文集》，厚厚的七卷本，便又高兴地抱回家。此文集算是丰先生著述的总汇了，卷前和卷中附有精美的插图，它成了我宝贵的藏书，盖上了一方朱文的收藏印。因为有了这套文集，遂将以前的零星读本分赠给喜爱文学的朋友们，也愿他们从丰先生的文章中分享一份至性深情的愉悦吧。

当我 1975 年 9 月下旬第一次到上海时，正值丰先生辞世后数日，时在浩劫之期，先生的后事想来自然是十分萧条的。当时我不知也不敢去吊唁这位心仪已久的老先生。后来，得悉先生生前备受折磨和晚景不幸的遭际，心中不时泛起愤愤的不平和深深的哀悼。

时间过得真快，转眼近三十年，甲申高秋十月，幸有江浙之游，遂成桐乡之行，访乌镇茅盾故居之次日，便往石门镇拜访缘缘堂。

从桐乡县（今已改为市）城西去三十里，便是石门镇。京杭大运河，自杭州北来，经石门镇而东去嘉兴，在这里拐了一个弯，这石门镇便有了石门湾的别称。我方来，晨雾未退，古镇初醒。在轻霭薄雾中，街头行人寥寥，趋前询问"丰子恺故居"之所在，路人驻足指点，甚是热情，入礼仪之邦，古风犹存。至"垒石弄"，立运河拐弯处，读岸头石碑，知此处为"古吴越疆界"，看江中货船待发，呜呜作响；晓风残月下，东市高楼，鳞次栉比；河上桥梁，长虹卧波；岸边杨柳，袅袅如幕帐，柳中晨练者，太极回环，恍若图画。观赏有顷，寻"梅纱弄"而来。前见一桥，为新建，曰"木场桥"。乃子恺先生幼女丰一吟所题（几年前，曾与一吟先生通函，先生曾赐我小中堂一帧；其书法能得乃翁遗韵。）桥上栏板图案，依子恺先生漫画而制作，妙趣横生，耐人品读；桥下为运河支流，绕屋流淌，不舍昼夜。方过桥，便见一门高启，题曰："丰子恺漫画馆"。门设于庭院东北侧，入门，芳草如茵，石径清幽。先生石雕像立于庭前，两手拄杖，长须飘拂，双目炯炯而神采逼现，此像似送客又似迎宾，抑或都不是，是先生独吟于花朝月夕，听运河之流水，观长天之行云，其仪态端庄而慈善，面目和平而可亲。院之南端，有小楼一幢，是漫画馆，馆中除丰先生本人的专题作品外，还陈列着华君武、廖冰兄、丁聪、张仃等百余位当代中国漫画家捐赠的精品，虽只匆匆一读，亦令我大开眼界，大受教益。

庭院西侧，有短墙一道，丹桂垂荫，修竹过墙，墙下有小门旁启，门上题"丰子恺故居"五字，是叶圣陶先生的手泽。入门便是"缘缘堂"的屋侧和屋后了。1933 年 1 月，丰先生在石门老屋的旧址上耗资六千元，建造了缘缘堂，不到六年时间，便毁于日军炮火。其时先生在流寓中，得悉缘缘堂被毁的消息，饱含激情撰写了《还我缘缘堂》、《告缘缘堂在天之灵》和《辞缘缘堂》三篇名作，抒发了对缘缘堂的怀想与对日本侵华罪恶的愤怒以及抗日战争必胜的信念。

今之缘缘堂，是 1985 年在丰先生生前挚友广洽法师的资助下，桐乡县人民政府为纪念丰子恺先生又于石门湾缘缘堂原址上依原样重建的。入"欣及旧栖"门，小院北端，一幢三开间小二楼，坐北向南，轩敞简洁，朴素大方，朱栏黛瓦，不假修饰；粉墙下，芭蕉如盖，绿荫满地。想当年，新居落成时，先生在蕉荫下会客，把盏共话，该是何等的惬意，又曾在花坛上留下了与幼女玩乐的倩影，那又是何等的开心呢。我今来，人去楼空，留下的只是一院的空寂。

楼下当心间是客堂，后壁上悬挂着马一浮题额"缘缘堂"，额下正中是唐云所绘红梅图，旁为对联二副，一为弘一法师书："欲为诸法本，心如工画师。"一为丰先生自书："暂止飞乌才数子，频来语燕定新巢。"匾额与对联皆为木板雕刻而成，所惜原物早在炮火中化为灰烬，今之陈设，自然是复制品。原来的梅花图是吴昌硕的大作，当然无法复制，便以唐云先生的作品来补空。楼下西间原是丰先生的书房，东间是餐厅，入东西间，原物一无所有，"草草杯盘供语笑，昏昏灯火话平生"的景况，只有从丰先生的著述中寻觅了。在缘缘堂一楼巡礼毕，我小心翼翼地登上了楼梯，深恐打扰在楼上休息或作画的丰先生，更加放慢了脚步，轻轻提腿，缓缓落脚。这只是一时间产生的虚幻的意念，我却是如此地行动着，这也许是缘于对丰先生的一种敬重吧。上得楼来，中央间，宽大明亮，一张大桌子，丁字儿安放在前窗下。桌子后，是一把旧藤椅，想当年，丰先生在此读书作画撰文，茶烟如篆，墨香盈室，一幅幅幽默图画、一篇篇珠玑文字完成后，先生掀髯而笑，又是何等的愉快和幸福。我坐在丰先生当年作画的地方，留一张纪念照，也算是我与缘缘堂的缘分了。

在缘缘堂逗留半日，似未能尽兴，乃购一册丰一吟所著《潇洒风神——我的父亲丰子恺》，作为旅途的读物，再买一件蓝印花布制作的典雅的民间工艺品"双鱼"挂饰，它可是丰家早在公元 1846 年创建的丰同裕染坊老店的产品呢。我将它带回去，悬挂在隐堂素壁上，以作长久的纪念吧！

2004 年 10 月 20 日

广东九日记

(2009 年 5 月 11 日—5 月 19 日)

五月十一日

我和效英将往深圳，上午打点行装。

下午 2 点 30 分，黄建龙驾车与潘新华送我等往太原。路遇小雨，车行缓慢，又值东山公路施工，遂绕道太原北、西，而南，再转东，方至武宿机场，已是 4 点钟光景了。新华、龙龙返忻；我与效英于下午 5 点 25 分乘深航南行。晚 8 点抵深圳宝安机场，有工作人员裴松京者接机。先我到机场者有姚天沐夫妇，自北京而来。4 人登车，入住宝安区"金碧源酒店"。稍作洗漱休息，然后往"邻云阁"，见到已交往两年而未曾谋面的陈振彪先生。入茶室，在座者已有安徽朱松发夫妇，宁夏马建军等画家。一一认识后，便步往一餐馆进餐。饭后，再回茶室小坐，已是晚上 11 点，匆匆回酒店休息，奈何热甚，虽有空调，又不敢常开，开一阵，关一阵，再开一阵，如是往复，一夜折腾，难得睡好。

五月十二日

一日无事，上午吃茶聊天。

下午在酒店看望姚天沐先生。我与姚先生认识，将近半个世纪的历史了。早在上世纪的 1960 年，我在范亭中学毕业后，到山西美协画报室工作（未几，到山西艺术学院美术系上学），就是由姚天沐与我联系的。后来姚先生做到了山西美术家协会主席的位置。退休了，他常住北京。几年不见，而今邂逅深圳，相见甚欢。姚老虽已 80 高龄，而身体壮实如当年，且谈锋甚健，声如洪钟，整个下午，为我叙述他的生平经历，趣事逸闻。姚先生，福建莆田人，他从小学画，就学，打篮球，肺部受伤，不得已离开培训队伍。1951 年参加高考，考入东北鲁迅美术学院（时在黑龙江，后迁辽宁），当时闽中未通铁路，交通十分不畅，几经辛苦，辗转到黑龙江。四年大学，未能回家探亲。在校入团、入党，毕业后，将留校工作，终因其姐姐赴台湾而受影响。最后分配到山西工作。先在太原二师任教一年，后调回山西省美术工作室，反右"鸣放"中，正值下乡，躲过一劫。谈程曼、王兰夫妇，药恒、王奂、李玉滋、王莹等在反右中种种，颇翔实生动。又谈及他下乡收集素材，画速写，时常有少年儿童围观，待他走开时，便会听到传来齐声的呼喊："老姚老姚站一站，给我画个老汉汉！"也曾参加三门峡工地和在"大炼钢铁"中背矿石的劳作；到黄河老牛湾采访，因迷路而巧遇村支书的故事。叙述无不有声有色，引人入胜。

晚与老同学亢佐田通电话。

五月十三日

上午9点出酒店，已感酷热难耐。10点，出席第五届深圳国际文化博览会第二会场开幕式。时有《深圳特区报》记者刘永新见访，刘为山西原平老乡。

下午参加"邻云阁"书画笔会。集体作画2幅，一为八尺宣纸横幅，由姚天沐写石，陈涤画仕女，马建军作紫藤，张少石补牡丹，再后由陈涤收拾，又添墨竹数竿，最后我题"紫雪红云，幽谷佳人"八字于其上。另一幅六尺宣纸横幅，由朱松发主笔作山水，大笔淋漓，气象森然，我以"千峰铁铸，万木争荣"补白，甚合朱先生心意，观者亦皆拍手称快。

晚，某房地产公司罗总招饮，11点方归酒店休息。

五月十四日

上午效英偕姚天沐夫人逛深圳市场；我为"邻云阁"主人所藏三本书画册页题写签条。展对册页中作品，精品有之，甚少，一二而已，粗制滥造者比比皆是。虽小名头，认真画来，亦复可观；虽大名头，搪塞应付，亦复可恶。今之市场中所流传者册页多多，大抵如是，不独"邻云阁"所见者。

下午，召开题为"形式语言与人文精神"的讨论会。虽

各抒己见，随意座谈，然不乏真知灼见者，颇发人深省，有
所教益也。

五月十五日

上午，参观深圳第十五届国际文化博览会，11 点方到达
展览中心，人山人海，连个停车位都找不到，不得不跑得很
远，把车停放，然后徒步入馆巡游各地展览，各省均有综合
厅，各自展出自己的文化拳头特色产品，诸如新疆的玉器，
给我留下了深刻的印象。所见山西厅，颇狭窄，有忻州之木
雕、砚台等，似未能引人注目。而不少展台，为招徕观众，
组织各种民间艺术演出和杂耍，倒颇受人欢迎，往往围得水
泄不通，只是太吵闹了。而第二馆，为各省画院和名家作品
的展览，此处倒很清静，甚至有点清冷，参观者，寥寥无几，
其作品也有不少大名头者，然精品力作，少之又少。

中午，于馆内餐饮部，用便餐。

下午，往游"仙湖植物园"，其地位于深圳东部山峦之
中，植被甚好，绿荫浓郁，湖光山色，鸟语花香，诚为大都
市中一处佳好的休闲去处。

在仙湖，有"弘法寺"，规模宏大，拾阶而上，气喘吁
吁。见大殿侧有画院招牌，遂入室问讯，主人甚是热情，招
呼各位入座吃茶，并以本寺长老本焕大和尚血书《大方广佛
华严经普贤行愿品》印品惠赠我等每人一册。询之法师近况，
言法师已是 103 岁的老人了，尚住院中。拟往参访，遂作电

话联系。老和尚知大家远道而来，同意见面，只是在感冒中，请勿拍照。遵嘱，便往东方丈院，入室，见老和尚坐客堂侧室内的沙发上。客至，在侍僧的搀扶下，略一起身，合掌致意，并示意各位来客落座，并取出名片，给我们每人一张。随后聊作叙谈，问大家从哪里来，何处去。知我自五台山来，法师打量着我，略有沉思，当是忆起他早年在台山习修的岁月。我们都是俗人，说了一些祝愿的话，唯河北张少石为居士，双膝下跪，给老和尚磕一头，送上随手携带的象牙念珠，请法师为之加持。

我们不愿太多打搅法师，退出侧室，在客堂就座，侍僧送上饮料。侧室传出法师的声音：

"快去取念珠和护身佛像！送给各位！"师言如是三次。给我印象颇为深刻。

出山寺，游植物园之兰圃、热带园、硅化木园，奇花异树，多有不识者，逐一观赏，亦开眼界。时已下午 6 点余，值周五，又是下班时间，道路拥堵，车行缓慢，回到"邻云阁"，已是 8 点。晚餐毕，回酒店，又是 10 点有余了。

五月十六日

今日将离深圳，往江门去。

早餐后，将拙作《隐堂琐记》一本奉赠朱松发先生，朱以其《当代经典·朱松发》卷一册与光盘一张回赠。

上午 10 点，亢佐田偕其大儿子阿毛来接我和效英。阿毛，十数年前以优异之成绩毕业于清华大学建筑系，遂回山西省政府就业，偶值广东出差，有意到南方工作，见有公务员招考启示，遂参加考试，一举被录用，便成了广东省江门市的一位职员并任其领导职务。他驾车来接，奈何正犯着痔疾，加之体重 200 来斤，行走、开车很是不方便，我真为他的痛苦而难受，抱怨佐田说："真不应该让一个带病的人来开车"。阿毛只是笑笑说："不妨事，不妨事！"

12 点到中山县翠亨村，就午餐。餐毕，阿毛在车上休息，我们瞻仰了孙中山故居、参观了孙中山纪念馆，购买了《香山文存》、《香山诗词》等五册书籍。随后，发车往新会而来，至崖门，参观古炮台遗址，残堞尚在，铁炮横陈，有田汉、秦咢生等诗碑仰卧着，以方便游人观赏。田汉诗曰：

> 云低岭暗水苍茫，此是崖山古战场。
> 帆影依稀张鹄鹚，涛声仿佛斗豺狼。
> 艰难未就中兴业，慷慨犹增百代光。
> 二十万人齐殉国，银湖今日有余香。

秦咢生诗曰：

> 凛凛英雄树，巍巍古炮台。
> 朝辉城雉肃，春激浪花开。
> 要塞无烽警，崖门不可摧。
> 江山磅礴气，吟望几低徊。

前一首，把我们带到了南宋末年，丞相陆秀夫背负 7 岁少帝赵昺投海殉国的故事之中，那交战的激烈，那背负少年跃入大海的悲壮，那越七日"尸浮海上者十余万人"的凄惨，无不令人惊心动魄，感慨万端，又不禁想起了文天祥《过零丁洋》中"人生自古谁无死，留取丹心照汗青"的名句来。

而后一首，既道出了诗人眼中景象，也抒发了心中情怀。正是我们伫立古炮台的遗址上，面对南海之门户，江水浩荡，思绪纷纭。当看到那渔人撒网捕鱼的悠然而闲适的景况时，激荡的心潮才慢慢平静了下来。崖门啊崖门，装点着江山，凝铸了故事，在天地间，任人们观瞻和评说。

在诗碑前，我又想起秦咢生先生。秦老生前为广东省书法家协会主席，1985 年，在北京参加中国书协第二次全国代表大会，得识老人。秦老曾亲撰七绝一首，并书以见赠，令我铭感无喻。1990 年 1 月，我在深圳举办个人书画展，经道广州，秦老已在病中，尚安排欧广勇先生在某酒店设宴为我祝贺。而今，老人故去多年，面对所撰诗碑，便又想起他那规整而有韵致的爨体书法以及老人为我题咏时的倩影。

前行，有一村，背靠青山，山不高，叫"凤山"，遍山林木葱翠，正"凤凰双展翅者"。山顶绿树间涌出一高塔，叫"凌云塔"，卓然碧空白云间，煞是瑰丽。山下房舍楼居栉比，亦复充满新气象。此村叫"茶坑"，正是梁启超先生故里。先生故居，在新建纪念馆西侧，入一小门，见有青砖黑瓦二层小楼，耸立天井之北，室内光线暗淡、陈设简素。天井颇窄小，小楼之南，又有几处连环小院，前院设私塾，额书"怡堂书屋"四字。先生孩提时，曾在此接受启蒙教育，6 岁便读完了"四书"和"五经"。10岁，赴广州应童子试，舟中吟诗，语惊四座，被誉为"神童"。故居外为广场，花木扶疏，灿然可喜。有梁启超雕像一尊，额头宽广，充溢智慧，双目炯炯，欲穿时空。广场东北角，新建二层白色小楼一座，玲珑剔透，倒映楼前一池碧水中，光影迷离。步入楼中，参观梁先生生平介绍，著作陈列，书法艺术，无不令人驻足赞叹。梁家一门，人才济济，竟有3位院士，此前我只知道著名建筑学家梁思成先生，余皆不甚了了。

离梁宅，驱车寻访"小鸟天堂"。早在1973年，我在广州参加第34届广交会筹备期间，就知道新会有一处"小鸟天堂"。据说小岛一个，被一棵古榕覆盖，老树盘根错节，枝杈交互，真是一树成林，榕荫百亩，各种鸟雀，栖息其间，尤以鹭鸟为众，千只万只，难以说清。来时如白云，盘空而降，甚是壮观；黎明和唱，如听笙簧共鸣，百鸟朝凤。今方来，所见小岛孤高，绿水环绕，榕荫浓郁，游人熙攘，唯不见小鸟踪迹，"小鸟天堂"徒具空名而已，正是"小鸟不知何处去，此地空留天堂名"了。既来之，亦复购票登船，环岛漫游，入得榕荫深处，只听得笑语穿林，人声嘈杂，我却了无游兴，人来了，鸟去了，小鸟的天堂，变成人的"天堂"，这"天堂"，也许会行将消失，榕树老去，河网干涸。1933年，巴金先生来此游览，留下了迷人的《鸟的天堂》，今天那景象也只能在美文中重温了。我突然想到，要保护他们——小鸟，便是远离他们。小鸟的天堂，人类不该去侵占。

过新会县城，至圭峰山下，于劳动大学楼前，瞻仰周恩

来总理铜像。至江门市，已是华灯朗照，夜色十分了。入住
"丽宫国际酒店" 817 号。此处为 4 星级酒店，标间每晚 460
元，为我外出自掏腰包最为奢侈的一次了。

晚餐，由阿毛为我等接风，其夫人刘典也携儿子到酒店
作陪。刘典的父亲刘治平，是我的校友，刘典的外公靳极苍
先生和外婆杨秀珍先生，早在 40 年前，我们就相熟稔，杨先
生是齐白石老人的入室弟子。杨老曾为我画得一幅蜻蜓，一
幅红梅，尚存箧笥之中。今在江门见其外甥女，爽朗大方热
情，又是佐田的儿媳，我自然是十分高兴的。阿毛和刘典的
小公子已四、五岁了，十分机敏可爱，难怪佐田来江门，已
是半年有余了，怕是离不开小孙子。

五月十七日

早餐后，首先寻陈白沙故里参观游览。这位白沙先生陈
献章，我在中学时，因为看到了他的一幅梅花画作的印刷品，
就记住了他的名字。后来，自己爱上了书法，便知道了他晚
年以茅草制 "茅龙笔"，写出了一种飞腾恣肆的行草来，今人
欧广勇兄以茅龙笔作隶书，能得朴拙茂密的韵致，亦复可爱。
天津书家顾志新，先前赠我 "茅龙" 数枝，偶一试写，未能
应手，遂不复用。今日，来到 "白沙里"，入目而来的是一座
新建的牌坊，上书 "陈白沙纪念馆"。中轴线上有 "圣旨"
"贞节" 匾的古建坊，是旌表白沙先生母亲的。陈白沙是遗腹
子，他出生前一个月，27 岁的父亲染病辞世；24 岁的母亲，

孀居独守，含辛茹苦，侍奉家婆，抚育儿子。儿子终成一代大儒，其母林氏 72 岁时，得到了皇帝的恩赐，建造了这座贞节牌坊，以及牌坊后面的"贞节堂"。

在"白沙祠"中，有"圣代真儒"的匾额。白沙先生，为正统间举人，曾应诏，授翰林院检讨而归，隐居乡里，侍奉母亲，教授弟子，讲学不辍，后屡荐不起，格物致知，静坐"澄心"，开后人所谓的"江门学派"，且从祀孔庙，获此殊荣，在有明一代，于广东籍者，仅此一人而已。

在纪念馆中，多有陈白沙手书刻石，一一品读，耐人寻味。白沙里尚有"陈长毛武馆"、"民俗陈列馆"，聊作浏览。后以 100 元，购新制"茅龙笔"一枝，用作留念。

离白沙里，仍由阿毛驾车，往开平而来，目睹已被列入世界文化遗产的开平碉楼与村落。

先到"自力村"，这村名，是建国初为之命名的，取"自力更生"之意，自具时代特色。到村口下车，见平畴碧野中，水网遍布，阡陌交横，小道上，行人往来，水牛游弋，池塘中，荷叶田田，鹅鸭浮荡。村外树荫下，有售物者，仅草帽、藤编、蒲扇之属，黄皮蜜饯，姜片陈皮之味，杂什摆放条桌之上，桌后坐一老者，或站一妇女，也不吆喝，见有问价者，热情答话，淳朴之风，昭然可见。在风景如画，安宁静谧田园中，有碉楼十数座，巍然屹立于天地间，在蓝天白云映衬下，甚是引人注目。这些建筑物，楼高壁厚，铁门钢窗，颇感壮实，而其风格，则是一楼一式，各具面目，其共性，则是皆呈西洋风格，又多少流露一些中国建筑的特色。所谓碉

2009 年 5 月 17 日于广东开平

楼，便是此种建筑物，集居住与防卫于一体，楼顶有瞭望台，墙体上安枪眼，有如碉堡之功能。我们一行，登上一座名为"铭石楼"的建筑，下面几层为居室、生活间，第五层供"神主"，即祖宗牌位，第六层则是瞭望台，顶建六角凉亭，罗马柱上承托起绿色琉璃瓦顶，有如中国帽子西洋装，有点不伦不类。而居室中陈设，颇为繁复，有西洋彩色玻璃屏风，镏金床，"金山箱"，红木椅，留声机，大扬琴，德国古钟，法国纯银茶具，日本首饰盒等等，虽然竭尽奢华，可谓琳琅满目，而感品位不高，缺少文化，给人以"土财主"之印象。其实这些建碉楼的"金山伯"，都是在清末民初，当"猪仔"，被贩卖海外，或迫于生计，漂泊西洋，颠沛流离，做苦工劳工，不少人客死他乡，尸骨抛弃；而也有一些人，通过心血打拼，有所发达，积累了钱财，尔后，衣锦还乡，建筑居庐，荣宗耀祖，享誉乡里。岂知树大招风，这些发了财的"金山伯"，便引来了一批批匪盗，他们打家劫舍，掠财掳物，杀人绑架，索款撕票。一时间，那些"海归"的富翁，便慌了手笔。这"碉楼"便应运而生，"更楼"、"众楼"，独家的"碉楼"，一座座拔地而起。据说这开平市，自清末以来，先后就建起了 3000 多座，今天尚存 1800 多座，这实在是南粤的一项奇观和特产了。

离自力村，往"立园"而来，这可算一座西洋园林了，它占地近 12000 平方米，有大花园，小花园，别墅区三个部分，还挖了一条 2 里长的小运河，直通潭江。兴建别墅，用去 10 年的时间，所有钢筋、水泥等建筑材料，皆来自西洋，而室内装饰、生活用品，无不是高档的舶来品，美式浴缸、欧式壁炉、手摇水泵、铜煲熨斗、西式餐具等等，举不胜举，一言以蔽之，这"立园"中的生活，几乎是西化的。细察之，也不全然是这样，瞧这三层的"泮立楼"，却有一个中国式的绿瓦覆盖的大屋顶，尽管屋顶上还附加了一些不够大方的小零碎。"立园"的牌坊总体上看去，也是中国式的，有匾额，有对联，读这 52 字的长联，似能看出此中景趣，遂录于下：

"立身在山水之间，此地后耸罗汉，前绕潭溪，四望蔚奇观，倦堪容膝；园景离尘氛以外，尔时春挹翠亭，雅栽宝树，一方留纪念，殊洽娱情。"

在"立园"，时近中午，天热甚，佐田与效英兴致尚高，登上"泮立楼"。我感疲累，小坐浓荫之下，运河侧畔，观碧水扬波，赏游鱼往来。

中午，就餐于开平"潭江半岛酒店"，其地颇为豪华，为5星级。这潭江半岛上，有高楼两座，一为银行，一为酒店。建楼中，出过一起惊世贪污案，案发，2人外逃潜伏，1人跳楼自尽，贪污赃款达4亿9千万美元之多，也颇惊心触目。一个案例，竟让我忘了仔细品尝丰盛的午餐，实在是有违阿毛安排来此就餐的美意了。

下午游岭南古镇"赤坎"。但见潭江由西向东，穿镇而过，江北一排广州骑楼，长可300余米，立柱檐饰，却充满欧式风韵。人行骑楼之下，影落潭江之中，江水迷离，风情万种。又有小舟三五，往来轻捷，如行画中。这小镇上，以关姓和司徒姓者为两大家族，皆为"闯蕃"大户。关家居潭江之上游，称"上埠"，司徒家居潭江之下游，称"下埠"，两大家族，各居其地，可谓泾渭分明，决不混杂。而在建筑上，事业上，却在暗里竞争，正因如此，赤坎古镇在两姓的竞争中得到了发展。我踏进了"关族图书馆"的4层楼建筑内，看到第一层为阅览室，案头堆积着各种图书，还有自办的家族刊物《光裕月报》，这实在是不会让人想到的。书桌前，坐着男男女女、大大小小的读书人，这也是一个让人振奋的场面。二楼是藏书室，馆内曾藏有《万有文库》、《四库全书》、《廿四史》等万余册，这在今天一些新建大学的图书馆，也是不能与之相比的。四层是钟楼，上面安置了德意志进口的大钟，至今按时报点，声回四野。而下埠的"司徒氏图书馆"，亦复可观，那里的钟楼上，安放的是从美国波士顿进口的大钟，区区的赤坎小镇，竟有两只报时钟，而偌大广州城的海关，也仅有一只。于此一斑，你便不可小视这"赤坎"古镇了。

"关族图书馆"西侧，有拍摄《三家巷》的"影视城"，或洋楼高起，广厅彩照；或深宅庭院，高窗雕花，或回廊曲槛，如入迷宫。直看得眼花缭乱，不辨东西。于此中，想起了我读高中时的语文老师欧阳代娜先生，她便是《三家巷》作者欧阳山的女儿。老师为我批改的日记和作文，尚有保存者。站在"影视城"中，祝福远在北京的代娜老师健康长寿。

离赤坎镇，又到"马降龙村"来，在叫"庆临里"的地方，又看了几处碉楼，我已疲劳，不再登楼；而这里的环境却是格外的幽美，西倚潭江，围以绿树修竹，一个小村子，呈长方形，十分规整，几排房屋，南北无通道，东西有小巷几条，建筑皆一色一形，若模具中打压出来一样。到村中东西小巷中走走，多房门紧锁，似无人住，偶有一、二开门者，室内暗黑，门前坐一老者，也不言语。里东有池塘，里西有林木，有母鸡领小鸡在竹林花下咯咯觅食者，无人打扰，悠然自得。我们穿过林间小道，坐一株硕大杨桃树下的篱落间休息，仰望蓝天，亦复惬意。

忽有阵云袭来，将降大雨，匆匆登车，而阿毛，不循原路而返，偏要到"锦江里"，寻一处誉为开平第一碉楼的"瑞石楼"，奈何三番五次，不入其径，楼尖已经在望了，就是不能进去。大雨袭来，遂作回程，阿毛因未能领我一睹"瑞石楼"的风姿，留下一缕遗憾，其实，我对碉楼，早已尽兴了。

在路上遇两起车祸，亦让人惊悸不已，雨中行车，能不小心？

返回江门，已是下午8点，于某西餐馆，就晚餐，又是阿毛盛情款待。

五月十八日

上午陪效英购物，先后逛"益华超市"和"益华百货商场"。我对逛商场，素感烦躁，今方来，见商场一层有咖啡屋，便泡在那里，喝咖啡，吃冰激凌。商场内设有餐馆，中午时分，效英购物尽兴，进餐而归。

中午接阿毛电话，知他痔疾发作，需明日手术。又发短讯三则，安排了我们明日赴机场事宜，亢佐田原拟与我一同返并，机票早已购得，因儿子住院，他便暂时留了下来。

下午刘典偕同司机宋师傅到丽宫酒店来，引领我们到白云机场设在江门的候机汽车站，购得明日往广州车票（飞机票，阿毛早几日已为我们购得）。

晚七点，就近在本酒店三楼用餐，餐厅颇为讲究，豪华而不失典雅，我们临窗而坐，点饼食二种，小菜数品，稀粥每人一碗，饭菜可口舒适，而价格也不菲，一小碗大米粥，索价 18 元，也许这便是酒店档次的标志吧。

五月十九日

晨 4 点半起床、洗漱、收拾东西，5 点半，离"丽宫"，有宋师傅送往江门候机汽车站。6 点发车，行车 1 小时 40 分，抵广州白云机场，换票候机。于 9 点 50 分，登机起飞。至 12 点半，飞抵太原武宿机场，有新华、建龙到并接站。返忻后，于"天外天"吃农家饭，吃得十分惬意，比之广东的生猛海鲜，要可口得多，食欲好坏，又岂在价位的高低。

此行，整整 9 天时间，有幸拜见本焕老和尚，为第一快意事。次则有中山、新会、江门、开平之旅，且有同窗学友亢佐田做伴游览，其乐更为融与。唯小侄阿毛带痔疾而驾车，以致肛瘘住院，令我歉疚不安，特为志之。

儋州载酒堂

　　东坡先生的仕途也够坎坷的，先贬黄州，再贬惠州，三贬儋州。

　　我适海南三亚，为寻东坡胜迹，遂往儋州去。上午九点乘长途汽车，由三亚沿西海岸行，经道崖城、梅山、九所、黄流、佛罗、板桥、新龙，至东方县城，然后离海岸东北向行，于下午四点方抵达今儋州市所在地那大。那大在改革开放的大潮中，悄然崛起，大厦林立，商贾云集，呈现出一派大都市的风貌来。

　　由那大西北行约六华里，到儋州中和镇，即宋时昌化军治所，正是东坡先生谪居地。东坡初到儋州，僦居官舍，后朝廷派湖南提举董必察访广西，至雷州时，得闻苏轼住在昌化军衙门，即遣使渡海，把他逐出官舍。轼遂于城南桄榔林下买地结茅，起屋五间，名曰"桄榔庵"，聊以度日。今之中和古镇，尚见旧时格局，颇窄小，且脏乱，鸡鸭猪狗，游弋街头，随意便溺，恶臭难闻，穿行其间，游兴顿消。所幸民风淳朴，尚可亲近。问询"桄榔庵"的所在，得一热心青年的导引，至镇之西南，觅得遗址，仅残碑一通，亦字迹模糊，未能卒读。碑后，有椰子树十数株，高干撑空，绿荫洒地，树下有石棋盘一件，传为苏公当年为黎汉友好对弈消遣之处，亦附会之说。有东坡井，尚在一里外，据云亦荒败无可观，便未往访。残碑荒草中逗留片刻，不禁怆然，凄楚之情，顿袭心胸。

离桄榔庵，循东城书院而来，出镇之东门，行约里许，至书院。门前有滑桃树，粗可合抱，虬枝横斜，绿荫斑驳，掩映门墙。红墙内，椰子树八九株，疏落排列，临风摇曳；马尾松一株，间植其间，为之呼应。登石阶，入头门不远，便是"载酒亭"。亭建池上，翼然凌波。池内荷叶田田，绿鉴眉宇，水中游鱼，往来可数。遥想当年，东坡先生谪居其地，举酒洒粟，与鱼鸟相亲，或可暂忘蛮荒瘴疠之苦。过亭即为"载酒堂"，乃取《汉书·扬雄传》"载酒问字"之义。堂内碑刻环立，或为东坡鸿迹，或为古今名人题咏。堂外花木争奇斗艳，绚烂之极。穿堂而过，为一庭院，颇阔大，东有凤凰树，标明一九三三年所植，方六十龄，白皮泛青，枝丫朴茂，叶如凤羽，楚楚动人。西为芒果树，已有二百年高龄了，大小若凤凰树，枝叶繁密，已结小果，垂挂枝头。两树覆盖整个院落，星星点点，一院花影。东西配室为书画陈列室，悬挂着当代名人作品，东坡诗文典籍不同版本，陈列其次，仰观俯察，不欲离去。正厅为东坡祠，是东坡先生当年讲学之处所，内塑三尊像，葛帽高耸，持书正坐，一手举起作讲解状者，东坡先生是也；身着蓝袍，长须垂胸，屈手而坐，洗耳恭听者，为东坡好友黎子云；衣白长衫，后立而侍者，东坡先生小子苏过也。厅之四壁，皆东坡手迹拓片，颇耐观赏。

右壁一铺《坡仙笠屐图》，尤为逗人，上有明洪武间宋濂题记一则，以志其状："东坡在儋耳，一日访黎子云，途中遇雨，从农家假笠屐着归，妇人小儿相随争笑，群犬争吠，东坡曰：'笑所怪也，吠所怪也。'觉坡仙潇洒出尘之致，数百年后，犹可想见。"我观其画，东坡先生诚一海南老农，也自乐而笑出。

东坡书院，除中轴线上的建筑外，尚有东园、西园。东园有迎宾堂、望京阁，皆为新建，颇堂皇壮丽。有"钦帅泉"在丛竹中；有"狗子花"，正"明月当空照，五犬卧花心"之谓者，其花白中见紫，极淡雅，黄蕊，花心五只，酷似卷尾的小狗，向心而卧，头、嘴、耳、眼毕现，我不禁惊诧这造物的神奇，遂采撷一朵，藏之书笥，携归北地，以供友好共赏也。西园有东坡事迹展览馆，介绍东坡先生之生平，尤以在儋州三年半的生活状况最为详尽。

最后我瞻仰了位于西园花径中的东坡笠屐铜像，像若真人大小，戴笠帽，着高屐，若行走于田园村舍，这便是享誉近千年的大诗人。我立于像前，摄影留念，杨万里《登载酒堂》的诗句"古来贤圣皆如此，身后功名属阿谁"一时涌上心头。

台湾八日记

（2010 年 5 月 20 日—5 月 27 日）

性喜游览，足迹几遍全国，唯宝岛台湾，未尝往也，1995 年夏天，偶接台湾美术家协会主席易苏民先生请柬，相邀赴台参加海峡两岸书画交流活动，奈何手续繁复，几经周折，终未能成行，常引以为憾也。欣逢两岸"三通"，机缘成熟，遂随旅游团有台湾八日之行，尽管来去匆匆，然旧梦得圆，亦为之欣慰。

五月二十日

上午与内人石效英偕潘新华夫妇、黄建龙等一早赶往太原武宿机场，会合旅游团队。上午 9 点乘东航飞机直飞台湾。其间行程 2345 公里，用去 3 小时零 5 分。于中午 12 点 13 分抵达花莲机场。因乘太原至花莲直航第一飞，机场举行了隆重的欢迎仪式，停机坪上铺着长长的红地毯，有身着民族服装的欢迎队伍，迎接步下舷梯的山西游客。在机场外的一角，旷地上搭起了简易的舞台，舞台的对面安放几列折叠椅，上方撑起遮阳伞，我等游客落座其下，待台下鼓乐停止演奏，花莲县县长傅崐萁先生等领导一行七八人走上舞台，致简短热情的欢迎词，然后在台下的广场上，表演了当地的原生民族舞蹈，草裙赤臂、长发甩头。舞姿粗犷而激烈，精力弥满而飞扬。正午之骄阳加之舞者之火爆，令我等游客鼓掌不断，汗流浃背，亦深感同胞之热情，气氛之融与。

欢迎仪式结束后，步入餐厅，饭菜颇丰盛，多海鲜，大米尤为精到。

餐后，乘大巴车往台东，车行200多公里，一路南行，右倚高山，左临大海，起伏高下，颠簸难耐，效英晕车尤为严重，虽经"石梯坪"、"北回归线标"、"水往高处流"等诸多景点，初时效英尚能走走看看，面对大海波涛，奇礁怪石，聊作浏览，到后来在车上，呕吐不止，到景点，则坐石畔草滩上，但见面色苍白，抱膝低头，其状苦不堪言，令我手足无措，所幸一路有导游金胜和新华夫妇尽力护持，使我减却些许紧张。勉强到台东。进一餐厅，主人以草药泡水，饮之无效，新华端来稀饭素菜，点滴不进，令人焦急，又无可奈何。匆匆入住高野大饭店1143号，倒床而卧，衣不解，鞋也不让脱，话也不许问，我闷坐其旁，待静卧时许，头晕恶心稍有缓解，才起坐勉强喝水几口，方脱鞋宽衣而睡。此行也，遭罪不说，担心更甚，待内人传出入睡声息，我始心安。

五月二十一日

7 点起床，效英休息一晚，身体恢复较好，洗漱后入餐厅，同行者皆来问讯，关心之情状，真让人感动。

8 点乘车离台东，先沿东海岸继续南行，后西去入屏东县山中，其山层层叠叠，其树浓浓密密，一条沿云绕山路，满眼苍翠醉人色，时闻鸟声，偶见流泉，效英在此种景色声闻中，心中紧张得以放松，晕车现象亦为之缓解。车转上山顶，随之复下，经"草铺"、"狮子"等地域而"恒春"，而"垦丁"，路入平坦，眼界乍开，楼观草坪，则大别于山中之景致也。复前行，远见海中一礁石，亭然若帆状，近前正标字曰"一帆风顺"，妙肖天成，知造物之神奇。

车停"鹅鸾鼻"的地方，此处为台湾之最南端，漫步海滨栈桥之上，遥望南天，海天空阔，茫无际涯，时有海风吹拂，浅浪拍岸，银花溅起，衣袂飘举，而鸥鸟近人，似与人戏，效英与秀英说笑传声，新华、建龙频频按动相机快门。身心之劳顿，似为海风尽扫矣。

徜徉良久，穿海边热带雨林，到"东亚之光灯塔"下，摄影留念。登高远眺，南海与太平洋往来之水道——"鹅鸾鼻"，给我留下了深深的印象。

时值中午，外面骄阳似火，入"垦丁"之"乔晶海鲜馆"，空调相伴，凉风宜人，品美食、歇腰脚、得片刻之小憩。

饭后，游"猫鼻头"，山石嵯峨，花树满眼，唯游人如织，不得清静，觅小径而升岩，下眺"猫鼻头"，亦海边之一巧石，地处台湾海峡与巴士海峡之交汇处，当不独因风景之异耳。

离"猫鼻头"，复乘车经屏东而高雄。台湾导游与旅人一路问答互动，间或爆出笑料，减却长途坐车之疲劳。导游疲累了，便放几段邓丽君的歌曲，有人跟着浅吟低唱，不知不觉中竟也陶醉在乐曲中，谈笑无长路，傍晚时分，车抵高雄。先往西子湾风景区看"西湾夕照"，红霞在天，落照映水，艨艟斗舰，扼其中流，水天明灭，光影散乱，好一派港湾之景致。后沿磴道攀升，至"打狗英国领事馆"所在处，似无多少可观者，"打狗"是前清原住民对高雄的称呼，"打狗"谐音"竹子"，高雄当为"产竹子的地方"。

华灯朗照，夜色十分，乘车沿"爱河"而观光，高楼林立，河影灿烂，花圃酒肆，清幽与繁华互现。步入"邓丽君纪念文物馆"听其音乐，观其收藏，悦耳而怡目。

晚餐于"美浓客家菜馆"，虽名为客家风味菜，似无其特色，饱腹而已。

出餐厅，逛"六和夜市"，一条长约300米的小吃街，热闹非常，游人摩肩接踵，灯火灿若白昼，我们在一家摊位前，每人买一筒"木瓜牛乳"喝，竟在这家摊位招牌上方有马英九和陈水扁等名人之签名，难怪这家生意如此兴隆。出于好奇心，又在另一家摊位前坐下来，品尝一种叫"棺材板"的小吃，五人（我、效英、新华、秀英和建龙）先买一份，切割品尝，如可口，则每人一份。不料此小吃，难合我等口味，每人尝一小口，皆不欲下咽，相视一笑，匆匆离座，赶紧买莲雾等水果，以冲口中之不适。至于"担子面"、"蚵籽面"仅一观而已，也不愿为之品尝了。晚入住"河堤旅店"，小巧，干净，推窗下望，"爱河"即在近边，河影迷离，有似梦幻，时已晚上10点半，匆匆洗漱后，便上床休息。

五月二十二日

早6点起床，7点早餐，8点离"河堤酒店"，乘车由高雄走高速入嘉义县，到中埔乡，路旁有吴凤公园，导游介绍吴凤其人其事，未几至阿里山山脚，进一家茶社，小坐品茶，把盏叙话。是处有"大禹岭茶"最为名贵，浅斟慢品，香留舌本，回味无穷。将别茶社，买茶叶几筒，打包托运，亦甚便。

出茶社，改乘8人座小车上山，山道弯弯，盘旋而进，时见山体滑坡重修之新痕，又多急弯，车速乍缓乍疾，不禁令人俯仰倒侧，头晕目眩，以致内人又复晕车严重。至山顶，入"阿里山阁大饭店"，休息有顷，就午餐，效英仍不欲进食，勉强吃了几口，便放下了筷子，什么台湾料理，阿里山山珍，自然无心也无力品味了。

步入山林，古桧参天，碧草铺地，山花如繁星，鸟声似笙簧，清风拂面，幽香满鼻，人在其中，长啸放歌，谈笑不羁，效英之精神亦为之一振，渐多言笑，对周围之景致亦复留心，对千年古神木，摩挲再三，不忍离去，遂与之摄影留念。过"姐妹潭"，见碧潭如玉，临流照影，湖光山色，幻化无穷，对之良久，眉宇生绿，是地幽极静极，诚修身养性，消夏避暑之处所。又多古木老桩，皆日人占领台湾 10 年中伐木所致。后老根生条，天长日久，复成大树，有一桩 3 株、4 株合抱者，别具姿态；有奇根外露，肖猪肖象者，巨石旁起，高可丈余，有一女士登其上，振臂高呼，作就义状，令所见者哄然大笑，空林传响，声转久绝。

山间有小火车道，蜿蜒入林深处，乘小火车登山游览，当复另有滋味。

山顶有道观一区，颇宏大，为新建，虽金碧辉煌，而嫌繁缛，未可人意也；有"慈云禅寺"则小巧清寂，当为静修处。

人在氧吧中，精神焕发，效英亦复精神，此大自然恩赐之良方，诚可宝诸，建龙在路边购得煮花生，效英亦为之咀嚼，似有胃口，也让人为之欣慰。

在阿里山诸景点浏览尽兴后，循原路下山，至茶社换车处，又用去 1 小时，与上山用时等同，然感觉行车更为快速，更为颠簸，五六百个急弯，让同车人个个面无血色，眼晕心呕，有人建议司机将车开慢点，没跑几里，却又再加速，似乎开快车，已为习惯，游人无可奈何。

从茶社处，坐原乘之大巴，入高速往台中市而来。一路看蒋家父子电视资料片，颇多解密处，有些人看听专注，而不少人则已入梦乡矣，鼾声起处，笑声随之。抵台中市，于"新天地餐馆"进晚餐后，入住"金典会馆商务酒店"。在晚餐时，效英见荤腥油腻，又不曾进食，到酒店，静养心神后，我为之泡方便面一包，勉强吃半碗。未几，新华、龙龙送水果来，时在晚上9点半。

五月二十三日

晚上睡眠不佳，早晨2点半醒来，再不曾入睡，辗转反侧，耐得5点半，起床洗漱，7点就餐，8点离"金典酒店"，别台中、南行经彰化、入南投，一路小雨，车窗玻璃上，雨点化出，如流星坠空，似蛇行草地，稍纵即逝；窗外高树槟榔，丛竹芭蕉，桂园村舍，稻田平畴，远近山，高低树，浓淡云，浮岚乍起，小溪飞溅，车行景变，眼前展现出一幅山水长卷来，温润而清新，一派田园景象，无边山水真容，辅之车内邓丽君乐曲，暂忘旅途之劳顿。至鱼池乡，入日月潭，雨中游湖，多饶韵趣，远山如螺，古塔如豆，白云无心，岭上相逐，雨点多情常吻面颊，凉丝丝，亦复可人。近水扣舷，浪花飞溅，涟漪微动，碧波成纹，忽见沙鸥拍水，搅乱湖天云影。潭中景致，瞬息为变，放目四顾，各有妙处，赏读间船已靠岸。

舍舟登山，山路数折，石道平缓，红男绿女，燕语莺声，老幼相偕，乐也无穷，熙熙攘攘，直至玄光寺，游人入寺，焚香跪拜，颇见虔诚。寺外有石，刊"日月潭"三字，游人多争立石旁，以潭为背景，摄影留念，得为佳绝处。

停立山寺前，俯瞰日月潭，则又一境界，湖天辽阔，涵混大千，碧树围堤，心岛涌出，游船往来，风景如画。赏对间，小雨又来，匆匆撑伞而下山，复登船而返，乘车至埔里游"文武庙"，庙为新建，虽则雄宏壮阔，然似无多可留念处，聊作浏览，在庙中购一份"台湾全图"，以备暇时在此图中标识台游之踪迹。

中午于"埔里四季料理饭店"进餐，菜肴丰盛，且多山中土产，新笋白嫩，尤为可爱，却标之曰"美人腿"，其名鄙俗，影响下箸。然有红酒佐餐，绿蔬盈盘，谈笑相伴，不觉下精米一小碗，尝埔里米粉一小碗，为此行食欲最甚者。餐厅内，酒香飘溢，餐厅外大雨如注。餐毕，雨势稍减，打伞游台湾地中标志，匆匆一驻足，聊慰百回头。于其地，龙龙购得新鲜槟榔，分赠众人品尝，吾素知其威力，不敢放入口中，与效英把玩而已。有同车老史、老宗等一曾品试，反应强烈，尤以五台73岁某公，细嚼之，一时心跳加剧，难以忍耐，惊呼曰"我怕是不行了"，众人赶来问讯，让其闭目静神，时过半点，症状缓解，龙龙似也慌了手脚，悔不该买此槟榔分赠大家。我嚼橄榄，是在湘西凤凰，无多印象，嚼槟榔，此生当不会尝试的。

离埔里，往游中台寺，时大雨又作，虽打伞，衣裤尽湿。从寺门牌坊疾趋大殿，只见四天王兼作石柱用，拔地擎天，威猛可怖。建筑设计者，构思可谓奇巧，然给人印象却有点不伦不类的感觉。唯后殿有几尊佛、菩萨、高僧之雕塑，简洁大方，格调高雅，慈祥中流露出悲智，瞻仰中，令人生发欢喜之心，亲近三宝。

山中之雨，来去无常，寺院逗留一小时，雨停天霁，万树为洗，新绿鉴人，花叶含露，珠光耀眼，真可谓一花一世界，一叶一菩提。

出中台寺，时已下午3点半，复乘车而行，两山夹峙，一路通幽，秀岭奇峰眼前过，白云绿树尾追来。行车时许，过"笃路桥"入中横公路，一大招牌上书"东西横贯公路，谷关风景特定区"，豁然入目。"谷关"到了，入住"龙谷饭店"520房间，推窗而望，山峦高下，苍翠填谷，流泉飞来，清风拂面，山中小驻，好不快哉。

下午6点晚餐，游人皆因一天奔波，疲累之极，虽饭菜丰盛，然下筷者少，唯水果吃尽。

关谷中，沿溪开设多家温泉浴室，称某某"温汤"，此日人在台之遗绪，亦如餐馆风味标识有某某"料理"等称谓。所居客房，有引进之温泉热水，小泡半时许，值晚9点，便上床休息。

五月二十四日

也许因为昨晚9点上床，今晨早早醒来，黎明5点，便起床洗漱，见效英尚在睡中，便小心出门。见"龙谷饭店"雄踞两山夹谷之间，通过楼前一片小广场，便是山脚下的一条十来米宽的道路，顺山势蜿蜒西去。道两侧，分列着数十家商店，有专卖山货者，有卖茶叶者，虽无顾客往来，商店却早早打开了店门，且见店面整洁，陈列井然。我随意步入一家山货店，正在读报的店主人见客至，立即起身招呼，与之交谈，彬彬然而不乏热情。而另一处水果店面前，店主在接收新送到之桃子，桃实硕大而金黄，一筐筐搬下运货车，过秤后码放在店铺下，有几位游客已等候那里，看来是为这鲜鲜佳果所吸引了。继之东去，尚有露天咖啡吧、小吃街等店铺比列。

"龙谷饭店"背倚"大甲溪"，昨晚因有大雨，但见"龙谷吊桥"下，山洪涨起，色泽混浊，巨浪激石，盘涡毂转，声震崖谷。仰之群峰，云笼雾罩，曼妙动人，诚一天然画本。至停车场，见我们所乘大巴司机陈师傅，他正擦洗汽车，与之叙谈，他说："少年时，常见张学良先生，只是当时不认识，后来见影像照片，才知道他是一位大人物。我们两家所居一条街，很近。"话语间，有几分亲切，并引以为骄傲。

7点早餐，8点出发，峰回路转，车返"东势"（昨日所经之路），在"丰原"的地方上高速，经台东，而新竹，而桃源，到台北市，过淡水河，园山大饭店的高大身影便破目而来了。

午餐后，先往士林官邸，林木翁郁，繁花如织，幽径深处，一楼拥起，正蒋介石宋美龄别墅，其外观无多特别之处，质朴自然，与环境相融。我因叨念台北故宫，此虽名人故居，却无心逗留，径驱车往外双溪而来。碧瓦高墙的宏大建筑，似乎未能引起我的注意，便急匆匆步入展厅，奈何参观者甚众，精品文物前，总是一堆堆围着人。我本怕拥挤，遇到人多的时候，便会退了出来，找一块宽绰的地方，会感到自在。然而来到梦寐以求的殿堂，面对一件件心仪的国宝，便也顾不得自己的自在了，力争挤前去寻觅那熟悉而不曾谋面的国宝。

人们在"翠玉白菜"、"东坡肉"展柜前往往不肯离去，我则一观而已，那白菜与草虫，与想象中的形象差远了，没有所说的"栩栩如生"的感觉，而"东坡肉"，亦小甚，似乎一口便可以吞下去。而在"毛公鼎"和"散氏盘"面前，观众却不算多，我得以仔细打量，认真观摩，每想以手小心去摩挲，又觉得如此国之重宝，岂可用指爪去触摸，刚伸手又自觉地缩了回来，其实那重器是陈列在透亮的玻璃罩柜里，是无法去碰一碰的。盘浅鼎深，盘中的铭文，是可以尽情欣赏的，而鼎内的文字，则不能一一看到，有待于日后赏对拓片了。于书法，苏黄二札，杨维桢书卷，文征明书赤壁赋等都给我留下了深刻的印象。于瓷器，汝窑水仙盆，莲瓣碗等青瓷，还有哥窑瓷、黑瓷、乾隆五彩天球瓶等亦让我眼前一亮，驻足良久。玉猪龙、唐俑仕女、二女打马球唐三彩、19层的牙雕套球，牙雕食盒、核雕小件，无不精彩绝伦，令人赞叹。在一个个展室穿梭，有限的时间，无数的国宝，实在是难以应接，带着遗憾，不得不按时步出博物院。当我乘车离开外双溪时，脑海里不时闪现着那些文物的身影。

在一家珊瑚珍宝店，女士们疯狂地购物，我则因了在台北故宫博物院的奔波，精力似乎耗尽了，竟自坐在商店一角打瞌睡。

晚上在一家叫"丸林鲁肉馆"进餐，饭菜颇可口，也许是跑饿了，便多吃一点。接着过台北一条小吃街，排档林列，灯光如昼，气味混浊，令人不爽，而在一家名为"豪大大鸡排"店前，新台币50元一张的鸡排，竟排起了长长的队伍，生意的兴旺，可见其一斑了。台北小吃夜市，亦当是一种景致吧，我却无多兴趣，遛到一侧颇为冷清的书摊前，购得《张学良口述历史》和《章太炎传》。回到住地《麒麟商务公馆》327号，时已是晚上9点45分。

五月二十五日

6点起床，7点半早餐，8点半外出，逛商店购物，10点半往阳明山公园小憩，漫步曲径，观花赏木，吃茶叙话，绿荫乘凉，得一时之快也。

　　12点于碧海山庄就午餐，餐毕复登车浏览市政诸建筑后到"自由广场"，场周有"中正纪念堂"和富丽的音乐厅、肃穆的戏剧院以及高大而简朴的石牌坊。于此适逢在中正纪念堂第二展厅展出的《由激扬归宁静——近代文学作家书迹展》。我有幸看到了徐志摩、朱自清、胡适、陆小曼、夏丏尊、梁启超、梁实秋、林语堂、丰子恺、台静农、王国维、马衡、溥儒、吴宓、梅兰芳、荀慧生等八十多位作家艺术家的百余件作品，或中堂、或对联、或简札，风格迥异，文采照人，在作品展简介中知道"从他们的书信往返的墨迹，或是馈赠友人之书画手稿，文人的性格都将跃然纸上，亦可多面地了解其思维与理念。前人穿越时空留下的一字一句，编织成一页历史，足以供后世晚辈增长智慧，这就是文字书写的力量"。我慢慢地欣赏这些墨迹，时间过去了几十年，墨香犹在，让人亲近。其中有些书件，早就看见过印刷品，而今看到了真迹，自然会仔细地观摩，所憾此展没有图录出版，给人的记忆只会挂一漏万了。

　　下午所余的时间，又是购物，效英买手链、围巾、"兰蔻"化妆品，我则到"维格饼家"选购了台湾的"凤梨酥"、"鸳鸯绿豆糕"、"黑条酥"等杂色糕点，然后往松智大路，登地标建筑101大楼，以观台北日落之景象。未几，夜色降临，华灯竞放、车水马龙，一条通衢大道，竟变成了流光溢彩的河流，我按动了照相机快门，留下了夜色中的台北一瞬。

　　晚餐后，返回住地。

五月二十六日

5 点半起床，8 点早餐，餐毕，乘车由台北而苏澳。因改乘火车时间所限，于上午 11 点 20 分便提前进午餐，然后到宜兰新站，于 12 点 34 分登上小火车，往花莲而来。车出山谷，东望太平洋，浩然无际，西仰高山，峰峦插天，车外，海风击浪，窗前，碧树摇青。而车厢小巧简朴，绿绒靠背，白纱衬巾，清新典雅，一个车厢内，疏疏落落坐着不多的旅客，有人小声叙话，有人低头读书，也有人闭目养神，我则不时观察车外变化的景色，不知不觉中，便到了花莲和平乡新社站，看看表，才下午 1 点 48 分。下车出站，便去往游台湾享有盛名的"太鲁阁大峡谷"。未到台湾之前，便听到过"太鲁阁"的大名，原以为是风景区一个标志性的建筑物，为"楼观"之属，若"岳阳楼"、"滕王阁"者，抵台后，方知这"太鲁阁"乃是当地原住民的语言，意为"伟大的山脉"。

入"太鲁阁"谷口，奇峰陡起，连冈夹涧，真有"山从人面起，云傍马头生"的感觉，仰之弥高，峭壁欲坠，连山夹峙，中天如线，下视溪谷，乱石奔流，声气之壮，溢谷填壑。其石皆花岗之岩，为水（云雾溪）切割，奇伟之状，肖狮肖象，如虎卧兽蹲，似鱼跃龙飞，或洪流注壶口，或乱珠射天门。对之目眩，闻之心悸。入"燕子口"，过"九曲洞"，断崖千尺，岩洞幽邃，人行其间，不敢浪叫，唯恐惊落坠石。

双峰飞流，细雨喷薄，绿树挂云，杂花呈鲜，山中之景致，奇险之余，幽深附之。步行"慈母桥"上，小憩"望云亭"中，面对这中横公路的险绝，导游介绍着当年大陆到台老兵，风餐露宿，历尽艰辛，以斧凿镐筑，竟在这悬崖峭壁上挖出一条公路来，不禁令人嘘唏而凄然，"老兵啊，您可健在？"在中横公路上，蓦然泛起了一阵乡愁。

由"慈母桥"，返至"长春祠"下，云雾溪流雕琢着岩岩巨石，留下了发人深省的长沟石堑和精美抽象的艺术品，大自然的神奇与魅力，人力是无可比拟的。"长春祠"下，相对静穆，细流高挂，飞瀑如帘，古祠黄瓦，出于林表木末，游人三五结伴探胜，小路沿云，飞鸟相逐，其境界之清幽，则大异于峡谷之豪壮。

"太鲁阁"玩之尽兴，乘车往一家"台宝博物馆"参观购物，大理石雕，巧夺天工，猫儿眼、七彩玉、玫瑰红、白玉、黄玉……琳琅满目，美不胜收，唯其价格不菲，似少有求购者；即有所买者，仅止于小件纪念品。

下午7点半就晚餐，餐毕乘车入住花莲"鲤鱼潭度假酒店"327号房间，时值晚8点半。

五月二十七日

晚3点10分起夜，3点15分有地震，震级不高，却有感觉，鸡鸣狗吠，突搅清夜，其中一只鸡，连续啼叫，不肯止歇，虽嗓音沙哑，却颇有力，当是一只雄健的老公鸡。听着鸡声，遂不得再入睡，至5点，天已大明。

6点起床洗漱，见窗外初阳朗照，花影摇曳，遂与效英步出客屋，徜徉于花木间，后新华、建龙等相继出来，叙谈昨夜地震感受，又在花木间留影纪念。

7点半早餐，8点半乘车造访"慈济静思堂"。由义工黄金子女士导游介绍，参观了讲经堂、展厅、长廊等处，于书屋购得有关印顺法师和住持证严法师的书籍资料。慈济的善举在四川汶川大地震时，便以上亿元的捐款声闻天下，听了义工的讲解，对证严法师兴教办学、济困扶贫、治病救人、仁慈大爱、普度众生的菩萨行愿肃然起敬。置身"静思堂"中，反躬诸己，行己有耻，确确实实受到一次净化心灵的教育。

离慈济静思堂经往机场，托运行李，后入关待机，下午1点许登机飞离花莲，就午餐，4点飞抵太原武宿机场，6点半回忻，往"建苑"就晚餐，久违了的家乡饭，大快朵颐。

短短八天台湾之行，了结平生漫游全国各省、市、自治区、港、澳、台之夙愿，至于世界各地，若有机缘，身体许可，再跑一些国家，则吾愿足矣。

游三溪园记

日本人的生活节奏确是很快的。当我们乘新干线的火车到达横滨的时候，东京学艺大学的教授相川政行先生已在车站等候了。一见面，只一鞠躬，说了几句欢迎的话，便亲自驾车邀我们游三溪园。

在高楼栉比的现代化大都市横滨，三溪园是一个难得的典雅清静的日本式庭园，占地十七万五千平方米，园中荟萃了自镰仓时代以来各种形制的古典建筑，单国家重点保护建筑物就有十处。我在车上听着相川先生的介绍，心中是何等的愉悦。我爱古建筑，只是领略过中国各朝代的风格；这次能一瞻日本的一些古建遗物，脑海中自会增加别致的形象。相川先生又告诉我们，三溪园开放有近百年的历史了，是日本一位美术爱好者、生丝贸易实业家原富太郎，别号原三溪兴建的。园中的古建多是从京都等地迁建而来的。

车在横滨的街市上转了几个弯，便来到一处停车场，隔壁便是三溪园的正门了。入门中，满园的苍翠破目而来，已是深秋了，尚是一派夏天的况味，林木中间忽点缀三五丹黄的殷红的叶子，煞是醒目。高出林表木末的那是旧灯明寺三重塔，远远望去，高耸的塔顶直刺苍穹，深广的塔檐覆盖着

1992 年 9 月 6 日在日本横滨三溪园

塔楼，便是早在画报上和电影中看到的日本古塔的形制。据说这座三重塔是关东地方最古老的木塔，是康正三年建造的，当属室町时代的遗物了。

　　大家说着话儿，赞叹着园中的水光山色，穿过了莲池夹道，步入内苑御门，未几，便来到"临春阁"前。临春阁，临水而建，背倚丛树乔木，回廊曲槛，不施彩饰，质朴而高雅。我读着牌子上的介绍，约略知道，这所建筑是江户时代德川家在和歌山的别墅，也是日本国残存的唯一的大名别庄建筑，屋内保留着狩野永德、山乐、探幽等大家绘制的壁画。我过去学日本美术史，知道这祖孙三代曾是桃山画派的代表人物，曾为丰臣秀吉家族和德川家族的两朝皇室创作了大量的屏风画，在日本绘画史上创造了辉煌的壁画黄金时代，奈何临春阁只能在外面观赏，而那几位画家的手迹却无缘一面，这自然是一个很大的遗憾了。

离临春阁，过小桥亭榭，沿石阶磴道而上，行不远，丛林中拥出一座重檐大殿，颇宽敞宏大，为庆长九年建筑，原是京都伏见城德川家康的故物，名为"月华殿"。近三百九十年的历史了，却未见其衰老，殿堂整洁，楚楚有致。月华殿后"金毛窟"，是原三溪所建的一所茶室，颇卑小，而左近的"天授院"又是一区国保建筑，它是建于庆安四年的一所仿镰仓心平寺禅宗样式建造的地藏堂，檐柱间，横装板木为墙，斗栱以上，有硕厚的草秸屋顶，甚古朴。堂前有小树横斜，枝干上缀着疏疏的黄叶，时有小鸟啁啾，静寂中平添了几许清幽。

前行至"听秋阁"，高阁依山而建，下枕溪流。水落桥下，淙淙有声，阁后绿竹婆娑，轻风瑟瑟，于此小憩，山水清音，若金石相振，若丝竹弹拨，不绝于耳，正秋声也。若夜枕凉榻，虫声唧唧，当更能领略其"听秋"的妙用。

距听秋阁不远，有"春草庐"，是颇有历史的茶室了，木牌上标明，该茶室为织田有乐斋所建，有乐斋便是织田信长之弟。信长这位日本历史上的政治家、军事家，曾为国家的统一作出过卓绝的贡献。茶室虽小，于此却引出我无限的遐想来。

前面一座颇为富丽堂皇的建筑物，将我们吸引了过去，那便是旧天瑞寺寿塔复堂，原建在京都，为桃山晚期作品，是丰臣秀吉家为消灾延寿而建的。

"莲花院"亦为原三溪所建的茶室，想当年三溪园开放之初，定是游人如织，难怪主人在园中建了许多的茶室，那茶道生意定是兴隆的。茶室旁是中国梅林，一丘一壑，尽植绿萼梅，可惜不是梅花季节，否则我会在这异国他乡的香雪海中徜徉半日的。

在内苑的最后游览点是"三溪纪念馆"。该馆一九八五年方建成，内中陈列着原三溪以及三溪园的有关资料及实物，展览着原三溪的绘画屏风，这位造园主人，绘画技巧自是不同凡响的，风格颇有"京狩野"的余韵遗风。纪念馆还放映着《三溪园的四季》的电视片，然而却没有一位游客去光顾，相川先生也没有让我们坐下来观看，便领我们到"月影茶室"品茶了。

日本的茶道是久负盛名且为人乐道的，然而我们没有时间去领略那茶文化的风韵，据说体验一下茶道的全过程，须耗去两个钟头的时间呢。我们临窗而坐，相川先生为每人要了一杯地道的日本茶。一个手势过去，身着素净和服的日本姑娘，手捧着漆制的茶盘，步履极轻地小跑着送上茶来，而后恭谦地鞠着躬，退了回去。除茶外，每人还有二三只小点心，这便是周作人曾经乐道的那种"优雅的形色，朴素的味道"的豆米制成的茶食了。那茶瓯是极精致的上好的瓷器。瓯中之物，并非我国绿茶、红茶或花茶之属，而是半瓯粉末状的新绿，犹同我儿时故乡南河中所见之浮萍。相川先生告诉我们，这是研磨过的茶叶，很细碎，饮时分三次须连茶末一起吃下。我们仿着相川先生的招式，双手捧起茶瓯，扭转图案，三饮而下。茶尽了，点心也品尝了，在我口中，却没有留下任何味觉的概念，似乎得一个"淡"字而仿佛。据说日本茶道是陆羽功夫茶的再传，然而至今我还没有读过那本名闻古今的《茶经》呢。

在外苑游览，我们先登山到先前就看到的三重塔下巡礼，走近了，古塔反而失去那远望时的绰约风姿，见到的则是凝重和古老，苔花重重的石阶上似乎很少有人来问津。大约这二十世纪九十年代的人们，除了赚钱，便没有多少闲情逸致了。

塔下盘桓良久，便沿山顶小道到"松风阁"去，这里是原家初代的山庄，曾建阁，伊藤博文为之命名。现阁为一九六四年新建，地处高岗，松风习习，凉气逼人，极目远眺，可见"上海横滨友好公园"和"本牧市民公园"，秀水青山，芳草碧树，诚"见晴良好"之所在。

下松风阁，经"林洞庵"茶室，"初音"茶屋，过"寒霞桥"，一草屋当前而立，形制古朴，正田舍风味，名为"横笛庵"，听其名，遂发牧童横笛牛背之思也。

眼前又现一座佛殿，为室町时代后期建筑，少说也有四百多年的历史吧，经风沐雨，巍然矗立，其风格正镰仓东庆寺禅宗样式者。再前行，有旧矢萋原家住宅一区，硕大的茅草屋顶，为合掌造，深广的内屋，光线暗淡，陈列着日本农民们古老的生产工具。于此游览，得见江户时代的乡村气息，该建筑物曾建岐阜县大野郡庄川村，置于横滨的三溪园中，让久居都会的市民们一睹古昔乡村的风姿，当是何等的新奇，于此也可见造园主人的匠心了。

　　过"待春轩"茶室不远，就是旧灯明寺本堂，它与三重塔一样，由京都移筑，深檐九脊，青瓦压顶，颇有中土唐建风韵，中间三间装板门，两稍间安直棂窗，只是灵巧有余，而似嫌庄重不足。时有松涛阵阵，诉说着三溪园的兴衰，据说该园在第二次世界大战中，也受到破坏，到一九五三年以后才得恢复原来的面貌，有些建筑物已是以假乱真了。战争是残酷的，发动者不独给别人带去了灾难，同时也给自己留下了创伤。当我步出三溪园的大门时，我的脑海中除了三溪园各时代古建的形象外，更多的则是由三溪园的兴衰所生发的联想了。

访朝散记

等飞机的无奈

我和妻子参加省人事厅组织的山西省专家赴朝度假考察团，在晋祠干疗院已留宿一日。6月13日清晨，5点起床，盥洗完毕，6点同代表团所有成员搭车离晋祠，7点抵太原机场，8点半，检票登机，是一架小飞机，仅可容纳50余人，倒也方便轻捷。谁曾料到，大家落座有顷，只听到发动机"突突"几声，飞机却不能起飞。先后"突突"几次，乘务员通知大家："各位旅客：请大家暂时离机，到候机大厅休息，20分钟后飞机即可排除故障。"同行者只好遵命，鱼贯而离机舱。

20分钟过去了，听到的却是另一种讯息：

"到沈阳的飞机尚未排除故障，请同志们到餐厅就早餐。"此后接连不断地又听播音员的声音：

"飞机9点起飞。""飞机10点起飞。""飞机12点起飞。"

时间一再推后，坐在宽敞明洁的候机大厅，同行们开始时还能耐得住性子，四处走走逛逛，买桶饮料，买本杂志，以为消遣。待到 12 点，机场有关人员又召集大家去就午餐，到下午 2 点，仍不见起飞讯息，不少人困顿袭来，歪斜在座位里打盹，有的人喝得冷饮多了，频频的往洗手间去，有的人则口出怨言：

"如此状况，山西何能腾飞！"

代表团领队有点急了，他知道这次出国虽然是度假旅游，然而日程安排确是不能随便更改的，便和机场的领导接洽，建议：如果原来飞机的故障不能排除，请临时更换飞机。洽谈总算有了结果，机场领导采纳了领队的意见，到下午 4 点，我们方得改乘波音飞机飞往沈阳。

飞行半小时，飞机降落天津机场，乘务员告诉大家："天津港休息半小时，请按时登机。"谁知一坐又是两小时，询其原因，答曰："小飞机改成了大飞机，由低飞改成了高飞，事先也没有和管辖地段航线的某机关联系，便拒飞"，飞机只好滞留天津机场。出师不利，尽遇麻烦，真是晦气。

通过再三交涉，于傍晚 6 点半方准放行，晚 8 点抵沈阳机场，其时已是夜色苍茫，华灯初上了。

辽东夜行记

访朝日期既定，原拟乘坐由沈阳到丹东的两趟火车均早已误点，无奈，只得包租一辆长途汽车，彻夜行驶了。

车离沈阳，在公路上行驶一小时，到本溪市，高楼大厦，灯红酒绿，正映射出一个旧都市的新面貌，只是道路坑坎不平，时有土堆堆积，或是在拓宽改道，兴工动土，就不得而知了。车停在一家"阿里郎狗肉馆"门前，三十多人的团队，分坐四张小桌子，饭菜虽不甚可口，然总共才花去 200 元，委实是很便宜的。

晚 11 时离本溪，车在高山峻岭中盘旋，且多险路，大家在颠波中，由于过度疲劳，尽入梦乡了，唯领队张国荣同志，为解司机困顿，与司机说着话儿，以提其神。小张用心之细，令我深为感佩。

是夜正值六月中旬，明月当空，朗照林莽，水汽氤氲，树影模糊，时见帆布帐蓬，立于路旁，棚边蜂箱累累，树冠槐花似雪，此时正是放蜂季节，此地当为槐花蜜的产区了。明月下，忽见有"南天门"的路标，其地正在山巅，道路险甚，路旁怪石攒聚，黑魆魆的，若鬼蜮探人。询之司机，知此地为"摩天岭"。朦胧之中，下视山谷，冉冉云起，不一而绝。云开处，山村隐现，正当熟睡中，了无声息，唯淡淡灯光，与星宿相若，所不同者，一需仰观，一需俯视。其地近海，水气颇丰，故满山植被，葱翠茂密。车向东南而去，凌晨破晓，天渐放亮，看看手表，才拂晓 3 点半。

车过凤城，天大明，于 5 点许车平安抵达丹东市，下榻枫叶宾馆，门前有枫树数棵，若秋天到此，定是红如燃，别有韵致的。

丹东一日

当我和妻子住进丹枫宾馆 419 号的时候，已是 6 月 14 日早晨 5 点半的时辰了。由于夜行辽东，疲累之极，一入宾馆，草草洗漱，便倒头而卧了，待到 8 时许，有工作人员叫吃早点，方从睡乡醒来，进得食堂，似无食欲，只吃一碗稀饭，再回客房休息。

午饭后，利用半天的时间，我们先后参观了抗美援朝纪念馆，游览了开发区，还放舟鸭绿江，饱览了两岸风光。

丹东市，仅市区就有 26 万人口，到处车水马龙，煞是热闹，特别是开发区，楼馆林立、商店栉比，有白墙碧瓦的中国古建形制，有红瓦高瓴的欧建格局，沿江公园，绿树成荫，彩旗招展，游人熙攘，颇见繁华。江中放舟，船外绿水白浪，头顶丽日清风，同行者或摄影留念，或引吭高歌，欢笑声、鼓掌声，此起彼伏，唯江水靠近丹东岸边污染严重，水质浑浊，不时泛起难闻的白沫，询之导游，言上游有一家造纸厂，常年排放废水，流入江中，以致江中一种名贵鱼种也面临绝迹。好在当地领导已将此事放在议事日程。

在江边徜徉，那"鸭绿江大桥"（今·"中朝友谊大桥"）尤令我关注。早在 50 年前，我上小学的时候，就学会了"雄赳赳，气昂昂，跨过鸭绿江；保和平，卫祖国，就是保家乡……"的歌曲；后来，又在电影中看到过中国人民志愿军跨过鸭绿江大桥的雄姿，也给我留下了深刻的印象。今伫立江畔，凝视这两座饱经沧桑和战争洗礼的大桥，童年的记忆和现实景观交织在一起，使我对这大桥产生了一种亲近和眷恋的情愫。

这两座相距仅百米许的大铁桥，均为日本人所修，下游一桥建于1910年，到1950年先后被侵朝美军轰炸，现在中方部分已经复修，而朝方部分尚在残缺中，这"断桥"在夕阳残照中，瑟瑟缩缩，令人想起了那炮火纷飞的年代以及侵略者留下的罪证。上游一桥，为1937年所建，尚是今天的实用桥，是连接中朝铁路干线的枢纽。

江畔，风甚大，彩旗猎猎，碧波涌起，似有凉意，遂返寓歇息。

朝鲜山川即景

15日上午9点25分，乘火车离丹东市，过中朝友谊大桥，到新义州，于列车上作过境检查，首先将时间表提前1小时，值上午9点半，改为10点半。新义州，是朝鲜西北郊的边境重镇。与丹东市隔江相望，为平安北道首府。从车窗望去，该市虽有一些高层建筑，但多数显得陈旧，车站行人，衣着亦较为简朴，唯胸前佩戴的那金日成像章，一闪一闪的，透出几分生气。妇女颇瘦小，手抱小儿，背负粮食包裹，佝偻着身子，匆匆行进，而男子很少看见有身负重物者，只手提小件，一般都走在女人前面。站台上停一列小火车，仅几节车厢，我观察到，每节车厢有6个小窗户，窗玻璃是用玻璃条竖着拼凑的，自然那列车给人的印象是破旧和凋零，料想这里的物资是十分的匮乏。

在新义州车站，其实也没有多少手续，然而竟停留到中午12时20分才开车。过新义州，进入旷野，沿途有山、丘陵、灌木丛、森林，浓荫滴翠、绿色满眼，房屋多如中国形制，作硬山、歇山、悬山式形状，建于半山、山脚、丘陵高地，平地尽作水田，平畴无际，稻秧悬针，水天一碧，灌渠纵横，时有喷灌，雨雾蒙蒙。牛羊游弋，鸟鹊和鸣。土路上，几辆铁轮车，高高的双轮，长长的辕条，架着一头黄牛。缓缓地行进着，看上去，却似我国汉代画像石上的形象。

车过清川江大桥。我想起了日前在丹东市抗美援朝纪念馆展览时的情况，那幅清川江大激战的巨幅油画，画面上的人物有真人大小，那惊天动地的激烈战斗场面，随着看台的转动，画面不停地变幻着场景，加上声、光、电的配合，有身临其境的感觉，而眼前却是一派和平宁静的景观。这是两种何等迥然不同的世界呢！

田间劳作者，或数十人一处，或十数人一处，他们还是集体劳动制度，有如我们当年的生产队。山地薅谷者，手握小锄，爬着、跪着；水田插秧者，躬着90度的身子，一排排一队队，有如舞台上的舞蹈。路边忽见一片松树林，千姿百态，颇有画意。田间有挖菜者，水边有摸鱼者，也有五六个小孩赤身玩水，几个猛子下去，溅起满河的浪花，惊起一滩的鸥鹭。

车近平壤，方得见油路，然而路上却很少能看到车辆，看到的最多的是金日成的画像，每个车站，至少一幅，标语口号亦随处可见，均以工整字体写在路边特建的形如影壁的墙面上，足见朝鲜的政治教育是抓得很紧的。

下午 4 点，抵平壤，下榻西山宾馆。宾馆距大同江和普通江不远，远远望去，还能清晰地看到架在江面上的桥梁。这宾馆，小山环抱，甚是幽静，楼高 30 层，建筑亦颇壮美，傍临国家体育中心，体育设施，一应俱全，运动场周围，缀之丛树，草坪、花坛、坐椅，漫步其间，令人赏心悦目。

晚饭后，我和妻子漫步楼前，那一排高大的月季，花光灼灼，每一株，花头少说也有上千只，实在让人叫绝，兼之晚风徐来，花香馥郁，时闻蝉躁蛙鼓，心境更为澄澈。

到三八线去

到平壤后的第二天，我们首先去板门店，早 8 点乘坐旅游客车用 2 小时半的时间，行程 160 公里，抵达开城。这个从公元十世纪开始已经是高丽王朝的都城，因其城周以松岳、蜈蚣山环绕，则有"松都"的别称。这都城，发展到现在才有 24 万人口，还是朝鲜的直辖市呢。市内行人甚少，且以步当车，连一辆自行车也不曾看到。

在开城北郊，有一座高丽博物馆，历史上曾作过高丽大学，现存有大门讲堂、书库、礼器室，后大殿今作为文博物的陈列室，院内多古银杏树，其大者，数人方可合抱，树龄当有千余年的历史了。西厢古建，结构精巧而别致，据说电影片《春香传》就拍摄于此。我和妻子入房内小座吃茶，并摄影留念。西去小坡上有古塔二座，小巧玲珑：古碑一通，以汉文书写，曰大鹫山某寺碑志。

由开城南去，行车10分钟，例到板门店，这里在历史上最早不过是一处南北往来行人的小店，后来发展成为驿站，而今天却存在有世界著名的朝鲜停战谈判会场和停战协议签字的旧址。两处房子皆是用一些木材兴建的宽大的平室，现在里面既保持着谈判和签字时陈设，也增添了一些图板、沙盘模型和实物资料，一位朝鲜军官以激动的情绪为参观者讲解着当年战争以及谈判、签字的细节，他说："这是朝中人民军队英勇奋战的结果，是用生命和鲜血才换来的谈判和签字！"大家报以热烈的掌声。

由板门店南去便是三八线，这是一条水泥线，为朝鲜和韩国的分界，水泥线两侧，各有一条黄色线，二黄线之间为禁区，双方人员皆不得入内，三八线上建一座平房，南北人员皆可入内参观，据说是一处会谈的地方。南北双方又各建有瞭望楼，朝鲜为白色楼，韩国为蓝色楼和黑色楼，分别插着各自的国旗。我们登上北楼，但见双方兵士，各在黄线外，荷枪而立，一派严肃气氛。那蓝色瞭望楼上的几个美国兵，还不时向我们探视。此地离汉城仅40公里，若两地统一，仅一小时的时间便可到汉城一游，然而三八线南北各2公里内，为无武器区，有农民可以在各自的土地上劳作，然而他们不可以往来，也不可能往来，因为中间不独架设了铁丝网，两方又在禁区的界线上，垒起了高高的石墙。我在石墙下不禁想到：一个处在开放时代的国家，竟如此的人为隔绝，这堵墙是谁垒起的，又是为那些人垒起的，难道就没有被拆除的一天吗？

在稻田中，有数十只白鹭，悠然而立，一动不动，如标本似的，洁白的羽毛，映衬在碧绿的田野中，犹如东山魁夷笔下的境界，宁静到凝固的感觉。也许是受了一点小的惊吓。瞬息间，那白鹭们跃然起飞，冲向蓝天，向南向北飞去，随心所欲，不受那高垒的羁绊，田中的农民们们抬头望着这些自由飞翔的鸟雀们，拄着农具躬着腰，又好象米勒笔下的人物。

中午在开城的一家餐馆进过午餐，然后循原路返回平壤。在半道上，停了一次车，让大家下车方便，顺便在一处商店购买纪念品，有像章、邮票之类。我买了几包香烟，价钱是很便宜的，只是烟丝很不佳，至今还放在抽屉里，朋友们都说，这烟不好吸，作纪念可也。

在平壤的日子里

从板门店返回平壤的当日，就参观了万景台区的少年宫。这是一所很有名的学校，金日成同志生前，多次来这里视察。这里有手风琴班、刺绣班、书法班、医疗班、舞蹈班、体操班……我们步入各班的教室，看到孩子们认真练习和表演。到书法班时，八九岁的孩子们立即用汉字写出了"中朝友谊"等字样，且能方严规整，用笔精到，功夫还不浅呢。随后，大家又在少年宫领导的陪同下，于大礼堂观看了少年演出队的精彩文艺节目。早就知道朝鲜族是一个能歌善舞的民族，谁曾想到，他们从孩子时代起，就受到了良好的训练，打下了坚实的基础，出类拔萃的歌唱家和舞蹈家当会从这些少年中脱颖而出。

当我们走出少年宫的时候，热情好客的孩子们还依依的送别大家，有人拿出随身携带的钢笔、糖果、矿泉水送给孩子们，他们都接受了，并报以亲切的微笑。

6月17日，这是时间安排的更为紧张的一天，跑了很多的路程，看了很多的景点。首先去参观金日成抗美时期的办公室和议事厅，其设施皆在地下，正如我们"深挖洞"时期所建的地下长城，迂回曲折，坚固可靠，这在战争年代，定会起到不可估量的作用。

到朝中友谊塔（抗美援朝纪念馆），向在战争中捐躯的中国人民志愿军烈士献上了鲜花，并默哀致敬。这塔不算高，仅30米，也不见得怎么宏大，然而塔里的壁画，让我们看到了中朝军民抗击美军侵略的不同场面，当我翻阅了那些摆放在塔中央桌子上的几本厚厚的志愿军烈士名单的册子时，不独肃然起敬，而且心情更加沉重起来，在那场战争中，竟牺牲了那么多的中国人，他们的躯体至今还躺在异国他乡的土地上，他们的名字，人们大多淡忘了，而他们在历史上的功绩却永远不会磨灭的。

随后，大家前去瞻仰了金日成铜像。这铜像处万寿台高地，像高30米，用30吨黄铜铸造而成。阳光下熠熠生辉，不时见到一队队青少年到这里来献花，以寄托他们对领袖的追怀。不远处是千里马铜像，跃然蓝天，给人们昂然奋进的感觉。主体思想塔（即金日成思想塔），建于大同江畔，高170米，塔之主体，以巨石砌积而成，高150米；火炬20米，殷红殷红的，似乎在告诉人们它在不停地燃烧着，永远不会熄灭。

离主体思想塔，过大同江铁桥，不远便是五一体育馆。其建筑宛如一顶巨大的蓝色降落伞悬落在大同江的一个小岛上，内设坐席20万，有80个出口，在这里可以举办各种体育赛事活动，比赛结束，只需6分钟，全场观众即可退场完毕。这确是一座设计健美、设施现代化的场馆，要不称之为世界之最，和巴西的体育馆可以比美。只是我不知它建馆以后，举办过多少次世界性的赛事，若普通的运动会，在这偌大的场馆召开，稀稀拉拉的能坐上多少观众。

时已过午，在早已订好的青牛饭馆就午餐。午餐毕，也不休息，我们去到一处很为宽绰的院落，那里陈列着11组群雕，皆出自朝鲜著名雕塑家之手，内容是反映朝鲜军民在抗击美军侵略战争时期的英雄故事，一个个人物被刻画的生动活泼，这里当是爱国主义的教育基地，也是一所精美的艺术品陈列馆。金日成同志生前为这个纪念馆题写了馆名。随后，到朝鲜抗日烈士陵园去巡礼。整个陵园，占去了一个小山头，一排排烈士墓、烈士碑、烈士雕像，从下而上，井然有序的排列着，青松翠柏，遍植周围，其境清幽肃穆。我有点走累了，坐在台阶上歇脚，有几位青年人，走到了最高处，把手中所采集的野花一一地地献出去。

到下午 5 点，大家很疲累，导游将大家带进了平壤杂技馆，观看了一场精彩而又十分惊险的杂技表演。平壤杂技团，蜚声海内外，经常在世界各地演出，今天在平壤得以观看，真是大饱眼福，两个小时下来，一天奔波的倦怠也消释了几分。

晚饭后，乘车浏览平壤夜景，路灯多不开，楼房的影子黑魆魆的。号称平壤摩天大楼的 105 层柳京饭店，也只有少许的窗户亮着灯光，好像深沉的夜空开启了几片天窗，想来这饭店也不曾住满过客人，唯见几处金日成画像，灯光通明，如同白昼。后至凯旋门而返。

6 月 18 日，这是我们到朝鲜之旅的最后一日了。早饭后，细雨霏微，大家参观了万景台金日成故居。车在市区拐了几个弯，来到首相故居。其地树木参天，枝叶繁茂，绿树下，两排茅屋前后相对，前排低，后排高，皆以素木为檩柱，屋顶复以厚厚的稻草，因其年久缘故，稻草已变成了焦茶色，在雨雾中，更显其庄重和古朴。后排正屋，是金日成少年时期和祖父、祖母生活起居的地方。衣箱、床铺等生活用品如旧时陈设，墙上挂有照片等什物。南屋不安门窗，为仓储间，有农具、草编、水缸之类，罗列其间，各得其所。屋前有水井，院周设篱笆，林木葱翠，花草扶疏，一派自然闲适的农家况味。

雨停了，天空中射出一束阳光，照在高树上、屋檐上，并逐渐移到了挂在墙壁上那早已褪了色的老照片上，少年金日成那双机灵的眼睛，似乎要告诉游人们些什么呢。

离开金日成故居，参观了平壤地铁。这是一处颇为令人赞叹的宏伟建筑，它深入地下 100 米，上下设有电梯，地铁总长达 70 里，共有 17 个站台，不管乘客坐几站，只需花一角钱车票。在平壤，乘坐有轨电车、无轨电车、公共汽车，同样不管你走多远路程，均为一角钱，我想这是世界上最便宜的车票了，恐怕国家为这些交通设施的存在，每年都要背上沉重的包袱的。

出地铁，到一家有 45 层建筑的高丽宾馆去购物，它是朝鲜的一所超星级宾馆，装潢自然是够豪华的。只是货物奇缺和价钱的昂贵是出乎意外的。走进第一层的商店，除了一些亮丽的朝鲜民族服装外，似乎没有什么东西可买。一只朝鲜人传统习惯使用的（今天很少有人使用了）家常小铜碗，竟标到 400 元人民币。我只好捡了一只青瓷小盖碗，花 24 元，收入行囊，以作纪念。到二楼的书店看看，书也很少，大概没有我自己文隐书屋的藏书多，看到有《朝鲜观光案内》、《平壤概况》两本中文书，我想买下来翻一翻，得到了答复是："不卖！想买，只有邮票。"看来，这些书也只是摆样子的，我便退了出来。

平壤是一个美丽的城市，十分的干净，没污染，在这里似乎也没有看到过工厂的烟囱，也几乎没有商店（我们只进过一家只供外宾入内的友谊商店），也没有摊贩（包括水果和蔬菜的），街头车辆也很少，人们以步当车，行色匆匆，妇女们负重而行，或背或顶，是够辛苦的。不过大家都能安贫乐道，人人谦恭有礼，社会秩序良好，这让那些以交通警察为职业的妇女们大为省心。市民粮食和副食是定量供应的，有如我们60年代初期的样子，不过他们的住房却是很宽绰的，一般人家的住宅面积可达0—180平方米，这确实是令人羡慕的。只是饿着肚子住空房，恐怕也不会有什么好滋味。

是日上午11时50分，我们离开平壤，乘火车北上，经新义州至丹东市，再转沈阳乘飞机返回山西，结束了朝鲜的旅行。

附录：

导游的启示

在平壤，导游的名字叫京进，他的姓氏，我却不曾记得，这是一位近30岁朝鲜族青年男子，待客热情礼貌，而且很幽默，能说一口标准的汉语普通话，间忽夹上一两句北京的歇后语，说得很得体，令大家笑得很开心。后来问起他是如何学得如此流利的汉语，他说他曾在北京大学留学五年，毕业归国后，没有找到合适的职业，便做起导游工作来，而且做得很认真。他对朝鲜的历史、地理、和各地的人物掌故非常熟悉，难怪他讲解起来，如数家珍、左右逢源，妙语连珠。这位导游，令我十分的敬重，一个留学生，做了一位导游，他不觉得屈才，却把本职工作做得很投入，很出色，这种敬业精神，正是大家所应学习的。回想我在国内的旅游，所见过的一些导游小姐，油嘴滑舌，虽然也能逗大家笑乐，却感到档次低，甚至还有些庸俗呢，唯在云南丽江时，一位叫山云的纳西族姑娘，她服务热情周到，讲解得兴味无穷，原来她也是一位大学生。所以，我以为要发展旅游事业，招聘导游，其文化学历和敬业精神是要认真考察的。

费城遐想

　　在华盛顿就午餐后，便驱车去费城。车在整洁宽绰的高速公路上疾驰着，丛林、村落、工厂等不时的映入眼帘。那林木的高大和稠密，保持着原始的生态，丛树间又挤满了灌木和野草，似乎只有野生动物才能钻入其中，人们是很难插足的。稀疏的村落中很少有行人，偶见一些汽车和直升机停放在屋侧，奶牛在草地上游弋着，才散发出一些农庄的气息。至于工厂，虽有高耸的烟囱，却不见冒烟。看惯了云烟翻卷的工厂景象，这里倒给人以缺乏生气甚至停产的感觉。然而真正出现了冒烟的工厂，那才是要被关闭的。那公路的路面上，莫说是果皮、饮料罐没有，就是飘落的树叶也很少见到，我询问久居美国的于小姐，何以能保持如此净洁的路面，答曰有两方面的原因，一是因了公民的文化素质，长久的养成了保护环境卫生的良好习惯；二是美国有严厉的处罚制度。据说在市内马路上随意扔一个香蕉皮罚款 400 美元，而在高速公路上扔一只则罚 2000 美元，如果被处罚没有钱又没有工作，便给他找个临时工，并强制其劳动，待劳动所得付清了罚款后，方得自由。难怪我们乘坐的汽车上也放着一只大大的垃圾袋。

　　谈笑无长路，大约走了近两个小时的路程，便进入了费城的市区，它是宾夕法尼亚最大的城市，曾作过美国的首都，是历史文化名城，不过它也仅有300多年的历史，除了高大林立的楼房，横架在特拉华河和斯库尔基尔河上的铁桥，长长的通道，似乎没有给我留下什么历史沧桑和文化积淀的感触，这自然是进入市区的初步印象。

　　当车穿越几条林荫大道戛然而止后，我们已到了费城的独立广场，那高大的独立宫的尖顶子直插苍穹，游客们自觉的排成长队儿静静的移动着，慢慢地走进了这个历史大厦。当我肃立于独立大厅时，看到的是十三张排列整齐的大桌子，绿丝绒台布上，井然有序的陈列着书籍、纸张、文具盒和蜡烛台，我认真的赏读着这一切，一时间，当年那些历史人物们顿现脑海，指挥独立战争的华盛顿，起草《独立宣言》的杰弗逊，兼做科学家和文学家的富兰克林……他们在第一次和第二次大陆会议上激烈的辩论着，终于在1776年7月4日通过了举世闻名的《独立宣言》，宣布了英国殖民主义将在北美的破产，建立"自由独立的合众国"以及后来在这里召开的制宪会议，华盛顿主持并通过了宪法。那十三州的代表们，群情激昂，热烈欢呼的场面，一幕幕地幻化到我的眼前来。

　　大厦的门前、后院以及一座基督教的礼拜堂外，领袖们的铜像静穆的矗立着，似乎仍在关注着200多年前他们缔造的国家的变化。那原在独立厅内的自由钟，已移置厅前的草坪上，外建玻璃房保护着，我随着游人进入钟房，那冰冷的大铜钟，悬挂在当屋的钟架上，没有些许的声息，只有钟面

上那："宣布自由遍施于全部国土，全民均得共享"的铭文，
醒目的供人们品读。我忽发奇想，如何才能重重地击撞这惊
世的尤物，让它发出震天的巨响，使那铭文不再是仅供人们
观瞻的词条。

　　走出钟房，我被那飘荡着的北美 13 州的五彩缤纷的旌旗
吸引着，首先想起了富兰克林，他写的《富兰克林自传》曾
是我喜欢的读物。他第一个在费城建起了公共图书馆，他发
明了避雷针，后来成为世界注目的政治家、思想家、外交家，
又在科学和文学上有惊人的建树，怎能不令人肃然起敬呢。
而华盛顿却是一个没有学历，出身于种植园主家庭的子弟，
只因他有远大的抱负，勤勤恳恳的劳作，把自己的命运和殖
民地人民紧紧的联系在一起，在反英的独立战争中逐渐成为
领袖的，直至连任两届总统并尊为美国的国父。我想起了他
的连任总统后的就职演说词，短短的，仅有一句话，那便是：
"在我执掌政府期间，若企图和故意触犯法律，除承受宪法惩
罚外，还接受现在这个庄严仪式中所有见证人的严厉谴责。"
他把自己置身于法律和群众的监督之下，又是何等的让人敬
服。这位总统第二任届满后，便坚决拒绝再次连任，树立了
美国历史上摒弃总统终身制、和平转移权力的典范。于此，
我不禁想起了邓小平同志。那些屁股一沾宝座，就不愿或害
怕离开的人物，亦当以史为镜，以人为镜吧。

　　我坐在草坪上，面对宁静的楼房，观察那林阴道上的景
致，白色的四轮马车迈着缓慢的节率前进着，有时在路旁停
下来，等待那打招呼要坐车旅游的人们。已是深秋的季节，

偶有黄叶飘落着，又值下午四点半的光景，阳光淡淡的，小风吹过，我感到一丝的寒意，也为宁静的费城平添了几许苍凉，古都似乎有点衰老了。

上车的时间到了，我无缘一听享誉世界的费城管弦乐，也没有时间去参谒那富兰克林的墓地，便匆匆地往纽约去，于费城之行留下了几缕的遗憾。

到蒂华纳去

趁在美国南部的机会，很希望到墨西哥看看，哪怕是边境城市也好。

时值高秋十月，天朗气清，惠风和畅，正是出游的好日子。早餐后，赵小姐开车陪我们去蒂华纳。车离洛杉矶，沿西海岸南下，一路风光甚是亮丽，路东小山绿树中，别墅华屋时时隐现；西向，太平洋碧波荡漾，空阔无边。近海处，白浪滔天，席卷而来，高可数丈，甚是壮观，正涨潮也。在国内，未曾得观钱塘潮，常引以为憾事，今在异国他乡，幸遇太平洋大潮，机不可失，遂停车路边小镇，聊作流连。穿花荫小道，过临街店铺，下石磴数十级，便到海边沙滩。滩头，坐者、卧者、趴者、跪者、老者、幼者，或穿泳裤，或着泳衣，在阳光朗照下，谈笑风生，怡然自得。惟有那冲浪者，时而立于万丈潮头，时而卷入飞水激浪，有若暴风雨中的海燕，从容不迫，英武矫健，煞是让人叫绝。潮水到近岸处，已是强弩之末，浪势锐减，浪花过后，沙滩上留下了形色不同的贝壳，我俯身挑选数枚，擦干净水渍，放入衣兜，以为纪念。浅水中，有几个五六岁的小孩子，或抱小舢板，或穿救生衣，也向浪中冲去，那镇定自若的神气，令躺在沙滩上的父母们不时地发出"OK"的赞叹声。观潮有顷，赵小姐便催促大家上车而去。

中午一点，车抵圣迭戈。它在加利福尼亚州，人口已超过了旧金山，是仅次于洛杉矶的第二大城市。我们在一家中餐馆就午餐后，随意在街头走走，街上行人少，车辆也少，它没有洛杉矶的喧嚣和匆忙，给人以宁静和文雅的感觉。随后大家乘车经过长长的科罗拉多跨海大桥，到巴尔博亚公园游览。绿树、草坪、喷泉、火烈鸟环绕着一座座维多利亚式的白色建筑，那豪华的大旅社而或是典雅的小旅馆，无不绿荫掩映，繁花似织，楼顶上花木成畦，屋檐下悬盆飘逸，那窗台上的吊兰，拖着丈余长的茎蔓儿，随风摇曳着，那些叫不上名字的五光十色的花朵，散发着阵阵的清香。向东北望去，高大的市政大楼在圣维森特山色的映衬下，更为醒目，东南的科罗拉多大桥，高高的凌空而架，优美的弧形，以长虹作比喻，似乎太俗了，然而，一时间我却找不到更恰当的词汇。港湾中，战舰如云，据说美国的太平洋舰队就长期停泊在这里，那些曾参加过世界二战的退役的战舰们，已变成了博物馆，奈何时间紧促，未能去参观。然而这世界上著名的自然良港，给我的印象却是很深的，但愿这美国的海军基地尽早的变成和平的科研、旅游和疗养的胜地。

从圣迭戈到蒂华纳仅有 20 公里的路程，这路建成还不到 20 年，是地方筹措资金代替了联邦的资助，成为两市交通的纽带，为圣迭戈的发展起了很大的作用的。快到目的地了，赵小姐告诫我们说，墨西哥很穷，社会治安也不好，抢劫行为时有发生，希望大家注意。我虽身无钱财，一到边界，却也心生戒备。

蒂华纳是墨西哥最西北的边境城市，从地图上看，加利福尼亚半岛如同一只"瘦臂"斜挂在太平洋和加州湾，而蒂华纳和墨西卡利正是悬挂这"瘦臂"的两颗铁钉儿。由美国进入墨西哥的海关通道，似乎没有人看管着，自然也不需要出示什么签证。只一道单向铁栅门，门只能向墨方转动，人可自由地走进墨西哥，而连一步也不能跨入美国的领土。于此，亦可见设计者的良苦用心了。

一过境，便是蒂华纳的所在了，夹道的地摊，堆积着首饰、皮货、工艺品和食物，商人们吆喝着、兜揽着生意，而这个操西班牙语的民族，我是一句也听不懂。步入广场中心，我便寻觅墨西哥古老的文化，然而在这个边陲都市，哪里会有头像、祭坛和石碑，玛雅人的文明，在这里也是不会留下些许的痕迹。突然在方整的建筑群中，出现了一区攒尖的茅草屋，屋顶安置一只精制的大蝎子，身躯有车轮大小，带刺的长尾巴高翘着，那前面的双箝儿还似乎摆动着，怪吓人的，这别致的建筑形貌，自然是引人注意的。到了一家皮革店，那皮带上也以蝎子为图饰，我揣测着当地人何以对这小生灵如此的厚爱，难道说它们和中国的图腾有类似的渊源呢。

在广场一角小餐厅的门前，摆满了桌子，洁白的遮阳伞下，游客们怡然自得地品尝着风味小吃，一支三人的小乐队，弹着吉他，拉着手风琴，吹着萨克斯，为就食者助兴。"墨西哥人离不了音乐和女人"也许不是妄说的。

　　在街头徜徉，一位打地摊者，向我走来，竟能用中文对我说："您好，请!"并一手按胸前，一手扬起，做欢迎状，希望我过去看看他的货物。这恭谦有礼的举止和亲切的华语，令我为之感动？不独化解了我对墨西哥人的戒心，甚至感到赵小姐的告诫也有点危言耸听了，也许是她久居美国的缘故吧。

　　广场的另一角是游乐场，一个圆形的露天高台上，置一电动的人造雄牛，其形象与真牛毫无二致，买票玩乐者，依次上台去，骑在牛背上，两腿紧贴牛肚，双手紧握牛角，随着音乐的起奏，那"牛"便在乐曲中奔跳翻转，若电视中所见西班牙斗牛之情状，也颇激烈。如一不慎，便摔了下来。待人落地，那牛便复归平静。后来者，也复如是。

　　墨西哥民间的和民族的雕塑、编织、陶俑、木雕等艺术品，都是令人钦羡的，形象是十分的古朴和可爱，只是要价也甚昂贵，便也只好割爱了。看看天色已晚，夕照由屋顶爬到了东山，我们便匆匆离开这墨西哥的边城，经过美国海关的严格的验证，在灯火阑珊中返回了洛杉矶。

欧行记略

六月二十九日

晚 10 点半，由杨文成、潘新华、黄建龙送站，我与内子石效英乘由太原至北京经道忻州快车（6 号车厢软卧），于 11 点 6 分离忻往京。

六月三十日

早 8 点 10 分抵达北京站，打的往空港快捷酒店，住 1225 号房间，条件差甚。在酒店见到欧行组织者朱先生，谈行程安排，交出访费，余无他事，遂倚枕读所携《袁中郎随笔》。

七月一日

7 点早餐，10 点离酒店往机场，下午 1 点登机，本应 1 点半起飞，奈何有数位旅客未能按时到达，以致延误起飞时间。待延误者登机，又是没有了跑道（没按时起飞，临时安排所致），以致起飞时间延迟 1 小时，即下午 2 点半方得离京。此行，乘海南航空公司飞机，行约 10 个小时，在机舱吃两顿便餐，有各种饮料，随时送上。乘机未久，精神尚佳，默想行经路线，猜度云层之下，是黄河，是西安，是兰州，是乌鲁木齐，飞出葱岭，足迹不曾经历，飞行路线便是地图中的知识了。乘坐久了，腿脚麻木，颇感困顿，便懵然入睡了。

到柏林，已是北京时间晚 12 点半了，时差 6 小时，值柏林时间 6 点半。飞机到柏林降落时，在机舱小窗中瞭望，蓝天白云在阳光中，甚是亮丽，山脉浓绿，草地芳鲜，河网交织，绿树夹岸，而一排排洁白的风力电塔在浓翠铺陈的背景中，不倦旋转，这景致，让我从昏睡中清醒，柏林郊外的自然景观是令人欣慰的。

飞机降落柏林泰格尔机场。欧人生活节奏缓慢，办事效率低下，一个出关手续，便用去了很多时间。更有麻烦者，同行者 75 岁的雕塑家李行健先生的两件雕塑作品被德国海关所扣留（以为是文物）。朱领队、倪导游与李先生四处奔走，多方交涉。我等小坐广场石磴上，以待李先生提取作品。石磴旁，常有鸽子往来觅食，与之招呼，似不惧人，沙燕高翔于天，乌鸦则散落在泰格尔航空楼头，广场上则是熙熙攘攘的行人和快速来往的车辆。

在机场用去两个半小时，与海关再三洽谈，李先生之雕塑作品尚作扣留，无奈，我等一行 19 人，只好乘车往东柏林，入住一家酒店。酒店虽不宽绰，尚干净可人。泡一桶方便面，我和效英分食之，聊作洗漱，随之歇息。

七月二日

此时此地，昼长夜短，晚9点天未黑，早4点天大亮。因时差关系，尚需适应，这一夜，我仅睡了4小时，12点半起夜一次，2点半再起一次，此后便未能入睡。早4点半便起床。见效英尚在睡眠中，想是昨日一天行程，当也疲累之极。我轻轻去冲澡，效英也从梦中醒来。窗外虽然是一条大道，其时行人、车辆尚少，室内倒也安静，一窗的阳光通过净洁的纱帘，均匀地洒落在屋壁上，静谧而柔和。

6点就早餐。8点外出游览。车几经拐折，西入菩提树下大街，这是一条宽绰而笔直的林荫大道，路北是历史悠久的洪堡大学，高大的建筑在车窗中倏忽而过，才听到导游的介绍，那校园便失去了踪影。前行绕过勃兰登堡门，进入"六月十七日大街"，这是一条更加宽绰而明媚的东西主干道，道路之南北，建筑少而低矮，到处是草地和绿树，车在行进中，见一圆柱高耸，高可七八十米，柱顶塑有金色胜利女神像，巍巍然，甚是醒目，名曰"凯旋柱"，当是历史上俾斯麦出任普鲁士首相以后，先后对丹麦、奥地利以及在后来普法战争中取得胜利后的纪念物，通过"六月十七日大街"的西边尽头，车向西北而来，未几，到达夏洛藤堡宫，在柏林，这也算一处大大有名的游览区，然而游人却寥寥无几，我等在这儿也只是逗留一会儿，看看颇为高大的建筑，品读建筑前一组精美的雕塑，人物动态之生动，骨骼肌肉质感之细腻，面部表情刻画之传神，无不令欣赏者发出啧啧赞叹之声。

从夏洛藤堡宫循原路返回勃兰登堡门，大家在这座柏林地标建筑物前纷纷摄影留念，我则面对门顶部胜利女神像的四马二轮战车，那长驱直入不可一世的姿态，以及战车上方高耸的铁十字架和展翅腾空的飞鹰，不禁浮想联翩。曾几何时，当希特勒凶残的铁骑灰飞烟灭后，给国家和人民带来的便是肢解和分裂，一个城市中，树起了一堵高高的柏林墙，一树便是三十年，分隔了城市，也分隔了血缘，分隔了情感。权利、物欲的横流，冲击着和平与宁静，统治者的野心和残暴，给人民带来的自然是灾难。我在一段尚且保留的柏林墙下停留，考量这曾经分离骨肉情分的建筑，这人为的障碍，当是人们永以为鉴的。

在柏林街头漫步，所见楼层窗户皆无防盗护栏，阳台也不封闭，置小盆花木，甚有情致。商店皆不大，顾客也不多，无吵闹之感觉。小饭店门外设雅座，供人餐饮，上置遮阳伞，一杯啤酒，几块面包，少男靓女，小声谈笑，怡然自适。

从苏联红军公园（有高大的纪念碑和雕像），徒步到亚历山大广场，这是一处十分宜人的处所，坐在绿树凉阴下，面对红砖建筑的市政厅大楼，别致的教堂，球形的电视塔，观察来来往往的游人，而或闭起眼睛来，作短暂的养神。起身转入马恩广场，在马克思、恩格斯铜像前拍一照片，以为留念。随后来到施普雷河边，那绿色圆顶的柏林大教堂在蓝天白云下，煞是壮观。教堂前广场上是油绿的草地，有三五成群的青年小坐其中，有的聊天，有的读书，有的干脆仰面朝天平展展地躺下来晒太阳，也有年轻的母亲推着幼儿，选着景儿拍照片，这又是何等和平的景致呢，人们不知道二战结束前盟军对柏林的狂轰滥炸，心头不存战争阴影的创伤，该是何等的幸福。世界不需要战争，人类渴望的是永久的和平。

在帝国议会大厦前，我驻足良久，眼前是不绝的游人，心中想到的却是独裁专制的希特勒，大凡有一点历史常识的人，就该知道希特勒的凶残，以及他对人类历史所犯下的罪行。

距帝国议会大厦不远的北侧是柏林的老博物馆，那高大的建筑，一排儿十八根爱奥尼式圆柱，看上去十分的气派，我没有时间进入内部参观，我联想到藏在另一家博物馆的当年德国探险考古学家勒柯克在中国，特别是从克孜尔石窟盗取的大量壁画，据说在二战中也被炸毁了半数。几年前我在库车克孜尔石窟的墙壁上，看到那伤痕累累的壁画，心中的激愤难以抑制，而今身在柏林，自然又会想起那盗画者勒柯克。

中午 12 点在"老上海餐馆"进中餐。下午 1 点 20 分便乘车离德国东北部的柏林往西南部的法兰克福而来。

7 个小时的行程中，除困顿小睡外，所见车外景象，由平原到山地，无处不树，无地不草，砂土、岩石裸露者未曾见也。林木深厚而茂密，层层叠叠，由近及远，由翠绿而深蓝而墨绿，高低起伏，变化分明。嫩绿之草坡上，间有三五红屋顶拥出绿树浓荫下。路旁有未收割之麦田，有成片之玉米，有无涯之向日葵，将河山点缀得五彩缤纷，清新悦目。半路到生活服务区休息时，见所售黄瓜、西红柿，每公斤合人民币 49.5 元，上厕所收费 5 元，聊记一笔，以见物品价位之一斑。正欲上车，忽然天降大雨，但时间极短，顷刻而过，待登车，雨已停，雨洗林木，空气清爽，精神健旺。行车一路，所见村落少，更无开发之工厂，一派田园生活景象，佳可人也。

晚 9 点半，车抵法兰克福，入住某宾馆，匆匆用餐、洗漱、休息。

七月三日

5 点起床、洗漱。6 点半早餐。9 点出发，往游法兰克福大教堂，这是一座十分高大的哥特式建筑，数层土红色的墙体之上，又是几层渐次缩小的高耸尖顶，仰面望去，直刺苍穹。据说这里曾是德国历代皇帝选举产生并且举行加冕大典的地方，难怪它有一个"帝王大教堂"的尊号。由此步行东去不远，便是大大有名的"罗马人之丘"，这里的建筑十分别致，北面是市政厅，从山墙看上去，呈阶梯状的人字形屋顶，有塔式的天窗，有徽章图纹装饰的露台，其二层高高的立窗间饰有精美的雕塑，正中窗户的顶端安有走动的时钟，这布局似乎有点繁琐和细碎，然而仔细观察其每一构件，制作却是十分精致的。广场之东西是一排几座连着的半木结构的楼房，形式富变化，色彩能互补，格调统一，难能可贵。广场之南面，是老尼古拉教堂，宽广的梯形大屋顶，顶上由上而下排列着 3、4、5 个天窗，想必屋外的光线从这些孔洞中透进，照射在往来于屋内的市议员们的脸上，会展现出种种可观的形象来。而老教堂钟楼的绿色尖顶上面传递出悠扬的钟声来。立于广场中央花坛上的正义女神铜像，左手持长剑，右手提天平，她似乎正在告诫市议员对公民要平等行事，否则便会受到象征法律的长剑的惩罚。我想这精巧的艺术构思，其警示力量当不可小觑的。

拐过老教堂右侧的通道，我登上一座古老的大铁桥，美因河在大桥下平静地流淌着，两岸的风光尽收眼底，北岸的摩天大厦，其密集程度，犹如我当年在纽约曼哈顿所见的景象，委实有一些气派。

在法兰克福，最让我想造访的是歌德的故居。早在我读大学时期就读过歌德的《少年维特之烦恼》，据说这是作者在 25 岁时仅用 4 周时间完成的成名作，至今在我的书架还有一本《少年维特之烦恼》，虽然很久不曾翻阅了，但对书中的人物，维特那蓝色的燕尾服、黄色的背心和时髦的长筒靴曾给我留下过深刻的印象，而维特与绿蒂之间的感情纠葛更是让人牵肠挂肚，不能忘怀。后来曾见过一幅李可染先生画的"歌德故居"写生画，也令我久久观摩。因此我向领队提议，商得大家同意，割爱对保罗教堂的参观，特来歌德故居参礼。故居是一座浅棕色的五层楼房，下层正中开着门，门之两侧各有长窗三个，外设护栏，护栏下端外凸，内置盆花，花正怒放，缤纷馥郁。四层为诗人的生活和写作的地方，白色的屋顶，浅绿的墙壁，不甚光滑的地板，明洁的窗户，乳白的纱窗帘，靠墙的一张写字台以及两把靠背木椅，一把置写字台旁，一把随意地放在写字台前，墙上有两张诗人的剪影，影下立着高高的烛台，据说诗人是站在这里完成了《少年维特之烦恼》创作和《浮士德》初稿的。故居外面的山墙上覆盖着绿色的爬山虎，生机旺盛，绿可鉴人。故居之旁是歌德纪念馆，有诗人的生平介绍，图文并茂，还有歌德以及同时代人物的画像，更有供游人选购的诗人的著述，我看到一本中文版《法兰克福》的旅游手册，购以留念。看看时间，已届中午 12 点，遂外出于某中餐馆进餐。餐毕，往游老歌剧院，其时，剧院正在重新修葺，未能入内参观。我独自绕剧

2009 年 7 月 3 日与内人石效英在德国法兰克福

院一周，用去很多时间，亦见剧院规模之宏大。仰见前厅房顶上有铜铸四驾豹车，匠心独运，气度不凡，特别是豹子英武的姿态，亦令人注目凝视。

德国在二战中，诸多建筑夷为平地，今之所见，皆为战后重建，抚今思昔，也让人慨叹不已。

下午 1 点半，离德国，往荷兰而来，其间用去 6 小时（包括两次休息），行程 460 公里，于 7 点半达荷兰首都阿姆斯特丹。

阿姆斯特丹，是由渔村变成的大都市。围堤造田，将低于海平面的土地，空出水面，筑基建房，以至于形成而今荷兰繁华的经济中心和文化中心。而它仍是一座水城，市内有运河百余条，呈蛛网状，道路迫窄，行人多以自行车穿梭于街道上。荷兰人，人高马大，骑自行车的技巧看上去是蛮高的，快速地行驶，忽遇过路行人，骑车者会速提一腿拄地，车子戛然而止。导游说，此地社会秩序甚差，远不及德国人文明，到处有小偷，甚而有当面抢包抢首饰者，每一得手，飞快离去。并告诫我等同行，一定小心，应将随身提包挂在胸前，晚上切勿一人外出，以防不测。没想到在当天就晚餐时，被盗的事情发生了，而且发生在多年在欧做导游的倪导自己身上。

初抵阿市，通过几多运河桥梁，将车停放在一处宽绰的停车场，大家来到一家中餐馆楼下，倪导上楼联系用餐，其时餐馆顾客为满，无有座位，有几位女士步入就近的商店物色自己的所需。我和效英有点疲累了，坐在餐厅楼边的室外咖啡座上休息，观察那路边南来北往的行人以及高下起伏的建筑。过了十几分钟，餐厅中走出一拨来自台湾的游客。倪导说，三楼已经腾出了座位，请大家上楼用餐。楼道十分陡窄，行人只能鱼贯而入，我们分坐两桌，朱领队与倪导则对坐门边的小桌旁。倪导将所带提包放在自己的座位上，并让朱领队照看，他下二楼安排饭菜。朱领队忽觉有人从背后按了一下，以为是自己团队人员询问事情，才一回头，倪导的提包便不翼而飞了。这下大家都慌了手脚，因为在倪导的提包里放着所有人的护照，还有将近合20万人民币的欧元，大家焦急万分，饭菜上桌了，人们自然没有心情下箸，四处寻找小偷的踪迹，在房角、厕所以及楼下的地沟，是否有小偷偷窃了钱财，会"好心"将大家的护照留下来。打开监控录像，方知为二窃贼所为，盗包者为一女性青年，她早就坐在餐厅的一角，打量猎物，伺机下手，待她的合伙人按朱领队肩背时，她便迅速行动，用自己的一件外套盖着倪导的提包，携物而去。寻觅不得，便电话报案，回答说此等事情经常发生，怕难以破获。待之许久，也不见一个警察来过现场，后与中国驻荷兰领事馆联系，知朱领队尚带有每人护照的复印件，便决定取消明日在阿姆斯特丹的游程，到海牙重办临时护照（荷兰的行政机关多设在海牙），这样则可免除大家因没有护照而被遣送回国的结局。到此大家方松了一口气。在这家中餐馆我们一直坐到晚上11点半，店主对我们的遭遇，很感同情，不时地说些安慰的话，端茶送水，更是周到。一切商妥，离开中餐馆上车时，倪导突然接到另一家叫"南天"

中餐馆老板的电话，倪导与老板相识，说在"南天"的厕所里，发现了倪导等人的护照。这一喜讯，有如天降，大家匆匆上车，寻"南天"而来，车跑过灯红酒绿的夜市，谁也无心欣赏那光怪陆离的运河倒影，在阿市中转来转去，终于来到"南天"。待倪导下车取回护照，一一点名核对，一本不少，大家的心才平静了下来。遭此不测，虽然合20万元的人民币丢失了，护照尚在，亦算不幸中的大幸了。待入住酒店，已是子夜12点半。虽然躺在床上，却久久不能入睡。

七月四日

早晨5点醒来，窗外几声斑鸠之声，清新而嘹亮。奈何几日疲劳，加之睡眠不好，以致头晕不止。

7点吃早饭，9点外出游览。所住之宾馆，似乎位于市郊小镇之上，门前水网交横，桅杆林立。行车所见，绿野平畴，望之无际，奶牛悠然觅食，间有野鹜飞起，丛树间，拥出红顶小屋三五间，然无一人出入，境极清幽。此种田园景象，较之陶渊明笔下之桃花源则是别种韵致。偶见风力电塔之三叉轮，犹如硕大之鸡足，在晨风中转动，更有教堂尖顶出诸林表木末，映于白云蓝天之下，也极生动如画，更具西方情调。车过阿市一角，则见运河交错，高楼栉比，行人多骑高车者，往来倏忽，似无秩序。

风车是荷兰的一种象征。10点到一处地方参观，碧野长渠，风车缀之，风轮缓转，了无嘈杂，一派宁静，充溢中古气息。据云，此处风车，已列入世界遗产名录。是处尚有一家木鞋制作作坊，步入其中，但闻机声隆隆。木鞋制作半为机械（极简单之器械），半为手工，应我等要求，匠师作示范表演，一只木鞋在熟练的操作下，没用 10 分钟时间已具雏形。在货架上摆满了大大小小形形色色的木鞋，以供游人选购，效英买一对，以为留念。又进入一家钻石加工厂浏览，见其价格不菲，便很少有人问津。

回到市区，往荷兰国立美术馆参观，欣赏到荷兰 15 至 19 世纪的绘画精品。奈何在馆时间紧促，加之观赏者拥挤，我只对伦勃朗的《守夜图》《犹太新娘》，威梅尔的《女佣倒奶图》以及罗伊斯达尔的《风车》等画幅作了仔细观摩，那人物刻画的细腻传神，生活场景描绘的生动得体，自然风光的云影幻化，无不给人以深刻的印象。至于那些造诣高超的雕塑作品和精美的家具，也只能一瞬而过。步出国立美术馆，在颇具艺术特色的大门前摄影一张，亦是到此一游的留念吧。

午餐后，就近到堤坝广场游览。据说，这广场是荷兰历史的心脏，早在 13 世纪，阿姆斯特河边在此筑起了堤坝，后来在广场的西面建起了市政厅，也就是我们今天所看到的皇宫，它是建筑在 13659 根木桩上的一座古建筑，曾有"世界第八奇迹"之誉，是荷兰女皇接见外宾的地方。广场北面是哥特式建筑的新教堂，比之皇宫建筑，小则小了，却也庄严肃穆，广场东面是国家纪念碑，用以纪念在二战中为国捐躯的烈士们。纪念碑下，游人、浪子、杂耍者不一而足。更有鸽群上下，有售鸽饲料者，与鸽嬉戏，招徕顾客。有欲上前与我搭话者，我心存戒备，以为是偷斧子的，便匆匆离去。

荷兰的郁金香享誉世界，奈何时不我待，且远离花卉市场，更非郁金香之花期，此行，未能一睹花容，不无遗憾。在阿市，我本拟造访伦勃朗故居和参观梵·高博物馆，只因导游昨日丢失巨款，以至今日精神萎靡，话也不多说，我提此额外要求，徒遭拒绝。

离堤坝广场，横过马路，75岁的李行健教授，不慎摔了一跤，我忙上去搀扶，见颔下流血不止，须上医院包扎，却不知医院在何处，幸有自愿者，骑摩托车带路，引领到医院门口，也不言语，转车而去，此举令我等很为感动。到医院，大家私语，在国外就医，检查、包扎，花销定然可观。事到如此，也无可奈何。李教授经认真检查，精心治疗包扎，医务人员却分文不取，此亦出乎意料，此虽小事，也令大家对荷兰产生了新的认识，消解了不少因昨日遭遇窃贼的坏印象。

下午3点，离阿姆斯特丹，往比利时而来，中间休息两次，于7点到达布鲁塞尔，在市区叫"福华"的一家中餐馆进晚餐。餐毕入住郊区小镇某酒店。

七月五日

早4点醒来，5点半起床洗漱。7点40分就早餐。9点外出游览，漫步布鲁塞尔街头，建筑呈不同风格，颇富变化。街道多以鲜花点缀，道旁常见咖啡座，遮阳伞各具特色，花光伞影，五彩斑斓。人之肤色，有白有黑，不白不黑者，混血儿也。据云本地 4 个人中，便有一个外国人。摩洛哥之黑人，随处可见，衣着散乱，似乎也不太注意卫生，颇感邋遢。倪导再次叮咛大家，此地警察诸事不管，时有抢劫案件发生，单人万万不可外出。一个欧洲联盟总部，北大西洋公约组织秘书处之所在地，素有"欧洲首都"之誉的布鲁塞尔，竟是如此状况，实在匪夷所思。

步入布市大广场，四周的建筑确是恢宏壮丽，令人眼花缭乱，应接不暇。首先是让人引颈仰望，方可看到尖顶的市政大厅的高耸钟塔，它是一座哥特式的经典建筑，下层 17 座拱门构成长长的走廊，游人可在其下避雨和遮阳。二三层的落地窗侧则装饰着造型别致的雕塑，认真赏读，那都是一件件令人赞叹的艺术品。市政厅的对面是国王之家——皇宫，它没有市政大厅的高大，而典雅过之，色调沉稳而统一，构件精巧而近玲珑。此外，还有十来座精美的颇具巴洛克风格的行会会馆，还有一座饰有白天鹅图案的"天鹅酒店"，马克思、雨果等名人，曾下榻此处，据说"共产党宣言"还是在这里起草的。再过半个月，便是比利时的国庆日，届时这金色大广场将以鲜花摆成图案，成就一幅世界上最为阔大的鲜花大地铺，那又是一种何等壮观的景象呢。早几年，我曾在电视屏幕上一睹为快，今漫步于这在 1998 年便列世界遗产名录的广场上，欣赏建筑，怀想古人，颇感是一次惬意的行脚。

由广场西去不远，在一条街道拐角处，看到一个小男孩，铜铸的胖乎乎的赤身裸体，站在高台之上，身子后仰，顶着大脑袋，挺起肚皮，左手捉着小鸡撒尿，憨态可掬，令人怜爱，他便是布鲁塞尔的城市象征——"第一公民"小于连。他的故事广为传诵，这里几乎是各国游客到布市旅游不能或缺的去处。

在布市还游览了市北区的高百余米的原子球塔，它是原子时代的象征，于1958年为万国博览而设计建造的。草地之上，林木之中，突然抛出一组钢材连接的圆球来，在太阳下放射着光芒，似乎与环境不和谐，时代发展了，艺术品却变得有点单调和乏味，也许是我自己落伍了，便跟不上艺术发展的脚步。

时到中午，再入"福华"中餐厅就餐，从餐馆的窗户望出去，有一建筑，颇引人注目，6根高高的圆柱支撑着硕大的三角顶，科林斯式的柱头简洁大方，而三角楣饰的浅浮雕却工细绝伦，我放下碗筷，步出餐厅，面对建筑，不停地拍摄其精美的构件，这座建筑便是大名鼎鼎的布鲁塞尔股票交易所，是比利时金融界的集会点，也是一所颇具艺术价值有200多年历史的文化遗产了。

下午1点离布鲁塞尔往法国而来，行车300多公里，中间休息两次，于7点许抵达巴黎，车在环城路上行驶，渐次看到了塞纳河、埃菲尔铁塔、凯旋门等等，向往已久的巴黎到了，然而眼中的景象却非心中的想象，原来巴黎也不过尔尔。

绕过铁塔，在广场之侧的一家中餐馆就晚餐，然后入住市郊某酒店，时已晚上10点，然太阳刚落，天尚亮堂。

七月六日

　　7 点早餐，8 点出发。一路堵车严重，到埃菲尔铁塔附近，已是上午 10 点，行路竟用去了 2 个小时。所购塞纳河游艇票的下船时间是中午 12 点，抽此间暇，大家就近步入一家中国免税店，同行者不乏购物狂，出手颇多大方。效英购得法国香水 8 瓶，什么"夏奈尔 5 号""沙丽玛"，我对这些名目，闻所未闻，深知自己是门外汉，只是站立一旁作壁上观。项链、女式提包也是效英的所爱，便也认真地选购着。11 点提前就中餐，餐毕往码头，排队登游艇。

　　巴黎，坐落塞纳河两岸。塞纳河由巴黎东南而入，画着弧线，至市中心，又转而向西南而下，流出巴黎市区。我们的游览，只是中心的一段，一个半小时的行程中，不知穿过了多少座桥梁，每座桥梁都展现了不同的风格，布满桥头桥柱上的雕塑皆极精彩动人，阿尔玛桥的士兵雕像，双脚没入水中，一手叉于腰间，气宇轩昂，英气袭人。奈何船行水上，眼前的景物，转瞬即逝，唯有高入云天的埃菲尔铁塔，只要你打量它，它是不会离开你的眼睑的。在游艇上向南望去，一个金色拱顶的建筑，格外突出，导游说，那是荣军院，这里曾安放了拿破仑一世的遗骸，现在这里有三个博物馆，也很值得一看，还有一个重伤医疗中心，聚集着不少医术高明的大夫。向北望去，树荫中闪过去的是矗立在协和广场上的来自埃及卢克索神庙的方尖碑，据说此碑已有 3300 多年的历史了，碑身上雕满了埃及的象形文字，碑立光天化日之下，也经风剥雨蚀，这珍贵的历史文物，何以长期保存？又见卢浮宫外的长长的宫墙，宫墙下是车水马龙的游人。待游艇驶过西岱岛和圣路易岛的通道时，导游指点着西岱岛上的一座古老的哥特式的建筑，这就是建于 13 世纪的"巴黎圣母院"，我目不转睛地审视这一座宏伟肃穆的天主教堂，想到的却是雨果和他笔下的《巴黎圣母院》，眼前幻化出美丽的吉卜赛姑娘和她的遭遇，更想到了那位形象可怕而心灵崇高的撞钟人。据说圣母院的南钟楼里悬挂着一口 13 吨的巨钟，单是钟锤就重 1000 斤，那是何等的气派呢？在塞纳河上绕了个小圈子，游艇返回了原来登船的地方，我们在碧眼黄发的人群中步上码头。

下午 2 点 30 分至 5 点 40 分参观卢浮宫。这座举世闻名的艺术殿堂，它拥有从古代到 1850 年以前的世界上最为丰富的古代埃及、古希腊、古代东方的雕塑和 19 世纪之前的各种流派美术作品以及各种古珍藏品，然而，仅有的 3 个小时观摩时间，只能是浮光掠影地看看。在古代埃及展区，神奇法老像，天书一样的古文字，几何图案雕饰古朴而厚重，散发着悠久的历史气息。在古希腊展区，一座座体态生动、肌肤细腻的雕塑，看上去，这些人物似乎还在呼吸着，就中 12 号展厅的维纳斯和另一层的萨默特雷斯胜利女神尤为精绝，它们代表着古代希腊艺术的最高水平，人物表情的传神和衣物质感的刻画，无不摄人心魄，令人折服而赞叹。而在意大利的米开朗琪罗的大理石像前，令我驻足良久，仔细观摩。在达·芬奇的《蒙娜丽莎》画像前，拥集着数百人，我只能一侧欣赏，看看这卢浮宫的镇馆之宝，然而终因人多，未能接近这位淡淡微笑的"瑶公特"。在卢浮宫究竟有多少个展区，多少个展厅，多少件展品，恐怕任何一位酷爱美术的人士，都没有也不会对每一件展品作认真的赏读，我匆匆一过，除几件作品外，留下的只是模糊的印象，只有日后在画册中择其要者而补课了。

下午6点进晚餐，7点半返回住地，整个奔波，颇感疲累，倒床而卧。

七月七日

此次欧洲之行，还有一个所谓的"第九届中国文化艺术交流展"，上午8点前往展厅，地点在《欧洲时报》社的一座小楼上。展品虽不精彩，却也丰富，除去书画为大宗外，还有雕塑，民间工艺品等等，更有中国武术，可谓五花八门，雅俗兼具。开幕式，人虽不算多，然程式倒也齐全，讲话，剪彩，喝香槟酒，笔会，不一而足，就中真正的艺术品，我以为就是李行健先生那两件曾经被德国海关扣留的东西：一件是以飞人刘翔为题材而创作的《翱翔》，另一件是《冯法祀先生》头像，特别是后一件，它将油画家冯老刻画得神采奕奕，呼之欲出。对于冯先生，我早年曾有一次的谋面，而对他的作品是多次的拜读过，而今于巴黎能欣赏到一件为冯老而创作的铸铜头像很为庆幸。李先生与我介绍了他此件作品的创作经过，令我深深佩服这位雕塑家精湛的造型能力和表现手法。

此次赴巴黎参展，本也无多兴趣，只是借此机会与效英一同出国旅游观光而已。得以成行，便已知足，展览之效果，自不计也。下午9点返回酒店，时有小雨，微觉秋凉。出国前，唯恐7月天气，在西欧会高温难耐，没想到这里的早晚尚须添加衣服。

七月八日

7点10分早餐，8点外出。其时天空乌云密布，似有大雨将至。到埃菲尔铁塔下，排队登塔，队伍已成长龙阵势，层层转绕，不见首尾。衣薄风大，风中还裹挟着雨星，打到面颊上，感到格外寒冷。仰望这座坐落在塞纳河畔的钢铁巨构，拔地撑空，气度不凡，成为了世界上众所瞩目的建筑物，据说当年设计师埃菲尔拿出方案时，还遭到了剧烈的抗议。时过境迁，它竟成为巴黎的地标，将永久地屹立在蓝天下，供人游览和品读。排队期间，时有黑人兜卖旅游纪念品者，同行武术家小刘购得丝巾一条，忽有警察出现，卖丝巾者还未及收钱，便匆匆逸去，小刘四处寻觅付款，未得其人。

排队许久，方得坐电梯登塔，于第二层外廊观光，巴黎四围景象尽收眼底，但见高楼栉比，道路纵横，远处苍苍茫茫，望无涯际。是时风更大，高处不胜寒，匆匆拍照片数帧，便返回地面，时已12点半。

午餐后，往戴高乐广场中心看凯旋门，这座由拿破仑下令建造的纪念物，气势壮阔，四门洞开，正门左侧之浮雕更具匠心。门下建一无名烈士墓，用以纪念第一次世界大战中牺牲的烈士，从1923年起，这里燃着长明灯，亦为游人们驻足的地方。从凯旋门东南望去，是一条宽绰瑰丽的大街，两旁绿树夹道，绿树间是飘荡的连缀小红旗，间或有露天的咖啡座，有序地排列在大楼外林荫道的一侧，有人在聊天，有人在喝饮料，闲适自然，惬意宜人。这条大道便是有名的巴黎香榭丽舍大街，它一直延伸到卢浮宫东端的协和广场，当为巴黎的第一大道了。

下午2点离巴黎，往卢森堡而来，经5个半小时，抵达卢森堡，这是坐落在一个红褐色岩石高地上的都市，到处是碧绿的林木和盛开的鲜花。车停宪法广场，广场不大，下临岩谷，东侧有白色纪念碑一座，碑座石阶上，坐着六七位市民，打量我们这些刚下车的东方人。北面是高耸的大教堂，南面便是所谓的卢森堡大峡谷，有佩特罗斯河流淌其中。这峡谷深仅45米，有磴道拐折而下，以至谷底，道之旁置花坛草坪，谷之中别墅教堂比肩而起，兼之绿树埋壑填谷，号为大峡谷，诚如小盆景，静谧安宁，深可人也。又一拱形大桥，横跨峡谷之上，长桥修美，尤可入画，这便是著名的阿道夫大桥。忽有钟声迢递，出自南岸丛树间教堂之中。街头行人甚少，颇有清冷之感觉，穿一小巷，步入兵器广场，这里却很热闹，广场四周，绿荫蔽日，花团锦簇。广场中央置一高台，台之上，有音乐演奏者十数人，台之下满布雅座，读书者，听音乐者，各得其所。

广场西南角有一家挂牌"敦煌"的中餐馆，登上二楼雅座，喝茶吃饭，室外之音响不时传入餐厅，以佐进食，则别有一番趣味。餐后观赏市政厅和大公爵宫之建筑后，便乘车入住市郊一家酒店，时虽晚上9点，而窗外斜阳朗照，丛树摇金，草地如茵，奶牛三、五，进食其间，恰似地毯上织出之图案，天成自然，且富变化（因牛之走动），于此法国画家米勒笔下的质朴景致顿然化现于脑海。

七月九日

7点早餐，8点离酒店，行仅7分钟，便出卢森堡国境，国家之小，可见一斑。一路林木葱茏，时过村庄小镇，草地铺陈，稼禾满眼，小麦金黄，玉米拥翠，远山如黛，山林叠架，高坡深谷，无些许岩石和砂土裸露，时有红瓦白墙跃然半坡之上林木之间。行进间，远处高山之巅，有红褐色如岩石雕琢者，厚重而古朴，乃为久历风霜之中世纪古堡。而近边路旁，偶有村舍三五，阳台上杂花悬挂，门前却不见一人出入。或因葡萄园成片涌现，口颊生津，竟觉小香槟酒滋味。行车3小时经法国、德国，而入瑞士境。12点许在某服务点休息，草草吃麦当劳，权当午餐。下午三点二十分抵达苏黎世。

瑞士表，享誉世界，一到苏黎世，就有人要逛表店，导游便引领大家到班霍夫大街的一家钟表店，这是苏黎世很有名的钟表专卖店，踏进门厅，便是豪华而不失典雅的设计，宁静而净洁的环境，衣着十分讲究的服务生，热情而有分寸地推介商品，只是一只手表少则几万元（合人民币）多则几十万元，这价格远非我等所能接受，在此，也只能是一次参观而已。谁都没有买东西，而服务生仍是很有礼貌送出大家，这倒令我刮目相看，他们的服务态度自然是一种自身素质的体现了。

苏黎世坐落在利马特河入苏黎世湖岸边，其地湖光山色分外瑰丽，在沿湖大道上漫步，但见双子大教堂比肩撑空，复听音乐会音声悠扬，循声而来，见一偌大院落，数百人坐绿荫之下，中置一高台，上有乐队五六人，歌唱者轮番而上，放喉而歌，手舞足蹈，而听者鸦雀无声，待一歌竟之，则掌声四起。我与效英于此听歌两支而去。

小坐苏黎世湖滨，看桅杆四起，帆船驶过，忽有白天鹅泛水而来，悠然而高贵，又见野鸭争食，来去倏然，而岸边游人，赏雕塑者、观鱼乐者、谈天者、进食者，不一而足，而更多人则行色匆匆，不知是赶船、赶车，还是赶飞机，眼前之景色则全然不屑一顾。我看游人，游人也或看我，这便是苏黎世湖边的一道景色，衬以高山古木，楼观教堂，尤其这溶溶漾漾长达三十九公里的湖泊，山容水态，妙处难与君说。

下午六点，到一家叫"竹园酒家"的中餐馆进晚餐。餐毕，有几位女士又欲前去买手表，待到了一家钟表店，时过七点，业已关门，急急而去，悻悻归来。便登车沿湖滨西路而南去，望湖之东岸，高山起伏间，绿树红楼白屋间状若蜂窝，天色将晚，华灯亮起，的似琼楼玉宇，影落湖中，交相辉映，其景致着实令人陶醉，不愧为阿尔卑斯山北部的一处休闲度假的胜地。入住酒店，时值九点，窗外忽然传来深沉而悠长的钟声，推窗而望，星天中，一座教堂楼钟的尖顶亮着灯光挺然而起，这时间，该是信众们做功课的时间了，又令我想起了米勒《晚祷》中那两个半弓着身子的农民，在暮色苍茫中聆听那远方钟声，那是一种何等虔诚的景况呢。

七月十日

上午 8 点出发，8 点至 10 点在瑞士境内，一路山光云影，风景如画。10 点入奥地利，前行又入德国境，12 点经慕尼黑服务站休息，草草就午餐。下午 3 点 20 分再入奥地利，仅 10 分钟便抵萨尔茨堡，4 点入米拉贝尔花园，在碧绿的草地上，以红白花朵摆出几何图案，醒目瑰丽，诚然一天然巨毯，数尊雕塑屹立花园之中，人物肌肤温润，眉目传情，活力四射，允为佳构。为情人而建的米拉贝尔宫静穆地伫立着，倾听导游为大家演绎着这座宫殿的大主教迪特利希不守教规——不要江山要美人的传奇故事。

由米拉贝花园向南望去，与河南的大教堂、古城堡正处在一条中轴线上，层层高起，不同风格的建筑相互映衬着，生动和谐，美轮美奂。出花园南门，向东不远处便是"三位一体教堂"，亦极壮美而肃静，教堂下的台阶上坐着一些人休息，他们好像在打量我们这一行黑头发黄皮肤的"老外"。

绕过教堂，前行到萨尔茨河南岸，看这由东南而流向西北的河水，浅浪轻涟，不舍昼夜。见一游船而过，船后留下一串串雪白的浪花。登上长桥，左右望去，沿河风光，奔来眼底，更觉妩媚而秀美；聆听河水，泠泠作响，似乐曲传声，难怪在这钟灵毓秀的萨尔茨河畔孕育出享誉世界的音乐家莫扎特。

步过长桥，行百十米，便是遐迩闻名的"粮食街"，它保留着中世纪的特色，在迫窄的街道上，行人熙攘，古典的铁制镂花招牌高置在老字号商店的门面上，门市的房屋间偶然出现一个小花园，花园间有的搭起了小布棚或支一把遮阳伞，下面便是几张咖啡座，或是一个售卖冷饮食物以及纪念品的摊点，一个幽默的老人或是一个俏丽的妙龄女郎，热情地招徕着顾客，而飞落在屋檐下不知名的小鸟，旁若无人似地忘情鸣叫，这便是粮食街颇具特色的"奥拉过廊"。

粮食街不算长，东去有老市政厅，西去有僧侣山脚下的"布拉修斯教堂"，教堂处在僧侣山的阴影中，其建筑基座石条上满布了油绿的苔藓，与周边的商店相比，形成了强烈反差。而在粮食街漫步，最吸引人的则是"莫扎特故居"，这是一座坐南面北宽五间高为六层的楼房，在楼面上，通体施以黄色的涂料，装以白色的长方形窗户，从楼顶上垂下一条长长的红白两色（顺旗条，两边红色，中间白色）的彩旗来，直落二层窗户的上方，旗在微风中轻盈飘拂。在一层的东面一间开门洞，标为粮食街9号，门牌下，有一小牌，上书"莫扎特故居"，这是二战后重建的纪念物。穿门而上楼，略

2009 年 7 月 11 日维也纳

作游观，有音乐家的卧室、琴房，有泛黄的乐谱，老式的钢琴，盛装的油画像，不时还传出令人陶醉的小夜曲。

在莫扎特故居门前，我特意摄影留念，也算是一次朝圣纪录吧。其时还有一位民间艺人作杂耍表演，有如我国福建的提线木偶，然而操作简单，以便推销他的玩偶———一只大红公鸡。近旁的一家乐器店，陈列着形形色色的乐器，制作十分精美，有如一件件工艺品，两个七、八岁的小姑娘，站在橱柜的玻璃窗前，老半天不肯离去。又于广场上，巧遇数十位来自天津的中学生，得知他们曾往维也纳金色音乐厅表演舞蹈，在三位老师的带领下，特来萨尔茨堡谒拜莫扎特的出生地，以接受音乐洗礼。听着充满喜悦而自豪的同学们的叙述，也令我为之高兴。

下午6点于"华都饭店"进餐。餐毕，复往萨尔茨堡脚下游览，待进入大教堂广场，适有大雨袭来，幸有咖啡座布棚下避过。大雨约15分钟，雨过天霁，丽日当空，建筑出浴，分外清新，高高的钟楼，手持十字架的耶稣以及墙壁上饰有大主教的爵徽，都是让人驻足观赏的对象。据说大教堂内尚存有七百年历史的锡制洗礼池，莫扎特出生时曾在此池中洗礼，奈何时间所限，未能入内一观。随后又步到弗朗西斯大教堂和圣彼得修道院，雨后的院落，地面湿漉漉的，没有多少游人，面对充满巴洛克艺术风格的建筑，此起彼伏的钟楼尖顶，令我颇费推敲，不知哪座钟楼属于哪家范畴。我渴望看到从一个洞门中走一队修道士或几位修女来，然而无缘一见，这确是可遇而不可求的机会，一切随缘好了。最后来到莫扎特广场，这里有一尊于1842年落成的莫扎特铜像，他斜对着米歇尔教堂，一手握笔，双目凝视，眉宇间似乎流露出尚在构思钢琴协奏曲的神态。

在斜阳落照中，仰见那八百年历史的古堡，更具神秘色彩，每一个窗户中，当会有一个动人的故事，我无暇登高探访，留下了不尽的思索。待入住酒店，已是晚上9点钟的时刻了，窗外又隐约传递着教堂中晚祷的钟声。

七月十一日

早晨 8 点 30 分，离萨尔茨堡，行 300 公里路程，于中午 12 点许抵奥地利首都维也纳。12 点 20 分到"昆仑饭店"就餐。餐后，往市西南角申布伦宫（美泉宫）游览，它便是驰名于世的仿照法国凡尔赛宫而建筑的皇家避暑离宫，故有皇室夏宫之称，现已列入联合国世界遗产名录。这里有富丽堂皇的建筑，有设计精美的花坛，剪裁成墙壁的林木，衬着一组组高大的人物雕塑，而地上则是由碧草和鲜花组成几何图案的大地毯，游人行走其间，便成了"地毯"中活动的装饰物，"地毯"的尽头，便是巨大的喷泉，喷泉中又布满了造型别致的圆雕。喷泉后又有高高的草坡，坡之尽头，一座白色的凯旋门衬以蓝天碧树，幽远而宁静。

在美泉宫花园中徜徉，引我注意的是那些大小树木，被修剪成球形、螺旋形，特别是一排排面向花园广场的树木，竟被剪出一堵平平的树墙来，犹如垂挂的壁毯，绿意茸茸，凉风起处，毯摇影动，行走其下，气息可人。于此，我惊诧西方园艺工人的匠心独运，对环境的美化和装点与东方的理念大相径庭，我们崇尚的是质朴自然，是天人合一；他们追求的是雕琢细密，是干预和改造。

离美泉宫，返回环城大道，道之西有议会大厦，高高的 8 根大圆柱，充溢着希腊式的建筑风格，大厦前一尊白色的雅典娜女神雕塑和喷泉，构思之巧密，工艺之精湛，亦引人注目。由此北去，不多远，便是市政厅，五座塔楼尖顶，有如火箭一样的直面苍穹。而市政厅的广场上，却布满了仅留一条通道的咖啡座，似乎这里要举行一个音乐会，在艳阳下，人们已经落座等候。由广场隔着马路看过去，便是气势不凡的城堡剧院，据说这里原是皇家的宫廷剧院，以演德语话剧而驰名。

步入大众公园，在一处僻静绿树围绕的处所，看到了端坐着的伊丽莎白皇后的石雕像，它便是思想独立才貌出众的"茜茜公主"，弗朗西斯·约瑟夫皇帝的妻子，奈何这位皇后竟在 1898 年于日内瓦遭到了刺杀。面对一尊衣着流美而素洁，神态自然而又若有所思的"茜茜"，也同样让人思索她那短暂的一生和凄美动人的故事。

从大众花园来到霍夫堡广场，这里四面是堂皇的建筑，有精美的米歇尔门楼，豪华的博物馆，拥有二百万册以上图书的国家图书馆，还有皇家马厩（现已为博物馆）。广场上还有两尊跃马横空的铜像，马皆后蹄着地，前蹄腾起，马上之人，持旗按剑，叱咤风云，英姿勃勃，所向无敌。以此纪念卡尔大公爵和欧根亲王的壮举。

离英雄广场，顺林荫大道向国家歌剧院而来，穿过拱形长廊，坐在花坛外石栏上歇脚，斯特凡大教堂的尖顶豁然在目，它是维也纳市的地标，据说它的尖顶高有 137 米，难怪在不同方位，都可以看到它的修姿。教堂的前面便是克恩腾步行街，那里有众多的高级精品店，教堂东去不远便是莫扎特博物馆，据说这位仅活了 35 岁的天才音乐家，最后几年就是在这里度过的，著名音乐剧《费加罗婚礼》也是在这里完成的。有几位青年朋友前去观光，来去约需半小时。我在剧院前广场上，看行人来去，看杂耍艺人的表演，其中有一辆"飞雅客"马车在环城道上驶过，给我留下了深刻的印象，这是一辆四轮马车，双马驾辕，马车夫长满髭须的脸上，露出专注的神态，头戴礼帽，身着白衫，外套一件大红的背心，系着一条花领带，可谓衣冠楚楚，还有点绅士的风度呢。马车远去了，车轮的轧轧之声犹在耳际。

待人之际，我和效英顺着歌剧院北去，走不远，看到一尊雕塑，是歌德的坐像，在夕阳的斜照中，锈迹斑斑的额头上也会放出光华。顺歌剧院南去，有一家名为萨赫的咖啡屋，五层的建筑物上，斜插着多国的国旗，这里有什么国际活动呢，还是把这些旗帜作为装饰物？问题在脑中甫一出现，转瞬即逝。

观礼斯特凡大教堂的人们归来后，大家便集中向"音乐之友协会"而来。一座看上去很普通的建筑，表面并不豪华，白色的窗棂门框，施以沉稳的土红色墙壁，朴素大方，而它的里面，却是享誉世界的金色大厅，在电视中每每欣赏到维也纳爱乐乐团在这里的精彩演出。有几位同行者，很想在这里听一场音乐会，遗憾的是今晚这里没有演出，高额的费用也就省了下来。

在维也纳仅半日的游览，旋转的华尔兹舞自然无暇领略，音乐圣地的优美旋律也失之交臂，所幸今之科技发达，莫扎特、舒伯特、施特劳斯父子的乐曲自然可以在光碟中寻觅了。

下午6点，再到昆仑饭店就餐，餐毕，入住某酒店。

七月十二日

8点离维也纳所住酒店，仅半个钟头，就入匈牙利境。其时司机甚为高兴，手离驾驶盘，作捻指动作，发出嘣嘣的音响，有如新疆舞蹈中的"捻指"。这是因为司机是匈牙利人，他从柏林开始经过十多天的奔波，眼下回到了祖国，即将与亲人见面，其高兴的情绪溢于言表。司机高高的个子，宽宽的脸膛，40来岁的样子，因为语言不通，一路上很少说话，而工作却十分认真和辛苦，每日早出晚归，上车时，他把每个人的箱子整齐地码放在车厢座位下的行李仓，晚上入住酒店前，又一个个把箱子提下来送到我们每人的手中。为了游客的安全，在西欧旅游，司机一日不得超过八小时的工作时间，车速不得超过100迈，行车2小时，便要在服务区休息20分钟，车上装有类似飞机上黑匣子的东西，以供警察检查，查有违规，司机便会受到罚款处理。我们的司机驾车行驶，平稳有度，一切按规则而行，每到一处服务区，他会爬到柜台前，喝杯咖啡或什么饮料，吃点巧克力或面包，以为对体力消耗的补充。数十天的相处中，他学会了导游的一两句中文，停车时他会说："下车嘞、走嘞。"开车前，他又会招呼大家"走嘞、上车嘞"，这亲切的声音，会逗得大家一乐。他通过导游翻译告诉我们说："我是马扎尔族，有人说，我们的祖先是匈奴人，因为我们有与东方人很多相似的地方，如写姓名，姓在前，名在后，这与西方人名在前姓在后不同；在语言上，叫父母为阿爸、阿娘。真是匈奴人的后裔吗？我可管不了。"说着一耸肩膀，摊开双手作出幽默的表情，又让大家哄然大笑。不知不觉中，我喜欢上了这位司机，便在车门前合影一张，以为留念。

上午 11 点，车到匈牙利首都布达佩斯。这是一座美丽的城市，蓝色的多瑙河由北而来，穿城而过。河西之布达多丘陵山地，建筑顺地势起伏而升降，高低错落，颇有韵致，河东之佩斯，地处平原，市之容貌则一览无余，尽收眼底，这便是我初入布达佩斯车行在伊丽莎白桥上时的第一印象。

到佩斯，直入安德拉大街，来到市东北角之城市公园入口处，这是英雄广场。其时在广场中有一辆化装彩车表演，车上的人们身着艳装，在音乐伴奏下，唱着歌，做着动作，彩车前围着一些游人观看，待我们下车走过去的时候，表演已经结束，彩车绕过美术馆而消失了。

广场中央，巍然屹立着高高的纪念碑，是用以纪念匈牙利民族定居于此 1000 年的纪念物，碑座上塑有 7 位勇士，是首先定居这里的部落首领，骑在马背上，英武豪迈，从装束和衣着打扮上，颇有一些与匈奴人相似的感觉。纪念碑之后面，有两座半弧形的柱廊，廊柱间排列着 14 尊铜像，是匈牙利历史上国王、大公和政治家。我听着导游对这些历史人物的介绍，忽然听到不远处有弹拨乐器的音响，循声看去，是一位流浪的民间艺人，借以向行人乞讨。

中午 12 点，到一处叫香港酒家的中餐馆就餐，有一位服务员来自大连，在此店打工一年多，收入尚可，见国内游客光顾，甚是高兴，送上饭菜后，仍站我们旁边，问长问短，待我们要离开酒店时，她送出门外说："你们晚上仍在这里用餐。晚上见！"

下午 1 点 20 分往游布达。复过伊丽莎白桥，西南望盖莱特山亭然而起，上面建一尊盖莱特的铜像，用以纪念这位威尼斯的传教士，它曾是国王圣伊斯特万儿子的宫廷教师，也为这个国家出力办事，以至于被杀而献身。

过桥北去，登上城堡山，这里有最著名的马加什大教堂，曾是国王加冕的地方，据说内部装饰壁画，保持着中世纪的风格，奈何其时该教堂正在修缮中，不对游人开放，留下了一缕遗憾，我们只能仰视其尖顶以及拱门上端的古老装饰。转过大教堂，便是渔人堡，首先看到的是匈牙利开国国王圣伊斯特万的骑马铜像，铜像下，除了游人，在路边树荫下，有很多小摊贩，有表演节目的街头艺人，有为游人画像的民间画师。在堡墙前，人们指点着静静的多瑙河，欣赏着河对岸瑰丽的国会大厦，北望，绰约可见玛尔吉特岛，它是漂浮在多瑙河中的一颗绿宝石，近处则有碉堡式的建筑，让人们遐想在这里也曾发生过的激战。而今人们坐在回廊的咖啡座上，悠闲地读报、看书、聊天、喝咖啡，是何等的闲适。我和效英顺渔人堡的山道而下，坡面缓缓的，铺满不规则青石，大道之两侧，则是平整石台阶，石缝间长出低矮的青草。而不少民居则是垒石为墙，墙上留有小小的窗户，而一些别墅小楼，其建筑具不同风格，施以土红和土黄的墙壁上开以上圆下方或长方的窗户，又罩以金属的防护网，那网编成不同的图案，也引人流连观看。走在这长长的巷道中，连一个行人也不曾遇到，静悄悄的，传递着的是我和效英的足音以及我们低低的谈话声。行到坡麓，便是顺多瑙河的一条街道，大树间，露出几座教堂的尖顶，小风吹过，带着湿润的多瑙河水气的气息。登上赛切尼铁索链桥，俯瞰南去的蓝色的多瑙河，碧波荡漾，流光溢彩，而国会大厦等建筑的倒影扑朔迷离，有如幻境，一条游船驶过，便划破了那影像的清幽，顿时化现出印象派画家笔下斑斑点点的笔触，也复令人遐想和沉醉。迷人的布达佩斯，不愧为"多瑙河畔的明珠"的美称，难怪它被联合国教科文组织列入《世界遗产名录》。

我们在链桥上，打了一个来回，绕过桥东，观赏大桥设计者克拉克的雕像，也驻足桥西的一对铜狮雕塑前，畅想它长年累月在烈日或风雨中对链桥的守护。随后踏上返回渔人堡的另一条磴道，斗折而上，前面是一个洞门，步入其中，黑魆魆的，让人有点害怕。快步行走，穿过洞门，未几，便又登上渔人堡，看看表，来去用去 40 分钟的时间。走累了，坐在树荫下的长凳上休息。尔后，又陪效英就近逛了几家商店，买了一些纪念品，在一咖啡店的橱窗里，看到一个有一米多高的宝塔式大蛋糕，制作精美，诚然一件艺术品，我便打开相机，把它拍摄了下来。

下午 5 点半离渔人堡，再往"香港酒家"用晚餐。6 点40 分餐毕，乘车入住某酒店 102 号房间，为大套间，客厅，厨房等等，一应俱全，为此次欧行所住最豪华者。

七月十三日

7点早餐，8点离所住酒店往布达佩斯飞机场，办理相关手续。在候机楼读报，惊悉季羡林、任继愈二老皆于7月11日在北京逝世，季老98岁，任老93岁，虽皆享高龄，然二老的辞世，当是我国学术界的巨大损失，为之痛悼。下午2点登机，搭海南航空公司飞机回国。飞行9小时40分，抵北京，已是北京时间7月14日早晨6时整。

七月十四日

早6时抵北京机场，打的进城，入住大栅栏之"京文宾馆"，条件较差，勉强歇脚。

昨晚在飞机上吃两顿便餐，或因喝咖啡过量，大脑兴奋，彻夜不眠。到京后，又感天气较西欧热甚，遂不复外出，整日于家休息。下午6点后，漫步前门大街，久不进京，此处业经整修，大为变样，一段步行街，东西两侧建筑复归旧京风貌。于"都一处"进晚餐，环境颇为舒适，饭菜亦自可口。餐毕，于某书店购季羡林先生所著《东西漫步》一册，也是对季老的一种纪念吧。

七月十五日

天气热甚。上午与效英逛王府井百货大楼、新华书店。中午于某餐馆点小菜数品，每人炸酱面一小碗。下午休息。6点半在全聚德吃烤鸭。7点半上北京站，8点半乘 K601 次返晋。

七月十六日

早晨回忻州，火车晚点约半小时。文成、建军来接站。

欧行半月，匆匆去来，诚浮光掠影之旅行，故所见所闻，皆极肤浅，然雪泥鸿爪，略加整理，权为日后回想作一线索耳。

俄罗斯之旅

(2011 年 8 月 24 日—9 月 6 日)

八月二十四日

晚 23 点 28 分，乘 K602 次快车，与内人石效英赴京。

八月二十五日

早 8 点 10 分抵达北京站，打的入住空港快捷大酒店。

12 点进午餐，见已有报到者十数人，其中有几位是 2009 年西欧旅行之同仁，相见叙谈，颇为融与。

晚 11 点到北京机场，办理有关登机手续。偌大之候机楼，尚感旅客之稠密，觅座休息而不易，真可谓一座难求。

八月二十六日

午夜 12 点 10 分检票登机，近 1 点方起飞。所乘之机为俄罗斯飞机，机组人员以俄语讲话，自然一句也听不懂。大学时学俄语，数十年过去了，所学之单词几乎连一个也不记得了。

在机上昏睡中，竟送来两次饭，有米饭、面条、面包、小吃、饮料之属，只是在迷梦中用餐，不欲下箸，其实在这次航班上，"箸"是没有的，仅有刀、叉、小匙而已。

早晨8点许，飞抵莫斯科上空，机下漆黑中，有灯光闪烁，星星点点，行行串串，明明灭灭，似有情致。到飞机降落，出关、办签证、取行李，竟用去1个多小时，待走出机场，已是北京时间上午10点整，北京与莫斯科时差4小时，其时为莫斯科早上6点，雨后机场，凉意十足，人们纷纷增加衣服，遂上车离机场。是时，天微明，眼前黑越越是成片成片的林木，唯道旁之白桦，高干挺拔而醒目。偶有田园别墅，屋角闪现，灯光亮起，薄雾轻纱中，颇显层次。天渐亮，车行莫斯科州土地上，更见森林迭出，芳草铺陈，花团锦簇，风光喜人。

车行20分钟，于道旁某中餐馆就早餐。餐毕，乘车到麻雀山，今称之为列宁山，山上有莫斯科大学，主体建筑，高耸云天，石阶陡起，雕塑比列，学子出入，气度不凡。漫步观景台，但见莫斯科河曲折回环，由西北而东南，半个莫斯科的建筑在绿色丛林的掩映中，高低起伏，多姿多态。

9点许到久负盛名的红场参观。车停"前市杜马大楼前"，下车徒步到练马广场，途见一大酒店，颇古老而宏大，2005年开始重修，到现在尚未完工，不唯工程浩大，速度之缓慢，恐此中纠葛也不会少。又见"国家历史博物馆"红楼，也颇庄重，楼前有一座朱可夫元帅纪念铜像，乘坐骑，持缰

勒马，双目炯炯，神采焕然。入"复活门"，便是"红场"，
"红场"赫赫大名，然其地不算大，克里姆林宫宫墙外，"列
宁纪念墓"庄严肃穆。而广场一侧，"圣瓦西里教堂"之九
座洋葱头型顶组成的建筑群，五彩斑斓，鲜艳夺目，不过远
远看上去，有点像小儿玩具之感觉，华丽有余，而无典雅之
可言。而教堂旁，有民族英雄米宁及波扎尔斯基纪念碑，上
置雕像，一人坐而左手按盾牌，一人立，右手握剑，左手高
扬，二人对谈，神情专注，雕像衬以蓝天白云，英武之气，
令人振奋。

红场一侧，宫墙对面为一座三层大商场，则素净典雅，
上午 10 点方开市。我无心购物，却急匆匆跑上三楼，以解内
急。

出红场，步入亚历山大公园。武器库后墙外，有一座
"无名烈士墓"，墓前有长明火，火焰从五角星口冉冉飞升，
墓侧卫士肃立，游人有敬献鲜花者，有拍照者，有敬礼者，
无名烈士当不寂寞，亦可慰藉。而公园中，芳草鲜花，佳树
好鸟，游人有结伴漫游者，有独坐长椅上读书者，有小孩与
鸟雀相戏者，无不悠然自得，乐趣无穷。今之游人悠游之乐
之余，当不会也不该忘记那些长眠于地下的无名英雄吧。

11 点半离红场，乘车到某中餐馆就午餐。

下午参观"国家特列季雅科夫画廊"，为自费项目，我和
效英花 1000 元（人民币）购得门票，有人说，此费装入导游
之腰包，却也管不了许多，能看到俄罗斯一千多年文化发展
艺术经典之作，也算值得的。在这个艺术殿堂中，我看到了

列宾《伏尔加河上的纤夫》的小稿，看到了《伊凡杀子》和《意外归来》的变体画之初稿，还有希什金的《松林里的清晨》、布留洛夫的《女骑士》，苏里科夫的《女伯爵莫罗佐娃》，还有列维坦的风景画等等，这些名作，我在读大学时，看过印刷品，便留下了深刻的印象；今天面对原作，我自然逐幅地观摩，人物刻画，细腻传神，动物描写，生动活泼，而其风景画，幽美自然，弥漫着一股清新之气息，赏对间，也觉神清气爽，有如置身森林草地间，乐而忘返。

徜徉画廊两个小时，步出户外，我站在特列季雅科夫雕像前，打量这位工商企业家，他独具慧眼，倾资收藏艺术品，把自己所经营的画廊打造成当时莫斯科最为著名的艺术展览中心，而在其临终前将毕生的收藏品捐赠给莫斯科市，这是何等的功德呢，面对雕像，能不肃然起敬。

离画廊，驱车入住酒店，沿路塞车严重，也无可奈何，好在我的脑海中还是那些名画中的形象，让我思索，让我回味，竟忘却了堵车的心烦。顺路带回盒饭，也便免去外出的劳顿了。

晚上9点，推窗而望，落日熔金，西天半红，未几，绿树变成了黑色的屏障，时见华灯璀璨，小车流彩；而近处窗下之林木，在晚风中瑟瑟摇摆，间或落下三五片黄叶来，亦见莫斯科秋意之缠绵。

八月二十七日

6点醒来，推窗而望，晴空无片云，又是一个好天气，幸甚。阳光渐次照到路西的楼房上，半阴半暗，切割分明，南来北往的车辆，渐次增多，发出瑟瑟的磨擦声，偶尔一两声喇叭声，给莫斯科宁静的早晨带来少许的骚动。

洗漱后，到一楼打一杯开水，吃药。9点离酒店，乘车到某中餐馆进早点。餐毕，到新圣女公墓地参观。这里有新圣女修道院，历史上，在此清修的女修士多为皇室家族的女贵族，诸如索菲亚公主等，所以此修道院素来与皇室有着十分密切的关系。从外表看，新圣女修道院，规模宏大，建筑堂皇而不失典雅，而修道院之墓地，则在绿荫包裹之中，是一处"世界文化遗产"之所在，这里埋葬着数不清的文化名人，如果戈里、契诃夫、马雅可夫斯基等等，漫步墓道上，寻觅着他们的丰碑，回想着他们的著作，在墓碑前拍摄着影像。此间也看到了众多的政治人物的墓碑和他们的画像，如赫鲁晓夫、叶利钦等，我只是匆匆一过，而在这所墓地上，我发现了一个中国人的墓碑身影，他便是王明，我站下来，请导游给予解读，那只是一段十分简略的小传，我还是认真地听着，并默默地哀悼，不管怎么说，他虽然在中国革命进程中犯过很多错误，给中国革命事业带来极大损失，而我们也不能忘记他为革命事业的操劳和贡献。

按预约，于下午1点排队检票入克里姆林宫参观游览。

入"库塔菲亚塔楼"下层之侧门后，有长长的缓坡，坡之尽头，入"特罗伊塔楼"之通道，路之右侧便是气势宏大、雄伟壮观的"克里姆林宫大宫殿"建筑，以白、黄为主色调，堂皇中有几分素朴，富丽而不失庄重，为俄罗斯的心脏，是全俄的最高权力中心所在地。对此宫殿只能作外观的浏览，是不可以入内参观的。路之另一侧，是"武器库"，也是一处庞大的建筑物。前行，路边有"炮王"、"钟王"，也是游人驻足流连的地方，前者为400多年前重器，虽然锈迹可见，却不掩其铸造的精工和气度的宏伟。而后者"沙皇钟"，也有一百多年历史了，虽有破损，而人们还是不停地用手抚摸那钟体上的花纹。

顺路前行，是伊凡大帝钟楼、圣母安息大教堂、圣母报喜大教堂、大天使教堂等，此起彼伏的洋葱头式鎏金顶，在蓝天映衬下，金光闪烁，耀人眼目，仰望之，眼花缭乱，不知哪个金顶是哪处建筑物上的构件。

首先进入白色石造的圣母安息大教堂，便为璀璨的华灯和精美的壁画所叹服，从墙壁、圆柱到穹顶，几乎布满了壁画，除窗户外，可以说了无阙处，真让人有点难于应接。这里曾经是经历国家各种重大庆典活动的场所，诸如大主教的受职典礼，历届沙皇的加冕及重大法令的颁布。各处还陈列着珍贵的文物和稀世的艺术品，我看到一座伊凡雷帝的镶银宝座，工艺之精美，雕饰之繁缛，也可以见沙皇的审美与设计师的匠心独运了。

至于除金顶外，墙体更为洁白的圣母报喜大教堂，则是皇家接受洗礼、皇室举办婚庆及沙皇进行宗教礼拜的地方。内部陈设更见其堂皇富丽，多层式的圣像墙壁上，描绘了东正教众圣者之尊容，虽各具姿态，而神情肃穆也耐人品读。

而大天使教堂，则是一座安葬莫斯科大公和历届沙皇陵寝的皇家祠堂，这里仍然有精美的壁画，然而最为引人注意的则是陈列教堂内的棺椁，在精致的图案围绕中，雕刻有整肃的文字，当是对大公和沙皇的简介。面对着这些曾经不可一世的人物们，而今天竟作了让人们参观的对象，往日的淫威自然荡然无存了，正"后之视今，亦由今之视昔"，当今之大公们，作何考量？而吾等庶民百姓，则安然自在，无须思虑了。

在克里姆林宫内逗留一小时，然后往一家名为"黄河中餐馆"的地方就午餐。餐毕，往全俄展览中心游览。此处原为苏共时期 16 个加盟共和国的经济成就展览中心，也是莫斯科最大型的商品展示中心。其地有各具特色的建筑外，有名为《石花》和《人民友谊》的壮阔喷泉，有身着民族服装的金色雕塑，有草地、有花坛，有早在苏联影片中看到的刊头画面——《工人与集体农庄女庄员》的雕塑，它高高矗立在展览馆拱形大门的上方，看到那熟悉的身影，感到有几分亲切。所憾者，在展览馆将照相机的程序弄乱了，快门竟然按不动，错过了不少的精彩镜头。

晚餐在"长江中餐馆"，由于时间的紧促，急匆匆进餐，又匆匆赶到列宁格勒火车站，方上车，行李尚未整理好，火车便启动了，时在晚 8 点 20 分。4 人间的软卧车厢，设备十分的破旧，用品也极简单，小桌上为每人摆了一份小点心，谁也没有打开看一眼。同车厢除我和效英外，尚有安徽的马先生和武汉大学的郭女士。郭女士颇有特点，很天真，年初她曾往利比亚访问，卡扎菲接待过，谈到卡扎菲的处境，她为之担忧，表现出一种同情而又无奈的样子，不时叹息着。

八月二十八日

8月28日4点醒来，5点车抵圣彼得堡。下车，天尚未亮，唯夜灯还显示着光芒，静谧中，只有匆匆走出车站的旅客。接站导游姓母，一见面，先对大家表示欢迎和问候，然后自我介绍，说"我叫母鹏"，诸位叫我鹏导好了，请不要叫"老母"或"母导"。一言既出，便将大家逗乐了，晨风中，弥漫着笑声。

乘车到一家叫"瑞龙"的中餐馆用餐，餐后就地休息，奈何我不慎把眼镜架弄断了，给以后几天的观光浏览，带来诸多不便。

8点，乘车先到伊萨克广场。夜间有小雨，广场上低洼处，尚有积水明灭，一阵凉风，带来些许的寒意，太阳露脸了，首先照到伊萨克教堂的宝顶上，光彩夺目，辉照四方。据说，它是俄罗斯帝国的主教堂，在同类型圆顶教堂中，它有101.5米的高度，在世界上，仅次于罗马的圣彼得教堂、伦敦的圣保罗教堂和佛罗伦萨的圣母玛丽亚教堂。大圆顶下，又拱卫着4个小圆顶，同样在阳光下，放射着光华，堂皇气

2011 年 8 月 28 日于圣彼得堡伊萨克广场

派，屹立在彼得堡的朝阳朗照中。

　　广场的中央有尼古拉一世皇帝的纪念像，雄踞于底座的马背上，青铜的锈迹，古色斑斓，底座的周边排坐着几位女人的雕塑，据说是以尼古拉一世的妻子和女儿为原型塑造的。广场的另一端是"玛丽亚宫"，是尼古拉一世送给大女儿玛丽亚结婚的礼品。

空阔的广场上，仅我们十数位早到的游客，海风夹带着涅瓦河的水汽，朝阳播撒着和煦的温暖，漫步在桥头，看拍岸的浪花，听咿呀的鸥叫，舒解着长途奔波的疲劳，精神为之一爽。

从伊萨克广场，转过一片丛林和草地，便到了"十二月党人广场"。破目而来的是一座英姿洒脱彼得大帝雕像，骏马前蹄腾起，双耳挺立，马口长嘶，有万里奔驰之势。而骑士一手紧勒缰绳，一手扬起，神态自若，坚贞刚毅之气度溢于眉宇间，难怪普希金面对这尊雕塑写下了《青铜骑士》的不朽诗篇。

离开十二月党人广场，乘车往瓦西里岛滨河街游览，从河滨的艺术学院大楼前，走下台阶，一座狮身人面像高置在几层红砂岩上。它可是公元前 8 世纪的文物呢，据说是埃及王国鼎盛时期的法老阿缅霍捷普三世的头像，运来作镇河之用的，今天已成为游客不可或缺的造访和留影的地方。

到瓦西里岛的岬角，见中心是一所围柱式的教堂——"俄罗斯的帕尔忒农神庙"，土红屋顶洁白围柱，是一座沉稳而壮观的建筑物，广场之左右，高耸着两根红色的"海神柱"，上饰战船船头，柱脚上有形象迥异的雕塑；柱顶有灯塔，曾经起着导航和照明的用途。想见那灯火朗照，战船云集的港湾，是何等壮观的景象呢。而今只见深蓝的涅瓦河，纭纭漾漾，间或一两只游轮驶过，船后留下一条长长的浪花，而低飞的鸥燕掠过河面，似乎在与浪花亲近呢。从岬角上望过去，彼得保罗教堂的尖顶赫然云天，而港湾另一侧则依稀可见一列绿色的建筑物，那便是"冬宫"的所在了。

离瓦西里岬角，驱车径往郊区的彼得宫，人们也有称之为夏宫花园的。彼得宫地处波罗的海芬兰湾之南的土地上，占地 1000 多公顷，建有 30 座楼阁，最为豪华的有大宫殿、马尔利宫和蒙普列济尔宫以及雄伟的大教堂，大宫殿北侧有三个梯形的瀑布，无数的喷泉，在喷泉映衬下有数不清的雕塑，各呈姿态，金光夺目，而喷泉水气中，处处化现出五彩缤纷的霓虹，游人驻足，欣赏着、评论着、拍照着，我则打量这些游人，不同肤色、不同装束、不同风采，在这瑰丽的园林建筑群中组成一道道的风景线。

步下台阶，穿过森林草地，来到芬兰湾的长堤上，任海风吹拂，听浅浪诉语，观鸥鸟掠水，与自然亲近，怡然恬然，几忘自我。手拍栏杆，与效英指点，向西北，那里便是北欧，走水路，西去不远，直抵芬兰首都赫尔辛基；南去，可达爱沙尼亚、拉脱维亚和立陶宛。

海堤上游观尽兴，复步林间小道上，树荫匝地，星星点点，芳草如茵，繁花缀之。行进间，忽有小松鼠近前相戏，赐以食物，更见欢跳奔腾，人行它追逐，人站它拱立，拖着长尾巴，竖起小耳朵，摇头晃脑，东张西望，这机灵可爱的小精灵，给我留下了美好的印象。

在林间，见一女士，手推小车，携带工具，修剪树枝，清理落叶，其神情之专注，似不知有游人之往来，我为之感动，随手按动相机快门，将这位劳作者的形象收入镜头。

于皇家园林中逗留 2 小时，返回市区，复入"瑞龙"进午餐，然后入住酒店，时在下午 2 时许，略作洗漱，倒头而卧，待醒来，已是下午 5 点整。

晚餐于"中华饭店"，离住所不远，饭后散步而归，顺路看看街边小景，也满有情味的。

八月二十九日

7 点起床，9 点 15 分于酒店楼下用早餐。10 点外出，驱车观摩圣彼得堡市容，经涅瓦大街，楼不高，皆三四层，色调素雅和谐，路面宽广整洁，间以河流分割，桥梁相接，车水马龙，四通八达。而街边桥头，时见精美之雕塑。涅瓦河中，水天云影，游艇帆船，动静相生，相得而益彰。给人之印象，彼得堡比莫斯科整体感强，只是丛树林木相对少一些。

车停林荫道侧，徒步往"彼得保罗要塞"而来。小小的兔儿岛，四面环水，一桥相连，远远望去，桥如长虹卧波，颇富韵致。步上圣约翰木桥，但见桥下绿水微澜，乳鸭相偕，而水边草地上，一人仰面而睡，似乎在尽情地享受着日光浴。桥之尽头，红墙围绕，入圣约翰大门，眼前又一片小天地，草坪绿树前，高高的彼得大门洞开，拱门之上方，高挂着铅制的双头鹰国徽，那当是帝国的遗物了。入洞门未几，路左有彼得大帝铜像，端坐椅子上，游人上前与之合影留念，也有几个天真活泼的孩子，竟坐"皇帝"的怀抱中玩耍，这也是要塞中一个景致吧。复前行，便是彼得保罗教堂，教堂钟楼有高耸的镀金尖顶，总高为 122.5 米，当时是全俄罗斯最高的建筑了，导游说，彼得堡当时建筑是不准超越此要塞教堂钟楼高度的。

在六角形的要塞中游走，看看教堂，看看特鲁别茨科堡垒监狱，据说这里曾关押很多政治要犯，作家陀思妥耶夫斯基、车尔尼雪夫斯基、高尔基等都在这里经历了牢狱之灾的体验。小小的要塞，可看景点和可说的故事太多了，我步上码头，面对碧绿的涅瓦河和冬宫的倩影，才收回零乱的思绪。循原路步出要塞，只见彼得大帝，仍端坐阳光下，任孩子们嬉戏，任游人们摩挲，他不高兴，却也无震怒。

在中学时就多次看过《攻占冬宫》的黑白电影，那"阿芙乐尔巡洋舰"炮轰冬宫的场面，令人振奋，而今停立在涅瓦河畔，面对永久停泊的"阿芙乐尔"大舰艇，便想起了列宁站在人群中的高台上，振臂演说，伟大的十月革命胜利了，第一个苏维埃政府——人民委员会成立了。似乎"乌拉"之声，又在耳际回荡。

中午，在"天都食府"进餐，一样的清淡，根本品尝不到四川麻辣味，亦徒挂招牌而已。

下午往涅瓦大街的"喀山教堂"参观，圣殿上方有高高的圆顶，圣殿两侧是宏伟的柱廊，粗壮的廊柱简洁明快，有如双翼，同圣殿围成个半圆形，与殿前草地、喷泉相映衬，在细雨中，更见庄重和典雅。在圣殿中正举行婚礼，宾客们站立四周，身着盛装的大主教在圣徒的陪同下为新婚夫妇祈祷和祝福，同行者不停地按动相机快门，灯光闪亮处，便会遭到管理人员阻拦，似乎大主教是不愿让人们拍照的。有幸一睹俄罗斯婚礼的风俗和仪规，也算一开眼界了。

下午 4 点到展览馆，参加首届中俄友好艺术展，展览无多精品，观众也不多，只是酒会还算丰盛，剪彩如仪，想来大家都是借此展览名义，得以旅游而已。组织者赚钱，参与者游览。

下午 6 点，晚餐于"亚细亚饭店"。

八月三十日

早 7 点起床，听窗外小雨瑟瑟，滴水有声。9 点外出早餐，然后雨中驱车到涅瓦河畔，车停冬宫博物馆临河入口处。这是一处拥有丰富文化遗产的艺术殿堂，包括冬宫小、老、新艾尔米塔斯组合建筑群，即国立艾尔米塔斯博物馆。

入馆仅有两小时的参观时间，便不能在各个展厅从容漫步，急匆匆跟着导游在迷宫中穿梭，眼睛实在是应接不暇，富丽壮阔的大厅、长廊，精美绝伦的名画雕塑，美轮美奂的工艺珍宝，都在眼前溜走了，而冬宫博物馆给我留下的印象却是十分丰富的。

首先步上入口处的是楼梯，洁白素雅的建筑，栩栩如生的雕塑，饰以精工细琢的金丝图案，典雅而不失高贵。而豪华的彼得厅、乔治厅、大小客厅以及众多的艺术展厅，无不让人看得头晕目眩。而孔雀石大厅，给我的印象最深，碧绿透亮的孔雀石柱，饰以金色的柱头和柱脚，孔雀石壁炉、孔雀石花瓶、孔雀石盘，散发着珠光宝气；在闪放光华的金色大门，宝石红的窗帘、坐垫以及布满图案的穹顶，相互辉映下，真见皇家的奢华和气派。而以蓝色为主调的拉菲尔敞廊，设计的细密，绘制的精工，也令人赞叹，步行其间，为之一爽。通过军事走廊，布满墙壁的是俄罗斯军事家们的英伟画像，一双双炯炯有神的眼光似乎在注视着一位位过往的参观者，竖起两耳似乎在聆听对他们丰功伟绩的评说，就中库图佐夫元帅的肖像画，不独尺幅大，且挂在显著的位置，画家对这位胸前挂满勋章的人物刻画，则更加细腻传神，从他的皮大衣内，似乎还散发着周身的热气。在艺术展厅，我看到了夏尔丹的《午餐前的祈祷》，福拉哥纳尔《偷吻》，更看到了达·芬奇的《圣母与花》和《圣母和圣子》两幅小幅油画，圣母之慈祥，圣子之无邪，虽为宗教画，却充溢着人情味，流露着有如庶民日常生活的情趣，令人亲近，而圣母表情之细腻深沉，又发人遐想。尽管时间紧张，我还是在这两张意大利文艺复兴时期的名作前奢侈地逗留着。步入米开朗基罗厅，精致典雅、小巧玲珑，白净的大理石墙面，秀逸的装饰浮雕，镶面的图形地板，墙下周边陈列着一座座名家的雕塑，而米开朗基罗的《缩着身子的男孩》，独置中央，一尊紧缩身躯，低头屈腿，双臂下垂，双手搭在右脚的脚背上，让人不能仔细看到面目的冰冷大理石雕，却充满活力，强健的体魄，得不到伸展，赏读间，给人以压抑和不安，雕塑家深邃的思想实在是发人深省的。

而一幅《威尼斯迎接法国大使》的风俗画，在画家卡纳列托的笔下，建筑起伏，船只泊岸，人物云集，一个迎宾典礼场面，跃然眼前。尤其是画中景物，随观者所在画前左、中、右位置之不同，画中建筑所占画面空间也随之左右推移，令我感到新奇，故尔，在此画前往复观摩。此外，荷兰画家伦伯朗的《浪子回头》、《丹奈尔》等名作，都是我早已熟悉的作品，今有幸一睹原作，自然会用心去打量一番。

在花园厅中我看到了"孔雀钟"，这也是一个不同凡响报时钟，机械开启，孔雀开屏，雄鸡啼叫，松鼠、猫头鹰应声合奏，美妙之音乐，顿时回响于花园厅中。

两个小时匆匆溜走了，走出冬宫大门，在涅瓦河边的小书摊上购书，同行者淮南的马先生和常州某女士，竟遭了小偷的"关照"，马先生丢失了五千元现金和银行卡，某女士丢失了些许美元和银行卡，好在现金数目都不大，立即与国内通电话，将银行卡挂失，也算稍安了。

午餐后，雨停风起，首先驱车斯莫尔尼修道院，一座修美的浅蓝色建筑物，挺起高高的五顶，洋葱头式的金尖上闪烁着光芒。四边是规整的住宅楼，四角有四个家庭式的小教堂，整个修道院坐落在树丛中，前面有花坛和草坪，环境幽美，游人也稀少，加之间落的雨星和拂面的微风，更显是处的幽寂了。

离修道院，车停涅瓦大街之文化广场，在普希金像前徘徊良久，然而又起风雨，匆匆拍一留念像，便与内人在涅瓦街逛商店，取出钱，售货员见是一百元面值的人民币笑着说："毛泽东！不要。"效英方悟自己粗心，竟把人民币当卢布使用了。一时间，相对而笑。我则想配个眼镜架，找了几家商店，终未能如愿。

下午 5 点晚餐，餐毕回酒店休息。

八月三十一日

早 8 点起床，9 点半就早餐。又值小雨，且因几天之劳顿，上午便在家休息。

下午再到涅瓦大街，沿河到复活教堂观光，1818 年 3 月 1 日，亚历山大二世在这里遭受到炸弹袭击而身亡，悲剧发生后，在这里建起了这座复活教堂，也称之为"喋血教堂"。游人似乎不曾在意亚历山大二世的遭遇，只是指点着五彩斑斓的教堂圆顶，它有如在莫斯科看到的圣瓦西里教堂，是东正教传统的建筑模式吧，教堂的光影倒映河流中，斑斑点点，明明灭灭，好一幅印象派的点彩画。离教堂过小桥，就近一家叫"津格尔"的大楼，楼下是一座图书城，我漫步其间，竟没有一本中文书，空手而出，唯有慨叹当年学俄语不上心。站在大楼外小河对岸，打量大楼圆顶上的雕塑，楼下各具形色的行人，急驰而过的汽车，这五光十色的涅瓦大街，确是彼得堡的骄傲了。

走累了，坐在奥斯特罗夫斯基广场的长椅上，效英抛洒着食物，引逗着一群群鸽子围拢身边，有的落在肩膀上、头顶上、手心里，她玩得很开心，催促着让我打开照相机，留下了一张张喜人的影像。

在广场的街心花园，有一座叶卡捷琳娜纪念碑，围绕在女皇脚下的高座上，雕刻的是她的挚友和同时代的名人。我在雕像下浏览着，多少有点锈色的艺术品传递出它的历史信息。

广场后面便是浅黄色的亚历山大剧院，从 1832 年建成后，在舞台上演绎着俄罗斯的历史和故事。剧院的左右是商城，建筑物上装饰的雕塑也是一件件精美的艺术品，为打造和装点彼得堡的市容，艺术家的心血是随处可见的。

四处闲逛，见街头有画像的、拉琴的，只收些许的小费。繁华的彼得堡当有人恐怕还没有解决了温饱的需求。

晚餐后在涅瓦河畔，欣赏流光溢彩的景色，在华灯朗照下，多姿多态的桥梁、各具风采的雕塑、铁制雕花的栏杆，皆楚楚有致，而远方的建筑物，则隐隐约约闪现着秀美轮廓。夜风拍打着堤岸，河影散乱了，有如迷离的梦幻。

时将午夜，直奔莫斯科火车站。

九月一日

午夜 1 点 10 分，乘圣彼得堡开往莫斯科的列车而东去。躺在虽然破旧的软卧车厢内，因疲劳，便也很快入睡了。

早 7 点醒来，稍作洗漱，泡方便面，以为早点。其时窗外漫天大雾，一片混沌，继而小雨，转而薄雾，沼泽地隐约显现，复见湖泊浩荡，水平如镜，也无声息；又见白桦林、红松林成片掠过，天渐亮，杂树纷呈，落叶缤纷，金黄者耀眼，橘红者醒目，而胭脂色深沉而厚重，将俄罗斯的山河装点成一片高秋景象。间或在丛树间拥出三五间小木屋，有梯形，有人字形，其色彩亦甚鲜亮，远远望去，酷然儿童案头之玩具，薄雾飘来，有如轻纱，小木屋慢慢沉入睡梦中，有几许缱绻的韵致，顿现出水墨画的况味来。

上午 10 点，车抵莫斯科站，有人提议去瞻仰列宁遗体，遂乘车复驰红场，等候列宁墓前，排队通过墓道，进入墓室，唯地下光线暗淡，只见卫士在各处肃立，游人无一说话，慢慢摸索着靠近了一代伟人的遗体，静默几分钟，一睹遗容，而后离开了墓室。瞬息间，有所思而无思，脑海中只冒出 5 个字：“这便是列宁！”

午餐后，在酒店几乎睡去一下午，到下午 5 点，导游招呼外出，于纪念二战胜利广场一游，空阔的广场上，前有凯旋门，后有纪念塔，奈何风起天寒，草草浏览后，便紧裹外套跑上车。在莫斯科的市区兜一圈，车停外交部楼前，人们便纷纷步入商店，我和效英将身上的卢布清理一番，买洋酒、巧克力、小点心、杂七杂八的小玩意儿。

晚餐后，回酒店，已是晚上 10 点许。

九月二日

5 点半起床，洗漱，7 点离酒店往机场，路上经一家小吃店，以热咖啡、麦当劳为早餐。

到机场，办理了有关通关手续，10 点 50 分登机，11 点 10 分起飞，乘俄罗斯航班飞回北京。到空港，看看钟表，为莫斯科时间 6 点 30 分，而北京时间已是晚上 10 点半了，待取出行李，打的进城，又花去了两个小时。此去俄罗斯，耗时耗力，何苦来哉？

九月三日

待入住广渠门外大街"如家"酒店，已是午夜两点许。上午 10 点起床，洗漱，早餐，12 点外出，到双井桥售票处购得 6 日返忻车票。然后陪效英就近逛商店，下午 2 点在老店"松鹤楼"进午餐。下午 3 点回"如家"休息。

晚餐在酒店餐厅，点小菜数种，每人炸酱面一碗，不料此处碗大量多，吃一半剩一半，实在是有点浪费了，日后进餐，当引以为戒的。

九月四日

上午 10 点打的往王府井，先逛书市，再配眼镜。已是中午时分了，遂于东风市场楼上吃饺子。午后，逛王府井百货大楼，走累了，坐在行人道上小凉亭中喝冷饮，下午 5 点许欲回酒店，谁知打的十分困难，无可奈何，只好等。晚餐于"豆花庄"。

九月五日

7点起床，洗漱，早点。9点外出，打的又十分困难，等车1小时，热甚。待拦得一车，欲往法源寺礼佛，司机又不知寺之所在，遂电话询问，方知寺在牛街附近，便择路往宣武区方向而来，路上又复塞车，深感北京城区之交通也甚不便。

法源寺到了，寺前有广场，绿树草坪中有一僧人塑像可见，前标"唐悯忠寺旧址"六字。入山门，有院落6进，古木参天，绿荫覆天。有国槐，尤为粗大，标为一级古木；有桧柏、有油松、有白皮松、有海棠、有紫薇，皆为百年以上之古树，老干新枝，生意盎然；有盆栽荷花，莲叶田田，亦复可人。而殿前屋角，更多的则是玉簪，翠叶披离，油光可鉴，若逢花期，定然素洁高雅，幽香绕寺。建筑在中轴线上，有天王殿、大雄宝殿、悯忠阁、毗卢殿、观音殿、卧佛殿。效英到各殿礼佛，我则倾心于悯忠阁的造像和碑刻，有唐、辽、金等文物，慢慢品读，仔细观摩。

寺之西，有中国佛学院，与寺相连，或许原来就是寺院的一部分，而今为绍隆佛种，培养僧才，有多少高僧大德在其中传道授业弘扬佛法哩。步出法源寺，很想到南小栓一号谒访赵朴老的故居，奈何几经打听，无人知晓，机缘未到，拜访之事，还待来日吧。

到琉璃厂，逛荣宝斋、中国书店。中午在大栅栏吃老北京炸酱面，此面食为我之所好也。

下午效英购物，东西无法提携，遂又买行李箱一只，打包装箱，稍为便捷。

下午4点回到酒店，不复外出。

九月六日

上午10点外出，与效英再逛两个市场，中午1点于"松龄楼"就午餐，此日值农历八月初九，是我的生日，效英在琉璃厂为我买了北京老式玩具"兔儿爷"，双耳高挺，身跨猛虎，背插令旗，造型饱满，设色浓艳，憨态可掬，令人发噱，这古老的北京小玩意儿，着实让人喜爱。

下午两点半回酒店休息。

晚餐于酒店餐厅。晚8点半上北京站，10点20分乘601次快车离京而返晋。

九月七日

早6点36分车抵忻州。行李多多，提携困难，幸有同车旅客相助，深为感谢。